黄金の王　白銀の王

沢村　凜

角川文庫 17230

目次

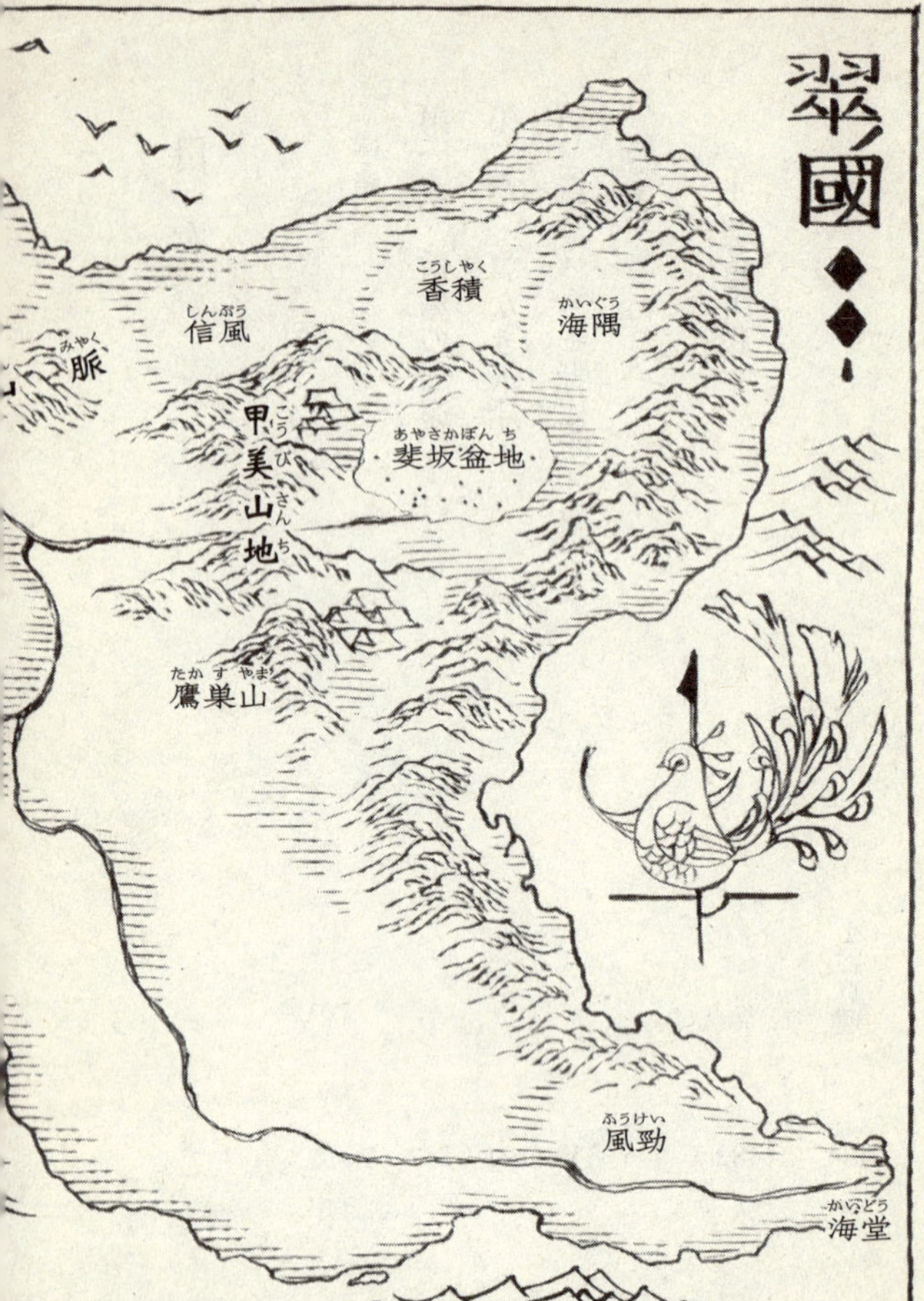

翠ノ國 ◆◆◆

- こうしゃく 香積
- かいぐう 海隅
- しんぷう 信風
- あやさかぼんち 斐坂盆地
- こうびさんち 甲美山地
- たかすやま 鷹巣山
- ふうけい 風勁
- かいどう 海堂
- みゃく 脈

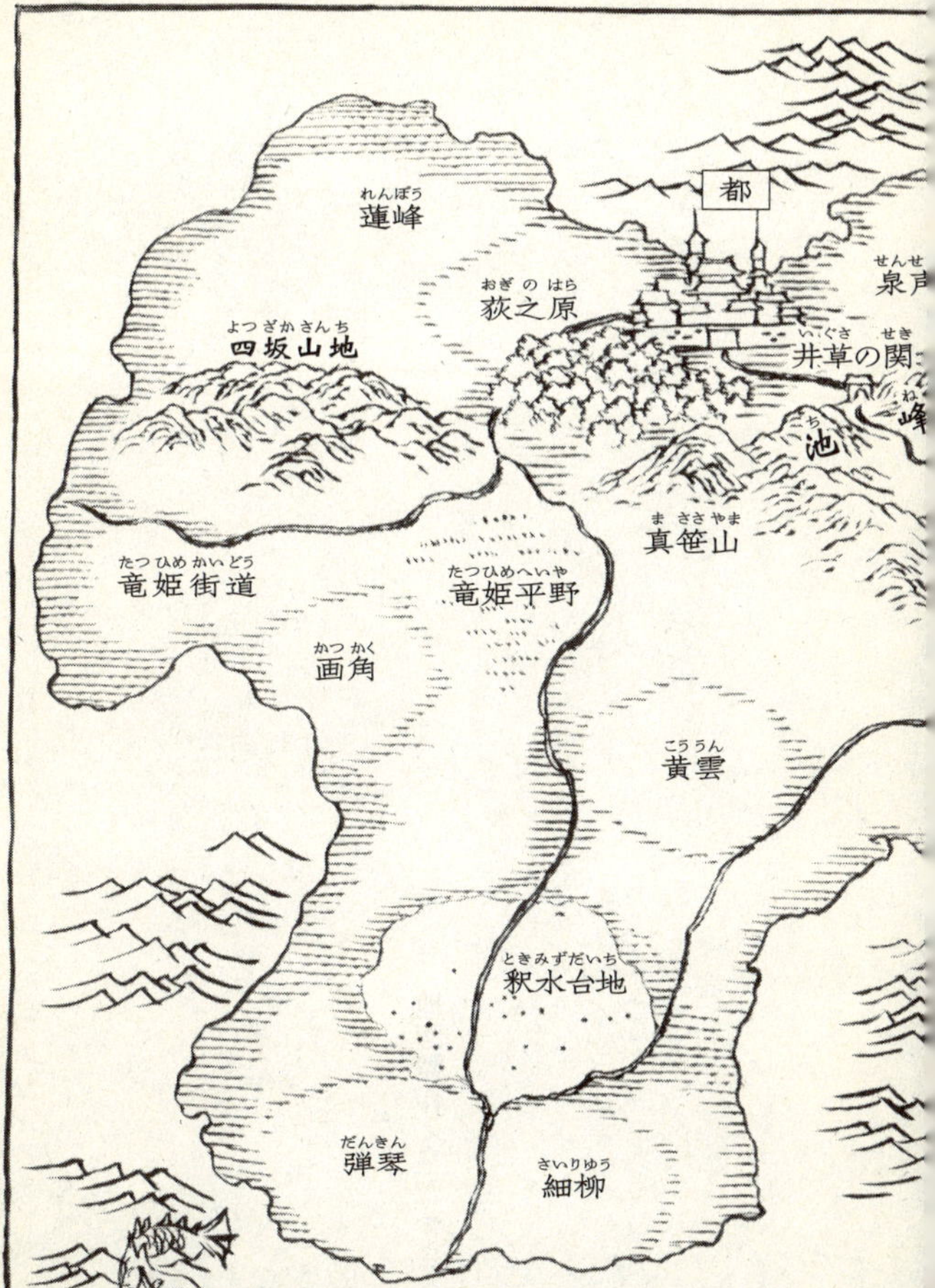

都
蓮峰《れんぽう》
荻之原《おぎのはら》
泉
四坂山地《よつざかさんち》
井草《いぐさ》の関《せき》
峰《ね》
池《ち》
真笹山《まささやま》
竜姫街道《たつひめかいどう》
竜姫平野《たつひめへいや》
画角《かつかく》
黄雲《こううん》
釈水台地《ときみずだいち》
弾琴《だんきん》
細柳《さいりゅう》

地図製作／皇なつき

黄金の王　白銀の王

序章

眼下には、緑の森が横たわっていた。

さまざまな樹木が入り交じる雑木の森だ。

春に花を咲かせる木があれば、秋に紅葉をまとう枝もあり、絶えず葉を茂らせている木があれば、冬に裸になる幹もある。けれども、夏がはじまって間もないこのとき、森はどこを見ても緑一色だった。

また、枝分かれなくまっすぐ空をめざす立木があれば、傘のように八方に枝を広げる大樹もあったが、不思議に梢《こずえ》の高さはそろっている。

そのため、高みから見下ろす森は、緑色の水をたたえた湖のようにもみえた。

その中にぽっこりと、あたかも湖に浮かぶ小島のように、丘がひとつ突き出ていた。

丘の上には小さな家があるのだが、垣根のようにめぐらされた椿《つばき》のために、屋根しか見えない。

家の前には庭があり、庭の先にはささやかな畑があった。

そのどちらにも、人影はない。

庭の左端に、一本の木が立っていた。丘をおおう林が下半分を隠しているが、樹冠は何ものにもさえぎられることなく濃緑色のゆたかな葉むらをみせている。丘の上に一本だけそびえるその姿は、城の上にひるがえる旗を思わせた。

旗は単色ではなかった。地色の緑に、ところどころ枝の薄茶の筋が入り、オレンジ色の水玉模様が散っている。ビワの木が、実りの盛りを迎えているのだ。

風はなく、空に浮かぶ雲も静止しており、目の前の風景は一幅の絵のようだった。

そこに、動きが生じた。

ビワの木のてっぺん近くの枝が大きく揺れて、その上に、黒い頭がひとつ、ひょっこりとあらわれたのだ。つづいて肩、背中、腰が。

足以外の姿をすっかりあらわした小柄な人影は、枝の上に腹這《はらば》いになると、じりじりと前進をはじめた。枝先にびっしりと実るオレンジ色をめざしているらしい。

進むにつれて、枝がゆっくりとしなってゆく。枝先の実りが小刻みに震えながら沈み込み、下方の茂りの後ろに隠れた。

その手前で、人影の前進が止まった。両足があらわれて枝をしっかりと抱えると同時に、頭と背中が姿を消した。上半身を垂れ下がらせた格好で、ビワの実を摘んでいるようだ。

枝がゆらり、ゆらりと揺れる。

風が出て、雲がゆっくりと流れはじめた。丘のかたすみを、ちぎれ雲の落とす淡い影が通過した。

樹上の人影が身を起こした。手は空で、一個のビワも持っていない。おそらく、木の下に待ち受けている人物がいて、摘みとるはしから、そちらに向けて落としていったのだろう。

丘には三人の人間がいる。そのうち二人は高齢の夫婦で、木登りなどしそうにない。

そのことを知っている穭《ひづち》には、残る一人が樹上の人物なのだと、容易に推察することができた。


丘にいるのは三人。

それは確かな事実だった。

森の出入り口には関所があるうえ、丘の周囲に七つの監視小屋が設けられていて、総計四十九人の精鋭が、日夜怠りなく監視している。許しのない者が出入りしようとしたら、間違いなく斬《き》り殺される。

そして、出入りの許しが出せるのは、穭《ひづち》ただひとり。

だから、雑木の森にあるこの丘は、舟のない湖に浮かぶ小島よりも確実に、中の人物を封じ込めていた。


樹上の人影が身を起こして、枝の上に腰掛けた。それから伸びでもするように、両手を高く突き上げた。顔がこちらに向けられているが、この距離では、表情はおろか顔立ちすらわからない。遠目のきく穭《ひづち》だからこそ、動きをつぶさにとらえることができるのだが、彼に同行している者たちのほとんどは、ビワの樹冠が揺れたのを見てとるのがやっとだったろう。

距離があるうえ、稽《ひづち》の一行は、藪《やぶ》の陰からこの森を見下ろしていた。樹上の人物が、彼らに気づいたはずはなかった。なのに稽《ひづち》は、相手にじっと見つめられている気がしてならなかった。でなければ、ビワの実を採りおえたあとで、どうして木から下りずにすわっているのか。

もしかしたら、小さな丘に閉じ込められているという境遇ゆえに、広々とした景色から目をはなすことができなくなったのだろうか。ならば、その胸のうちには、どんな思いが渦巻いているのだろう。

憧《あこが》れや郷愁か。

哀しみやあきらめか。

恨みや憎しみか。

怒りや野望か。

そのどれでもなさそうだった。枝の上の人物は、唐突に逆立ちしたのだ。それからぐるりと後ろに倒れて見えなくなったが、落ちたわけではないらしい。葉むらのざわめきが徐々に下に移っていく。騒々しく、しかし安全に、下りていっているようだ。

——まるで、子猿だな。

稽《ひづち》は頭の中で、吐き捨てるようにつぶやいた。

まだ、子供なのだ。ビワの実を採るという用事で木登りしても、無駄に動きまわらずにはいられない、遊びざかりの子供なのだ。

そういえば、前回ようすを見に来たときも、庭で犬とじゃれていた。

十五歳という年齢は、両親が相次いで亡くなったうえ他に然《しか》るべき近親者がいないときには家督を継ぐことのできる歳だが、そうした差し迫った事情がないかぎり、無邪気な子供でいられもする。

——しかし、おまえは、そんな穏やかな身の上ではないだろう。

歳のはなれた伯父《おじ》か何かのように、小言を言いたい気持ちになった。

——迪師《じゃくし》に手ずから育てられながら、おまえはなぜ、そんなふうなのだ。

その迪師《じゃくし》とおぼしき姿が、左手から庭の中にあらわれた。ビワのつまった籠《かご》をかかえ、頭ひとつ低い人影をともなっている。

二人の歩みはゆったりとしていた。この国の支配者層の誰もが信奉する迪学《じゃくがく》の指導者とその妻にふさわしい落ち着きと気品が、遠目にも見てとれた。

後方から三人目が走り出て、二人を追い越しながら、籠をひったくるようにして受け取った。そのまま跳ねるような駆け足で建物に向かい、屋根の下に吸い込まれた。

何の根拠もないのだが、穭《ひつち》には、そのとき三人のあいだに笑い声が起こったような気がしてならなかった。

胸に苦いものが湧《わ》いて出た。

自分があそこにいたらどうだったろうと考えた。

八年前の十一月十日の風向きによって、それはありえないことではなかった。

胸の苦《にが》みが痛みに変わった。

ひとつはっきりしているのは、彼はけっして、声をあげて笑ったり、駆けまわったりしなかっただろうということだ。

――薫衣《くのえ》。

屋根の下にいる少年の名を、心の中で唱えた。

――私はおまえを、いつでも殺すことができるのだ。

心のつぶやきに応《こた》えるように、頭の奥で声がした。

「殺せ、殺せ、殺せ、殺せ」

彼自身の声ではなかった。男の声、女の声、年老いた声、若い声。さまざまな声が混じっていたが、どの声も、怨念《おんねん》を感じさせるという点で、似通っていた。

ゆったりとした足取りをつづけていた迪師《じゃくし》夫妻の姿が、家の前にたどりつき、屋根の下に消えた。

「穭《ひづち》様、いかがなされますか」

そばに控えていた男のひとりがたずねた。

穭《ひづち》を名前で呼ぶことが許されている者は、一握りしかいなかった。男はそのひとりであることを誇示したいのか、しばしば彼の名を呼んだ。

それが目にあまる増長となれば押さえつける必要があるが、そうでなければ、日ごろの働きに対する費用のかからない報賞だ。呼びたいだけ、呼べばいい。

「帰る」

と短く答えを返した。

「いえ、旺廈《おうか》の……」

男は、視線を丘の上の屋根に向けることで、つづくことばを省いた。

「このままだ」

穭《ひつち》は立ち上がった。他の者もそれにならう。穭《ひつち》が歩きだすと、警護役の者がすばやく所定の位置につき、それ以外は彼の後ろに従った。


殺すのは簡単だ。そして、穭《ひつち》の心の奥には、時おり頭に響く怨念のこもった声に後押しされなくても、あの少年を殺してしまいたいという欲望がうずうずとしていた。けれども、殺してしまったら、二度と生き返らせることはできない。いつでも殺せる状態で握っていることに意味がある命なのだから、このまま四十九人の見張りを配して、丘の中に閉じ込めておく。

その判断に変わりはないのに、穭《ひつち》はまた、この山奥に足を運んでしまった。

何のためにわざわざようすを見に来たのかと、後ろに付き随《したが》う者のいずれかに問われたなら、彼は唇を結んで横目でかるくにらみつけただろう。それが、答えたくない質問をされたときにとるべき態度だと、この三年間の経験が教えてくれていた。

けれども実際には、質問する者はおろか、声をたてる者すらいなかった。だから穭《ひつち》は、自分で自分にたずねた。

――なぜ、私はここに足を運ぶのか。

大きな感情の波が立ったとき――それが、喜びであろうと、怒りであろうと、悲しみであろうと――、穭《ひづち》はここに来たくなった。

薫衣《くのえ》の姿をその目で見て、いつでも殺せることを確認して安心するためか。

自分がそうであったかもしれない境遇を目の当たりにすることで、そこにいないですむ幸福をかみしめるためか。

仇敵《きゅうてき》の一族の没落をながめて、あざ笑うためか。

だが彼は、帰り道、心が安らかだったことも、幸せにひたったことも、あざ笑いたい気持ちになったこともない。きまって、ヨモギを嚙《か》んだあとのような苦みを抱えて、山を下りるのだった。

――殺せ。殺したい。殺すべきではない。殺したくない。

胸のうちで、相反する思いがわきたち、せめぎあうのだった。

穭《ひづち》はそのたび、感情を交えない計算が導き出した結論を、頭の中で復唱した。

薫衣《くのえ》は、旺廈《おうか》一族の頭領たる資格をはっきりともつ、ただひとりの人間。反乱を起こそうとする者は、必ず事前に接触しようとするだろう。この小さな丘を押さえておくことで、危険の芽をすべて摘み取ることができるのだ。薫衣《くのえ》を殺せば、旺廈《おうか》は中心を失う。力は弱まるかもしれないが、ひとつだったものが千に分かれるに等しく、動きをつかむことなど叶《かな》わなくなる。危険が増大するだけで、益のないことだ。

けれど、薫衣《くのえ》も、いつまでも子供でいるわけではない。いずれ十七歳を――成年《おとな》としての名乗りをあげる〈更衣の儀〉をそれ以上遅らせることのできない歳を――迎える。

そうなった暁には、どうするべきか。

――殺そうか。〈常闇《とこやみ》の穴〉に落とそうか。それとも……。

迷いが尽きないから、ここに来るたび、穭《ひづち》の胸は苦みに染まる。

――殺せ。殺したい。殺すべきではない。殺したくない。

相反する思いがわきたち、せめぎあうから、心が重くなる。

そのうえ、薫衣《くのえ》という人物を、彼は理解することができなかった。もしも薫衣《くのえ》が、迪師《じゃくし》のあとに粛々と従っている姿をみせていたなら、彼はそこに、そうあったかもしれない自分を重ねて、相手を憐《あわ》れむことができただろう。それは同時に、我が身の幸せをかみしめることでもある。

――それなのに、なんなんだ、あの子猿のような態度は。立場と身分への自覚はあるのか。

思わず、歳のはなれた伯父か何かのように小言を言いたくなり、それでいてなぜか、羨望《せんぼう》に似た感情が胸を焦がす。

それともこれは、おそれなのだろうか。

――薫衣《くのえ》。私はおまえを、いつでも殺すことができるのだ。

わざわざそんなことをつぶやいてしまうのは、子猿のようなあの子供を、おそれているからなのか。

——殺したい。殺したくない。殺すべきだ。殺してはならない。
迷いが痛むほどに胸締めつけることになるとわかっているのに、なぜ、またここに足を運んでしまったのか。

山を下りて馬にまたがると、穭《ひづち》の背すじがすっと伸びた。
——おまえは誰だ。
そう自らに問う声に、苦渋の思いを感じさせる響きは、もはやなかった。
——私は、鳳穐《ほうしゅう》の頭領にして、この翠《すい》の国の主《あるじ》。
街道に出ると視界が開けて、左右に青々とした田野が広がった。まっすぐに前方を見据える
穭《ひづち》のまなざしは厳しく、表情は険しい。
周囲の風景や心のうちが、そうさせたわけではない。三年前に玉座についたときから、穭《ひづち》は
つねに、こんなふうに前を見据えて生きてきた。彼には、歳のはなれた伯父どころか、祖父母
や両親すらおらず、表情をゆるめることのできる相手は、妹ひとりしかいなかったから。
——では、国の主たるおまえのなすべきことは、何だ。
この問いに彼は、己と、周囲に広がる大地とに向かって答えた。
——すべてを統《す》べること。すべてを守り、育《はぐく》むこと。
その重い責務を果たす気苦労からか、穭《ひづち》の額には、消えることのない皺《しわ》が刻まれていた。彼
はまだ、枝の上で逆立ちをした薫衣《くのえ》より四つ歳が多いだけの、十九歳の若者だったというのに。

遠目のきく彼の眼が、地平線のあたりのしみのような影の中に、都の姿をとらえた。中央に牙《きば》のようにそびえているのが四隣蓋城《しりんがい》。彼の住居であり、重責の象徴でもある建物だ。

もっとも穭《ひづち》は、その重責を重荷と感じたことはなかった。

彼は、二つに一つの確率で国を統べる者となる血筋に生まれ、運命が——あるいは八年前の十一月十日の風が——彼を選んだ。だから、なすべきことをなしている。それだけだ。

統べるとは、決断を下すことでもあった。

人事や予算、税率や今後の政策、重臣への賞罰や表沙汰《おもてざた》にできない策謀への承認まで、軽重を問わず多くの決断を、穭《ひづち》は日々下していた。親身になって忠告してくれる身内をほとんどもたず、判断の頼みにできる経験も乏しい穭《ひづち》であったが、時には複雑な計算ずくで、時には迷いを断ち切って、つねに君主らしい即断即決をおこなってきた。

しかし、

——薫衣《くのえ》をどうする。殺そうか、〈常闇《とこやみ》の穴〉に落とそうか、それとも……。

この問題への決断を下すことだけは、どうしてもできずにいた。

どれを選んでも、後悔しそうな気がする。どの道も、踏み出すことを考えただけで、足がすくむ。

——まあ、よい。薫衣《くのえ》が十七になるまで、あと二年ある。

決められないのではない、決める必要が、まだないだけだ。そう自分に言い聞かせて、穭《ひづち》は王者らしい堂々とした姿であたりを威圧しながら、都への門をくぐった。

けれども、戦乱のつづく世には、時の流れさえも気短になる。薫衣《くのえ》を——すなわち旺廈《おうか》を——どうするかの決断を下さなければならない時は、予期された二年後ではなく、わずか十日後に迫っていた。

第一章　雷鳥の帰還

1

（穡朝《しよくちよう》暦二六五年・薫衣《くのえ》十五歳）

雑木の森の中の小さな丘に建つ簡素な屋敷。その一室で薫衣《くのえ》が目を覚ましたのは、彼の迪学《じやくがく》の師である迪師《じやくし》が身を起こしたすぐ後のことだった。

迪学《じやくがく》は、その名のごとく「迪《みち》び者」の学問だ。数人の集まりであろうと、ひとつの集落、ひとつの氏族、あるいは国全体であろうと、なんらかの集団の先頭に立ち、指導者の役目を果たさなければならない者には、おのずから求められる素養がある。それをまとめたものが迪学《じやくがく》とされる。

中心となるのは、心構え。すなわち、どういう考え方をし、判断の基準をどこにもち、どのような行動をとるべきかということだ。

哲学や倫理学に近いが、そこまで体系立ってはおらず、他国で宗教が果たしていた「生きる指針」を示すものだったといえる。

ただし、迪学《じやくがく》は、あくまで実学だった。心構えがいかに正しくても、それに従って行動するための能力がなければ意味がない。そのため、迪学《じやくがく》で修めるべき項目には、さまざまな方面の知識、計算能力、読解力などの〝学力〟や、剣術、格闘技から寒暖への耐性までを含めた身体能力の向上が含まれていた。

〈気〉を読むこともそのひとつだった。気配、敵意、殺気——これらを鋭敏に感じ取ることは、争乱の絶えなかったこの時代、時には生き死にをも決したのだ。

薫衣《くのえ》ももちろん、迪師《じゃくし》のもとでこの訓練を受けていた。三人きりの小さな世界にいたとはいえ、丘を取り巻く見張りの者たちが、かっこうの練習台になってくれていた。

その夜、薫衣《くのえ》を目覚めさせた〈気〉は、慣れ親しんだ彼らのものよりはるかに険しいものだった。それも、一人ではなく、大勢からの。

薫衣《くのえ》につづいて、迪母《じゃくぼ》も身を起こした。

三人の眠る部屋には窓がなく、唯一の出入り口である板戸の輪郭がぼんやり浮かんでいる以外は、何ひとつ見えない。

迪師《じゃくし》が火打ち石を打つ音が、暗がりに響いた。灯火が室内を照らし出した。そのようすにいつもと変わりはない。それがかえって、外から迫ってくる〈気〉の非日常性をきわだたせた。

迪師《じゃくし》が薫衣《くのえ》のほうを向いて、膝《ひざ》をそろえてすわりなおした。

「薫衣《くのえ》様に、お迎えがいらしたようです。しかし私は、それを許すわけにいきません」

犬が吠《ほ》えはじめた。圧縮されていった空気が、限界に達して周りの囲みを破壊しながら膨張するときのように、静寂のなかで濃さを増しつつあった〈気〉が、一転、物音と叫びに変わった。

迪師《じゃくし》と迪母《じゃくぼ》が、それぞれの寝具のかたわらに置かれていた剣をとった。部屋にある武器は、それで全部だった。

ふたりが腰を上げるのにあわせて、薫衣《くのえ》も立ち上がった。迪師《じゃくし》が鋭い一瞥《いちべつ》とともに告げた。

「ここをお出にならないように」

言いおくと、背中を向けて部屋の出口に向かった。

戦いが丘の下にとどまるのなら、これまでにも何度かあったことだ。だが、今回はようすが違い、争いの物音は、丘をのぼりつつあった。

戸口で迪師《じゃくし》が振り返り、白い眉《まゆ》の下から、薫衣《くのえ》を食い入るように見た。

「これから何が起ころうとも、私がお教え申しあげたことを、お忘れになりませんように」

薫衣《くのえ》は無言でうなずいた。

「お答えください。あなたは誰です」

「私は薫衣《くのえ》。穡《しょく》大王の嫡流、旺廈《おうか》の頭領」

剣がぶつかりあう重い金属音が、生け垣のすぐ向こうから聞こえてきた。

「では、あなたのなすべきことは」

「わが一族を統《す》べること。守り、育《はぐく》むこと。もしも四隣蓋《しりんがい》城の主《あるじ》となる日が来たなら、この国を統べ、守り、育むこと」

これまでに何度も繰り返された問答。しかし薫衣《くのえ》は、もう幾年も彼の一族から引き離されていて、統べるどころか、ことばのやりとりすらない。しかも、この八年間で初めて声の届くところに来た彼の手の者が、家のすぐ外で断末魔の悲鳴をあげているというのに、彼には守る術《すべ》がない。

「してはならないことは」

彼の一族を斬るための剣を握りしめたまま、迪師《じゃくし》がたずねた。

「私利にとらわれること。小事に目を奪われて大事をおろそかにすること。困難を理由に義務を怠ること」

玄関が打ち破られる音が轟《とどろ》いた。迪師《じゃくし》はふいに穏やかな顔つきになって、目を細めると、ゆったりと最後の質問を口にした。

「薫衣《くのえ》様。私がお教えしたことのなかで、いちばん大切なことは、何でしたでしょうか」

「この血に恥じぬよう生きること。事切れる間際まで」

夫婦は深々と一礼すると、引き戸を開けて出ていった。

戸が音をたてて閉められた。薫衣《くのえ》は細く長く息を吐いた。周囲から聞こえる乱闘の騒ぎは、耳を聾《ろう》するばかりだったのに、自分の吐息がやけに耳についた。視線が、片隅に置かれている石の火鉢に向かった。

この鈍器で、迪師《じゃくし》を後ろから襲うことを考えた。

鳳穐《ほうしゅう》による厳しい〈旺廈《おうか》狩り〉の手をかいくぐってひそかに生き延びていた彼の一族の者たちが、どこよりも危険なこの場所にあらわれ、戦っている。彼も内から、その戦いに加わるべきではないのか。

迪師《じゃくし》は、彼の師であり、父であり、友であり、命の恩人だった。だが、その愛着の情のためになすべきことをためらうのは、私利にとらわれることではないのか。

巷《ちまた》に「迪師《じゃくし》」を名乗る輩《やから》は数多くいるが、この末法の世、正当な迪学《じゃくがく》の流れを継ぐ者は、彼の老師ただひとりとなっていた。だが、その断絶を惜しんで闘うべき時を逸するのは、小事に目を奪われて大事をおろそかにすることではないのか。

扉のすぐ向こうで、二組の足音が荒々しく乱れあうのが聞こえた。

剣がぶつかる音。気合いの一声。何か重いものが倒れる音。

その残響が消えないうちに、扉が蹴破《けやぶ》られた。返り血らしい赤いしぶきを浴びた男があらわれ、叫んだ。

「薫衣《くのえ》様、お迎えに……」

男は口を大きく開けたまま、声を発することをやめ、前のめりにどうと倒れた。背中から、赤黒い血がどくどくと流れ出ていた。

男がふさいでいた視界があいて、廊下が見えるようになった。仰向《あおむ》けに横たわり、上半身を真っ赤に染め上げている迪師《じゃくし》の姿がそこにあった。あたりには、息をするのが苦しいほど、血のにおいが充満していた。

戸のあった空間がすぐにまた、剣を持った人物に占められた。剣士は倒れている男をまたいで部屋に入り込むと、刃の先を薫衣《くのえ》に向けた。

「旺夏《おうか》様。どうか、その場をお動きになりませんよう」

つづいて三人が入ってきて、一人がやはり薫衣《くのえ》に、あとの二人は入り口に、刃《やいば》を向けて身構えた。だが、新たな襲撃者はやってこなかった。血のにおいがさらに濃くなるのに反して、戦いの物音はまばらになり、やんだ。


音が絶え、いっさいの動きがやみ、馴染《なじ》みのない〈気〉が消えはてたそのとき、薫衣《くのえ》は気がついた。最初に立ち上がったときから、自分が身動きひとつしていなかったことに。すべては、あっという間の出来事だった。あっという間に――彼が身動きひとつしない間に――すべてが終わった。

うつぶせに倒れている男を見下ろした。血はまだ着物からしたたり落ちているが、湧き出るのはやめていた。

年老いた牛の歩みのようにゆっくりと、薫衣《くのえ》の足が前に出た。たちまち四本の剣が、彼への間合いを詰めた。

それでも薫衣《くのえ》は三歩を進み、こぶしひとつほどの間隔を保って付き随《したが》う刃をともなったまま、片膝をつき、右手を伸ばして、倒れている男の肩に触れた。

「おまえは、よく闘った。事切れる間際まで、その血に恥じぬ生きざまを示した」

言いおえると静かに立ち上がり、廊下のほうに首《こうべ》をめぐらして、横たわる迪師《じゃくし》に目をやった。

彼のまわりの男たちと似た装束の者が、そのそばにかがみこんで手首をつかみ、脈をとっていた。やがて力なく手をはなし、頭《こうべ》を垂れた。

「旺夏《おうか》様。それ以上、お動きになりませんよう」

刀のひとつが喉《のど》もとに迫った。ことばはていねいだが、剣先は、いまにも引き綱をちぎって暴走をはじめそうな馬のように、いきり立っている。

薫衣《くのえ》は承諾のことばを返さなかったが、動くこともしなかった。その場で、師であり、父であり、友であった恩人の亡骸《なきがら》に、心の中で語りかけた。

――あなたの訓《おしえ》は、忘れません。この血に恥じぬよう生き、この血に恥じぬよう死にます。してはならないことを一切なさず、すべきことをやりとげます。

いまこのときに、してはならないことが何かは明白だった。

怒りにまかせて、喉もとの剣に挑みかかること。胸の中で爆発しかけている衝動に流されて、泣き叫ぶこと。両足にこめている力をゆるめて、すわりこむこと。

だから薫衣《くのえ》は、微動だにしなかった。

してはならないことが明らかでも、すべきことが何なのか、彼にはわからなかった。

そもそも、いまできることは、ないに等しい。敵に囲まれ、武器ひとつ持たず、迪師《じゃくし》という後ろ楯《だて》を失って、明日にも首をはねられるかもしれない境遇にあるのだ。

――それでも、事切れる間際まで、この血に恥じぬ生き方をするために、私はどうすればいいのでしょう。

亡骸となった師は、沈黙したままだ。また、たとえ奇跡が起こって息をふきかえしたところで、答えを教えることは、迪師《じゃくし》といえどもできはしない。それは、重い血をもつ彼自身が、自分で考え出さなくてはならないことだったから。

——旺廈《おうか》の頭領として、私のなすべきことは、何だ。

まわりのすべてを忘れるほど懸命に、薫衣《くのえ》は考えた。

四本の剣はいつしか退いていた。見張りの援軍が到着したらしいざわめきが、静寂を一掃した。気がつけば、あたりに漂う血のにおいは、生々しさを失っていた。考え疲れた薫衣《くのえ》の頭に浮かんだのは、こんなことだった。

——そうか。迪《みちび》く者としてあることの、いちばんの困難は、なすべきことをなすこと自体ではなく、何をなすべきかを見極めることにあるのだな。

灯芯《とうしん》が燃えつきて、灯《あかり》が消えた。だが室内は、闇に沈みはしなかった。破れた戸を通して、薄明かりが差し込んでいたのだ。

いつのまにか、夜が明けようとしていた。生きて迎えるのが最後になるかもしれない夜明けを目にして、薫衣《くのえ》はかすかに身震いした。

2

灯《あかり》を持ってこなかったので、何も見えなかった。鼻先にこぶしを突き出されてもわからないだろうほどの、完全な闇の世界。

そのなかを穭《ひづち》は、目を大きく開き、右手を壁に沿わせて、階段を下っていた。

手摺《てすり》も柵《さく》もない階段だった。右手は壁に守られているが、左手は断崖《だんがい》。階段は狭く長く、底は深い。足の運びの正確さに、命がゆだねられていた。

百年以上前につくられたものだというのに、土の段はほとんどすり減っておらず、縁《へり》は直角に近かった。視力を奪われ鋭敏になっている足の裏の神経に、その刺激は痛いほどだ。

右手の壁。足の裏の階段。自らが起こした空気のわずかな動き——それが、感じ取れるもののすべてだった。聞こえるのは、自分の呼吸の音と衣擦《きぬず》れだけ。見えるものは、何もない。

やがて穭《ひづち》から、移動しているという感覚が失われた。足を交互に斜め下に出しながら、重心を移す。そのリズミカルな動きを、自分の意志でおこなっているという意識も消えた。左に待ち構えている奈落《ならく》への恐怖心は、最初からなかった。

姿勢をまっすぐに保って、規則正しい足の動きにからだの平衡を合わせることだけに集中して、何も見えない暗闇に目をこらす。そうしているうち、雑念が消えて頭が空になり、神経は鎮まると同時に磨《と》ぎ澄まされた。それこそが、灯を持たずにきた目的だった。

どれくらい、そうやって歩いていただろう。空気の中に、わずかに香《こう》の薫りが感じられるようになった。二ヵ月前に穭《ひづち》が焚《た》いた残り香だろう。もしかしたら、何十年も前に、彼の祖先か薫衣《くのえ》の祖先かが点《とも》した名残りかもしれないが。

いずれにせよ、底は近いようだ。右手をこれまでよりやや前方に寄せた。まもなく壁面に変化があらわれた。なめらかな土から、ざらついた石に変わったのだ。

穭《ひづち》は壁から手をはなすと、足の運びの速度を落として、数をかぞえた。

――一、二、三、四、五。

五歩目に出した右足の下に、段の縁はもうなかった。暗闇の中、長い長い階段をぶじに下りきり、底に到達したのだ。

頭ではそれがわかっていたのに、左足が、相方より下に踏み出せないことに不安を感じているかのように、二、三度床をたたいた。落ち着かせるために両足に力を入れて深呼吸してから、腰を落とした。手探りで、地面に置かれた火打ち石を見つけ、打ち合わせる。

石のたてる音が、地下空間を揺るがした。飛び散った火花のまぶしさに思わず目を閉じたとき、付け木が点火し、まぶたの向こうが火山でも爆発したかのように輝いた。

まばゆさに目が慣れてから見てみると、その小さな炎は、周囲の圧倒的な暗闇にいまにも押しつぶされそうなほど弱々しくて、そっとかざした両手の姿を浮かび上がらせるのがやっとだった。

付け木を持ってまっすぐに進み、横一列に並んでいる松明《たいまつ》に火をつけていった。

地下空間の全貌《ぜんぼう》が照らし出された。

そこは、奥の深い長方形の広間だった。床も壁も天然の岩で、装飾は見当たらない。

空気は冷たく、乾いていた。古代に食料貯蔵庫として使われていたというのも、うなずける話だ。

だが、百年ほど前から、ここに貯えられているものは、食料でなくなっていた。瓶《かめ》や壺《つぼ》や食料棚の代わりにこの広い空間を占めるようになったのは、ベンチのような細長い木の台。台は、短いほうの辺を左右に向けて、一列に整然と並べられていた。その景観は、この時代にはまだ存在しない大学の講義室のようだった。

手前の五つの台は、まだ来ぬ学生を待ってでもいるかのように、木材の表面をさらしていたが、六つ目からは布がかけられていた。布はわずかに盛り上がっていて、その下に、長細く嵩《かさ》の乏しい物体があることを示している。

覆いを通して見てとれる物体の輪郭は、似通っていた。木の台もみな、同じ形、同じ大きさ。これで布まで同じだったら、六つ目から先のベンチの列は、合わせ鏡の中に無限につづく映像のようにみえたことだろう。

だが布には、二種類があった。地の色はいずれも黒なのだが、そこに散る模様が、黄金色のものと白銀色のものとがあったのだ。

いちばん手前の布は黄金色だった。その奥は白銀。その次は黄金。けれども、交互に並んでいるかといえばそうではなく、黄金色の後ろにまた黄金色がつづいていたり、白銀の次にまた白銀が控えていたりもした。

ただし、どちらの色も、三つはつづかない。

穭《ひづち》は、規則正しいようでいて、その実、無秩序に伸びる縞《しま》模様を、しばらく正面からながめていた。それから、いまだに墜落を警戒しているような慎重な足取りで壁ぎわに進み、そこに置かれている巨大な香炉に火を入れた。

口伝《くでん》の掟《おきて》により、三月《みつき》に一度、ここで香を焚くことが定められていた。

この空間に入ることが許されているのは、穡《しょく》大王の直系男子のみ。そして彼には、祖父も父も生存しておらず、兄や弟は最初からいない。一人息子はまだ、乳母《うば》の胸から乳を吸っている。三月に一度の香のためには、彼が自分で来るしかなかった。

だが、このたび彼が香炉に火を入れたのは、義務を果たすためではなかった。前に香を焚いてから、まだ二ヵ月と少ししか経っていないのだから、単なる習慣からの行動だ。

香炉から流れはじめた芳香が、暗闇に眠らされていた感覚を蘇《よみがえ》らせたのだろうか。正面からながめる位置に戻った穭《ひづち》の目に、黄金色や白銀色が華やかさを増したように感じられた。松明の火のはぜる音が、炎の奏でる音楽のように聞こえてきた。

けれども、頭の中はいつものように、情緒よりも思考がまさっていた。

――きっと、臭かったのだろうな。

三ヵ月に一度香を焚くというしきたりのできたわけを、穭《ひづち》はそう推測した。彼は何ごとによらず、原因や理由を考えるのを常としていた。もちろん、そうして考えたことを、いちいちまわりに披露したりはしなかったが。

木の台の上で二種類の布をふくらませているものの正体は、人間の身体《からだ》だった。命の絶えた後の。

食料を貯えているうちに、地下空間の冷たく乾燥した空気が、〝なまもの〟の腐敗を防ぐと知れたのだろう。百年前にこの場所は、四隣蓋城《しりんがいじょう》の主《あるじ》たちの墓所となった。期待されたとおり、ここに安置された亡骸《なきがら》は、特別な処置をしなくても、腐ることなくゆっくりと木乃伊《ミイラ》化し、国の主だった者を、国の中心の地に永遠にとどめ置いた。

だが、腐敗はしなくても、遺体はわずかずつでも独特のにおいを発するものだ。数が増すにつれてそれが鼻につくほどになり、香を焚く必要が出てきたのだろう。

――それとも、国の歴史に思いを馳《は》せさせるためかもしれないな。

王たちの遺体の列は、見ようによっては、年表のようだった。

穭《ひづち》は視線を上げて、広間の最奥部に目をこらした。松明の光がじゅうぶん届かず闇に沈んでいるが、奥の壁にはこの空間で唯一の装飾品、ひとふりの剣が掲げてある。穡《しょく》大王の持ち物だったものだ。

この剣こそが、歴史の出発点だった。大王は、その刃《やいば》をふるいながら翠《すい》を統一し、国の基礎となるあらゆる制度をつくりあげた。それまでは、点在する小さな集落が、わずかな天候の変化で飢えに苦しんだり、意味もなく争いあったりしていたこの広大な島のすみずみにまで、農業技術を普及させ、文明を根付かせ、法による支配を打ち立てた。迪学《じゃくがく》を創始したのも、穡《しょく》大王その人だったといわれている。

大王の遺体はここにない。その時代、まだこの地下は墓所ではなく、亡くなった王は火葬された。大王と、つづく三人の王の遺骨は壺におさめられて、四隣蓋城《しりんがいじょう》の一室に祀《まつ》られていたのだが、その後の混乱で失われてしまった。

穭《ひづち》の視線が奥の壁から、その前に置かれた台に移動した。百年の歴史を横切ったことになる。五代目の王を包む布は、薄暗い光の中で、白っぽい色をみせていた。むずむずとした不快の念を押し殺して、穭《ひづち》はそれを直視した。

それから、さらに手前の台に目をうつす。覆いの布は色変わりして、黄金色を散らしていた。その間に戦《いくさ》があったということだ。

――骨肉の争い。

穭《ひづち》はそんなことばを思い浮かべた。

そのころにはまだ、そう言えたはず。だが、そのおどろおどろしい語感とうらはらに、いまとくらべてずっと小規模な争いだったことだろう。

敗れた側は都を追われたが、どこか別の土地に逃げれば、それ以上攻められはしなかった。望むならそこで、平和に穏やかに住みつづけることもできただろう。

けれども、そう望む者がいなかった証拠に、布はそれからも一つか二つおきに色を変え、歴史の縞模様《しまもよう》をつくっていく。手前にくるほど、色の変わり目の争いは大きくなり、国全体を揺るがせるものとなっていった。そしていまでは、追われた者に安住の地はない。

稗《ひづち》の視線が、布のかかっている台のいちばん手前のものまでたどりついた。歴史の旅の終着点だ。そこまでくると松明の光もまともに届き、布の模様をはっきりと見てとることができた。

黄金色の穂を輝かせているススキ。鳳穐《ほうしゅう》の紋章。

その模様の下に眠っているのは、彼の父親だった。いつもだったら稗《ひづち》は、枕元まで行って、ひざまずいて話しかけるのだったが、この日は足を動かさなかった。

この前、香を焚いてから、まだ二月と少ししか経っていないのに、彼が狭くて長い階段を下りてきたのは、亡父と話をするためではなかった。稗《ひづち》をこの地下室に入らせたのは、日の出とともに到着した急使。その知らせが、彼がただひとつ決断を下せずにいた問題への答えを要求したのだ。彼に詰め寄り指示を請う重臣たちをあとにして、稗《ひづち》は地下への扉を開けた。

ほんとうは、彼の心はとうに決まっていたのかもしれない。ただ、踏み出すことができずにいただけ。その道は、不可能に近いほど困難なものだったから。

だが彼は、穡《しょく》大王の嫡流たる鳳穐《ほうしゅう》の頭領にして、翠《すい》の国王。困難を理由に義務を怠るわけにはいかない。

目の前にこぶしが突き出されても見えないだろうほどの完全な闇の中で、すぐ横に奈落《ならく》が待ち構える階段を下りながら、心を鎮めて神経を磨《と》ぎ澄まし、穭《ひづち》は自分の心に聞いたのだった。

――それでいいのか。

雑念の消えた彼の心は、「選ぶべき道は他にない」と答えた。

穭《ひづち》は視線の先を、さらに手前に寄せた。順当にいけば彼の永遠の寝床となる台を通りすぎ、その前に並ぶ空の台を見つめる。

まだ何も書かれていない、年表の中の未来の部分。

ふたたび視線を上げ、肉眼では見えない奥の壁の剣を心の目でとらえて、穭《ひづち》は声をあげた。

「私は決断します。新しい道を進むことを。たとえ、ここにおられる全員から反対されようとも」

いくら奥の一点だけを見つめようとしても、横たわる亡き王たちの行列は、いやでも目に入る。

「殺せ、殺せ、殺せ、殺せ」

頭の中でその声は、かつてない大きさになった。黄金色からも、白銀色からも、その叫びは発せられているようだ。

「殺せ、殺せ、根絶やしにしろ」

ひときわ大きなその声は、彼の父を包むススキの穂から聞こえた。

穭《ひつち》は奥歯をかみしめて、崩れそうになった決意を強く支えた。

「私は決断します。どれほど困難でも、それが私のなすべきことだと信じるからです」

彼の目は、まるで先祖たちをにらみつけるかのように、大きく見開いていた。

3

薫衣《くのえ》は不安とたたかっていた。

不安を感じるなど、旺廈《おうか》の頭領として恥ずかしいことだと、心の動揺を自分に禁じるのに懸命だった。

だがそれは、風に波立つ湖面をてのひらで抑えようとするようなもの。はじめから勝ち目のない闘いだ。彼にできたのは、不安を態度にあらわさないことだけ。

いままでは監禁場所となった昨夜までの寝室に、薫衣《くのえ》は静かにすわっていた。扉は破壊されたままで、その手前と外とに二人ずつ、抜き身の剣を手にした男が、身じろぎもせずに立っている。

薫衣《くのえ》もじっとして動かなかった。あぐらをかき、背筋を伸ばしたその姿は、あらゆる心のわずらいと無縁であるかのように、泰然としていた。

唇がきつく結ばれていて、そこだけ見れば、怒っているようでもある。

けれども、目は心を裏切れない。

薫衣《くのえ》の両目は、潤んでも輪郭が歪《ゆが》められてもいなかったが、子を持ったことのある者がその瞳《ひとみ》をのぞきこんだなら、思わず抱きしめて、背中をさすってやりたくなったことだろう。

薫衣《くのえ》はある意味、「温室育ち」だった。

七歳までは四隣蓋城《しりんがいじょう》で、宝玉のように大切に守られて育った。

そして、突如起こった戦と二ヵ月にわたる野外生活に翻弄《ほんろう》されたものの、十一月十日の大風がすべてを終わらせ、この丘での暮らしがはじまった。

外の世界に出ることの許されない、不自由な生活だった。

だが、平穏だった。

変化といえるのは、季節のうつろいと自分自身の成長だけ。顔を見合わせことばを交わす相手は、人格者たる迪師《じゃくし》夫妻のみ。そして教育という面では、四隣蓋城《しりんがい》においても望めないほどの恵まれた環境にあった。

いまや「温室」は破壊され、一夜にして状況はまったく変わってしまった。

自分では気づいていなかったけれど、三人以上の人間を一度に見る機会が何年もなかった薫《くの》衣《え》にとって、多くの見知らぬ人間がまわりにいるというだけでも、強いストレスを生んでいた。

屋敷は夜が明けきってもざわついていた。

室内には動きがないが、破れた扉の向こうを、人がさかんに行き来する。そのなかには、屋敷に散乱する死体を片づけている者らもいた。

迪師《じゃくし》の亡骸《なきがら》は、早々に運び去られた。やがて同じ者らが、動かない迪母《じゃくぼ》のからだを担いで通った。

すでに確信していたことではあったが、育ての親ともいえる老夫婦がふたりしてこの世を去ったことを、薫衣《くのえ》はその目で見届けた。

廊下に落ちる柱の影がぐんぐん短くなり、ついに太い線ほどになった。見張りの者らが交替した。しかし、それ以外に部屋を出入りする者はない。

——なすべきことがないときには、待つこと。

薫衣《くのえ》は師の教えを思い返した。待つというのは、何もせずにいることではない。これから起こるあらゆる事態に対して、心構えを築くことだ。

だが、「これから起こる事態」に思いをめぐらせるほど、薫衣《くのえ》の不安は高まった。

死ぬのは怖くなかった。八年前から、つねに覚悟していたことだから。

薫衣《くのえ》が何よりおそれていたのは、旺廈《おうか》の頭領としてふさわしくないおこないをしてしまうこと。それは、死よりもつらいことだ。

うというのか。

——鳳穐《ほうしゅう》は、何をぐずぐずしているのだ。私をいらだたせて、みっともない態度に出させよ
薫衣《くのえ》には、これほど待たされる理由がわからなかった。

八年前の戦で旺廈《おうか》のおもだった者がことごとく、討ち死にするか、自決するか、捕えられて首をはねられるかしたときに、薫衣《くのえ》がひとり生き延びることができたのは、迪師《じゃくし》が命乞《いのちご》いをしてくれたおかげだった。

鳳穐《ほうしゅう》の頭領には、その願い出を断れない理由があった。彼自身、かつて迪師《じゃくし》の命乞いにより、死を免れたことがあったのだ。

けれども、薫衣《くのえ》を生かしておくことは、同じことの繰り返しを生むおそれがあった。すなわち、ひそかに一族の残党と連絡をとり、蜂起《ほうき》し、四隣蓋城《しりんがい》を奪い取る。

そこで鳳穐《ほうしゅう》の頭領は、薫衣《くのえ》を、自分がそうされたように信頼できる有力者の監視下に幽閉するのでなく、人里離れた森の中に閉じ込め、迪師《じゃくし》自身を最後の砦《とりで》とした。

迪師《じゃくし》はけっして裏切らない。命をかけて薫衣《くのえ》と旺廈《おうか》一族との接触を断つと誓約したからには、そのことばは守られるだろう。

この保証には、迪師《じゃくし》が四隣蓋城《しりんがい》で彼の子弟の教育にあたれなくなるという不利益を埋めあわせるだけの価値があった。そのうえ、もしも迪師《じゃくし》が警護に失敗して命を失う事態になったら、そのときには、誰に遠慮することなくこの仇《かたき》を殺すことができる——。

薫衣《くのえ》は、敵方のそうした計算が読み取れないほど子供ではなかった。鳳穐《ほうしゅう》の頭領が彼に向け

た、憎しみと殺意とがこれでもかというほど刻まれた顔を、はっきりとおぼえてもいた。

だから、決断に時間はかからないはず。死刑の執行役がなぜまだ四隣蓋城《しりんがいじょう》から到着しないのか、薫衣《くのえ》にはそのわけがわからなかった。

——あせるな。待つのだ。その時が来たら、なすべきことを間違いなくやりとげられるよう、心を落ち着けて。

廊下に落ちる影が長さを取り戻しはじめたころには、何をなすべきかという問いへの答えは、ふたつに絞られていた。

ひとつは、「みごと」と感心されるほど悠然と、少しも動じることなく死に赴くこと。

もうひとつは、捨て身の抵抗をして、鳳穐《ほうしゅう》の者を一人でも多く道連れにすること。

どちらにするかを、いま決めることはできなかった。まわりに雑兵《ぞうひょう》しかいなければ、〝捨て身の抵抗〟も死をおそれての悪あがきとしかみえないだろう。反対に、道連れにするに足る相手がいて、戦う機会を見逃せば、何もできずに殺された臆病《おくびょう》者とそしられる。

——父上。

薫衣《くのえ》は心の中で亡父を呼んだ。

——私をお守りください。なすべきことがなせるように。

しかし、父の思い出という箱を開けたとたん、飛び出してきたのは断末魔の声だった。

「鳳穐《ほうしゅう》を殺せ。根絶やしにしろ。この恨みを忘れるな」

そのときの情景までが、脳裏に蘇《よみがえ》った。

天井まで達する火柱に照らされた父の憤怒《ふんぬ》の顔。その傍らで、自らの喉《のど》に刃《やいば》を突き立てようとしている母が叫ぶ。

「母の最期の願いです。鳳稚《ほうしゅう》を、ひとり残らず殺してください」

薫衣《くのえ》は思わず目を閉じた。見張りのひとりが横目をつかうのが、気配でわかった。

全身が燃えるように熱くなった。

——恥じるな。

薫衣《くのえ》は自分をいましめた。

——心の動揺を見られたことなど、小事だ。大事に備えて、心の乱れを整えるのだ。

そのとき、それまで屋敷のあちこちで響いていたものとは異質な足音が聞こえてきた。静かでゆるやかで、威厳を感じさせる足の運び。

ついに、四隣蓋城《しりんがいじょう》の意向を伝える者らが到着したようだ。

あらわれたのは、三人のやや年配の男たちだった。足音にふさわしく、一目で高位とわかる身なりをしている。顔には薄化粧、髪はきつく結い、黒い羽織を身につけて、腰には宝剣を佩《は》いている。

そのうえ、見張りに立っている者たちより、はるかに与《くみ》しやすそうにみえた。飛びかかって武器を奪える隙はあるかとうかがっていた薫衣《くのえ》だが、妙なことに気がついた。

羽織と剣とに印《しる》されている紋章が、スス キでない者がいるのだ。

この場に鳳穐《ほうしゅう》以外の人間がいるわけが、薫衣《くのえ》には理解できなかった。ススキの紋をつけたふたりの後ろに隠れるように立っている、双頭の亀の紋の人物を、あらためてじっくりと見た。

この紋を旗印としているのは、たしか黄雲《こううん》一族だ。鳳穐《ほうしゅう》とも旺廈《おうか》とも血のつながりがないが、竜姫《たつひめ》平野の南部に広大な支配地を持つ、有力な氏族。

見ればその人物は、高位の者であることを示す黒革の首輪《チョーカー》をつけていた。頭領の親族か、あるいは頭領その人なのかもしれない。

ススキの紋をつけている者のうち年配のほうが、口を開いた。

「旺廈《おうか》様。ただいまより、旺廈《おうか》様の〈更衣の儀〉を執りおこないます」

提案でも要望でもない、断定のことばだった。〈更衣の儀〉のような重要な儀式の執行を、一族以外の者に決められるいわれはない。

だが薫衣《くのえ》は、少し考えてから、

「よかろう」

と、求められてはいない承認を与えた。

この期に及んで彼を成人させようという鳳穐《ほうしゅう》の意図はわからない。しかし薫衣《くのえ》としても、死ぬにせよ、その前に何かをなすにせよ、子供のままより成年《おとな》になっているほうがいい。

「隣室に、準備が整えてございます」

うなずいて、立ち上がってから、双頭の亀の紋をつけた人物に話しかけた。

「黄雲殿《こううん》。そなたが立ち会い人を？」

鳳穐《ほうしゅう》以外の者がここにいる理由は、いまや明らかだった。〈更衣の儀〉の立ち会い人は、新たに成人となった者の後見人のような存在となり、姻戚《いんせき》関係にも似た親密なつきあいが生涯つづくことになる。仮にも薫衣《くのえ》の後見人を、鳳穐《ほうしゅう》が務めることは考えられない。

「僭越《せんえつ》ながら」

答えると黄雲《こううん》の男は、薫衣《くのえ》の視線を避けるように顔をそむけた。

できれば引き受けたくなかったのだろう。別の世であれば、勢力拡大への最大の好機だと、一族そろって宴をはって喜びあうほどの大役だが、四隣蓋城《しりんがいじょう》の上にススキの旗がひるがえるいま、何の益にもならないどころか、危険などばっちりをくうおそれさえある。おそらく、鳳《ほう》穐《しゅう》から強要されるか、大きな見返りを約束されるかして、不承不承やってきたのだ。

式は簡素で短かった。

準備されていたのは最小限のもの――「魔」を払う若松の枝と、健康を祈る帆立貝の貝殻、繁栄を願う銀箔《ぎんぱく》の小箱、それに、立ち会い人から成人する者に渡されることになっているふたつの品だけだった。祝辞も音楽もなく、立ち会い人以外の参加者は、薫衣《くのえ》が少しでもおかしな動きをしたら斬るために控えている者ばかり。

しかし薫衣《くのえ》は、そんなことが少しも気にならなかった。部屋に足を踏み入れたとたん、彼の目は、儀式のために用意されたふたつの品に釘付《くぎづ》けになり、心はそのふたつに占められた。

剣と革鎧《かわよろい》。

しきたりにそった品だから、それがそこにあるのは当然だった。だが、予期されていたような、その場しのぎの間に合わせのものではなかった。

なぜならどちらにも、尾羽を立てた白い雷鳥を文様化した、旺廈《おうか》の紋章が印されていたのだ。

どくん、どくん、と薫衣《くのえ》の胸が高鳴った。

七歳のときまでは、日常にあふれている文様だった。それが、こんなにも美しいものだったとは。

黄雲《こううん》の男が定めの口上をぼそぼそと述べ、薫衣《くのえ》の背に革鎧を着せた。つづいて、剣を両手で捧《ささ》げ持って差し出す。薫衣《くのえ》も両手でそれを受け取った。

ビワの木の上で風に吹かれたときのように、心がすーっと軽くなり、不安やいらだちが消え去った。

〈更衣の儀〉は終了し、薫衣《くのえ》は正式に成年《おとな》になった。

黄雲の男は席を立つと、そそくさと部屋を出ていった。薫衣《くのえ》も立ち上がり、剣を片手で握りなおした。からだに力がみなぎるのを感じた。

この剣をふるって、部屋に残っているススキの紋の男たちと刺し違えよう——などという考えは、とうになくなっていた。そんなつまらないことで死に急ぐことはない。この紋を身につけていれば、おそれなくても、旺廈《おうか》の頭領としてりっぱにふるまえる。なぜか、そう確信できた。

「旺廈《おうか》様、剣をお返しください」

〈更衣の儀〉の執行を告げた男が、片手を出した。

「なぜ」

たずねると、相手は鼻白んだような顔をした。武器を渡そうとしないのは抵抗を考えているからとでも思われたのだろう。警護の者らの殺気が高まった。

だが薫衣《くのえ》は、ほんとうにわからなかったのだ。旺廈《おうか》の紋のついているこの剣を、どうして手放さなければならないのか。

「これより、四隣蓋城《しりんがいじょう》においでいただきます」

さっきの男が、理由にならない理由を告げた。

「鳳穐《ほうしゅう》殿が、私をお呼びか」

「はい」

「ならば、行ってもよいが……」

ことばを切って少し考えてから、薫衣《くのえ》はつづけた。

「道中、丸腰では、おかしいではないか。刀も鎧も身につけたまま行く。それに、旗も」

「旗ですと？」

「昨夜来た者たちが、持ってはいなかったか。あれだけの人数で行動したのだ。掲げてはいなくても、我が旺廈《おうか》の旗を、携えていたはずだ」

ふたりは眉根《まゆね》を寄せて顔を見合わせた。

「持ってはいなかったか」

語気を強めて、再度たずねた。その勢いに押されるように、これまで一度も口をきいていなかった、若いほうのススキが答えた。

「持っていました。しかし、それをお渡しするわけには……」

「渡してくれなくていい。私の馬の前を行く者が、掲げてくれればそれでいい」

「無茶をおっしゃいますな」

男の口からつばきが飛んだ。

「そちらから会いたいというのに、こちらから出向くのだ。それくらい、いいではないか」

薫衣《くのえ》はゆったりとほほえんで、つづけて言った。

「私の〈更衣の儀〉に居合わせたのも何かの縁だ。おまえ、旗持ちをやってくれないか」

男は目をむいて、口をぱくぱくと動かした。年配の男が、叱責《しっせき》するような強い口調でことばを吐いた。

「旺廈様《おうか》。お立場をわかっておいでか」

薫衣《くのえ》は笑みをおさめて、真顔になって明言した。

「刀と鎧と旗。ひとつが欠けても、私は行かない」

ふたりはふたたび顔を見合わせると、ことばも残さず部屋を出た。廊下から、ぼそぼそとした声が漏れてきた。内容はわからないが、相談をしているようだ。

言ってみるものだな、と薫衣《くのえ》は思った。

鳳穐《ほうしゅう》には、彼を好きなようにできた。四隣蓋城《しりんがい》に来させたければ、縛り上げたり、殴って意識を失わせたりして運ぶ手もある。

だが、ああして相談しているところをみると、それは望ましくないのだろう。

相談の結果がどうあろうと、薫衣《くのえ》はここまでのなりゆきに満足していた。


そして、都につづく街道に、旺廈《おうか》の旗がひるがえった。

ありうべからざる光景に、目にした者は驚いて人を呼び、道筋には人垣ができた。

ひるがえったといっても、本来の位置の先頭や殿《しんがり》ではなく、まんなかあたりにぽつんとひとつ、揚げられているだけだった。しかも、それを取り囲む無紋の黒ずくめの男たちは、旗に従っているのでなく、その後ろを行く若武者を連行しているのだということが、野次馬たちにも見てとれた。いずれも片手で手綱を握り、もう片方の手に鞘《さや》から抜いた刀を持ち、一時《いっとき》もこの少年から目をはなそうとしない。その他の者たちは、外からの襲撃を警戒しているらしく、遠方や群衆に目を配っていた。

「あれは、山の中に閉じ込められてたっていう、旺廈《おうか》様だな」

「かわいそうに、まだあんな子供なのに、殺されておしまいになるんだね」

そうささやきあう者たちがいた。かと思えば、

「惜しいお血筋だが、これで旺廈《おうか》が絶えれば、戦もなくなるな」

とつぶやく者がおり、

「絶えるもんか。生き残ってるなかでいちばん血の濃いのが、次の頭領になるんだ。雑兵の最

後の一人がいなくなるまで、殺しあいは終わらないのさ」

と、したり顔で反論する者もいた。

だが、どれも内輪での小声の会話だったので、薫衣《くのえ》の耳には入らなかった。

薫衣《くのえ》は意気揚々と進んでいた。

この行進を楽しんでさえいた。

自分の命があと一日以上あるとは思っていなかったが、いま自分はなすべきことをなしているという思いが、薫衣《くのえ》の胸をふくらませていた。

たとえ殺されるためとはいえ、旗を掲げて堂々と進む彼のことは、口伝《くちづて》で、どこかに潜んで生き延びている一族の者たちに伝わるだろう。そして、勇気を与えるだろう。

雷鳥の旗も、気持ちよさそうに風をはらんでいた。

旗竿《はたざお》を持つのは、紋付を着ていたふたりのどちらでもなかった。もっと若い、見張りの者らと同じ装束の男。嫌々この役をやっていることを主張したいのか、出発からずっと、顔をしかめている。

都に着くころには顔の肉が痛くなっているだろうな、と薫衣《くのえ》はおかしくなった。

都が近づくにつれて、人も建物も数を増していった。人垣は何重にもなり、押しあいになっている箇所さえあったが、険しい顔で警戒心あらわに進む武装した騎馬隊からは、じゅうぶんに距離をおいていた。

突然、その空白地帯に躍り出た者があった。薫衣《くのえ》が通りすぎたばかりの場所に、町民の服装をした男がひとり、人垣から飛び出したのだ。

「頭領さまあ」

男は声をかぎりに叫んだ。

薫衣《くのえ》ははっと振り返った。

近くにいた武者が、馬から飛び下りざまに、男を斬った。「旺廈《おうか》の残党」というつぶやきが、群衆から漏れ聞こえた。

正面に向き直った薫衣《くのえ》の顔からは、赤みがすっかり消えていた。

4

——困ったものだ。

穭《ひづち》は眉をひそめた。額の皺《しわ》が、また深くなる。

薫衣《くのえ》が何をし、何を言ったか、すべて報告を受けていた。「まるで、おそれるものが何もない、王者のようなふるまい」だったと。

——考えの足りない子供の態度だ。油師《じゃくし》に何を教わってきたのか。稽《ひづち》はいらだっていた。彼が決めた道を行くには、薫衣《くのえ》の力が欠かせない。だがこれでは、最初の一歩でつまずきかねない。

——まあ、よい。子供だというのなら、それなりの言いくるめようもあるだろう。その後の困難にくらべれば、対処のしやすい問題だ。薫衣《くのえ》の要求を呑《の》んだ使いの者らの判断を、稽《ひづち》はよしとした。だが、ここまでの経緯《いきさつ》に図にのったのか、薫衣《くのえ》は、稽《ひづち》の面前に来るのにも、剣を手放さないと言い張っているという。

「いかがいたしましょう」

彼の指示を仰ぎに来た者は、拒絶以外の返答を予期していなかったのだろう。

「よい。そのまま通せ」

と命じると、一瞬驚いた顔をした。

ほどなく、玉座にすわる稽《ひづち》の前に、薫衣《くのえ》が姿をあらわした。

色白で、思っていた以上に小柄で、十五という年齢よりも若く——つまり、幼くみえる。けれどもたしかにその態度は、「王者のよう」に堂々としていた。

虚勢を張っているようにはみえなかった。肩をいからせてもいなければ、緊張やおびえにからだをこわばらせているようすもない。七歳から先もずっとこの城で育ち、まわりにいるのは自分の家来だとでもいうような、のびやかな歩みで広間の中央まで進み出ると、大きな目を見るような顔で。

開いて、穭《ひづち》をまじまじと見た。まるで、どうしておまえがその席にいるのか、と不審がってい

——状況の判断がまったくできないほど愚かなのか。それとも……。

それともこれが、迪師《じゃくし》その人に一対一で何年間も教えを受けた成果、迪学《じゃくがく》で真に求められる

姿なのか。

その場には二十人近い人間がいた。鳳穐《ほうしゅう》のおもだった者たちだ。薫衣《くのえ》はそうした面々に目も

くれず、穭《ひづち》だけを見て、こう言った。

「会いたいというから、来た。何の用だ」

それまではやや気圧《けお》されたような顔をしていた重臣たちも、この言いように目を吊《つ》り上げた。

何人かが穭《ひづち》に、「早く殺してください」と訴えるような視線を送った。

「剣を置け」

相手の言葉づかいに合わせて、穭《ひづち》は要求した。

「なぜ」

返事の代わりに穭《ひづち》は、立ち上がって玉座の背を、横に強く押した。石の椅子がゆっくりと動

いて、その下に地下への入り口があらわれた。

「武器を持って入ることが許されない場所に行くからだ。中で話したいことがある」

薫衣《くのえ》より先に、重臣らが反応した。

「いけません」

「来い」

薫衣《くのえ》を呼んだ。

稽《ひづち》は、頭領に対して問うべきでないことを問うた者に鋭い視線を投げてから、

「何のために、話など」

「危険です」

「おやめください」

と袖《そで》をつかまれた。穎《ほさき》という、母の従兄弟《いとこ》にあたる縁者で、稽《ひづち》のいちばんの補佐役を自任する男だ。一族の中の力関係から、それにふさわしい地位にも就いている。

「ここには、稽様《ひづち》も、武器をお持ちになることができません。危険です」

「心配ない」

「頭領は、命を粗末になさってはいけません。話をなさる必要など、ないではありませんか」

稽《ひづち》は腕を強く引いて、袖を自由にした。

「何をなすべきで、何がそうでないか、決めるのは私だ」

それ以上の口出しを禁じることばだった。

騒ぎがおさまったのをみとめると、薫衣《くのえ》は素直に剣を足もとに置き、彼に向かって歩きだした。

——最初の一歩が踏み出された。

まだ何も始まってはいなかったけれど、稽《ひづち》は自分が、さっきまでとはまったく違う地平にいる気がした。

5

稗《ひづち》は誰も信用していなかった。鳳穐《ほうしゅう》から旺廈《おうか》へ、旺廈《おうか》から鳳穐《ほうしゅう》へと、付き随《したが》う先をころころと変える他の氏族たちだけでなく、彼の一族の者をも、信じてはいなかった。

彼らの忠誠心を疑っていたというわけではない。布告された法令よりも迪学《じゃくがく》の訓《おしえ》が大きな影響力をもっていたこの時代、一族の頭領に忠誠を尽くすことは、義務というより必然だった。よほどの変わり者——時代を飛び越えた柔軟な思考の持ち主——以外は、頭領に背くなど、思い浮かべることも難しかったろう。

「一族」といっても、全員に血縁関係があるわけではない。古代に勢力のあった一家族を中心に、その家来、剣客から、領有地を耕す者、支配する海で漁《すなど》る者、他国でいえば奴婢《ぬひ》に近い身分の者までが、まとまりを保って時を経てきた集団だった。しかし、その帰属意識は強烈で、ことに稽《しょく》大王の血筋となる鳳穐《ほうしゅう》と旺廈《おうか》においては、絶対的な規準となっていた。

稗《ひづち》が信をおいていなかったのは、忠誠心の有無ではなく、そのあり方だ。

さっきの穎《ほさき》がいい例だ。稗《ひづち》のことばに従うよりも、たしなめることのほうが大切だと考えている。

穭《ひづち》がまだ若いから、的確な判断ができないと思っているのだ。両親も祖父母もいないから、自分が苦言を呈さなければいけないと信じているのだ。

若いのは事実だから、しかたがない。限度を超える口出しをしてきたときには厳しく拒絶しながら、時が解決してくれるのを待つしかない。それまでは、彼らが良かれと思ってしてくる邪魔を、うまくかわしていくことだ。

穭《ひづち》が薫衣《くのえ》との対話の場所に、先王たちの墓所を選んだのは、そのためだった。彼が薫衣《くのえ》と話をすると知れば、重臣たちは必ず、内容を盗み聞こうとするだろう。どんなに人払いをしても、他の場所では安心できない。彼がこれから話そうとしていることは、絶対に聞かれるわけにはいかないのだから。

穎《ほさき》の言うとおり、薫衣《くのえ》とふたりきりになるのは、危険なことだった。薫衣《くのえ》は旺廈《おうか》の頭領だ。隙あらば彼に襲いかかり、殺そうとするだろう。体格でじゅうぶんな利があるので、我が身を守れる自信はあったが、薫衣《くのえ》の実力は未知数だ。

けれども、危険を理由になすべきことを怠ることは許されない。

穭《ひづち》はある意味、決死の覚悟で、その朝足を踏み入れたばかりの暗がりに、舞い戻ったのだった。

今度は灯《あかり》を持ってきた。左手の松明《たいまつ》は、穭《ひづち》と前を行く薫衣《くのえ》を照らす、ただひとつの照明だった。

薫衣《くのえ》を先に歩かせたのは、突き落とされないようにとの用心からだ。なにしろ誰かを殺すのに、これほどやりやすい場所はない。

死ぬのが怖いわけではないが、なすべきと信じることをなしおえるまで、生きつづける必要がある。命を粗末にしてはならないことなど、穎《ほさき》に言われなくても承知していた。

だから、用心のためにとるべき措置はすべてとる。たとえば稽《ひづち》は、底に着いても、他の灯はつけないつもりだった。燃える松明は強力な武器になる。ふたりの会談は、彼の手の中の小さな松明ひとつの下でおこなわれなければならない。

薫衣《くのえ》は、手を壁に沿わせることもなく、平地を歩くような足取りで、すたすたと進んでいた。足もとがよく見えないはずなのに、おそれるようすもない。

その大胆さが、稽《ひづち》の癇《かん》にさわった。視界のほとんどを占める揺れる背中が、目ざわりなものに思えてきた。

そして、気がついた。

いま自分が片手を強く押し出すだけで、薫衣《くのえ》は死んでしまうのだということに。

心がひどくざわついた。

今朝来た場所に舞い戻ったことで、気持ちまで元に戻ってしまったのだろうか。松明のはぜる音が「殺せ、殺せ」というつぶやきに聞こえた。

決別したはずの迷いが、胸の中をじわじわと染めていく。

なかったからだ。

「殺せ、殺せ、殺せ、殺せ」

二度と蘇《よみがえ》らせるつもりのなかった父の声が、一足ごとに大きくなる。

——これまでだって、いつでも簡単に殺せたのだ。それをしなかったのは、そうすべきではなかったからだ。

そう自分に言い聞かせても、振り捨てたはずの雑念が、彼にとりつき、はなれない。

それにあらがい、歩くことに集中する。

姿勢をまっすぐに保ち、規則正しい足の動きにからだの平衡を合わせることだけ考えて、乏しい明かりを包み込む、深い闇に目をこらす。

やがて、雑念が消えた。それと同時に、意志の力も消えた。

いつのまにか、眠っているようなぼんやりとした状態になり、自分が何をしているのかよくわからないまま、右肘《みぎひじ》をゆっくりと曲げた。指をぴんと立てて、前を向いているてのひらに力をこめる。しっかりと曲げられている肘が、伸びようとして、ぴくんと動いた。

突然、薫衣《くのえ》が立ち止まった。あやうくぶつかりそうになりながら、穭《ひつち》もなんとか足を止めた。

薫衣《くのえ》は半身振り返り、左頬に炎の影を踊らせながら言った。

「鳳穐殿《ほうしゅう》。足もとに、気をつけられよ」

そしてまた前を向き、何ごともなかったように歩きだした。

穭《ひつち》はふーっと息を吐いた。

頭の中の声は消えていた。悪い夢からさめたような気分だった。

彼もふたたび歩きはじめた。今度は薫衣《くのえ》との間に、手を伸ばしても届かないだけの距離をおいて。

鳳穐《ほうしゅう》の頭領と旺廈《おうか》の頭領とがふたりきりで行動するのは、いったいいつ以来のことだったろうか。

顔を合わせる時は殺しあう時――というこの百数十年の関係を考えれば、まださほど大きくなかった四隣蓋城《しりんがいじょう》の庭先で、穐《しゅう》王子と廈《か》王子とがいっしょに遊んだころにまで、さかのぼらなければならないかもしれない。

城の規模は小さくても、そのころ翠《すい》は繁栄をきわめていた。穡《しょく》大王の五十年に及ぶ治世により、国はすみずみまで安定し、盗賊にあうおそれのなくなった街道を、人々は自由に行き来した。役人は賄賂《わいろ》を受け取らず、裁きは公正におこなわれた。

つづく三代の王も、穡《しょく》大王の訓《おしえ》に従い、大過なくこの状態を保つことができた。そのままだったら、翠《すい》はいましばらく幸せな国であっただろう。だが、どこの国の歴史をみても、そのような平和はそう長くつづかない。波乱の時代の幕開きは、必然だったのかもしれない。

四代目の王の息子は双子だった。穐《しゅう》と廈《か》のふたりの王子は、子供のころ、微笑ましいほど仲《なか》睦《むつ》まじかったという。それがどうして、父王が死んだとき、王位を奪いあうようなことになったのか。

鳳穐《ほうしゅう》が語る歴史によると、父は穐《しゅう》を次の王に指名していた。なのに夏《か》が、正当な継承者を、力ずくで押しのけようとしたという。

旺夏《おうか》に伝わる話は違う。父による指名などなかった。双子といえども長幼の別はあり、夏《か》こそが兄と認められていた。それを穐《しゅう》が、偽りの遺言を持ち出して、序列を乱そうとしたのだという。

この争いは長くつづき、穡《しょく》大王の血に従えば間違いないと信じきっていた人々は、どちらについていいかわからずに右往左往していたが、やがて、もともとの供まわりの者を中心に、穐《しゅう》派と夏《か》派とがつくられていった。

この間、王がいない状態がつづいたのに国がさほど乱れなかったのは、それまでの安定した治世のおかげだろう。

三十五年目にようやく決着がついたとき、玉座についたのは、年老いた夏《か》王子だった。

だが、穐《しゅう》の一派はあきらめなかった。この王が死ぬと、穐《しゅう》王子の息子が蜂起《ほうき》して、都を奪い取った。

それからは、この繰り返し。鳳穐《ほうしゅう》と名乗るようになった穐《しゅう》王子の子孫らと、旺夏《おうか》と自称する夏《か》王子の末裔《まつえい》とは、相手に王位を譲ることをいさぎよしとせず、百数十年の時をかけて、この地下墓地に歴史の縞模様《しまもよう》をつくりあげていったのだ。

6

底に着くと薫衣《くのえ》は、少し進んでから立ち止まり、くるりと稽《ひづち》のほうを向いた。ふたりはしばらく、無言で互いの顔を見つめていた。

先に口をきいたのは薫衣《くのえ》だった。

「ここには、以前、来たことがある。我が父と」

何を思い出したのか目をしばたたき、つづいてたずねた。

「そのときから、ご遺体の数は増えているのだろうか」

「増えている」

質問の意図がよくわからないまま、稽《ひづち》は答えた。

「ただし、そなたの父君はいらっしゃらない。ご遺体は、燃え尽きていたのだ」

薫衣《くのえ》はそれを無念がるそぶりはみせず、重ねて聞いた。

「では、増えたのは」

「私の父だ」

ふっと、薫衣《くのえ》の表情がゆるんだ。

「そうか。やはり、私が前にお会いしたのは、先代の鳳穐《ほうしゅう》殿だったのだな。いつ、どうしてお亡くなりに？」

穭《ひづち》にもやっと、薫衣《くのえ》の知りたかったことがわかった。さっき広間で不審げな顔をしたのがなぜなのかも。

「三年前に。病で」

この八年間に起こった世の中の出来事を、薫衣《くのえ》は何ひとつ知らないのだという事実に（その原因をつくっていたのは彼自身だったというのに）、穭《ひづち》はようやく思いいたった。小さな丘に閉じ込められていた薫衣《くのえ》は、国の王が代替わりしたことも知らなければ、いまだに多くの人に悪夢をみさせるあの凄惨《せいさん》な出来事も、伝聞ですら知らずにいたのだ。

「都を流行《はや》り病がおそった。大勢の人間が死に、そのなかに、我が父と母もいた。そのためだろう、病を流行らせたのは、荻之原《おぎのはら》の戦で死んだ旺廈《おうか》の怨霊《おんりょう》だという噂もたった」

ふふん、と薫衣《くのえ》が笑った。してやったりという顔をして。

「だが、私はそうは思わない。死んだ人間の無念さが人を殺せるのであれば、我が鳳穐《ほうしゅう》の一族も、薫衣《くのえ》殿、そなたの一族も、すでに死に絶えているであろう」

穭《ひづち》は左腕を伸ばして、灯火を遺体の列に向けた。小さな炎は先頭の裸の台しか浮かび上がらせることができなかったが、ここに来たことがあるのなら、並んでいるもののことは承知しているこことだろう。

「鳳穐《ほうしゅう》殿、お名前は」

いまの話をどう思ったかうかがわせることなく、薫衣《くのえ》がたずねた。

「稽《ひづち》」

「稽殿《ひづち》。話したいこととは、何か」

何からどう話すかは、綿密な計算のうえ、決めてあった。しかし稽《ひづち》は、その段取りを捨てた。

言いくるめられる相手ではない。

なぜか、そう思った。

言いくるめたりするべきでない。

そのことにいま、気がついた。

――薫衣《くのえ》をどうする。殺そうか、〈常闇《とこやみ》の穴〉に落とそうか。それとも、生かしておくべきか。生かしておいて、共に生きられる世をつくるのか。

その問いに今朝、答えを出した。

だが、選んだ道は、たとえようもなく困難だ。言いくるめられてうっかり踏み込んでしまった者は、きっと途中で脱落する。

あらためて、薫衣《くのえ》の顔をまじまじと見た。やはり、幼く、頼りなくみえる。それでも、この少年は旺廈《おうか》の頭領。彼と同じ重さの血をもつ、この世でただひとりの人間なのだ。その血の能力《ちから》を信じても、いいのではないか。

薫衣《くのえ》は彼をうながすことなく、静かに返事を待っていた。

心のままに話を進めることに決めた。

「薫衣《くのえ》殿。私は何度も、そなたを見に行った。あの丘にいる、そなたを見に。そのたびに、この胸には相反する思いがわきたち、せめぎあった。〈殺せ〉〈殺したい〉〈殺すべきではない〉〈殺したくない〉」

話を聞く薫衣《くのえ》の表情に、変化はない。

「〈殺せ〉という思いは、私の外からやってきた。旺厦《おうか》との戦で死んだ数多くの一族の者たちが耳もとでそう叫び、いま生きている者たちの、親兄弟の恨みを晴らしたいという願いが、私にとりつき、けしかけるのだ。

〈殺したい〉という思いは、私の肉からやってきた。あそこに横たわっておられる方々の御代《みよ》と、ご遺体が見つからず、または損傷激しくて、ここにおられない方々の御代。そのすべてを通して我が家系には、旺厦《おうか》を滅ぼしたいという欲求が刻まれていった。私はこの肉に、はっきりとそれを感じる。

〈殺すべきではない〉と唱えるのは、私の頭だ。そなたを殺せば、旺厦《おうか》は明確な中心を失う。動きがつかみにくくなるだけで、益のないこと。そう損得を計算しての主張だ。

だが、〈殺したくない〉がどこから来るのか、私にはわからなかった。そなたがいる場所に、自分がいたかもしれなかったからかとも思ったが、そんな軟弱《やわ》な感情ではない。もっと私の内奥から、泉の水が湧き出るように、流れ出てくる思いだった」

「それを恩に着ろと？」

薫衣《くのえ》がそっけなく言った。いくら穭《ひづち》が本心をさらしても、心情《こころ》は届いていないようだ。

「お聞きしたいことがある」

穭《ひづち》は口調をあらためた。

「迪学《じゃくがく》の訓《おしえ》をひとことに約《つづ》めると、何だと思われるか」

「なすべきことをなせ」

薫衣《くのえ》は即答した。

「では、薫衣《くのえ》殿のなすべきこととは」

「おまえを殺すこと」

穭《ひづち》は思わず息をのんだ。だが薫衣《くのえ》は、すぐにこうつづけた。

「冗談だ。穭《ひづち》殿が、あんまりわかりきったことばかり聞かれるから」

このような場で冗談を言う神経が、穭《ひづち》には理解できなかった。

――そうだ。私はかつて一度も、この人物を理解できたことがなかった。庭や畑にいたときも、いつでも予想と異なる動きを、それも、私が思いもつかないようなことを、やらかした。

だが、薫衣《くのえ》にとっての穭《ひづち》は、それ以上にわからない存在だった。なにしろ、ついさっきまで、名前も知らず、確認をとらなければ、八年前に会った人物と違うかどうかも、さだかでなかったのだ。

親と子の年齢差を考えれば奇異な話だが、薫衣《くのえ》が先代に会ったのは、七歳のときのほんの短い時間。それも、命の瀬戸際という状況でだった。また、穭《ひづち》は顔立ちが父親によく似ており、そのうえ歳よりふけてみえた。

代替わりという新たに知った事実以上に薫衣《くのえ》をとまどわせたのは、稽《ひづち》の言動だった。「話したい」という申し出が、まず意表外なものだった。そして、この場所にふたりきりでやってくること。自分はよほどみくびられているのか、それともこれは何かの罠《わな》なのかと首をひねらされた。おまけに、いざ話しだしても、雲をつかむようなことばかり言う。

薫衣《くのえ》の警戒心をもっともかきたてたのは、階段での出来事だった。ほとんど殺気を感じさせずに、彼を突き落とそうとした。

油断のならない相手だと思った。

薫衣《くのえ》は、稽《ひづち》のことばではなく動きや気配に大きな注意を払いながら、事の推移に神経をとがらせていた。

「薫衣《くのえ》殿のなすべきことは、旺廈《おうか》一族を統《す》べること。守り、育《はぐく》むこと。そうではないか」

鳳穐《ほうしゅう》の頭領が、またもわかりきったことを、ひどく真剣な面持ちで言い出した。

「そのとおり。だが、それだけではない」

相手に運命を握られている状況で、挑発するようなことを言うのは賢明でないと思ったが、口が止まらなかった。

「この城を我が手に取り戻し、そのうえで、翠《すい》の全土を統べ、守り、育むことも、我が務めだ」

「そうだろうか」

疑問を呈されて、薫衣《くのえ》はかっとなった。だが、つづくことばは、彼が予期していたものと違っていた。

「薫衣《くのえ》殿。四隣蓋城《しりんがい》の主《あるじ》でないときでも、この国を守り、育むことは、そなたの務めなのではないか。なぜなら、我らは穡《しょく》大王の血を引く者。どこにいようと、どんな境遇にあろうと、その責を負っているはず」

薫衣《くのえ》は一歩、あとずさった。

ひどく危険なことばを聞いた気がした。

旺廈《おうか》と鳳穐《ほうしゅう》をいっしょにして「我ら」と称するなど、耳にしたこともなければ、頭に浮かべたこともない。

そのうえ、この地下墓地の遺体に手を触れないことと、相手に穡《しょく》大王の血が流れているのを認めること——このふたつを除くあらゆる場面で、髪の毛一本にいたるまでを否定しあってきたのが、旺廈《おうか》と鳳穐《ほうしゅう》だ。その不倶戴天《ふぐたいてん》の敵の頭領が、薫衣《くのえ》の責務を——すなわち権利を——認めるようなことを言うとは。

七歳の彼は、殺意と憎しみとをこれでもかというほど発する先代の頭領を、おそろしいとは思わなかった。しかし、いま目の前にいる男は、穏やかな口調のことばひとつで、彼を心底、恐怖させた。

「私の言うことは、間違っているか」

薫衣《くのえ》は大きくかぶりを振った。でないと、自分の血を否定することになる。

「では、我らがいま、翠《すい》のためになさねばならない、もっとも重要なことが何か、おわかりか」

唇をかんでにらみつけることが、薫衣《くのえ》の返事だった。玉座にいる稗《ひづち》は、国内の情報をつぶさに耳に入れている。さぞ、的確なことが言えるのだろう。だが、彼は――。

「むずかしく考えることはない。その答えは、都の物売りの子供でも、山奥に住む猟師の女房でも知っている。我らが――鳳穐《ほうしゅう》と旺廈《おうか》が、殺しあうのをやめることだ」

薫衣《くのえ》は怒りに目の前が暗くなる思いがした。

『殺しあう』とは、どの口が言うか。我らは、一方的に殺されているではないか。狩られているではないか」

「それは、荻之原の戦以後のこと」

薫衣《くのえ》の人生の約半分にあたる年月を、ごく短い時間であるかのように、稗《ひづち》は言ってのけた。

「その戦は、おまえたちが卑怯《ひきょう》にも、命を助けられた恩を忘れてしかけたものだ」

「それを卑怯と言うのなら、ここに眠っておられる方々の多くが、卑怯な戦をしかけたことになる」

「違う。我らは、正当な居場所を守るために戦ってきた。当然に我らのものである地位を、不当に奪おうとする、おまえたちとは違うのだ」

同じく激しい口調での罵《のの》りが返ってくるものと待ち構えていたのに、鳳穐《ほうしゅう》の頭領は、小さな松明《たいまつ》をついと自分のほうに引き寄せると、まったく別のことを言い出した。

「薫衣《くのえ》殿。そなたは迪師《じゃくし》その人から、一対一で教えを受けてこられた方。迪学《じゃくがく》の本質を、誰よりもしっかりと身につけておられるものと、私は信じている」

これは誉めことばでなく、挑発だと薫衣《くのえ》は思った。挑発であり、攻撃。彼が少しでも迪学《じゃくがく》に沿わないことを言えば、それをあげつらって非難しようとしているのだと。

薫衣《くのえ》は慎重に口を閉ざした。

「そのうえで、あらためてお聞きしたい。薫衣《くのえ》殿、そなたのなすべきこととは、何か」

「それを、鳳穐《ほうしゅう》の頭領であるおまえに教えるつもりはない」

穭《ひつち》はこの拒絶に気を悪くしたようすもなく言った。

「では、私からお話ししよう。私のなすべきことは、鳳穐《ほうしゅう》と翠《すい》を統べ、守り、育むこと」

話しながら穭《ひつち》は、ゆっくりと木の台の列の右端――遺体の足もとにあたる側に向かって移動をはじめた。暗闇に取り残されるわけにはいかないから、薫衣《くのえ》もそれについていった。

「だが、何から守るのか。どうやって育むのか。考えれば考えるほどわからなくなり、迪師《じゃくし》を呼んで、おたずねしたことがある」

薫衣《くのえ》は、迪師《じゃくし》が何度か数日の留守をしたのを思い出した。薫衣《くのえ》殿はとうに承知しておられるだろうが、

「しかし、答えを教えてはもらえなかった。薫衣殿はとうに承知しておられるだろうが、それを考えることこそ、迪《みちび》く者の役割なのだと」

壁ぎわまで来ると、ふたりは左に折れて、奥へと向かった。

「日々こなしている雑事のひとつひとつが、統べ、守り、育むことだと思ったこともある。だ

が、違う。なぜなら、私やそなたの上には、もう誰もいない。我らを迪《みちび》く者は、いないのだ。薫衣《くのえ》殿、そなたはそれを考えて、おそろしくなったことはないか」

そんなことを考えたことなど、なかった。けれども、言われたとたん、首筋がぞくりとした。そのおびえを振り捨てるために、薫衣《くのえ》は激しくかぶりを振った。

「では、薫衣《くのえ》殿は、私よりも強い気持ちをおもちなのかもしれない。私はおそろしかった。町にも村にも家にも、それぞれに迪《みちび》く者がいる。だが、その者たちは、さらに上の迪《みちび》く者に従いさえすればいい。我らは違う。一からすべてを自分で考えねばならない」

「私は、そんなことをおそれはしない。なぜなら私は、旺廈《おうか》の頭領として生まれた。その務めを果たせるだけの力が自分にあることを、私は疑わない」

穭《ひつち》が歩みを止めた。ふたりは布のかかっている最初の台――穭《ひつち》の父親の足もとまで来ていた。

「私もだ」

そのささやきが、穭《ひつち》も自分自身の力を疑っていないという意味なのか、それとも薫衣《くのえ》の力を疑っていないという意味なのか、薫衣《くのえ》にはわからなかった。

「私がおそろしいと思ったのは、従う先のない我らだけに課された使命のことだ。すべてを統べる者は、必要とあれば、それまであたりまえとされてきた道筋を変えなければならない。川の流れを変えるような、とほうもなく困難な仕事だ。しかし、困難を理由に義務を怠ることは許されない」

「穡《しょく》大王は、川の流れを変えるどころか、川そのものをつくりだされた。その子孫たる我……

「……」

「その子孫たる我ら」と言いそうになって、薫衣《くのえ》はあわてて、言い直した。

「その子孫たる私は、必要とあらば、川の流れでも、海の潮《うしお》でも、変えてみせよう」

稽《ひづち》は父親をおおうススキの穂を見つめていた。その横顔に向けて、薫衣《くのえ》はさらにことばを投げた。

「それに、まったく一から考えなければならないわけではない。私には、迪《みちび》いてくれる指針がある。父母の教え。そして、穡《しょく》大王の嫡流たる我が祖先の事跡」

「それを、はずれなければならないとしたら？」

稽《ひづち》が灯火をふたりの顔に近づけた。頰にほのかな熱を感じた。稽《ひづち》の目の中で、炎がちらちらと揺れていた。

「薫衣《くのえ》殿。祖先の示した道、父母の遺言、それらから、自分のなすべきことがはずれてしまうとしたら、そなたはどちらを選ぶ」

答えは自明だったけれど、薫衣《くのえ》には、それを口にすることができなかった。

「そのふたつが、違う道を示すことなどない」

「そうかな。常に先祖の示すとおりに進めばよいのなら、頭領も国王もいらない。文書官《もんじょかん》が過去の事跡を調べればすむ」

薫衣《くのえ》は論争を避けて、話をそらした。

「稽《ひづち》殿。そなたは父君のこんな近くで、父祖に背くことを語るのか」

「そうだ。その覚悟があればこそ、薫衣《くのえ》殿、そなたとここにやってきた」

声の力強さと裏腹に、稗《ひづち》はまるで、哀願でもしているような目をしていた。

だまされてはいけない、と薫衣《くのえ》は思った。これは罠《わな》だ。鳳穐《ほうしゅう》の頭領は、ことばたくみに薫衣《くのえ》に何かを吹き込むことで、旺厦《おうか》一族を破滅させようとしているのだ。

稗《ひづち》がふたたび、奥に向かってゆっくりと歩きはじめた。

「先祖の示すままに進むとしたら、私は旺厦《おうか》を滅ぼすべく励まなければならない」

このせりふに、薫衣《くのえ》はむしろほっとした。議論はようやく、なじみの道筋をたどりはじめた。

ゆるやかに移動する灯火に足の運びを合わせ、通りすぎようとしている台にかかる白銀色を見つめながら、宣言した。

「我らは、滅ぼされたりしない」

「そのとおり。それは、現実には、不可能な試みだ。鳳穐《ほうしゅう》が旺厦《おうか》を滅ぼすことも、旺厦《おうか》が鳳穐《ほうしゅう》を滅ぼすことも」

薫衣《くのえ》は抗議の声をあげようとしたが、稗《ひづち》が歩みと同じ静かな声で語りつづけるので、ことばをはさむことができなかった。

「たとえばいまは、明らかに鳳穐《ほうしゅう》の勢力がまさっていて、旺厦《おうか》を滅ぼすのに絶好の時にみえる。薫衣《くのえ》殿、そなたがいなくなれば次の頭領は誰になるのか、それもさだかでないほど、旺厦《おうか》には他に血の重い者は残っていない。だが、見つけしだい殺していけば、それで滅ぼすことができるのか」

「我らは、滅びはしない」

「まさしく。勢力が弱まるほど、残った者は身を潜める。今日殺されたあの男のように、身元を偽りひとりきりで町の中に隠れ住んだり、集団で獣も通わぬ山奥に入り込み、地を耕してひっそりと暮らしたり。いまそうやって生き延びている旺廈《おうか》の一族は、いったい幾人いることだろう。三千か、五千か。手を尽くして見つけ出し、見つけしだい殺していっても、新たに生まれてくる数がまさっていれば、減ることはない。大木は倒せても、飛び散った種から芽生え、地中に伸びる根から芽吹く草を、すっかり取り除くことはできないのだ。また、数が減るほど恨みはつのり、どれだけの時が経とうといつか必ず殺された人々の仇《かたき》を討つという決意は強まるばかり。辛抱強く待っていれば、好機は必ずおとずれる。天災、油断、内輪もめ。有為転変は世のならい」

「なぜ、そのようなことを私に語る」

ひとことでも憤死しそうなことを、ずいぶんと聞かされた。同時に、彼だったらもっとも親しい身内にも漏らさないだろう弱音のようなことも、聞いた気がする。薫衣《くのえ》は、この地下空間にふたりきりでいる相手の、正気を疑いはじめていた。

足を止めた薫衣《くのえ》のほうを振り返りながら、穭《ひづち》が答えた。

「なぜなら、いまの話は、旺廈《おうか》を鳳穐《ほうしゅう》に置き換えても、そっくり同じことが言えるからだ」

「黙れっ」

怒りに胸が煮えたった。

「旺廈《おうか》は、ほかの何ものにも置き換えられはしない。ましてや鳳穐《ほうしゅう》などと」

「だが事実、我らはよく似た双子の一族だ」

「違う」

松明の火が近いわけでもないのに、薫衣《くのえ》の頬は熱かった。

「断じて違う。我ら旺廈《おうか》は……」

「薫衣《くのえ》殿、少し落ち着かれよ」

はなれてしまった数歩を後戻りしながら、穭《ひづち》が声をかけた。簡単に激する小物と思われたくなくて、薫衣《くのえ》は必死で息をととのえた。ふたりはちょうど、黄金色の台と白銀色の台の間で向き合った。

「薫衣《くのえ》殿、そなたは旺廈《おうか》の頭領だ。曇りなくものごとを見る目をおもちだと思う。思い出していただきたい。私がこうして、言いにくいこと、聞き苦しいことをあえて口にしているのは、〈なすべきこと〉を――この翠《すい》をいかに守り、育《はぐく》むかを、知るためだ」

深く息を吸い、ゆっくりと吐く。香《こう》のかおりが鼻孔を満たし、地下空間の冷たい空気が胸に広がる。頭にのぼっていた血が冷めていき、ふと、目の前に立つ相手が、とてつもなく大きくみえた。

「小事に目を奪われてはならない。でないと、旺廈《おうか》や鳳穐《ほうしゅう》が滅ぶ前に、この翠《すい》が滅ぶ」

またしても、思いも及ばぬことを聞いた。薫衣《くのえ》にとって、翠《すい》とは大地のことであり、滅んだりなくなったりするようなものではなかった。

「東の海の彼方《かなた》に、大陸とたくさんの島があり、この翠《すい》よりもはるかに多くの人々が、さまざまな国に分かれて暮らしていることを、薫衣《くのえ》殿もご存じであろう」

もちろん、迪師《じゃくし》に習って知っていた。それらの人も国も、淡い知識としてだけの存在だったが。

「遠い、遠い、国々だ。そこをめざして十艘《そう》の舟が漕《こ》ぎ出ても、必ず途中で嵐にあい、到着するのはせいぜい五艘。帰りつくのは、運が良くて一艘きり。そんな海の彼方との関わりは、何年かに一度、漂流者がたどりつくくらいのものだった。だが、そのひとりが不穏な噂をもたらした。私は十艘の舟を出し、ぶじに戻った一艘が、噂は正しいと告げた。大陸にあったいくつもの国が、いまひとつにまとまろうとしている。強大な国が生まれ、近くの島々をも呑《の》み込みつつある。このままでは、荒い海のへだたりを越えて、いつか翠《すい》までやってくる」

「我ら旺廈《おうか》があるかぎり、翠《すい》をそのような者どもに滅ぼさせたりはしない」

「ことばと気概で国が守れるものならな」

穭《ひづち》が冷笑した。薫衣《くのえ》は、売られた喧嘩《けんか》を買う気で言った。

「この城にススキの旗をひるがえらせているからには、海の彼方からやってくる者たちをしりぞけるのは、おまえの務めだ」

「もちろんだ。そのためにいま、そなたとこうして話している」

「ことばで国は守れないのではなかったかな」

穭《ひづち》の顔に、はじめていらだちがあらわれた。小さくため息をついて、ゆっくりとまた、奥に向かって歩きだす。

「薫衣《くのえ》殿、そなたにだから打ち明けるのだが、いまの翠《すい》に、強大な軍船をしりぞけるだけの力はない」

「そんなことがあるものか」

「そう思いたいが、目をそらすわけにはいかない事実だ」

薫衣《くのえ》に背中を向けたまま、穭《ひづち》は灯火を持ち上げた。淡い光の輪が広がり、二枚の雷鳥の布の奥に、ススキの布がふたつ並んでいるのがほの見えた。

「戦がつづきすぎた。田畑が荒れ、飢饉《ききん》に備えた食料の貯えは、長らく底をついたままだ。働き盛りの男手を失い、離散するしかなくなった家も多く出た。そうした家の子供らは、食べるために悪事をはたらくようになる。だが、盗賊や山賊を取り締まるべき者たちは……」

「〈旺厦《おうか》狩り〉にいそがしい」

薫衣《くのえ》は、穭《ひづち》が言いよどんだ先を口にした。返ってきたのは、言い訳がましいせりふだった。

「国の土台を揺るがそうとする者には、盗人《ぬすびと》に優先して対処しなくてはならない」

穭《ひづち》はそこで、奥の壁につきあたって、振り向いた。自分が歩いていたことに気づいていなかったとでもいうように、少し驚いた顔をしている。

「つまりは、穭《ひづち》殿、そなたの話をまとめれば、この八年間の鳳穐《ほうしゅう》の政《まつりごと》が、うまくいっていないということではないか」

「そうならいいのだが」

また、ため息。

薫衣《くのえ》はめまいを感じた。彼の父を戦で負かし、彼の一族を滅亡の淵《ふち》に追い込んだ一族の当代の頭領は、こんなにも気弱な人物なのか。

実のところ、薫衣《くのえ》のめまいは疲労からきたものでもあった。この未明から、ずっと緊張がつづいていた。しかもその間、いっさい飲み食いをしていない。慣れない馬に乗っての移動もあった。この地下に来てからは、とんでもないせりふの数々に、頭の中がつむじ風に踊る木の葉のようにきりきり舞いさせられている。

けれども、疲れに負けて少しでも気をゆるめることはできなかった。彼は旺廈《おうか》の頭領で、いま、鳳穐《ほうしゅう》を率いる者と対峙《たいじ》しているのだ。

「八年間の過ちならば、正すことは容易だ。だが、残念ながらそうではない。百年以上の時をかけて、翠《すい》はゆっくりと弱っていった。どんなに優れた政《まつりごと》がおこなわれても、それが十年と続かないのでは、建て直すことなど無理だ。そのうえ、旺廈《おうか》の王は鳳穐《ほうしゅう》の蜂起《ほうき》を、鳳穐《ほうしゅう》の王は旺廈《おうか》の攻勢を、常に警戒しなければならない。それに時間と人とをとられすぎ、この国を守り、育むことに、力を尽くしてこられなかった」

「鳳穐《ほうしゅう》殿。それではまるで、ご自分の先祖のされてきたことまでを、とがめているようではないか」

「何を聞いておられた。最初からそう言っている」

身の毛がよだった。海の向こうに住んでいるという、着るものや食べるもの、話すことばの違う人々よりも、目の前の人物はさらに異質な存在に思えた。

「最初にこの考えにたどりついたとき、そなたをいまおそったであろう戦慄《せんりつ》を、私も感じた。だが、自分の務めを果たすために、そのおそれと痛みを乗り越えなければならなかった。薫衣《くのえ》殿、そなたにも、そうしていただきたい」

言いおえると稽《ひづち》は、顔をこの地下空間の主《あるじ》たちに向けた。

「先祖を尊ぶことを否定しているのではない。どなたも皆、穡《しよく》大王の血を引く畏《かし》き方々だ。しかし……」

稽《ひづち》はふたたび薫衣《くのえ》に首を向け、視線を正面からとらえた。

「このままでは翠《すい》は滅びる。父祖のことばに逆らってでも、鳳穐《ほうしゆう》と旺廈《おうか》との争いを、終わりにしなければならないのだ」

ふっと、薫衣《くのえ》の口から笑いが漏れた。その小さな吐息が堰《せき》を破ったかのように、つづいて胸の奥から、たからかな笑い声が湧き出した。

ひとしきり笑い、四方の壁からの反響も静まると、薫衣《くのえ》は稽《ひづち》に笑顔を向けた。

「鳳穐《ほうしゆう》殿、我らがここに来てから、もうずいぶんな時間がたっている。かわいそうに、上ではご家臣が、さぞやきもきと待ちあぐねているであろう。そんなことが言いたいのなら、長々と演説をぶたれることはない。はじめから端的にそうおっしゃればよかったのだ。争いを終わりにする？　よかろう。私に異存はない」

「薫衣《くのえ》殿、まだ結論を述べられるのは早い。その方法まで、聞いていただきたい」

「どうして。簡単なことではないか。そなたが私にこの墓所への入り口、あの椅子を譲り渡して、一族をひきつれこの城を去る。そして、我らに二度と戦をしかけてこないと誓う。その代わりに我が旺厦《おうか》は、そなたたちが都をはなれておとなしく暮らしを立てていくことを認める。それで争いは終わりだ」

「薫衣《くのえ》殿……」

穭《ひづち》が浮かべた表情は、見おぼえのあるものだった。幼いころ、養育係の爺《じい》やが、よくこんな顔をした。薫衣《くのえ》が駄々をこねたり、我を張ったりしたときに。

「さっき私は、川の流れを変えねばならないとお話しした。だが、土手を造り替えさえすれば、川はどんなふうにも流れを変えるだろうか」

なぜかいたたまれないような気持ちになって、薫衣《くのえ》は視線を壁にそらした。穭《ひづち》は自ら答えを述べた。

「それは無理だ。水がまともにぶつかるところに土手を築けば、破られる。川は行きたいほうへ行く。水の流れを変えるには、進みやすいほうに少しずつ、進路をずらしていくしかないのだ。いま薫衣《くのえ》殿が言われたことは、川を山に上らせようとするようなもの」

「おっしゃることが、よくわからない」

我ながら、歯切れの悪い響きになった。

「そなたと私が『争いをやめる』と宣言すれば、それで終わりとはいかないと申し上げている」

「なぜだ。鳳稝《ほうしゅう》はどうか知らないが、我が旺廈《おうか》には、頭領のことばに従わぬ者など、一人もいない」

「鳳稝《ほうしゅう》とて、たとえば、一族のために命を捨てよと命じれば、誰もが嬉々《きき》として死に赴くだろう。しかし、さっきそなたが言ったようなことを、納得させられるはずがない」

「納得？　あらゆることばに従うとかたく誓っている者たちに、納得など必要ないではないか」

「本気でそう思っておられるのなら、薫衣《くのえ》殿、そなたは〈更衣の儀〉をすまされても、まだ子供でおられるのだな」

この侮辱のことばは、薫衣《くのえ》の耳を素通りした。彼はそのとき、小さな松明《たいまつ》の光が届くか届かないかのところの壁に、何かがあるのを見つけたのだ。

「どんなに忠実な人物でも、納得していないこと、大きく意に反することをさせるには、つねに指令のことばを浴びせなければならない。一挙手一投足を指示しつづけなければならない。多くの者たちに対して、それをするのは不可能だ。ただ一人に対して、いや、自分自身に対してさえ、どんなにやっかいなことか。さっき私は、この肉に、旺廈《おうか》を殺したいという欲求が刻まれているとお話しした。なすべきことがそれと反対のことだとわかっても、この欲求を抑え込むのに、不断の努力を要している。それは、薫衣《くのえ》殿、そなたも同じのはずだ。ましてや、世の大きな動きをとらえられない者たちには……」

その先を、薫衣《くのえ》は聞いていなかった。暗がりにぼんやりと見える物体が、鞘《さや》におさまった剣の先だと認識したとたん、頭の中が空っぽになった。稗《ひづち》のことばのいくつかが、その虚空をぐるぐると旋回する。

——この肉に……殺したいという欲求が……。

薫衣《くのえ》は飛んだ。壁の物体めがけて。

しまった、と思ったときには、薫衣《くのえ》は壁から剣をひったくり、鞘を投げ捨てていた。刃《やいば》が白い光の弧を描きながら迫ってくる。

壁を背にした逃げ場のない場所に立っていたことを悔やみながら、稗《ひづち》は松明で防御した。

小さいといえども太さがおとなの手首ほどある竹が、抵抗なく切り落とされた。さすが、稽《しょく》大王の持ち物だった剣。古さを感じさせないおそろしいまでの切れ味だ。けれども、それで稼いだ寸毫《すんごう》ほどの時間によって、稗《ひづち》は身をかわすことができた。

床に落ちた炎が、ぱっと輝いて、たちまち暗くなった。ふたたび刃が襲ってきた。からだをかがめて薫衣《くのえ》の腰に体当たりして押し倒し、そのまま暗がりに逃げようとした。

だが、薫衣《くのえ》の動きはすばやかった。倒されながら、左手で稗《ひづち》の肩をつかみ、反転して上になった。

床に組み敷かれながら、稗《ひづち》は手を突き出した。落ちた松明は消えかかり、炭火のような赤い微光しか放っていない。真上にいる薫衣《くのえ》は、輪郭も不確かな影でしかなかったが、わずかな光も反射する刀身からなんとか動きをとらえて、薫衣《くのえ》の手ごと剣の柄《つか》をつかんだ。

喉《のど》もとに向かっていた刃先がそれて、横の地面に突き刺さった。薫衣《くのえ》は、その先端を支点に刃を倒して首を切ろうと、柄の上のこぶしに左手も乗せて、体重をかけてきた。穭《ひづち》もう片方の手を加勢に出して、必死で押し上げる。

ふたりの力は拮抗《きっこう》していた。だが、上から押している者よりも、下から突き上げる者のほうが、先に疲れるのは目に見えている。力ずく以外の方法で、この場を切り抜けなければならなかった。

「薫衣《くのえ》殿。これがほんとうに、そなたがなすべきことか」

薫衣《くのえ》の力は弱まらない。むしろ、声を出したことで穭《ひづち》のほうが、かすかとはいえ力が抜け、もつれあう二組の手がごくわずか、穭《ひづち》のほうに下りてきた。

それでも、ことばによる闘いをやめるわけにはいかない。

「私が死ねば、そなたも生きては出られないぞ」

「かまわない」

「旺廈《おうか》は頭領を失い、ますます力を削《そ》がれることになる。私がいなくなっても、鳳穐《ほうしゅう》の優位はゆるがない。旺廈《おうか》狩りが激しくなるだけだ」

聞いているのか、いないのか、薫衣《くのえ》はことばを返さない。彼の口から漏れたのは、渾身《こんしん》の力をふりしぼるための小さなうめきだけだった。

床に落ちた松明の燠《おき》のような残り火は、ないに等しいほど小さくなっている。この火が絶えるのが先か、穭《ひづち》の命が消えるのが先か。

稽《ひづち》は叫んだ。

「薫衣《くのえ》殿。これは、その血に恥じぬおこないか」

ふっと押さえつけてくる力がゆるんだ。力まかせにはねのける好機だが、それでは相手の闘争心にふたたび火をつけることになる。

両手の位置はそのままで、声を低くし、稽《ひづち》はさらに問いかけた。

「衝動に身を任せることが、そなたの生き方か。旺厦《おうか》の頭領としてやるべきことはほんとうに、私を殺して自らも死ぬことなのか。残されたそなたの一族はどうなる」

そして、待った。

薫衣《くのえ》は無言のまま動かない。ついに灯《あかり》が完全に消えて、首の真上の白刃さえ、闇の中に姿を消した。

「薫衣《くのえ》殿。剣を引かれよ。そのまま持っておられてかまわないから。ただ、どうか、話を最後まで聞いていただきたい。そのうえで、なさりたいことをすればいい」

剣の柄が持ち上がり、稽《ひづち》の手から完全にはなれた。薫衣《くのえ》が上体を起こすのが感じられ、刀が地面に転がるカランという音が聞こえた。稽《ひづち》はそっと、薫衣《くのえ》の下から自分のからだを引き抜いた。

荒い呼吸の音が、すぐ近くでつづいていた。それで薫衣《くのえ》の居場所はわかるのだが、顔を見ずに話をするのはやりにくかった。かといって、火打ち石を取りに行っては、無用な刺激を与えそうだ。

りかけた。

の接触を保ったまま、目の前にろうそくの火があったとしても乱さないような静かな声で、語りかけた。


稽《ひづち》は代わりに、薫衣《くのえ》のほうにそっと手を伸ばした。指先が、手首らしきところに触れた。その接触を保ったまま、目の前にろうそくの火があったとしても乱さないような静かな声で、語りかけた。

「私も、衝動に身を任せそうになったことがある。お気づきのように、ここに来る階段で。そなたが巧みに身を守ってくださって、ありがたかった」

薫衣《くのえ》の皮膚は、熱いといっていいほど温かかった。

「薫衣《くのえ》殿。そなたの第一の務めは、旺廈《おうか》を守ることか。それとも鳳穐《ほうしゅう》を滅ぼすことか」

「そのふたつは同じこと」

「違う。今日一日をみれば、そうかもしれない。一年を考えても、そう思えるかもしれない。だが、十年、百年を考えよ。そのために、我らはいる。流れを大きく変えなければならないのだ。互いに、己《おの》が一族を守るためにも、翠《すい》を守り育《はぐく》むためにも、相手を滅ぼすことを断念しなくてはならないのだ」

さっと薫衣《くのえ》が手を引いて、稽《ひづち》の指を置き去りにした。

「結局、言いたいことはそれか。ことばはきれいに飾られているが、つまりは、我らに降伏せよというわけだ。膝《ひざ》を屈して、二度と刃向かいませんからこれ以上殺さないでくださいと、頼めと言っているわけだ」

「そうではない」

「では、どうやって争いを終わらせる。私と鳳穐《ほうしゅう》殿がふたりして手をたずさえて国を治め、旺《おう》夏《か》と鳳穐《ほうしゅう》が半分ずつ、高官の地位を分け合うのか。そしていっしょに四隣蓋城《しりんがい》で仲良く暮らすのか。それこそ、川の水を山頂まで引こうとするようなものだ」

「薫衣《くのえ》殿。灯をつけてもいいか。こんな闇の中では、話がしづらい」

薫衣《くのえ》がだめだと言わなかったので、穭《ひづち》は壁をつたって階段下まで行き、手探りで火打ち石を見つけ出して、打ち合わせた。

薫衣《くのえ》は同じ場所にうずくまったままでいるようだ。横一列に並ぶ松明に火を点《とも》しながら、声をかけた。

「薫衣《くのえ》殿。ご存じないかもしれないが、その剣は、畏《おそ》れ多くも穡《しょく》大王が使っておられたものだ。差し支えなければ、元の場所に戻されてはいかがかな」

知らずにいたのなら、さぞやあわてているだろうと思ったが、距離があるので表情はわからない。とにかくそのとおりにしているようだ。

それから薫衣《くのえ》は、木の台の列の正面に立つ穭《ひづち》のそばまでやってきた。殺気は消え、表情も落ち着いて、気のせいか、さっきまでよりおとなびてみえる。

「最後まで聞こう。何がしたい。私に何を望む」

「ここまでの話は、ご理解いただけたか」

「このままでは翠《すい》は滅ぶ。翠《すい》のためにも、鳳穐《ほうしゅう》のためにも、旺夏《おうか》のためにも、争いがこれ以上起こらないようにしなくてはならない。だがそのやり方は、肉に刻まれた〈相手を殺したい〉という欲求をなだめつつ、人々の気持ちに真っ向からはさからわず、それでいていつのまにか、川の流れが変わっているようなものでなければならない」

稽《ひづち》は舌を巻いた。彼が話しているあいだ、薫衣《くのえ》は乏しい照明の下でもはっきりとわかるほど、赤くなったり青くなったり逆上したりと、ころころと表情を変えた。相手の能力《ちから》を信じつつも、やはりこの道に引き入れるには幼すぎるのではと案じていたが、薫衣《くのえ》は聞き、理解していた。その証拠に、稽《ひづち》が伝えたかったことを、言ったままではないことばで、みごとにまとめている。

「そのとおりだ」

「それから、稽《ひづち》殿が言い忘れておいでのことがある。おっしゃることをなすためには、〈殺したい〉をなだめるだけでは足りない。〈殺せ〉という声にも、耳をふさがなければならない。すなわち、無惨にも命を奪われた多くの幼子や女、寝首をかかれた者、今日のあの男のように何もしていないのに斬られた者、そういった者たちの無念を晴らすことを、断念しなくてはならない。父祖の断腸の思いを顧みず、血の涙を流す遺族らの悲しみを癒《いや》すことを放棄し、我らが正当性を証《あか》すことをあきらめなくてはならない。そのことを、どうお考えか」

「その断念やあきらめに対しては、薫衣《くのえ》殿、私もそなたに負けないだけの痛みを感じている。だが、選ばなければならないのだ。すでに死んだ人々を救うのか、いま生きている人間や、これから生まれくる者たちを救うのか」

薫衣《くのえ》はしばらく無言だった。稽《ひづち》も口を開くことなく、薫衣《くのえ》の唇が動くのを待った。

「稽《ひづち》殿、そなたに私の痛みはわからない。さっき、父母の遺言と自分のなすべきことが違ったら、どうするかと問われたな。私にとってそれは、〈もしもの話〉ではないのだ。私の父母は、死の間際に、まさしくそう言い遺《のこ》した。『鳳穐《ほうしゅう》を殺せ、ひとり残らず殺せ。根絶やしにしろ』と。穭《ひづち》殿、そなただったら二親《ふたおや》の最期の言いつけを、なかったことにできるのか」

穭《ひづち》は思わず笑みを漏らした。薫衣《くのえ》の目が怒りに燃え立ったのを見て、あわてて説明する。

「すまない。まさしく我らは双子の一族だと思って。私のほうも、〈もしもの話〉ではない。私の父母は、戦で死んだのでなく、別々の日に病で息をひきとったのだが、最期のことばは同じだった。『旺廈《おうか》を殺せ、根絶やしにせよ』。薫衣《くのえ》殿、これでおわかりだろう。私たちがともに遺言に忠実であったなら、どうなるか。川が流れを変えるとき、その土地にある多くの貴重なものが失われる。それでも、なすべきことは、なされなければならない」

薫衣《くのえ》はふたたび押し黙った。

五分か、十分か。こうした状況で待つにはじゅうぶんに長い時間が経ってから、薫衣《くのえ》がようやく口にしたせりふは、短かった。

「それで？」

だが、このひとことで穭《ひづち》は、薫衣《くのえ》が痛みを乗り越える覚悟をしたと理解した。それならば、次の一歩を踏み出さなければならない。さらにむずかしい一歩だが。

「くどいようだが、我々が和平を宣言するような劇的なやり方は、どう考えてもいい結果をもたらさない。では、どうするか。考え尽くしてひとつだけ、成功の可能性のある道を見つけた。細い、細い、いばらの道だが。薫衣《くのえ》殿、さっき上で、私の隣に妹がいたのをご覧になったか」

「妹？　あの場に女性がいたかな」

「ご覧になっていないのなら、あやまっておくが、私に似ている。美人ではない。しかし、血筋は正しい。私と母を同じくする者で、いま生き残っている唯一の近しい身内だ。薫衣《くのえ》殿、あなたに妹と夫婦《めおと》になっていただきたい」

薫衣《くのえ》が反射的に顔をしかめたのを、穭《ひづち》は見逃さなかったが、不快には思わなかった。同じ立場なら、彼もそうしていただろう。

「気立ては良い。そこは私に似ていない」

「つまり、ふたつに分かれた血をひとつにしようというのか？　私と妹君のあいだに生まれた子を、次の王にしようというのか」

「それは……おそらく無理だ。次の代に何とかしたいが、それもむずかしければ、また次の代になる。だが、必ず」

薫衣《くのえ》のまなじりがわずかに上がった。

「この婚姻と同時に、旺廈《おうか》狩りを中止する。旺廈《おうか》であることがわかっても、治安を乱さないかぎり、それまでの暮らしをつづけられるようにする。そしていずれは……遠い先のことになるかもしれないが、鳳穐《ほうしゅう》か旺廈《おうか》かを問わず、能力《ちから》のある者は高い地位に取り立てるようにしていく。何十年もかかるかもしれない。しかしこれが、流れる水に土手を破らせないようにしての、せいいっぱいの変化なのだ」

「頭領の妹君が旺廈《おうか》に嫁いだりしては、水が土手を破りはしないか」

「破るだろうな、確実に」

「では？」

「妹は、旺夏《おうか》に嫁がない。薫衣《くのえ》殿に婿となってもらう」

松明《たいまつ》の赤い火の下で、薫衣《くのえ》の顔が蒼《あお》ざめた。目がかっと見開かれ、髪がさかだった。

「私に……旺夏《おうか》の名を捨てろというのか」

「薫衣《くのえ》殿。それがいかになしがたいことか、誰よりも私にはよくわかる。だが、最良の道なのだ。誓って、同じ立場になったら、私はそれを甘受する」

「口では何とでも言える。私には、そんなことはできない」

そうだろう、とうなずきたいのが稽《ひつち》の本音だった。けれども、己に対してと同じように、薫《くの》衣《え》には、迪《みちび》く者であることを厳しく求めなければならない。

「困難からお逃げになるのか」

「困難ではない。不可能だ」

「困難と不可能を見分けよと、師は言われなかったか。血が重く、迪《みちび》く者が多いほど、困難の度合いは大きくなる。我々は、常人には不可能なことも、なしとげなくてはならないのだ」

「いっそ、私を殺せ」

「それも、逃げるということだ。旺夏《おうか》殿。そなたが旺夏《おうか》殿と呼ばれなくなっても、その血は変わりはしない」

「旺夏《おうか》の名を捨てることは、この血を裏切ることだ。雷鳥の紋を捨てることは、この血に恥ずべきことだ」

「違う。名前は文字でしかない。紋は布に描かれた図案にすぎない。私は自分のなすべきことのためなら、ススキの旗をこの足で踏みにじることもやってみせよう。薫衣《くのえ》殿、何が大事で何が小事か、考えてみよ。恥とは人にそしられることか、それともなすべきことをなさないことか」

カチカチと、歯の鳴る小さな音がした。薫衣《くのえ》が激情に震えている。穭《ひつち》は一度、ぎゅっと目をつぶってから、心を鬼にして、追い討ちをかけた。

「そなたは今日、ご自分の見栄《みえ》のために、なすべきでないことをされた。どうして、旗など掲げて都に入られた」

「何が悪い」

「そのために、旺廈《おうか》の男がひとり死んだ」

「おまえたちが殺したんだ」

「殺さないわけにはいかなかった。あの男も、そうなるとわかっていて、そなたを呼んだ。そなたの雄姿にがまんできなくなったのだろうな。身元を隠し、平穏に暮らしていた男が、薫衣《くのえ》殿、そなたの愚行にあぶり出されて、意味もなく命を落とした。そなたの務めは、あの男を守ることだったはずなのに」

薫衣《くのえ》はわずかに口を開け、呆然《ぼうぜん》としていた。今日のあの出来事の意味を、初めて思い知ったのに違いない。

「薫衣《くのえ》殿、もう一度、よく考えていただきたい。頭領とは、人から立派だと賞賛されることをめざすものなのか。それとも……」

「なぜ……」

薫衣《くのえ》がかすれた声を出した。

「なぜ、いまなのだ。なぜ、争いを終わらせるのが、鳳穐《ほうしゅう》が玉座を占めているときなのだ。なぜ、その反対ではないのか」

「なぜなら、八年前の十一月十日に西風が吹いたから。東風なら、私が同じ疑問を口にしていたかもしれない。そして薫衣《くのえ》殿、なぜいまかと問われるなら、この百年のあいだで、いまがもっとも好機なのだとお答えしよう。薫衣《くのえ》殿は戦で、私は疫病で、身内をほとんど失っている。旺廈《おうか》と鳳穐《ほうしゅう》の頭領が、ともにこれほどひとりになったことは、かつてなかった。だから、好機なのだ。強く口出しができる親兄弟がいたならば、我々がやろうとしていることは、絶対に成功しない」

「私はやるとは言っていない」

「そうだったな」

穭《ひづち》は階段を見上げた。そろそろ戻らなければ、上の連中がしびれを切らすかもしれない。いまだに出てこないのは、ふたりして死んでしまったからだ、それなら次に血の濃い者に入る資格があるはずと、遠い親戚《しんせき》の誰かが、ようすを見に来ないともかぎらない。

「薫衣《くのえ》殿。私はいま話したことを、考え、受け入れ、決意するのに、ずいぶんな時間をかけた」

時間がもっともかかったのは、最後の決意の部分だった。選ぶべき道は他にないと確信してからも、猶予の時は尽きたと告げられたこの朝まで、迷いを断ち切れずにいた。薫衣《くのえ》にとってはなおさらに、この決断は苦渋をともなうものとなるはずだ。

「しかし、申し訳ないがあなたには、それだけの時間をさしあげられない。状況がそれを許さない。三日が限度だ。よく考えて、三日以内にお返事をいただきたい。それまではこの城で、自由に過ごされよ」

薫衣《くのえ》が次に口をきいたのは、階段を上がる途中のことだった。

「穭殿《ひづち》。お聞きしたいことがある。さっきの話に、嘘偽りはないのだな。何かの罠《わな》ではないのだな。真《まこと》にあれが、翠《すい》を守るための最善のやり方とお考えなのだな。鳳穐《ほうしゅう》のみの利益のためではないのだな。ほんとうに、ふたつの血を、いつかはひとつにするのだな」

「祖先のご遺体の前で、謀《はかりごと》などしかけられるわけがない。私が口にしたことは、すべて真実だ。穭《しょく》大王の血にかけて誓う」

薫衣《くのえ》はふたたび押し黙った。

7

四隣蓋城《しりんがい》は、時代によってさまざまに姿を変えている。

穡朝《しょくちょう》中期のこの時期は、敷地内に多くの建物が迷路のごとく乱立して、一定の様式や全体としての調和がみられないありさまだったので、建築史の専門家から「無秩序期」と呼ばれている。場当たり的な増改築が繰り返された結果だが、政権の移り変わりの激しさを考えれば、それもしかたのない話だろう。

とはいえこの時期にも、秩序がまったくみられないわけではない。全期間を通じて保たれていた、用途によって大きく三つの区画に分かれるという構造は、この時代にもあてはまった。

まず、正面の門を入ったところが公務のための場所。ただしこの時期には、仕事場らしい整然さはない。「役所」となる大小さまざまな建物は、整列しているとは言いがたく、周辺に置かれている宿直《とのい》のための小屋や廏舎《きゅうしゃ》も、あちこち勝手なほうを向いていた。

その奥の、敷地の中央にあたるところに、初期から変わらない唯一の建物があった。影が四隣を蓋《おお》うといわれた巨大な塔だ。

それはおかしい、影は南方にはささないはず――といった指摘は、自然現象として正しい。

けれども、古代の人々の心情からすると、近くに立って見上げると首が痛くなるほどの大建造物は、空の上から町全体におおいかぶさっているように感じられたことだろう。

高さがあるだけあって延べ床面積も広大なのだが、使用されているのは一部分のみだった。玉座のある謁見のための大広間。日々の御前会議が催される小広間。王が休息したり瞑想《めいそう》したりする小部屋。塔の上の物見台。あとは衛兵たちの詰め所と、めったに人が通らない通路や階段ばかりだった。

なぜならこの塔は、内部を使用するためでなく、外観を〈見せる〉ためにつくられた。稙《しょく》大王は、ただ一人の王という概念を持たなかったこの島の人々に、国の中心を認識させようとして、未曾有《みぞう》の大工事をおこなったのだ。

このねらいはみごとに当たった。塔があることで、町は都になった。城の主《あるじ》は、すべての人を〈迪く者《みちびくもの》〉となった。稙《しょく》大王亡きあとも、大王その人の偉大さと塔の偉容とが人々のなかで重なり、四隣蓋城《しりんがいじょう》の目に見えない影は、国のすみずみまでをおおいつづけた。

この塔の後方に、第三の区画となる、王族の生活空間があった。

ここそまさに迷宮で、王の居住する館を中心に、親族らが家族ごとに暮らせる小さな住居がいくつも回廊で結ばれているのだが、通路の走り方に法則はなく、微妙な角度で交わったり、併走したり、行き止まったりしている。その合間には、炊事場や湯殿《ゆどの》、縫殿《ぬいどの》が差し込まれ、ところどころに客の宿泊や不意の用途に使われる空き部屋もあり、後世の復元図の制作者らを、ずいぶんとうんざりさせることになった。

薫衣《くのえ》が案内されたのは、そうした空き部屋のひとつだった。広さ八畳ほどの、がらんとした何もない部屋。そこで薫衣《くのえ》は泥のように眠り、翌朝、運ばれてきた食事を平らげると、少し歩いてみることにした。

自由に過ごすようにと穭《ひづち》は言ったが、ほんとうに、城内を好きに歩きまわることができるのだろうか。半信半疑で部屋を出ると、あたりに人影はなかった。出口に見張りもついていないことに拍子抜けしながら、回廊を適当なほうへ歩いていくと、反対から、女官がひとり、やってきた。

女官は薫衣《くのえ》に気づくと、すっと顔を伏せて、廊下の端に寄って動きを止めた。薫衣《くのえ》が脇を通るときにも、視線を合わせず会釈もせず、置物かなにかのようにじっとしている。薫衣《くのえ》が行きすぎると、魔法が解けたようにまた、歩きだした。

その後に行《ゆ》き逢《あ》った者たちも同じようにふるまったので、そうするように言いつけられているのだろう。「自由に過ごす」とは、いるのにいないようにみなされる、亡霊のような存在になることを言うらしい。

歩いているうちに、思いがけず見覚えのある場所に出た。幼い日々によく遊んだ中庭だ。

小さな池と、山のような形の岩、背の低いツツジの木。

何もかもがあまりに記憶のままだったので、そこでいっしょに遊んだ子供らの姿まで、一瞬はっきりと見えた気がした。

薫衣《くのえ》は、自分がまさしく亡霊に――過去の亡霊になったように感じた。

けれども、亡霊なら、このまま城を出て好きなところに行けるだろう。彼にはそれが叶《かな》わない。どこまでの移動が許されるか聞いていないが、塔に通じる門の前や各住居の入り口に立つ衛兵は、薫衣《くのえ》が近づくと、牽制《けんせい》するようにじろりとにらんだ。通ろうとすれば、ひと悶着《もんちゃく》起きることだろう。

薫衣《くのえ》は衛兵に近づかなかった。迷路のように張り巡らされた廊下を、ぐるぐると歩きまわるだけにとどめた。誰とも口をききたくなかった。要求を押し通して得られる勝利感は、一時の幻にすぎないのだと、すでに学んで知っていた。

「頭領さまあ」

叫んで殺された男のことが、喉《のど》に刺さった骨のように、薫衣《くのえ》の胸にとどまっている。丘を襲撃してきた男たちは、なすべきことをなそうとして死んだ。失敗はしたものの、その死を無駄死にと呼ぶことはできない。だが、あの男は、意味もなく命を落とした。薫衣《くのえ》が誤ったほうへ迪《みちび》いてしまったために。

たった一人の死ではあった。けれども、自分の他意のない行動が、たやすく誰かを殺すのだと、薫衣《くのえ》ははじめて思い知った。それは、迪《みちび》く者であることの重さを、はじめて実感したことでもあった。

角を曲がると、今度はまったく見知らぬ場所に出た。八年の不在のあいだに新築された一画なのかもしれない。

次の角を曲がると、ぼんやりと覚えのある景色があらわれた。少しようすが変わっているが、たしか、父の異母弟の一家が暮らしていた建物だ。

だが、どれだけ思い出深い場所に出合っても、薫衣《くのえ》の心は感傷に流されたりしなかった。彼には考えなければならないことがあった。穭《ひづち》に何と答えるか。

いや、返事を出すかどうかから、検討してみたほうがいい。やるべきことの選択肢は、他にいくつもあるはずだ。

たとえば、この城からの脱出を試みる。刺し違えてでも穭《ひづち》を殺す。せっかく城内にいるのだから、最大限の破壊活動をやってみる。これ以上鳳穐《ほうしゅう》の頭領と親しく口をきくことをいさぎよしとせず、自決する――。

薫衣《くのえ》は、論理をたどって比較したり、消去していったりするやり方をとらなかった。次にどちらに曲がるかを考えずに足の向くまま進んでいくのと同じく、頭にさまざまな思いが浮かぶままにした。どんなに懐かしい景色の前でも足を止めないのと同じく、どの思いにもしがみついたりせずに、胸のうちを流れていくにまかせた。

そうしていれば、いつかくっきりと、やるべきことが見えてくる。

心のどこかでそう予感して、薫衣《くのえ》は亡霊のように歩きつづけた。

そうするうちに、あえては何も考えないようにしている頭のすみが、人の気配をとらえた。

そんなふうに無心でいなければ感じとれないほどかすかな〈気〉が、あとをつけてきている。

薫衣《くのえ》はそのことに驚かなかったし、警戒心も抱かなかった。

もしも鳳穐《ほうしゅう》の頭領が、彼の動きをまったくさぐろうとしなかったなら、そのほうが驚きだ。そんなうかつな人物からの提案など、考えるに値しないことになる。

それに、あとをつけられて困るような場所に行く予定はないし、そんな場所に行けるはずもない。

薫衣《くのえ》はひたすら歩いていった。いつしか時の経過を忘れ、後ろをついてくるひそやかな気配のことを忘れ、目の前の景色が知っているものかそうでないかを区別することも忘れて。


気がつくと、いつのまにか半地下のようなところに入り込んでいた。階段を下りたおぼえはなかったから、廊下がゆるやかな下りになっていたのだろう。

壁に囲まれ、高いところにある小窓から光が入るだけの薄暗い廊下は、扉のない部屋で行き止まっていた。不用な物をおさめておく倉庫のような場所なのか、入り口付近に見える棚には、欠けた茶碗《ちゃわん》や古布などが、ごちゃごちゃと置かれていた。

引き返そうと向きを変えかけたとき、人の声が聞こえた。

「一度は、お許しくださったではありませんか」

若い男のせっぱつまったような声だった。薫衣《くのえ》は音をたてないように、そっとその場をはなれようとした。続くことばに足が止まった。

「鳳穐《ほうしゅう》の頭領様は、簡単に、前言をひるがえされるお方なのですか」

その問いに答えたのは女の声だった。

「簡単に、ではありません。それだけの理由があるのです。兄を侮辱することは許しません」

「申し訳ありません。ことばが過ぎました。けれど、教えてください。稲積《にお》様のお心も、変わってしまわれたのですか」

「いいえ、斑雪《はだれ》殿。いまも変わらず、お慕いしております。けれども、私は兄の、たったひとりの妹なのです」

薫衣《くのえ》は首を伸ばして奥をうかがった。男の肩が見えただけで、女の姿は物陰に隠れている。

男が、少し平静さをとりもどした声で話しはじめた。

「身分違いは、はじめから承知のこと。だから、稲積《にお》様とのことを鳳穐《ほうしゅう》様がお許しくださったとき、信じられなかったのです。あなた様を思う心を見透かされただけで、厳罰を下されてもしかたないと思っていました。それが、こうしてふたりきりでお話しできるようになり、そのうえ稲積《にお》様、あなたも私に同じ気持ちを抱いていると言っていただけた。あのときは、いっそその場で死んでしまいたいくらいにうれしかった」

「斑雪《はだれ》殿……」

「先の望みはまったくないと思っていたからです。私は鳳穐《ほうしゅう》の出ではないし、あなたの女官とさえ、夫婦《めおと》になれるなら、とんだ果報者と言わねばならない身分です。それなのに、鳳穐《ほうしゅう》様は、お許しくださった。一族の方々の反対を押し切ってでも、あなたと私を夫婦にしてくださると、おっしゃってくださった」

「兄上は、私に甘いのです。ご自分にお厳しいぶん」

「それは、いっしょにいらっしゃるところを拝見して、よくわかりました。だからこそ、信じがたいことを信じることができたのです。それなのに、ようやく信じることができた無上の喜び、あなたとこの世で結ばれるという望みを、いまになってくつがえされるなど、私には耐えられません」

男の肩が少し前に出た。女の手を握りでもしたのかもしれない。

「それでも、耐えてください。私も耐えます」

「耐えられるのですか。あなたは以前、おっしゃった。私に会えなくなるくらいなら、死んだほうがましだと。鳳穐《ほうしゅう》様は、約束を白紙に戻されただけではない。私に、遠国への赴任をお申しつけになったのです」

「それも、しかたのないことですわ」

「あなたはそれで、いいのですか」

男があたりをはばからない大声を出した。少しの静寂のあと聞こえてきたのは、ひとことひとことを確かめるように区切りながら、淡々と語る女の声だった。

「私がいいとか、どうしたいとか、そういうことではないのです。私は、鳳穐《ほうしゅう》の頭領の娘として生まれました」

「そんなことは、百も承知です」

「いいえ、あなたはその意味を、じゅうぶんにはおわかりになっていませんわ。お兄様は、お若くして父上の跡をお継ぎになってから、ご自分の務めのために、すべてを捧《ささ》げていらっしゃいます。その〈すべて〉から、ただひとつこぼれ落ちていたのが、私だったのかもしれません。父上が長らく旺廈《おうか》に幽閉されていました関係で、私どもには異母弟妹がおりません。兄上にとって私は、唯一の近い身内なのです。本来ならば私の婚姻は、兄上の政《まつりごと》に役立つものでなければならない。下々の者のように、好いたお方といっしょになるなど、夢のまた夢だったはず。それなのに、お兄様は、許してくださった」

「撤回されたいまとなっては、そのご厚情は、ありがたさのぶんだけ、私の心を切り刻みます」

「心がどれだけ痛もうとも、人には果たさなければならない務めがあるのです。私にそれを告げなければならなかったお兄様のお心も、どれだけ痛んだことでしょう。それでもお兄様は、お申しつけになった。一度は筋を曲げてまで私に示してくださったご厚情を、お取り下げになった。つまりは、他にどうしようもないということですわ。斑雪《はだれ》殿、どうぞ許してください。私の気持ちが、少しでも変わったわけではないのです。ただ、事情が変わった。お兄様はおっしゃいました。鳳穐《ほうしゅう》のために、そして翠《すい》のために、私にしかできない務めがある。それは、おそらくは私にとって、もっともいっしょになりたくないだろう殿方と、夫婦になることだと」

「稲積《にお》様。私の心は砕けそうです。どうか、いっしょに逃げてください。でなければ、いっしょに死んでください」

「無理です。死ぬことも、逃げることも許されません。私は、鳳穐《ほうしゅう》の頭領の妹です。生まれながらに持っている務めがあるのです。たとえ心が砕けようとも、私は私の務めを果たします。お兄様のご命令とあらば、私は、しっぽのはえた猿とでも、結婚してみせますわ」

そこまで聞いて薫衣《くのえ》は、静かにその場をはなれた。

さっきよりもうつむきかげんになって、薫衣《くのえ》は歩いていた。男女の逢引《あいびき》を立ち聞きしたことへの気恥ずかしさがあった。

片手が無意識のうちに、自分の尻《しり》をさわっていた。それに気づいて苦笑した。

「しっぽのはえた猿とでも、か」

ひとりごちたとき、別の気恥ずかしさが襲ってきた。

自分はあんなふうに、迷いなく、自らの務めを果たす覚悟ができているだろうか。

そのつもりだった。だが、あえては考えないようにすることで、穭《ひつち》の話と正面から向き合うのを避けていた気もする。

だとしたら、その理由はひとつ。

いやだから。そうしたくないから。

素朴で、だからこそ力強い心の動き。

よく知っている景色の前で、薫衣《くのえ》は足を止めた。八年前、まさかの裏切りにより急襲を受け、この場所で乳母が斬り殺された。彼をかばってのことだった。その少し先では、遊び友達だった少年が射殺《いころ》された。二ヵ月後の荻之原では、さらに多くの死を間近で見た。

鳳穐《ほうしゅう》を滅ぼすことをあきらめる。それを考えようとしただけで、心が叫ぶ。

——いやだ、いやだ、いやだ、いやだ。鳳穐《ほうしゅう》は敵だ、仇《かたき》だ。恨みを忘れられるものではない。

薫衣《くのえ》は、ふう、と胸の奥から大きく息を吐いて気持ちを落ち着かせ、あらためてさっきの会話を思い返した。

斑雪《はだれ》という男は、彼の心そのものだった。

〈いやだ。そんなことをしたら、心が砕ける。いっそ、逃げるか、死ぬかしたい〉

——迪師《せんせい》、私は未熟な人間です。あの娘ほどの強さも持ち合わせていないようです。心が砕けようとも務めを果たさなければならない。そんなあたりまえのことを、受け止める勇気が出ないのです。

心の中で話しかけると、亡き師の声が聞こえた気がした。

——未熟さを恥じる必要はありません。あなたは自らの弱さを知ったことで、それを乗り越える大きな一歩を、すでに踏み出しているのです。

——けれど、私にはわからないのです。鳳穐《ほうしゅう》の頭領のことばに、嘘や偽りはないのか。彼とともに川の流れを変えるのが、正しいことなのか。ほんとうに、それが私のなすべきことなのか。確信がもてれば、もっと勇気が出るのでしょうが。

耳をすませても、師の声はもう聞こえなかった。彼の耳がとらえることができたのは、空の高いところでトンビが鳴く声と、若い女性のさざめくような話し声。

話し声が近づいてきて、前方にふたりの女官があらわれた。薫衣《くのえ》を見つけて、はっとした顔になり、目を伏せて、廊下の片隅に寄って置物になった。

薫衣《くのえ》は歩きだした。彼の居室があるとおぼしきほうに向かって。


部屋に戻ると、どっと疲れを感じた。床のまんなかに大の字に寝転んだ。そして、天井をにらむように見上げたまま、考えた。夕餉《ゆうげ》が来たときにも、薫衣《くのえ》は考えつづけていた。夜が更けても、彼の眼は閉じられなかった。


毎朝開かれる御前会議の上座で、稗《ひづち》はむずかしい顔をしていた。道務《みちつかさ》の大臣《おとど》の述べている報告が、気に入らないわけではない。彼は会議で、いつもこういう顔をしているのだ。場に緊張感をもたらすためであり、こちらの感情を読まれないためでもあった。

そもそも稗《ひづち》は、老大臣の決まりきった報告など、聞いていなかった。むずかしい顔をして、会議の話題とは別の、さらにむずかしいことを考えていた。

――薫衣《くのえ》にもう一押ししておくべきか。

地下墓地での対話に、稗《ひづち》はじゅうぶんな手応《てごた》えを感じていた。少なくとも薫衣《くのえ》は、彼の言いたいことをすべて理解した。稗《ひづち》を殺せる機会を、自ら手放しもした。これは良い兆候だ。けれども、三日は長い。薫衣《くのえ》のなかで、憎しみが力を盛り返すかもしれない。なんらかの働きかけをしたいところだが、下手な刺激はやぶへびとなる。判断のむずかしいところだ。

昨日薫衣《くのえ》は、偶然にも、稲積《にお》と斑雪《はだれ》の密会を立ち聞きしてしまったらしい。計算外のことだったが、話の内容からすると、かえっていい影響を及ぼしそうだ。

いずれにせよ、斑雪《はだれ》にはできるだけ早く、姿を消してもらわなければならない。もともと、あんな結婚を許したことが間違いだったのだ。妹かわいさゆえに甘さが出た。肝に銘じておかねばならない。川の水がぶつかる土手は、蟻の一穴からも崩れかねないのだということを。

大臣の話が終わった。

「ご苦労。次は？」

ろくに聞いていなかったことを気取《けど》らせず、穭《ひづち》はすかさずことばをかけた。

「はい。私より、斐坂《あやさか》盆地地域の五穀の出来について、お知らせいたします」

一揖《いちゆう》して話しはじめたのは、五加木《うこぎ》という男だった。鳳穐《ほうしゅう》にもっとも忠実な氏族のひとつ、泉声《せんせい》の頭領の従兄弟《いとこ》にあたる若者だ。

鳳穐《ほうしゅう》以外で重職に就いているのは、この男と、今日も会議を欠席している画角《かっかく》の頭領の添水《そうず》だけだった。添水《そうず》の場合、先の戦での恩から、中務《なかつかさ》の大臣という要職に就けているが、五加木《うこぎ》のほうは、穭《ひづち》が特に取り立てた。出自を問わず能力のある者が重職に就く先例がほしかったのだ。五加木《うこぎ》の役職、米見《こめみ》の司《つかさ》は、大臣職より地位こそ低いが、地方の情報を集める重要なものだった。

その報告は、身を入れて聞くべき話のようなので、穭《ひづち》は薫衣《くのえ》についての悩みを棚上げした。

五加木《うこぎ》の話が、斐坂《あやさか》盆地南東部の農地の深刻な荒れについてに移ったとき、出入り口のあたりが騒がしくなった。

「何ごとだ」

穎《ほさき》が扉の外の衛兵に向かって声をあげた。

「失礼いたします」

衛兵のひとりが入ってきて、穭《ひづち》のそばに寄り、小声で告げた。

「旺廈《おうか》様が、どうしてもいますぐにお話しなさりたいことがあるそうです。部屋に入れろと言い張っておられます」

「何と」

つぶやきながら、心の中で「またか」とため息をついた。

「いかがいたしましょう」

会議が終わるまで待たせるのが妥当な判断に思えた。しかし穭《ひづち》は、

「わかった。通せ」

と答えていた。彼にしては珍しく、直感に従ったのだ。

二日前に大広間にあらわれたときと、薫衣《くのえ》のようすはずいぶん違っていた。まるで決闘を申し込みにでも来たかのように、肩をいからせ、全身から不穏な気配を発している。

稗《ひづち》はそんな薫衣《くのえ》を見て、場違いなことを考えた。

──美しい顔立ちだ。

なぜ、あらためてそんなふうに思ったのかわからない。旺廈《おうか》の者が整った容姿であることは、ずっと以前から知っていた。

軽佻浮薄《けいちょうふはく》な旺廈《おうか》の連中は、武道や勉学よりも歌や踊りや着飾ることを好み、頭領の伴侶《はんりょ》を選ぶのにも、血統や心根の正しさより、見た目の良さを優先する。同じく穡《しょく》大王の血を受け継ぎながら、そうやって旺廈《おうか》は、尊い血をにごらせていったのだ。彼らの美しさは堕落のあらわれだ──。

何度となく、そう聞かされた。

けれども、目の前に立つ薫衣《くのえ》の顔立ちの美しさ──卵形のすっきりとした輪郭、広く秀でた額、上がりぎみの曲線を描く蝶《ちょう》の触角のような眉《まゆ》、大きな瞳《ひとみ》、小鼻の目立たない鼻、いまはきつく結ばれている、赤くふっくらとした唇──は、退廃でなく高貴さを示しているように、稗《ひづち》には思えた。

薫衣《くのえ》はまぶたを閉じて、すうっと息を吸った。息を止めて、かっと目を見開いた。それから、あたりを揺るがすような大声をはなった。

「鳳穐《ほうしゅう》殿におたずねしたい。一昨日《おととい》お会いしたときに、隣に女性がすわっておられた。あの方は、いったいどなたか」

「我が妹だ」

薫衣《くのえ》がさっと身をかがめた。地下墓地で剣に飛びついたときのようなすばやい動きだったので、その場にいた者の半数が、何ごとかと腰を浮かせた。

けれども薫衣《くのえ》は、膝《ひざ》をそろえてすわっただけだった。

「鳳稚殿《ほうしゅう》。私は一目であの方のとりこになりました。どうか……」

薫衣《くのえ》はそこで両手をついた。

「どうか、妹君を、私の妻にいただきたい」

そして、深々と頭を下げた。

何人かが目をむいて、意味のとれないうめき声をたてた。

無理もない。彼らはみな、薫衣《くのえ》の命はそう長くないと信じている。穭《ひづち》がすぐに殺さないのを不審に思いつつも、何か聞き出すことがあるのではないか、いや、旺廈《おうか》の残党を誘い出す餌に使おうとしているのだ、などと憶測しあっていた。

そんな境遇の男が妻を乞《こ》う。それも、旺廈《おうか》が鳳穐《ほうしゅう》に。

驚いたのは、穭《ひづち》も同じだった。提案を受け入れる気になったのなら、穭《ひづち》ひとりにこっそりと伝えるべきではないか。やると決めたら、事を公にする前に、それなりの準備をしなければならない。前触れなくこんなことを言い出すとは、いったいどういうつもりなのだ。

「どうか、あの方を我が妻に」

薫衣《くのえ》が顔だけ上げて、また言った。そのまなざしがあまりに真剣だったので、穭《ひづち》まで、この男はほんとうに稲積《におみ》に一目惚《ひとめぼ》れしたのかと信じかけた。あの場に女性がいたことさえおぼえていないと言っていたのを思い出すまでは。

稨《ひづち》は啞然《あぜん》として半開きになっていた口を閉じ、この芝居に応じた。

「旺廈《おうか》殿。お気持ちはありがたいが、我が妹を旺廈《おうか》に嫁がせるわけにはいかない」

他の者たちも、最初の驚きからさめて、気をとりなおしつつあった。なかには、このとんでもない求婚を侮辱と受け止め、怒りを顕《あらわ》にしている者もある。

「ならば、私は……。あの方と夫婦になれるのであれば……」

薫衣《くのえ》はことばを詰まらせて、ふたたび顔を下に向け、頭を床に近づけた。

「私は、旺廈《おうか》の名を捨てます。ですからどうか、妹君を私にください。伏してお願い申し上げます」

いっせいに息をのむ音がしたあと、室内は静寂につつまれた。誰一人、咳払《せきばら》いひとつせず、物音もたてず、呼吸をするのも忘れているかと思えるほどだった。

その静けさを破って、ぼたっ、ぼたっ、という音が聞こえてきた。つららから落ちる水滴が、雪に穴をあけるときのような音。

音の源は部屋の中央、薫衣《くのえ》の伏せた頭の下だった。

――そこまで一途《いちず》に思いつめているのか。

居合わせた人々は、さきほどの「名前を捨てる」ということばとともに、この、ぼたっ、ぼたっという音に、なにがしかの感銘を受けた。

稨《ひづち》だけが、大粒の涙の本当のわけを知っていた。

「よかろう。稲積《にお》を妻とするがよい」

穎《ほさき》ら三、四人が、何か叫びながら立ち上がったが、穭《ひづち》の鋭い一瞥《いちべつ》を受けて腰を下ろした。他の者は、ただただあっけにとられている。

「あ……りがとう、ございます」

頭を下げたまま、薫衣《くのえ》がとぎれとぎれに言った。感激に喉《のど》を詰まらせているようにも聞こえたが、穭《ひづち》には、薫衣《くのえ》の悔しさが、耐えられないほどになっているのだとわかった。重臣たちの怒りも、視線だけでは抑えきれないほど大きくなっている。事を急がなければならなかった。

「では、会議をつづけたいので、この場はお引き取りいただけるかな」

薫衣《くのえ》は立ち上がり、赤くはれた目を恥じるように、うつむいたまま出ていった。

「米見の司にも、席をはずしてもらいたい」

五加木《うこぎ》はこころえたようすで、一礼して退出した。

彼がいなくなると、その場はたちまち、鳳穐《ほうしゅう》一族の内輪の会議の場となった。

本来ならば、ここにいる半数には、事前に根回しをしておくはずだった。残りの半数は都から遠ざけておき、事後にひとりずつ説得する。

薫衣《くのえ》の不意討ちのせいで予定は狂い、一度に全員に対処しなければならなくなった。

だが、うろたえてはいられない。薫衣《くのえ》を舞台に引き入れたからには、こうした不測の事態は、今後も起こるに違いない。これくらいのことは、軽くこなさなければ。

稕《ひづち》は他の者に口をきく暇《いとま》を与えず、すぐに話しはじめた。

「驚いたと思うが、これは願ってもない展開だ。迪師《じゃくし》亡き後、旺廈《おうか》の頭領を押さえておくのに、こんな都合の良い状況はない」

「どうして、さっさと殺しておしまいにならないのですか」

穎《ほさき》が叫んだ。稕《ひづち》は内心のいらだちを隠して、穏やかに説明した。薫衣《くのえ》を殺しても、旺廈《おうか》の残党から次の頭領を名乗る者は必ず出ること。つまり、せっかく掌中にあった敵の頭領を手放すだけの結果に終わる。薫衣《くのえ》を生きたまま手の内におさめておくことが、鳳穐《ほうしゅう》にとって、もっとも有益なのだと。

「ならば、幽閉するだけでよいではありませんか」

声をあげたのは、月白《つきしろ》という名の兵部《ひょうぶ》の大臣《おとど》で、稕《ひづち》がぜひとも都から遠ざけておきたかったひとりだ。

月白《つきしろ》の兄は、稕《ひづち》の父が深く信頼していた賢者で、稕《ひづち》の〈更衣の儀〉の立ち会い人にもなった。この聡明《そうめい》な男もまた疫病に斃《たお》れ、子供を遺《のこ》していなかったため、月白《つきしろ》が家督を継いだ。だからといって立ち会い人の立場まで相続するものではないはずだが、兄ほどの能力もないのに兄以上に口出ししてくる、稕《ひづち》にとって、穎《ほさき》に並んで煙たい存在だった。

「そのつもりだった。しかし、薫衣《くのえ》殿があういうことを言い出したからには、利用しない手はない。頭領が幽閉されていれば、旺廈《おうか》の残党どもは、奪回しようと、さかんにもめ事を起こすだろう。それが、自分の意志で私の妹と結婚し、ここにいることになるのだ。やつらとしては、おとなしくしているしかなくなる」

「名を捨てて稲積様《にお》の婿となったなら、頭領としての資格が失われるのではありませんか。ならば、殺してしまうのと同じことになるのでは。……私の考え違いかもしれませんが」

蔵務《くらつかさ》の大臣である樊《まがき》が、おそるおそるといった調子で口を出した。なかなか頭のまわる男だ。

これでもう少し押しが強ければ、穎《ほさき》や月白《つきしろ》を抑え込むのに使えるのだが。

「薫衣《くのえ》殿に伯父《おじ》か弟、せめて甥《おい》か従兄弟《いとこ》でもいれば、そうなっただろう。だが、薫衣《くのえ》殿が直系の、はっきりとした濃い血を継いでいるのに比して、次の頭領候補となりそうな者は、そうとうに血が薄い。薫衣《くのえ》殿を頭領でないと見限ることは、旺廈《おうか》の者どもにとって、簡単ではないだろう」

「稲積様《にお》の婿になられるということは、我らが一族に加わるということでしょうか」

「それはない」

穭《ひつち》は即座に否定した。樊《まがき》がこうたずねただけで、刑部《ぎょうぶ》の大臣の鬼目《ほろし》などは、さっと顔色を変えていた。鬼目《ほろし》はこの場にいるなかで、もっとも多くの身内を旺廈《おうか》に殺されている。恨みももっとも強く持つうえ、気性が荒くて、激しやすい性格だった。

「そのようなことは、今後も絶対にありえない。薫衣《くのえ》殿には公式の場でも、無紋で過ごしてもらう」

穭《ひつち》は、薫衣《くのえ》が旺廈《おうか》の頭領でありつづけるのかそうでないかを曖昧《あいまい》にしておき、どこの一族に属することになるのかも、はっきりさせずにおくつもりだった。

この「曖昧」という戦略を、穭《ひづち》はこの後もよく使った。人は不都合なことから目をそらす性質がある。曖昧にしておけば、事態がどうしようもなく差し迫るまでは、それぞれいいように解釈してくれる。劇的な手段は、差し迫ったときはじめて使えばいい。

案の定、この曖昧さに少しでも首をかしげたのは、樊《まがき》ひとりだった。

「私には、どうもよくわかりません。旺廈《おうか》様が今後、どういうお立場になられるのか。たとえば……これから何とお呼びすればよいのでしょうか」

しかも、一度は核心に触れながら、気の弱さからか、話を些事《さじ》へとそらして終えた。穭《ひづち》はその些事に答えることで、踏み込んだ話をせずにすんだ。

「義弟殿とでも呼べばいい」

穎《ほさき》がさらに話題を転じた。

「稲積《にお》様のご身分を考えれば、夫となる方には、相応の領土と官位が授けられることになりませんか」

他人の懐を気にする穎《ほさき》らしい関心の示し方だ。

「まさか。いくら名を捨て立場を変えようと、薫衣《くのえ》殿には一片の土地も与えはしない。役職はとりあえず、文書所《もんじょどころ》の筆官とする。城から一歩も出ずにすむ仕事だ。稲積《にお》と結婚するからといって、自由の身にするわけではない」

「穭《ひづち》様。あの方と稲積《にお》様が夫婦になられるということは、おふたりは、ひとつところに寝起きするようになるわけです。稲積《にお》様を人質にとられたようなことにはなりますまいか」

そう述べる月白《つきしろ》は、なぜか目をうるませていた。こいつ、まさか、稲積《にお》に惚《ほ》れていたのではあるまいな、と疑いながら、穭《ひつち》は答えた。

「稲積《にお》を人質にして薫衣《くのえ》殿が得るものは何もない。もちろん、薫衣《くのえ》殿がいつでも稲積《にお》に危害を加えられるようになるのは事実だ。だが、それを覚悟で決めたのだ。従ってもらおう」

話を締めくくろうとしたのに、鬼目《ほろし》が、名前のとおり鬼のような目をして、穭《ひつち》のほうにわずかににじり寄った。

「頭領様。いまひとつ重大な問題がございます。夫婦になられるということは、いずれお子が生まれます。そのお子様が男子であったら、どういうことになるのでしょうか。頭領様にとって、母を同じくする妹君のお産みになった甥御様。しかし同時に、旺廈《おうか》のもっとも濃い血を引く者となります。そのようなお方が存在するのは、すこぶる危険なことではありますまいか」

「子供が生まれるとはかぎらないし、私にはすでに男児がいる。我が家系の血筋を乱すことにはならない」

「ですが、もしも……。不吉なことを申す無礼をお許しください。どうしてもお話ししないわけにいかない、重大事ゆえ。もし万一、豊穣《ほぜ》様がお亡くなりになることがあれば、稲積《にお》様のお子が、頭領様にいちばん血の近い者となり、跡継ぎとなるのでは……」

「そうなる前に、その子を殺す」

一同に不安が広がらないうちに、穭《ひつち》はきっぱりと宣言した。

「私は薫衣《くのえ》殿の求婚を、鳳穐《ほうしゅう》の、ひいては翠《すい》の利益となるよう利用することにした。だが、そこに大きな不利益が生じそうになったなら、手遅れになる前に、断固とした処置をとる。そんなあたりまえのことを、いちいち説明しなくてはならないのか」

一同を黙らせるためのいらだちを装いながら、穭《ひづち》は地下墓地での薫衣《くのえ》のせりふを思い出していた。

「あらゆることばに従うとかたく誓っている者たちに、納得など必要ないではないか」

薫衣《くのえ》が無邪気に信じていたように、命じるだけですむのなら、ものごとはどれだけ簡単だろう。だが現実には、なだめたり、説得したり、脅したり、言いくるめたりしなければならない。

それとも、薫衣《くのえ》だったら、そうした手間を必要としないのだろうか。もしかしたら彼ならば、どんな奇抜な命令にも、誰をも黙って従わせることができるのでは——。

ふとそんな疑問が浮かんだとき、穭《ひづち》の胸にまた、薫衣《くのえ》を殺してしまいたいという欲求がうずいた。

ありがたいことに、穭《ひづち》はこの欲求を気にする間もないほど忙しかった。薫衣《くのえ》がいきなり事を起こしたせいで、本来なら数日かけておこなうはずだったことを、半日ですまさなければならなかったのだ。

穎《ほさき》、月白《つきしろ》、鬼目《ほろし》の三人には、会議のあと個別にあらためて説得し、それぞれの領地に帰らせた。この件について周囲の者によく説明してくるようにと言いつけたのだ。反対に、こんなとんでもない婚姻をぜひとも阻止するようにと焚《た》き付けられるのは目に見えていたが、半日留守にしていてくれれば、それでよかった。

それから穭《ひづち》は、衛兵のなかで少しでも信のおけない者を遠ざけた。稲積《にお》付きの女官を選別して、ひきつづき稲積《にお》に仕えることになる一人ひとりに、今後の心得をじゅうぶんに言い聞かせた。城内の親族用の住居のひとつを大急ぎで整え、塀を補強させた。

同時に婚儀の準備を進め、その晩遅くに、薫衣《くのえ》と稲積《にお》の婚姻の儀を、簡素に手早くすませてしまった。


婚儀の直前に少しだけ、薫衣《くのえ》とふたりきりで話をする時間がとれた。穭《ひづち》は釘《くぎ》をさしておくつもりだった。二度と今朝のような、事前の打ち合わせのない独断の行動をとらないようにと。

けれども、薫衣《くのえ》の顔を見たら、そんなことは言えなくなった。

「旺厦《おうか》殿。感謝している。ありがとう」

他にはどんなことばも出なかった。

「なぜ、礼など言う」

薫衣《くのえ》は不快げに、眉《まゆ》をひそめた。

「あなたは翠《すい》のために、大きな犠牲を払ってくださった」

「私の当然の務めだ。感謝されるいわれはない」

「それでも、お礼を申し上げたい」

「断る。なぜなら、他にもっと良いやり方を見つけたら、私はいつでもこのやり方を捨てる」

「わかっている。それでも……」

稝《ひづち》はその場に膝《ひざ》をついて、頭《こうべ》を垂れた。

「あなたの決断に、お礼を申し上げる。芝居とはいえ、私に対して下げたくない頭を下げてくださったことにも」

薫衣《くのえ》の自尊心がどこまで耐えられるか、すべてはそれにかかっていた。だから稝《ひづち》は、見えないところで彼を支えねばならなかった。旺廈《おうか》に対して下げたくない頭を下げてでも。

「なすべきことをなしたまでだ」

薫衣《くのえ》は、稝《ひづち》から目をそらして言った。

稝《ひづち》は立ち上がり、そらされた視線をふたたび合わせた。

「薫衣《くのえ》殿。これからあなたは、私の義弟になられる。私は立場上、あなたの目上としてふるまわなければならなくなる。けれどもそれは方便で、私が人前でどんな態度で何を言おうと、やむをえずの芝居なのだ。あなたとこうしてふたりきりでいるときに語ることこそが真実なのだ。そのことを、おぼえておいていただきたい」

薫衣《くのえ》は無言で小さくうなずいた。

第二章　翼なき飛翔

8

鯷《ひしこ》は生まれつき、片耳がちぢれていた。鼻は低くて、ふたつの穴がほとんど前を向いている。左右の目の大きさが違う。上唇《うわくちびる》がめくれていて、力を入れていないと歯がむきだしになる。からだが小さく、手足は短い。

外見の美しさに価値をおかない鳳穐《ほうしゅう》にあっても、この醜さは恥だった。ものごころついたころにはすでに、鯷《ひしこ》は人目を避けるようになっていた。

けれども、耳たぶがちぢれていても、聞こえにくいわけではなかった。いや、むしろ、他人に会うのがいやで、いつでも耳をそばだてて、音がしたら隠れようとかまえていたから、人より耳がよくなった。ふぞろいな目も、ものを見る妨げにはならず、小さなからだは狭い場所にもぐりこむのに都合がよい。

そこで父は、鯷《ひしこ》を「ネズミ」と呼ばれる男に弟子入りさせた。鯷《ひしこ》が六つになる前のことだ。

このころ鯷《ひしこ》の一家は、旺廈《おうか》による鳳穐《ほうしゅう》狩りの手をのがれて、仲間とともに山奥に住んでいた。都で天下人の一族として暮らしていたころでさえ、一家は裕福ではなかった。旺廈《おうか》の目をおそれて火を燃やすのにも気を遣う生活では、何人もの子供は養えない。鯷《ひしこ》は口減らしされたのだ。

ネズミは言った。

「ここに来たことを幸いに思え。おまえの家よりたらふく食えるし、安全だ。しかも、俺が教えることをすべてきちんと身につければ、偉い武将に召し抱えてもらえるようになる。頭領様に直接お仕えすることだって、夢ではない」

ネズミの仕事は、俗に言う〈耳〉。盗み見、盗み聞き、暗殺が生業《なりわい》だった。部屋の中より天井裏や床下にいることが多く、人前に出るより隠れひそんでいるほうが多い。

その点が気に入って、鯷《ひしこ》は修業にいそしんだ。素質があったのだろう。十五の歳には、あらゆる技で師匠を超えていた。

この年、ふたりには、活躍の場が山ほどあった。幽閉されていた頭領が、監禁役を抱き込むことに成功したのだ。

ネズミと鯷《ひしこ》はさまざまな地で、味方になってくれそうな者をさがすために本音を盗み聞き、妨げとなる者を暗殺し、四隣蓋城《しりんがい》に忍び込んで旺廈《おうか》のようすをさぐることまでした。

その甲斐《かい》あってか、鳳穐《ほうしゅう》は勝利した。ネズミの予言どおり、鯷《ひしこ》は頭領その人から、じかに指令を受ける身になった。それも、四隣蓋城《しりんがい》の玉座にすわる頭領から。

はじめ鯷《ひしこ》は、身分の高い人々の前に出るのが恥ずかしかった。しかしそのうち、高位の人ほど、手下の顔の美醜など気にしていないとわかってきた。それよりも、何ができ、何をもたらすかを見ているのだ。

歯をむきだしにしていても、必要な情報をとってくれればほめられると知り、鯷《ひしこ》はますます仕事に励んだ。そして、頭領が代替わりするころには、自分の醜さが、まったく気にならなくなっていた。

なぜなら、人は誰でも醜い。

たくさんの盗み見、盗み聞きをして、そう確信するようになった。

彼は天井裏から、天女のような美女が鼻くそをほじるところを見た。聖人君子と名高い男が、眠っている人妻にいたずらするのを見た。床下で、行儀作法の指導者の派手な放屁《おなら》を聞き、勇猛な武芸者がヤモリに驚いて悲鳴をあげるのを耳にした。

四六時中見張っていれば、人はどこかで醜い姿をさらすのだ。

いまでは、何を見、何を聞いても、驚くことはなくなった。人生のあらゆる場面にひそかに立ち会っているうちに、哀れみとか、共感とか、敬服といった感情も、どんどん麻痺《まひ》して消えていった。

ものごとにいちいち驚いたり、感服したりしなければ、さらによく見て、よくおぼえ、正確に報告することができる。彼は頭領の動く目であり耳なのだ。目や耳に、心はいらない。

鯷《ひしこ》の胸に残った感情は、喜びだけだった。

仕事に励んで手柄をあげるうち、鯷《ひしこ》は若き頭領に、誰より信頼される〈耳〉となった。その喜び。

頭領に呼ばれ、他の者では果たせない任務を授かり、それをやりとげ、「ご苦労」と声をかけられたときの喜び。

それ以外、彼の心は石となり、だからこそ気配を消して、どんなところにも忍び込めた。

ところが、その鯷《ひしこ》が、天井板のわずかなすきまからのぞき見ている光景に、やきもきとさせられていた。「違う、そうじゃない」と声をかけたくて、むずむずしていた。

眼下では、ふたりの人物が、着物をほとんどはだけた格好で格闘している。鯷《ひしこ》はいつになく、その顚末《てんまつ》に感情移入してしまっていた。

――もっと腰を曲げて。手でなく足を使え。

そのせいで、消していたはずの気配があらわれかけたが、下のふたりはそれに気づくどころではなさそうだった。


鯷《ひしこ》がこの部屋の天井裏で夜を明かすのは、この日で四日目だった。

一晩じゅう、身動きせず、一睡もせず、もちろん飲み食いもせず、小用も足さず、気配を殺してじっとしているのは、鯷《ひしこ》にとって苦もないことだった。ただ、朝になって報告に行くと、頭領様が憂鬱《ゆううつ》そうな顔をするのが心苦しい。

「また、指一本触れなかったのか」

「はい。ふとんの中で仰向《あおむ》けになって、身じろぎひとつせずに、朝までおやすみでした。ときどき目を覚まされる気配はありましたが、まぶたは閉じたまま、お動きになることはありませんでした」

「稲積《にお》は？」

「同じです。やはり、夜具からお出になることなく眠っていらっしゃいました。とはいえ、こちらは寝返りくらいは打たれますし、目覚められたときには、そっとまぶたを開けたりもしていらっしゃいました」

「あの男、いったいどういうつもりだ」

頭領様がひとりごとを漏らした。

鯷《ひしこ》は、この若き頭領が、重臣たちに対してつねに感情を隠しているのを知っていた。なのに彼には、こんなふうに頭の中まで平気で見せる。よほど信頼されているのかと、うぬぼれてしまいそうになる。

「まあ、時間がかかるのも、しかたないかもしれないな。薫衣《くのえ》にしてみれば、仇《かたき》の娘。触れたくない気持ちはわかる。起きているときにも、肩を抱くことはおろか、手をとることもしないのだろう?」

「はい。まったく」

ふうっ、と頭領様がため息をついた。

「稲積《にお》も稲積《にお》だ。薫衣《くのえ》より二つも年上なのだから、自分から誘いをかけるとかできないものか」

「ご婦人からは、はばかられるものでしょう」

やはりうぬぼれてしまったか、おこがましくも意見のようなことを言ってしまった。頭領様は、それを気にするふうもない。

「そうだな。しばらくこのまま、ようすをみるしかないのだろうな」

このことばを、戻って仕事をつづけよとの意味にとり、鯷《ひしこ》は退出しようとした。

「待て。まさか薫衣《くのえ》は、稲積《にお》が汚れていると思っているのではあるまいな」

「はい？」

「斑雪《はだれ》のことを知られてしまった。薫衣《くのえ》は稲積《にお》が、すでに清いからだでないと思い込み、それで……」

「どうでしょうか」

頭領様を悩ます疑問に、答えを示せないのがもどかしかった。

日々の行動をのぞいていれば、心のうちまで読み取れるようになる相手は多い。だが今回の〈標的〉は、いろいろと勝手が違った。さすがに旺廈《おうか》の頭領として生まれた者は、人間の出来が違うのだろうか。

まず、あとをつけはじめてすぐに、気づかれた。人の気配にひどく鋭敏な者はたまにいるから、それだけなら驚かないが、気づいていながら、まったく気にとめない。

気にとめないふりをする者なら、これまでにもいた。しかし、旺廈《おうか》の頭領は、それからもこちらの気配をさぐろうともせず、まったく自然にふるまった。

こんな相手から、考えていることを読むのは不可能だ。だから翌朝、不意をつかれた。衛兵との押し問答の末、塔のほうに向かったのが、会議の場であんなことを言い出すためとわかっていたら、前もって頭領様にお知らせしたのだが。

「あの方の考えておられることは、私にはまったくわかりません」

　正直に告白した。

　頭領様は、自身の思いに没頭しておられるのか、ひとりごとのようなつぶやきをつづけた。

「そうだとしたら、薫衣《くのえ》の態度もうなずけるが、ひどい侮辱だ。我が妹が、そんなふしだらな女だと考えるとは……」

　そこで頭領様は、はっとした顔になって、細い目を見開いた。

「まさか、そうなのか。事実、稲積《にお》は、あの男と……」

「いいえ」

　いそいで鯷《ひしこ》は否定した。今度の疑惑には明確な答えが返せることにほっとしながら。

「そのようなことはありません。斑雪《はだれ》殿が稲積《にお》様に触れたのは、二回か三回、そっと手を握っただけ。稲積《にお》様のほうからは、その手を握り返されることもありませんでした」

　ふたりがことばを交わすようになる前から、妹のようすがおかしいことに気づいた頭領様の命を受けて、鯷《ひしこ》はずっと見張っていたのだ。

　頭領様が安堵《あんど》の吐息を漏らした。

「では、あと何日かようすをみよう。それでだめなら……話をしてみるしかないな」

　うんざりした口調だった。

　だから四日目の夜、いったんはふとんに入った〈標的〉が、起き上がって横を向いてすわったとき、鯷《ひしこ》は期待した。期待などという感情は〈耳〉に必要ないもの。とうに葬り去っていたはずなのに。

頭領様が感情を顕《あらわ》にしたことに、影響されたのかもしれない。これは、政《まつりごと》のうえで重要なだけでなく、頭領様にとって、私的にも重大事なのだ。

夫がこちらを向いて膝《ひざ》を正してすわったので、稲積《にお》もあわてて身を起こし、同じように正座した。

「稲積《にお》。私とそなたは、夫婦《ふうふ》になったわけだが……」

稲積《にお》には、夫が何を言い出そうとしているのか、見当がつかなかった。何かに追い立てられるようにあわただしく婚儀を終えて、共に暮らすようになって幾日かが過ぎたのに、夫のことでわかっているのは、寡黙で、近寄りがたくて、きれいな顔立ちをしているということだけ。

「夫婦には、夜、しなければならないことがあるよな」

稲積《にお》は顔を赤らめた。そんなことをわざわざ口にするなんて、無神経な人だと思った。

「実は私は、何をするのか知らないのだ。なにしろ、こんな経験は初めてだ。だから、何かをしなければと思いつつ、何もできずにいた」

「はあ」

どう応じていいかわからなくて、しまりのない返答をしてしまった。

「稲積《にお》。おまえ、私に教えてくれないか。いったい何をすればいいのか」

「存じません。私だって、結婚するのは初めてですから」

のか。

稲積《にお》は叫ぶように答えた。顔から火が出そうだった。この人は、女に何を言わせようという

「そうかあ」

夫は気の抜けたような声を出し、両手をぐーっと真上に伸ばした。

「そうだよな。おまえだって、初めてだものな」

そして、声をあげて笑いだした。笑いながらばたんと後ろに倒れて、両足を前に投げ出した。

稲積《にお》は少しむっとしたが、夫の笑い声が、朗らかで、聞いていて気持ちのいいものだったので、最後にはつられて笑ってしまった。

「稲積《にお》は知っているのかと思っていた。みんなが知っていることかと。だけど、わからないものは、わからないんだ。しかたがないな」

夫は身を起こして、今度はあぐらをかいてすわった。表情がずいぶんやわらいで、さっきまでとは別人のようだ。

「では、稻殿《ひづち》に聞くしかないな。そなたの兄上だから、こういうことをたずねるのは妙なものだが」

ほんとうにこの人は、夫婦の夜のことについて、まったく知らないのかと驚いた。

「あのお、私、婚儀の前に、乳母から心得だけは聞かされました」

兄とそんな話はしてほしくなかった。

「そうなのか」

夫の顔が、ぱっと輝いた。

「どんなことを聞いた」

「ふたりで、ひとつのふとんに入って……あとは殿方に任せなさいと」

ほんとうは、もう少し詳しく聞いていたが、やはり口にするのは気恥ずかしい。

「それだけでは、よくわからないな」

夫が口をへの字にした。

「まず、ひとつのふとんとは、私のふとんか、そなたのふとんか」

「さあ。どちらでもいいのではないでしょうか」

なんておかしな会話を交わしているのだろう、と稲積《にお》は思った。だいたい男性だって、婚儀の前に世話役の爺《じい》や誰かから、心得を教わるものではないのか。女性の場合より、ずっと詳しい心得を。

そう首をひねったとき、稲積《にお》ははっとした。

——この人には、誰もいないのだ。世話役も、爺やも、付き人も。

それでも、普通の環境であったなら、周りの人たちの噂話や雑談から、そうした知識は自然に入ってきただろう。稲積《にお》だって、実を言うと、女官らの打ち明け話を漏れ聞いて、乳母に教えられた以上のことを知っていた。

けれども夫は、七歳のときから、世間と切り離されていた。迪師《じゃくし》と迪母《じゃくぼ》のふたり以外、会うことはおろか、遠くにちらりと姿を見ることもない生活を送っていた。

　ふたりは高齢だったから、夜はふとんを並べて眠るだけだったろう。動物でさえ、犬が一匹いたきりと聞くから、そういうものを見たこともなかったのだろう。

夫はほんとうに知らずにいて、真剣に悩んでいたのだ。「存じません」などとつきはなすのではなかった。

「あのお、私……少しはわかりますから」

　蚊の鳴くような声で言うと、夫は小首をかしげて、それから意味を理解したらしく、にっこりとした。

「そうか。では、教えてくれ。やってみよう」

　そして、夜具に入って横になり、ふとんの片側を持ち上げ、言った。

「こっちにおいで」


　それから、すったもんだが始まった。

「どうすればいい？」

「あのお……服は邪魔なのではないでしょうか」

「そうか。では、脱ごう」

「あのお、女は自分で脱ぐものではありません」

　それで薫衣《くのえ》は稲積《にお》を脱がせはじめたが、女物の衣服のしくみがわからなくて苦戦した。

　それからも、稲積《にお》は何度も「あのお」と唱え、恥ずかしがりながらも少しずつ、どうすれば

いいかを言うのだが、稲積《におえ》とて聞きかじっているにすぎない。薫衣《くのえ》は、からだが反応してはいるのだが、それでよけいに混乱して、

「ああ、じれったい。いったい何をやっているんだ」

と、鯷《ひしこ》が天井裏で気をもむほど、ふたりはもたもた、ばたばたと、ふとんをはねのけ、汗みずくになって奮闘したが、事はなかなか成らなかった。


「それで？」

重臣たちを前にしているときと同じ、感情を読み取らせない表情で、頭領様が聞いた。

「はい。それからしばらくして、何とか。義弟殿と稲積《にお》様は、ぶじ、本物の夫婦となられました」

無表情の仮面を破って、頭領様が、ふっと笑った。

「まさか、そういうことだったとはな」

つぶやくと、目を細めて、視線を遠くにやった。

「いけないな。ときどき忘れそうになる。鯷《ひしこ》、おまえも見ただろう。薫衣《くのえ》がこの城に入ってきたときの、堂々としたさまを」

「はい」

「まるで、ずっとここに住んでいるような顔をしていた。だから、忘れそうになるのだ。これまでどんなに普通でない生活をしていたか。薫衣《くのえ》は、高貴な一族の頭領としての務めや在り方

について なら、何でも知っているが、若い娘の前でどうふるまえばいいかは、手本ひとつ見たことがないのだ。ひどく偏っていることよ。あれこれ突飛なことをするのも、そのせいかもしれないな」

なるほど、そうかもしれない、と鯷《ひしこ》は思った。

「ただでさえ、水と油をいっしょにするような、やっかいな婚姻なのに、さらに悪条件が重なるとは、稲積《にお》には不憫《ふびん》なことだ」

今日もまた頭領様は、ひとりごととも鯷《ひしこ》に話しかけているともつかないようすで、心のうちを口にした。何を聞いても、鯷《ひしこ》がけっして口外しないと信じていなければできないことだ。この信頼のしるしに勇を得て、鯷《ひしこ》は思いきって、自分のほうも、心のうちを述べてみた。

「それはどうでしょう。これは私の勘ですが……」

「何だ」

「さきほど長々と経過をご説明いたしたのも、私の感じたところをお伝えできればと思ったからなのですが」

「早く申せ」

「おふたりは、仲睦《なかむつ》まじいご夫婦になられると思います」

なぜかと問われたら説明できないが、稚拙で、無器用で、じれったい、初めての夫婦の営みを見て、そう思った。

「おまえの勘が当たればよいが」

頭領様は、そんなことが起こるとはまるで信じていないような気のない声で言うと、額に皺《しわ》を寄せてつづけた。

「鯷《ひしこ》、わかっていると思うが、おまえが見ていなければならないことは、それが第一ではないぞ」

「はっ、わかっております」

出すぎたまねをしたのが悔やまれた。

言われなくても、鯷《ひしこ》にはわかっていた。彼の第一の仕事は、もしもあの若者が不穏な行動を起こしそうになったら、手遅れにならないうちに始末すること。

鯷《ひしこ》は頭領様から、判断を仰ぐことなく手を下す許可を与えられていた。

彼はこの道の熟練者だ。珍しく心動かされた〈標的〉とはいえ、いざというとき瞬時の迷いも起こしはしない。

その自信が、鯷《ひしこ》にはあった。

9

稗《ひづち》の仕事はモグラたたきに似ている。次々に出てくる問題を、すかさずつぶしていかねばならない。

　モグラたたきと違うのは、ひとつも見逃すわけにはいかないし、たたくだけですむ問題は、ほとんどないということ。それぞれに、複雑で匙加減《さじ》のむずかしい対処をしなければならず、その対処が新たな問題を生んだりする。

　優秀な〈耳〉のかすかな逸脱の兆候は、かるくたたいてすむモグラだった。薫衣《くのえ》と稲積《にお》の夜の夫婦生活の問題は、出そうにみえて、出ることなくおわったモグラだった。

　しかし、これらとくらべものにならないほどやっかいなモグラが、いくつも穴から顔をのぞかせ、穭《ひつち》は日々忙殺されていた。

　まず、旺廈《おうか》狩りを中止するという約束を果たさなければならなかった。これは、彼の目的のためにも必要なことだ。

　けれども、鬼目《ほろし》が刑部《ぎょうぶ》の大臣《おとど》でいるうちは、そんなことは不可能に近い。役目からはずさなければならないが、薫衣《くのえ》と稲積《にお》の結婚という無理を通した直後に、左遷という刺激は与えられない。

　となると、別の大臣職に就けるしかないが、そのためには、いまその地位にある者を動かさなければならなくなる。だが、左遷できない事情はどの大臣も同じだし、へたな動かし方をすると、その地位でまた、これからの計画の妨げとなる。

　将棋のように盤面全体を見渡して、数手先を読んでから、穭《ひつち》は鬼目《ほろし》を兵部《ひょうぶ》の大臣に替えた。これなら出世と呼べるし、事が起こったときには真っ先に旺廈《おうか》に斬りかかっていける地位だから、文句のつけようはないはずだ。

もともとこの役にあった月白《つきしろ》は、顧問官とした。これは部下を一人も持たない役職だが、王の唯一の公式な助言者であり、大臣職以上に名誉ある役務とみなされていた。

それまでの顧問官は、穎《ほさき》だった。この玉突き人事で、穎《ほさき》に新たに用意できる肩書きはない。代わりに彼には領土を与えた。幸い、稲積《にお》の夫となる人物に与えるはずだった土地が宙に浮いていた。

穎《ほさき》は、顧問官に就いた当初は我が世の春と喜んでいたが、穭《ひづち》は彼の助言にほとんど従わなかった。いや、翠《すい》と鳳穐《ほうしゅう》のことを考えれば、従えなかったのだ。それではせっかくの重職も、名誉をいばれるだけのからっぽの財布だ。名を捨てて実をとることになるこの交換に、穎《ほさき》は不平を示さなかった。

空いた刑部の大臣の座は、空席のままとした。穭《ひづち》が直接指示を出すためだ。

準備はこうして整ったが、当然ながら、いきなり「旺廈《おうか》狩りを中止する」と宣言するわけにはいかなかった（もっとも、「旺廈《おうか》狩り」「鳳穐《ほうしゅう》狩り」というのは、民衆のあいだから出てきた俗称で、公式にこのような仕事があったわけではない。旺廈《おうか》を見つけしだい殺すという、それまでの慣行をやめるように、命じるわけにはいかなかった、という意味だ）。

穭《ひづち》はまず、旺廈《おうか》を見つけても、勝手な判断で手出ししないようにと申しつけた。数人ならば各地の刑部所に連行し、集団の場合は封じ込めて、四隣蓋城《しりんがい》に報告して指示を待つようにと。

それから半年の間に上がってきた報告の数は十に満たず、ひとつをのぞいて五人以下の少人数のものばかりだった。この時期にはもう、生き残っている旺厦《おうか》は、かなりたくみに身を潜めていたからだが、報告を上げずに殺してしまった例も、なかったわけではないだろう。穭《ひづち》はそれには目をつぶった。

数人以下のものについては、それぞれに理由をつけて——幼い子がいる。殺してしまうには惜しい才能を持つ。彼の亡くなった従兄弟《いとこ》にどことなく顔立ちが似ている——死罪を免じ、監視付きで生活させることとした。この監視役には、彼が直々に使っていた、能力も信用のおける程度も抜群の者を当てた。彼らをこの時期、身辺から手放すのはつらかったが、絶対に、失敗例を出すわけにいかない。この数滴のしたたりを、やがて本流としなければならないのだから。

集団の一件は、いっそうやっかいだった。これは、甲美《こうび》山地の峻峰《しゅんぽう》、鷹巣《たかす》山にある小さな村が、まるまる旺厦《おうか》であることが発覚したものだ。とたんに村は、封じ込められるのを待たずに、自ら柵《さく》を巡らせて、「入ってくる者は誰であろうと殺す」と立て籠《こ》もった。

穭《ひづち》は、当地の刑部官らの手綱を引きつつ、ひそかに工作して、近隣の村に「あの者たちはこれまで何の迷惑もかけずに暮らしてきた。彼らがいなくなると、獣害が増えるなど、不都合の起きることが予想される。このままそっとしておいてもらいたい」という旨の陳述をさせた。

それから、陳述を受け入れて何の危害も加えないことに決めたから武装を解くようにと、村を三ヵ月がかりで説得し、一方で、彼の煮え切らない態度にしびれをきらせそうな者たちをなだめつづけた。村の説得に熱を入れすぎると鳳穐《ほうしゅう》の中に不満がわき、彼らを刺激しないようにと慎重になりすぎれば、村に不信の念を抱かれる。重い天秤棒《てんびんぼう》のバランスをとるような仕事だった。

結局村は籠城《ろうじょう》を解いたが、何かあったときに備えて大幅に増員した付近の刑部所と、にらみあうような関係が長くつづいた。子供が小石をひとつ投げただけで、弓矢による殺し合いがはじまりそうな、緊迫した日々だった。穭《ひつち》は常に監視し、どんな小さな不安の種にも手を打って、何とか爆発を抑えた。

半年後、刑部の大臣の席をそれ以上空けたままにしておけなくなると、穭《ひつち》は、黄雲《こううん》一族の頭領、冬芽《ふゆめ》をこの地位に抜擢《ばってき》した。

この人事には誰もが驚いた。大臣職に鳳穐《ほうしゅう》以外の者が就くのは、よほどの事情があるときだけだが、黄雲《こううん》にはここ数年、これといった手柄がない。冬芽《ふゆめ》が薫衣《くのえ》の〈更衣の儀〉で立ち会い人を務めたという、それまであまり知られていなかった事実が、さかんに人の口にのぼるようになった。

そこから読み解けば、この人事が示す穭《ひつち》の意図ははっきりしていた。

旺廈《おうか》狩りをやめる。

それまでの半年間、個別の事情から例外的な対処をしているようにみせかけて隠していた意図を、穭《ひつち》はついに顕《あらわ》にしたのだ。そのため起こったさまざまな反応にも、穭《ひつち》は根気よく対処していった。

だが、話を薫衣《くのえ》の結婚直後に戻そう。この婚姻への拒否反応は、翌日から次々にわきおこった。

鳳穐内《ほうしゅう》には、「頭領様にだまし討ちにされた」と感じた者が多かった。婚姻においては通常、形をふんでの求婚から婚約、挙式までが、数ヵ月から一年をかけておこなわれる。それを半日に縮めるなど、地の果ての寒村でだってありえない。また、四隣蓋《しりんがい》城様の妹君の婚儀となれば、全国津々浦々から祝いの品が届き、十日に及ぶ宴《うたげ》が催されるものだろうに、そうしたこともいっさいなく、まるで人目を盗むように、夜中に手早くすまされた。

それもこれも、相手が旺廈《おうか》だからだ。頭領様は後ろ暗いのだ。

こうした声は、特に荻之原の戦で命を惜しまず戦った者たちから強く出た。彼らにしてみれば、四隣蓋《しりんがい》城を奪回したのは自分たちであり、当時まだほんの子供だった頭領様は、お守りする対象。神輿《みこし》に乗せて、自分たちの行きたいほうへお運びするつもりでいた。それを、自分たちがもっとも嫌がるだろうことをなさるとは、いくら「鳳穐《ほうしゅう》のためになること」と説明されても、裏切られた思いだった。

三人が、抗議の書をしたためて、自らの胸に刃《やいば》を突き立て自決した。一人が「頭領様のご乱心をお諫《いさ》めするため」の焼身自殺をした。頭領の地位が絶対だったこの時代、異議申し立てはこうした形でおこなわれたのだ。

穭《ひつち》はこれを黙殺した。死者に対して、悼むことばもなじることばもかけず、遺族に対して、追放や流罪を申しつけることもなければ、年金や見舞い金を与えることもしなかった。

そのためか、彼らにつづく者は出なかった。

一方で穭《ひづち》は、老臣たちとさかんに面談し、おだてたり、頼ってみせたり、泣き落としをかけたりして、彼のやることを、理解とまではいかなくても、甘受してくれるよう求めた。

そうして、時期をみはからって、おおっぴらに批判の声をあげていた者のなかから身分のさほどでない者を一人選んで磔《はりつけ》にし、家族を斬首《ざんしゅ》した。

こうしたことで、釜《かま》の中では沸騰した蒸気が暴れ回っているが、重い鉄のふたをはねとばすにはいたらないという状態に何とか抑え込み、川が土手を破るのを防いだ。

このほかにも、頭の痛い問題があった。鳳穐《ほうしゅう》以外の有力者への対応だ。こちらは鳳穐《ほうしゅう》内部と違って、先を見通せる者のほうがやっかいだった。

城内で大きな顔をしている者たちはみな、先の戦で鳳穐《ほうしゅう》側についていた。つまり、鳳穐《ほうしゅう》からすれば借りがあり、旺廈《おうか》からみれば、自分たちの世に反乱を起こした裏切り者だ。四隣蓋城《しりんがいじょう》の中に旺廈《おうか》の頭領（あるいは、元頭領）がいるという事態に、こうした有力者らはいらだった。万が一にでも鳳穐《ほうしゅう》と旺廈《おうか》が共存することになれば、いったい彼らはどうなるのか。いまより勢力が削《そ》がれるのは確実だし、悪くすれば没落する。

この不安は、実のところ当を得ていた。穭《ひづち》は彼らをのさばらせないためにも、今度のことをはじめたのだ。

父が病死して王位を継いだとき、穭《ひづち》は愕然《がくぜん》とした。それまで彼は、王とはすべてを自由にできる支配者なのだと思っていた。だが実際には、手《て》枷足枷《かせあしかせ》をはめられた支配者だった。

鳳穐《ほうしゅう》の者たちが、若輩の彼を心配して口出ししてくるのはしかたない。できるだけやりすごしながら、時が解決してくれるのを待つしかない。

だが、それだけではなかった。旺廈《おうか》の世をくつがえしてこの城を手に入れるために、亡き父は、他の氏族たちに数々の特権を約束して、味方にひきいれていた。

彼らの協力なくしては、荻之原での勝利はおろか、蜂起《ほうき》することさえできなかったのは事実だが、この約束と恩とに縛られて、穭《ひつち》はさまざまな場面で、彼らに譲歩しやりたいことを曲げなければならなかった。

これは、鳳穐《ほうしゅう》の世ではない。鳳穐《ほうしゅう》という帽子をのせた、画角《かつかく》、蓮峰《れんぽう》、香積《こうしゃく》らの連合王朝ではないか——とすら、穭《ひつち》は思った。

なかでももっとも大きな顔をしていたのが、画角《かつかく》の頭領の添水《そうず》だった。

穭《ひつち》も稲積《にお》も、画角《かつかく》の屋敷で生を受けている。両親が、彼のもとに幽閉されていたからだ。

つまり画角《かつかく》はかつて、旺廈《おうか》にもっとも信をおかれた一族だったのだ。

画角《かつかく》の先代の頭領は、〈四日戦争〉——薫衣《くのえ》の祖父と父が、穭《ひつち》の父親を四《し》隣蓋《りんがい》城から追い出した戦——で旺廈《おうか》の側につき、薫衣《くのえ》の祖父と馬を並べて戦った。このとき薫衣《くのえ》の祖父は、添水《そうず》の父をかばうかたちとなって刀傷を受け、片腕を失った。

穡《しょく》大王の血筋からのこの大恩に感激した添水《そうず》の父は、獅子《しし》奮迅《ふんじん》の活躍をみせた。薫衣《くのえ》の祖父は、これを当然のこととして放置せず、玉座につくと、手柄に厚く報いた。以来生涯にわたり、ふたりは強い絆《きずな》でむすばれていた。

絆は精神的なものだけでなく、旺廈《おうか》と画角《かっかく》とのあいだで、姻戚《いんせき》関係も数多くむすばれた。そのためもあって、添水《そうず》の代になってからも、画角《かっかく》一族は旺廈《おうか》から重用され、繁栄していた。添《そう》水《ず》が旺廈《おうか》を裏切ることなど、父親の命を助けてもらったという恩を別にして、損得だけから考えても、起こるはずがなかったのだ。

ところが、その起こるはずのないことが起こった。添水《そうず》は突然、穭《ひづち》の父に手をさしのべ、固く幽閉しているふりをしながら、外部と連絡がとれるようはからった。

画角《かっかく》が味方となるなら、鳳穐《ほうしゅう》にとって、頭領のいる場所は牢獄《ろうごく》でなく、戦いを準備するためのもっとも安全な拠点となる。そうして、四隣蓋城《しりんがいじょう》への不意討ちが実現したのだ。

鳳穐《ほうしゅう》が天下をとると、添水《そうず》は以前をうわまわる富と地位とを要求した。穭《ひづち》の父に、それを拒めるわけがなかった。添水《そうず》は領地を倍増したうえ、中務《なかつかさ》の大臣《おとど》となった。

添水《そうず》は怠け者だった。重職に就いたというのに、いっこうに職務をこなそうとしない。だいじな仕事も部下にまかせきりで、都を流行《はや》り病が襲うと、さっさと逃げ出して領地に閉じ籠《こ》もり、以来、そこで派手に遊んでいる。

迪学《じゃくがく》が生きる指針であったこの時代、なすべき仕事を怠けることは、もっとも恥ずべきことだった。できることなら手打ちにでもしたい穭《ひづち》だったが、役目を取り上げることすらかなわない。添水《そうず》がいなければ、旺廈《おうか》の世をくつがえすことはけっしてできなかっただろう。旺廈《おうか》の頭領は、迪師《じゃくし》が年老いて死ぬのを待って、幽閉していた穭《ひづち》ら一家を皆殺しにしただろう。添水《そうず》は彼の命の恩人でもあったのだ。

しかし、いつまでもこのままにしておくつもりはない。画角《かつかく》という枷も、他の大きな顔をしている氏族たちという枷も、いずれ必ずはずしてみせる――。

稗《ひづち》はそう決意していた。彼がなすべきことをなすためには、自由であることが必要なのだ。

薫衣《くのえ》と稲積《にお》の婚儀を強行したときにも、この目的は、稗《ひづち》の胸に熱くあった。だが彼は、この婚姻への不平を漏らす有力氏族らを、さらなる特権を与えることでなだめた。本来やりたいこととは逆の行動だが、しかたがない。機はまだ熟していないのだ。あせればすべてが破綻《はたん》する。

一方で、裏では彼らの勢力を削ぐための画策をはじめていた。特権の与え方をわざと不均衡にして、妬《ねた》みや相互不信を引き起こすのも、そのひとつだ。

また、世代間の対立もあおった。荻之原の手柄をいつまでもひけらかしている者は、後継者からうとまれがちだ。年配者に頭を押さえつけられている若者は、稗《ひづち》に共感を抱きやすい。この心情は利用できた。

こうした対立が大きくなっていけば、薫衣《くのえ》のことで頭から湯気を出している者たちも、それどころではなくなるだろう。時間のかかるやり方だが、稗《ひづち》はあせらず確実に、事を進めていった。

稗《ひづち》には、若さという武器があった。若いがゆえに、彼には時間がある。いま大騒ぎしている者たちも、いずれ薫衣《くのえ》の存在に慣れてくる。そうなったら、次の一手を進めるのだ。

若さは時に、性急さにつながるものだが、稗《ひづち》は違った。彼は冷静に、ずっと先までを見通していた。見えているからといって、いつかそこまでたどりつけるという、何の保証もなかったけれど。

10

薫衣《くのえ》は毎朝、四隣蓋城《しりんがい》の奥所にある住居を出て、塔の少し先にある文書所《もんじょどころ》に出勤した。他の筆官たちは、はるばる登城してきて仕事に就くので、薫衣《くのえ》は誰より近距離通勤だった。

その短い距離を、二名の護衛がぴったりとついてくる。

「実際に、護衛は必要なのだ」

穭《ひづち》は言った。

四隣蓋城《しりんがい》には薫衣《くのえ》を殺したい者がうようよしている。ひとり歩きは危険だった。けれども、穭《ひづち》がわざわざ「実際に」と断ったように、護衛の真の目的は、薫衣《くのえ》を守ることではなかった。これみよがしに常にぴったりとついて歩くのは、穭《ひづち》がこの若者を野放しにしていないのだと、周囲に知らしめるためなのだ。

「我慢していただきたい。こういうことは、大げさにやるほうがいいのだ」

穭《ひづち》は打つ手の意図を、いちいち薫衣《くのえ》に説明した。そんなことをされなくても、やるべきことはやるし、耐えるべきは耐えるのにと薫衣《くのえ》は思ったが、やはり護衛につきまとわれるわずらわしさや、それを見る人の目の不快さは、穭《ひづち》のことばで軽くなる。

——私が穭《ひづち》殿だったら、こうした気配りができただろうか。

自信がなかった。そもそも、わざとらしい護衛をつけることで人の心を落ち着かせるという便法を、思いつけなかった気がする。

穭《ひづち》のやること、言うことは、いまだに薫衣《くのえ》にとって、「思いも及ばぬ」「考えもつかぬ」ことばかりだった。

文書所に着くと薫衣《くのえ》は、大きな部屋で二十人近くの他の筆官たちとともに、一日、書類を筆写して過ごした。

大陸との本格的な交流がはじまるまで、翠《すい》では質の悪い紙しか作ることができなかった。重要な記録をしるした帳面も、十年から二十年でぼろぼろになる。そこで文書所を置き、人手を費やして、古くなった書類を新しい紙に、せっせと書き写していたのだ。

そんなことなら、大事な記録は石に刻むとか、木の板に墨書するとかすればいいように思われるが、「文字は紙に書くもの」という概念だけは、大陸からいつの時代にか入ってきて、しっかりと根付いていたのだろう。

大いなる無駄に見えるこのシステムだが、実は大きな利点があった。何度も書き写されることで、どんなに古い記録も埋もれてしまうことなく、定期的に人目にさらされる。不正があればあばかれるし、過去の教訓を拾い上げやすい。

また文書所は、仕事場であると同時に、政治を学ぶかっこうの教室ともなっていた。そのため、有力者の子弟は、城にのぼって役務に就くようになるとき、まずここに配属される。「王の義弟殿」にとっても、役不足ではなかったのだ。

薫衣《くのえ》の初出勤の日の仕事場は、室内のあらゆるものが静電気を帯びてでもいるかのように、ぴりぴりとしていた。

筆官二十名と、筆写に間違いがないか点検する改め役、仕事の段取りをつける采配役《さいはい》など十名の、約半分が鳳穐《ほうしゅう》だったが、彼らはこの日、一日じゅう、平静な呼吸ができないらしく、肩で息をしていた。他の者たちは、ふだんどおりにふるまっているつもりらしいが、ときどき目が泳いでいたし、動きはぎくしゃくとして、あやつり人形のようだった。

もちろん、薫衣《くのえ》にあいさつのことばをかける者はひとりもいない。彼はここでも、いてもいないかのように扱われる亡霊だった。

ただし、前と違い、見たくないのについ目がいき、見てしまったなら身の毛がよだつ――そんなおそろしい亡霊。

薫衣《くのえ》は黙々と目の前の紙に向かった。それですむ仕事なのがありがたかった。これもまた、穭《ひづち》の配慮のたまものなのかもしれない。

翌日、鳳稙《ほうしゅう》の者らの薫衣《くのえ》に向ける視線の鋭さに変わりはなかったが、呼吸過多で死にそうな者はいなくなっていた。他の者たちは、薫衣《くのえ》のほうに顔を向けるときをのぞくと、人間らしいなめらかな関節の動きを取り戻していた。そうして何日かが過ぎた。人々は薫衣《くのえ》がそこにいることにいくぶん慣れてきたようで、仕事の合間の私語なども、復活させる者が出た。そのうちのひとりが、虎の尾を踏んだ。

「私はいまだに信じられない。鳳稙《ほうしゅう》と並ぶ名家の御曹司ともあろうお人が、私利を追って、そのために名を捨てることができるとは」

隣の人物だけに向けたささやき声だった。だが、危険なことばほど、どんなに声が小さくても、遠くまではっきりと届くものだ。部屋じゅうの者が動きを止め、息を止めた。

薫衣《くのえ》の場合、息は止めたのでなく、止まった。胸の中で、空気がずしんと固まった。それをむりやり押し出すために、からだじゅうに力を入れた。さらなる力で、震えだしそうだった手を抑えた。

室内では、まるで時間の流れが止まったかのように、人々が身じろぎひとつせずにいる。

薫衣《くのえ》は筆を握りしめた。目を書き写している書類に据え、そこにあるのと同じ文字を、白紙に描いた。

虎は、尾を踏まれても動かなかった。それから何日かが過ぎても、あの発言をした男への四《し》隣蓋《りんがい》城様からのおとがめはなかった。虎の後ろの豹《ひょう》もまた、動かないのだと人々は知った。

「命とは、名を捨ててまで守りたいほど大切なものだろうか」

しばらく後に聞こえたこのつぶやきは、近くにすわる仕事仲間に向けられたものだったが、明らかに薫衣《くのえ》の耳を意識していた。

それから、長雨が降りだす前にぽつりぽつりと落ちてくる雨粒のように、こうしたことばが時おりささやかれるようになった。

「恋のために命を捨てた人物は、過去に数々おりますが、恋のために助かるはずのない命を救われるというのは、あきれた幸運というべきでしょうかね」

薫衣《くのえ》個人に対するあてつけだけでなく、一族への誹謗《ひぼう》もあった。

「見てごらんなさい、この記録を。旺廈《おうか》の時代には、ずいぶんいいかげんなことがおこなわれていたようですね」

対話の形式をとることもあった。

「ご子息が〈更衣の儀〉をすまされたと聞きました。お祝い申し上げる」

「うむ。この機に息子によく言い聞かせておいた。保身のために、敵に頭を下げるような人間にだけはなるなと」

そのたび薫衣《くのえ》は、筆の動きを止めないことに意識を集中した。

やがて雨は本降りになった。周りの者たちの薫衣《くのえ》へのおそれが消え、遠慮のない攻撃がはじまったのだ。

「旺廈《おうか》の時代は、米の収穫量が落ちていますなあ」

「暴政に、大地も機嫌をそこねるのでしょう」

こんなせりふが、毎日のように口にされるようになった。

「絶対に戦に負けないですむ方法をご存じですか。戦をしないことですよ。はじめから降参してしまうのですよ。たとえ相手が親の仇《かたき》であってもね」

迫害者たちは知恵をつけ、会話のあとに忍び笑いを付け加えるという手法を用いるようにもなった。

「歴史に名を残しそうなへつらい上手と同じ部屋にいたことは、のちのち子や孫に語って聞かせる、よい思い出話になるでしょうね」

何を言われても、薫衣《くのえ》は聞こえないふりをつづけた。

もちろん、全員がこのようなこれみよがしの悪口《あっこう》を放っていたわけではない。そうした行為を慎みのない、恥ずべきことと考えて、口を閉ざしたままの者も多かった。

けれども、視線は雄弁だった。

薫衣《くのえ》に向けられる視線には、つねに、憎悪、嫌悪、軽蔑《けいべつ》のいずれかがこめられていた。

憎悪は薫衣《くのえ》を苦しめなかった。鳳穐《ほうしゅう》の歴史を振り返れば、薫衣《くのえ》が憎まれるのは当然だ（もっとも薫衣《くのえ》の心の中には、旺廈《おうか》の戦いは正当なものだったのだから、それで身内が命を落としたからといって、恨まれるのは筋違いだという思いもありはしたが）。

この視線は、いくぶん心地のよいものでさえあった。憎悪はすなわち、薫衣《くのえ》を旺廈《おうか》の人間とみなしていることを意味するからだ。

しかし、嫌悪と軽蔑は——。

彼らのうちの半数は、薫衣《くのえ》がほんとうに稲積《にお》に一目惚《ひとめぼ》れしたと思っていた。あの御前会議に出席していた人たちが、そう断言したからだ。

だが、いかに恋心がつよいからといって、旺廈《おうか》の頭領である人物が、私事のために、なすべきでないことをしてしまうとは。

迪学《じゃくがく》を心の指針にしている人々にとって、この行為は、彼らの人生に対する冒瀆《ぼうとく》ともいえた。自分たちの価値観を守るためにも、彼らは薫衣《くのえ》を嫌悪し、軽蔑しないではいられなかった。

残りの半数は、人目をひく容姿といえない稲積《にお》に一瞬のうちに惚れてしまった——などという都合のいい話を、まったく信じていなかった。低頭しての求婚は、明日にも斬首《ざんしゅ》される運命《さだめ》にあった自らの命を救うため。いまこのときにも山奥で木の皮をかじって命をつないでいるかもしれない一族のことなど顧みず、自分ひとりの身の安全のために芝居を打ち、まんまとそれに成功したのだ——。

そう考える彼らの嫌悪と軽蔑は、純粋で、容赦がなかった。

あてこすりや視線以外に、一度だけ、直球をぶつけられたことがあった。十八歳前後の鳳穐《ほうしゅう》の若者が、廊下で、護衛以外の人影が絶えたとき、面前に立って言ったのだ。

「なぜですか。なぜ、このようなことがおできになるのですか。私は鳳稚《ほうしゅう》の人間ですが、我らと同じく檣《しょく》大王の血を引く旺廈《おうか》の方々は、それにふさわしい気高い心をお持ちと考えておりました」

薫衣《くのえ》は、何のことばも返さなかった。

「いまだに信じられない思いです。しかしあなたは、現にこうして、もっともなすべきでないことをなされた結果、命を長らえておられる。生き恥をさらしておられる。失望しました。悔しくさえ思います」

男の目には、涙がにじんでいた。薫衣《くのえ》の眼は乾いていた。

男は、おおげさに顔をそむけると、足音をたてて去っていった。

薫衣《くのえ》は、その背中を最後まで見送ってから、静かにその場を歩み去った。

夫は朝、こわばった顔をして住居を出て、夕方に、まったく同じ顔をして戻ってくる。まるで、顔の皮膚がかたまって、そのまま仮面になってしまったとでもいうように。

目だけが、違う。

朝は、その日一日に挑むような目。帰りは……。

もうこれ以上耐えられないと叫びだしそうな目——と言ったら、夫に失礼にあたるだろうか。

稲積《にお》は、作法どおりに出迎えて、共に奥の部屋へと移動しながら、何かことばをかけて仮面をとかしてしまいたいと思うのだが、どうしても、喉《のど》から声が出てこない。

夫は着替えをすませると、部屋のまんなかに仰向《あおむ》けになり、じっと天井をにらみつける。稲積《にお》はそっと退出する。出ていけと言われるわけではないが、そこにいないほうがいい気がする。

ほんとうは、そばにいたい。自分は妻なのだから、夫の外での疲れを癒《いや》したいと思う。夫がなぜそんなふうなのか、外でどんなめにあっているのか、稲積《にお》はだいたいのところを知っていた。女官たちは、住居区域を出る機会がないはずなのに、なぜだか城じゅうの出来事を耳に入れていて、稲積《にお》にも教えてくれるのだ。

文書所で——そして城のいたるところでも——ささやかれている夫への非難が、どこまで当たっているのか、稲積《にお》にはよくわからない。たしかなのは、夫が稲積《にお》に一目惚れしたというのが嘘だということ。兄が稲積《にお》に結婚を命じたのは、夫の求婚よりも前だったのだから。

兄や夫が自分たちのおこないの意図を話さないなら、こちらからたずねてはいけないのだと、稲積《にお》は心得ている。けれども、そんなこととは関係なく、稲積《にお》は夫を慰めたかった。

たぶん、住居に戻ってくるときの夫の眼が、あまりに痛ましいから。

なのに、もどかしいことに、稲積《にお》にはそっと部屋を出て、夫をひとりきりにすることしかできない。なにしろ稲積《にお》は、鳳稚《ほうしゅう》の人間。こわい顔をして天井を見ている夫にとって、もっともそばにいてほしくない血の持ち主。どうがんばってもこの血を変えることはできないから、稲《に》積《お》には部屋を出るしかないのだ。

そして、次の間でひとり待つ。夫はすぐに出てくることもあれば、夕餉《ゆうげ》が運ばれてくるまで閉じ籠《こ》もっていることもある。この時間の長短に、稲積《にお》は一喜一憂する。

出てきたときの夫は、いつものやわらかな顔に戻っている。最初は口が重たいけれど、稲積《にお》が何かと話しかけているうちに、よくしゃべるようになり、時には声をあげて笑う。

そのほがらかな笑い声を聞いて、稲積《にお》は思う。

――ああ、この人は、ほんとうは陽気な性質《たち》なのだ。

すると、あのこわばった顔が、ますます切なく感じられる。

ふたりの話す内容は、たわいのないものが多かった。庭に花が咲いたこと（城内の各住居には、塀や生け垣に囲まれた小さな庭がついていた。薫衣《くのえ》の住居にはもちろん、乗り越えることのできない高い塀がめぐらされていて、日当たりが悪かったが、それでも花は咲いたのだ）、その日の天気、食事の味付け、どんな食べ物が好きか。

夫のことをほとんど知らなかったから、稲積《にお》はあれこれ質問した。夫はそれに答えながら、思い出話をすることがあった。迪師《じゃくし》らと暮らした丘に、ビワの木があったこと。その実が甘くておいしかったこと。

そんな折り、夫はきまって笑顔になる。稲積《にお》はもっと笑ってほしくて、あれこれたずねて話をうながすのだが、ふたりのたわいない話の足もとには、あちらこちらに、落とし穴のように暗い穴があいていた。

「ご兄弟は、いらっしゃいますの」

「ああ。弟がひとり。四つ年下で、おもしろかった」

「おもしろい？」

「うん。はいはいをしていたころ、それは必死になって、私のあとを追ってくるんだ。私が足を早めると、泣きそうになりながら、ぱたぱたと手足を動かす。私が戻っていくと、ぽかんとした顔をする。抱き上げると、声をたてて笑う。おもちゃのようで、おもしろかったぞ」

夫は楽しげな顔をしていた。

「その方は、いま……」

口にしてから、しまったと思った。いま、生きているはずがない。

「いまはもう、いない。荻之原で、西風にあおられた火に追われていたとき、命を落とした」

夫は沈んだ顔もしていなければ、稲積《にお》を責める口ぶりでもなかったけれど、稲積《にお》はあせって早口になる。

「あの、でも、薫衣《くのえ》様より四つ下ということは、当時三歳でいらしたわけでしょう。幼子は、顔の区別がつきにくいものですわ。もしかしたら、身替わりをたてて死んだようにみせかけて、ご本人はどこかで生き延びておられるかも。そういうことが、昔あったと聞きますもの」

夫はうっすらとした笑みを浮かべて、首を左右に動かした。

「この目で見たんだ。私と弟は、馬を並べていっしょに逃げていた。もちろん、自分で馬をあやっていたのでなく、ふたりとも、鞍《くら》の上で近習《きんじゅ》の者に抱きかかえられていたのだ。炎も追手も、すぐ後ろに迫っていた。異様ないななきが聞こえて振り返ると、弟の馬に、矢が幾本も刺さっていた。馬は後ろ脚で立ち上がり、弟は、かかえていた男もろとも転がり落ちた。そのときに、男は首の骨でも折ったようで、しっかりと弟を抱いていた手が、だらりと地面に投げ出された。男の腕から転がり出た弟の頭を、後ろから走ってきた味方の馬の蹄《ひづめ》が砕いた」

稲積《にお》は思わず手で耳をおおった。

「こわがらなくていい。昔の話だ」

夫はあいかわらず、口もとだけでほほえんでいた。

ある日、夫のために稲積《にお》にもできることが見つかった。思い出話の中で夫が、笛のことを語ったのだ。

夫の母は、縦笛の名手だったという。

これを聞いて、稲積《にお》は驚いた。楽器は芸人に演奏させるもの。由緒ある家柄の子女が触れるなど、たしなみのないことだと躾《しつ》けられていたからだ。

「母の愛用の笛は、名人に作らせたものでね、それを名手の母が奏でるのだから、それはよい音色がした。私は聞くたび、うっとりとしたものだ。二、三曲なら、私も手ほどきを受けたのだよ」

家が違えばしきたりも違うものだと、稲積《にお》は感心した。

翌日、稲積《にお》は夫を庭に面した縁側に誘った。

「今宵《こよい》は、よい月が出ておりますわ」

「そうだね」

夫は目を細めて、さえざえと白い満月を見上げた。

「このような月の下では、笛を奏でたくおなりではありませんか」

夫はけげんな顔をした。その目前に稲積《にお》は、懐に隠していた品を差し出した。

「これは……」

夫の目が、天空の月のように丸くなった。

「私、兄がこのようなものをしまっている場所を、存じておりますの」

旺廈《おうか》の一族は先の戦のとき、着のみ着のまま逃げ出した。持ち出せずに残された調度や武具は、いまも城内に保管されている。その中に縦笛があるのを見つけて、こっそり取ってきたのだ。

夫がうれしそうな顔をしないので、稲積《にお》は少し心配になった。笛には、雷鳥の紋が刻まれている。夫の話してくれた名笛を見つけたと思ったのだが、違ったのだろうか。

「これは、勝手に持ち出したりしては、いけないものではないのか」

夫の声は厳しかった。稲積《にお》はあわてて言い訳する。

「だって、笛ですもの。旗や剣でしたら問題でしょうけれど、笛の一本くらい、なくなったことも、お兄様はお気づきにならないと思いますわ」

それまでこわい顔をしていた夫が、ぷっ、と吹き出し、笑いだした。

「まったく。稗殿《ひづち》はそなたに甘いというが、こういうところでよくわかるな」

夫が怒っていないようなので、稲積《にお》は安心する。

「聞いてみとう存じますわ」

「うん」

夫は笛を受け取ると、片手で二、三度、そっとなでた。それから、その場にすわって、吹き口を唇に当てた。

はじめ、ひとつの音と、次に出てくる音につながりがなく、時には調子っぱずれの響きも混じったが、稲積《にお》にはそれもおもしろくて、夢中になって聞いていた。

そのうち、音と音とがつながって、いつのまにか旋律になった。

素朴な曲だった。母親が子供に教えるのにちょうどいいような。

稲積《にお》には夫の腕前や、笛の良し悪しはわからない。けれども、耳に心地よいことはたしかだった。夫の隣にすわって、笛から流れ出る楽曲に身をゆだねると、ふわふわと月まで飛んでいけそうな気がした。

一曲おえると、夫は空を仰いだ。

「ああ、いい月だ」

晴れやかな顔だった。笛を取ってきてよかったと、稲積《にお》は思った。

「お聞きになったか。ゆうべの妙な出来事を」

「さて、何があった」

「夜勤の兵が、面妖《めんよう》な声だか音だかを耳にしたという。おおかた、猫がさかってでもおったのだろうが、聞いた者は、笛の音のようだったと言い張るのだ」

「はて、面妖な。ゆうべは宴会などなかったのだろう。笛の音など聞こえるはずがない」

「おっしゃるとおり。城内にお住まいの方々は、どなたもおこない正しき立派な御仁《ごじん》。家来どもにも躾《しつけ》は行き届いている。芸人のように楽器に手を出す者など、いるはずがない」

「まったくだ。迪学《じゃくがく》は、武芸や勉学に励むようすすめていても、歌や踊りにうつつをぬかせとは、説いていないものな」

「もし万一、楽器に手を出す武人がいたなら、さぞかし戦は弱いであろうな」

「ああ。敵に後ろを向けて大慌てで逃げ出した武将か、その子弟に違いない」


夫が、片手に笛を力なく握ったまま、ぼんやりとすわっていた。

「いかがなさいました」

返事がない。

稲積《におい》はそっと退室した。

翌日、夫は笛を口に当てていた。指もさかんに動かしていた。なのに、何の音も聞こえない。

「まあ、その笛、壊れてしまったのですか」

「いいや」

夫が口もとだけで笑った。

「吹き口に、粘土を詰めた」

「それでは、音が出ませんわ」

「出ないようにしたのだ」

そしてまた、音の出ない笛を熱心に吹きはじめた。

稲積《にお》は呆然《ぼうぜん》とそのさまを見つめていたが、そうしているうちになんとなく、何があったかわかってきた。

部屋を出て夫をひとりきりにしようかと思った。笛のことで夫がいやな思いをしたのなら、それは笛を取ってきた稲積《にお》のせいなのだ。

けれども、その日だけはどうしても、夫のそばをはなれたくなかった。稲積《にお》は夫に向かって膝《ひざ》をそろえてすわり、音の出ない笛を吹く姿を見つめた。

ずいぶんして、夫が笛を口からはなした。

「何をしている」

やはり、ここにいては邪魔だったのかと、どぎまぎしながら稲積《にお》は答えた。

「聞いておりました」

「何を」

「笛の音を」

「笛は音が出ない」

「でも、私には聞こえます。薫衣《くのえ》様が奏でておられる音楽が」

「ふうん」

夫は眉間《みけん》に皺《しわ》を寄せた。

「では、どんな曲だった」

「はい？」

「聞こえていたのなら、答えられるだろう。私が奏じていたのは、どんな曲だった」

そんなことをたずねられるとは思わなかったので、稲積《にお》はあわてて、前に聞いた曲を思い出しながら答えた。

「それは……少しものさびしいけれど、ゆったりと心に沁《し》み入る、美しい曲でした」

「ふうん。稲積《にお》はおもしろいとらえ方をするのだな。私が吹いていたのは、こっけいな数え歌なのだが」

「えっ」

稲積《にお》は返すことばを失った。

「そうか。稲積《にお》にはこの曲が、そんなふうに聞こえるのか」

「だって、聞こえないのですし……あ、つまり、聞こえると申し上げたのは……」

見れば夫はいつのまにか、いまにも笑いだしそうな顔になっていた。

「まあ、私をからかっていらっしゃったのね」

夫は、声をたてて笑いだした。

このほがらかな笑い声まで、粘土でふさがれてしまうことがありませんようにと、稲積《にお》は願った。

11

（穡朝《しょくちょう》暦二六七年・薫衣《くのえ》十七歳〜穡朝暦二六九年・薫衣十九歳）

ぜひともおうかがいしたいことがあるので、拝謁をたまわりたいと、鬼目《ほろし》から申し入れがあった。とうとうばれたかと、穭《ひづち》は額の皺を深くした。

稲積《にお》の懐妊が判明したのは、三ヵ月前のことだった。いずれは皆に知れるにしても、少しでも長く内密にしておけるよう、関係者に固く口止めし、稲積《にお》に外出を控えさせた。

稲積《にお》が身籠《みご》もったことが知れたなら、ぶじな出産を邪魔だてしようとする者があらわれるに違いなかった。母体をあまり傷つけないていどに刺激を与え、子供が流れてしまうようにはかるとか、頭領の妹にそこまでするとは考えにくいが、稲積《にお》の命を奪ってでも、旺厦《おうか》と鳳穐《ほうしゅう》の血が混じるのを阻止しようとする者が、いないと言い切る自信はない。

警備に万全の手を打ちはしたが、公になるのは遅いほどよかった。

だが、どうやら時間稼ぎも限界がきたようだ。

「穭《ひづち》様。稲積《にお》様がご懐妊と聞きました」

鬼目《ほろし》はいきなりきりだした。礼儀上不可欠なはずの、祝いのことばもない。

「それがどうした」

ここ数年で、穭《ひづち》は気むずかしい君主との評判が定着していた。畏《おそ》れを抱かせるために、意識してそういう物言いをしてきたのだが、いまでは穭《ひづち》自身にも、演技なのか、本来の性質なのか、わからなくなっている。

「生まれたお子は、お約束どおり、殺していただけるのでしょうな」

鬼目《ほろし》のことばに、穭《ひづち》は耳を疑った。

「何のことだ。そんな約束など、していない」

「いいえ、約束なさいました。頭領様は、臣下の前で確言なさったことを、違《たが》えてはなりません」

「そんなことはわかっている。しかし……」

穭《ひづち》は中指と人差指でこめかみを押さえた。あのとき言ったことを思い出す。

「私は、息子が死に、ほかに跡継ぎとなる者もいなくなったときに、殺すと言ったのだ。豊穣《ほぜ》は元気に育っているし、いまではその異母弟もいる」

「私は、そのようにはお聞きしませんでした」

「おまえの勘違いにまで、責任とれない」

「穭《ひづち》様。頭領様」

鬼目《ほろし》はずいと、穭《ひづち》のほうににじり寄った。

ふたりのいる部屋は狭かった。塔の小部屋は、今回のような一対一の密談をするときにも使われるが、本来は王がひとりで休む場所。にじり寄られて、穭《ひづち》は息苦しさをおぼえた。

「それでは、義弟殿を殺してください」

「なぜ」

「なぜ、とお聞きなさるのですか。理由など、申し上げるまでもありませんでしょうに。むしろ、私のほうがおたずねしたい。なぜ、どうして、いつまでも生かしておかれるのですか。旺《おう》夏《か》の頭領にあたる血筋を押さえておきたいという理由なら、稲《に》積《お》様のお子が生まれたら、薫衣《くのえ》様は用済みです。殺しましょう。殺すべきです」

「鬼目《ほろし》、いつから頭領になった。そうしたことを決めるのは、私の役目のはずだが」

鬼目《ほろし》は皮肉をものともしなかった。

「穭《ひづち》様のおっしゃるとおり、旺夏《おうか》はあれ以来、おとなしくなりました。やつらとしても、この事態に、どうしていいかわからないのでしょう。しかし、おとなしくなったぶん、見つけにくくもなりました。そのうえ頭領様は、見つけても、殺してはいけないとおっしゃる」

そしてまた、ずいとこちらににじり寄った。

穭《ひづち》は、背後にある剣を意識においた。この部屋に大昔から飾られている、穡《しょく》大王より三代あとの王——つまり、大王の血筋が旺夏《おうか》と鳳穐《ほうしゅう》とに分かれる直前の王のものだと伝えられる宝剣だ。

鬼目《ほろし》は丸腰だし、激しやすい性格とはいえ、頭領である自分に危害を加えるわけがない。天井裏にはいつものように、鯷《ひしこ》がひそかに控えている。身の危険はないはずだった。

それなのに穭《ひづち》は、手の中に武器の重みを感じていたくてしかたなかった。

「旺廈《おうか》を根絶やしにする、いまがいちばんの好機ではありませんか。どうしてその手をゆるめたりなさる」

「私のすることに、口出しするな」

「臣下として、どうしても申し上げないわけにいかないこともございます。頭領様、あなたは旺廈《おうか》のおそろしさが、じゅうぶんにはわかっておられない。やつらは必ず、我らに仇《あだ》なすことをします。やつらが何をしてきたか、幾度、裏切りを犯したか、思い起こしてみてください。温情をかけて、それが通じる相手ではないのです。我々と、共に生きられる者どもではないのです。特に、あの若者は危険です。顔を見て、おわかりになりませんか。口から出ることばを聞いて、お感じになりませんか。ほんのつかのまでも自由を得たら、あれは鳳穐《ほうしゅう》を滅ぼします」

「おまえは、予言者か」

「穭《ひづち》様、私はまじめにお話し申し上げているのです」

「まじめな話ととるなら、私はおまえを罰しなければならない。今日のおまえは、ことばが過ぎる」

「でしたら、どうぞ、その剣で……」

鬼目《ほろし》の視線を追って、穭《ひづち》は振り返って宝剣を見た。

「私をお手討ちになさってください」

鬼目《ほろし》はひるむどころか、納得できる答えを聞かないかぎり、生きてこの部屋を出る気はないといった気迫で、稗《ひづち》に詰め寄る姿勢を崩さない。

「鬼目《ほろし》……」

稗《ひづち》は額にこぶしを当てて、目をつぶった。

「三年待て」

「はい？」

「三年、がまんしてくれ。三年たてば、そなたにも、私のやろうとしていることが、必ず理解できるようになる。三年だ」

あてがあるわけではなかった。鬼目《ほろし》というモグラをたたく方法を、ほかに思いつかなかったのだ。期限をはっきりと切って約束すれば、その間はおとなしくしてくれるはず。それから先のことは、このあとゆっくり考えればいい。

「三年待って、もしも頭領様のなさりたいことが、私の鈍い頭では理解できませなんだら……」

「そのときには、おまえの助言に従う」

「承知いたしました」

鬼目《ほろし》はかしこまって頭を下げた。

「ただし、ひとつだけ、どうしてもお約束のことばをいただきたいことがございます。あの若者は、ほんとうに危険なのです。どうか、その三年間、義弟殿を一歩たりとも、この城から外にお出しになることがございませんように。城内でも、じゅうぶんに見張りをつけて、けっして目をおはなしになりませんように」

「わかった。約束する」

答えながら穭《ひつち》は思った。またひとつ、私を縛る枷《かせ》ができたな、と。

今日の薫衣《くのえ》は機嫌がいい。穭《ひつち》のことを「穭殿《ひつち》」と呼ぶ。ときどきふざけて「義兄上《あにうえ》」とまで言うのには閉口するが。

「赤子はそんなにかわいいか」

たずねると、照れたようにほほえんだ。そうすると、はじめて顔を合わせた十五のときと同じく、ひどく幼げな感じになる。

――こんな子供が、父親になってもいいものか。

穭《ひつち》はいらぬ心配をする。

だが、からだつきは、二年前よりずいぶんとたくましくなった。いつのまにかがっしりとしてきた首すじに目をやって、「こいつも成長したな」と、歳のはなれた伯父《おじ》か何かのような感慨をおぼえる。

「生まれたばかりの赤子は、首の骨が弱いものだ。抱くときには気をつけられよ」

ふたりは塔の小部屋にいた。穭《ひつち》は多忙ななかでも時間をつくり、月に一度の割合で、薫衣《くのえ》とここで会っていた。

天井裏には鯷《ひしこ》がおり、いつものように、薫衣《くのえ》を見張ると同時に、万が一にも他の者に盗み聞きをされないように、用心している。おかげで地下墓地に行かなくても、薫衣《くのえ》と本音の話ができる。

「穭《ひづち》殿は、口うるさいな。どうして、いっしょに育ったのに、稲積《にお》はあんなにおっとりしているのだろう」

「気立ては私に似ていないと言っただろう」

薫衣《くのえ》の機嫌がいいと、穭《ひづち》は二重に安心する。不機嫌なときには、かけることばの選び方にひどく気を遣わなければならないし、機嫌のよさは、薫衣《くのえ》がここのところ、それほどきつい思いをしなかったことを意味するからだ。

「誓って、同じ立場になったら、私はそれを甘受する」

かつて穭《ひづち》は薫衣《くのえ》に言った。嘘偽りなくそう思ったから口にしたのだが、薫衣《くのえ》の毎日を見ていると、自分だったらほんとうに耐えられたか、確信がもてなくなってくる。

薫衣《くのえ》に対するねちねちとした嫌がらせの雨は、やむことなく続いていた。それは、充満している鬱憤《うっぷん》のいいガス抜きとなっていて、ふたりの〈なすべきこと〉の達成のために歓迎すべきことなのだが、薫衣《くのえ》がどこまで耐えられるのか、心配になることもある。

そのため、薫衣《くのえ》のガス抜きになるよう、こうして本音を話す場をもうけている。

もっとも、最初からこうできたわけではない。薫衣《くのえ》と稲積《にお》の婚姻当初は、ふたりきりで会うことなど、めったにできはしなかった。鳳穐《ほうしゅう》の者に対しても、他の氏族に対しても、危険な刺激となるからだ。

　そのころ穭《ひづち》は、毎朝の鯷《ひしこ》の報告を、はらはらしながら聞いていた。薫衣《くのえ》にとって、もっとも鬱憤のはけぐちとしやすい相手は、妻であり鳳穐《ほうしゅう》の娘である稲積《にお》のはずだった。穭《ひづち》はあの決断のとき、そういう事態も覚悟していたのだ。けれども、覚悟ができていることと、胸が痛まないこととは違う。

　ありがたいことに、薫衣《くのえ》は稲積《にお》につらく当たったりしなかった。また、何ヵ月か後にようやく、ふたりきりで会う場を定期的にもつようになっても、薫衣《くのえ》はひどいことばを浴びせてくる者どもへの憤りはおろか、嫌みも恨み言も口にせず、弱音すら吐かなかった。

　それでも、薫衣《くのえ》がどれだけの精神的重圧を受けているかは、態度でわかる。ふたりきりの場で薫衣《くのえ》は、日ごろ穭《ひづち》を「義兄」として敬ってみせなければならない埋め合わせをするかのように、地下墓地でと同じ〝対等な〟態度で、穭《ひづち》を「穭殿《ひづち》」と呼ぶのが常だったが、時にはひどく横柄になり、目下を相手にしているような乱暴なことばを投げつけることもあった。

　一度など、「穭《ひづち》」と呼び捨てにされた。さすがに抗議しようと思ったが、薫衣《くのえ》が日々耐えている屈辱はこの比ではないのだと思い出し、黙って聞き流した。

　だが、怒りを含んだ目で乱暴なことばを吐いているときは、まだましなのだ。穭《ひづち》が危機感をおぼえるのは、ふたりきりになったとたん、薫衣《くのえ》が弱々しい目つきになるときだ。そんなとき薫衣《くのえ》は、穭《ひづち》を「鳳穐殿《ほうしゅう》」と呼んだ。

稽《ひづち》はそれに対して「旺廈殿《おうか》」と呼び返す。世間に対して「名を捨てる」と宣言してみせても、薫衣《くのえ》は旺廈《おうか》の頭領として、旺廈《おうか》のために闘っている。

「自分でそれがわかっていれば、誰に恥じることもない」

ある日、薫衣《くのえ》はそう言った。けれども、人から「旺廈《おうか》」の名で呼ばれたくなることもあるだろう。

稽《ひづち》と薫衣《くのえ》が定期的に会うことに人々がやや慣れたと思われるころ、稽《ひづち》はこの会合を、月に一度から、二度に増やした。


二年後、ふたりの会合はさらに増え、十日に一度になっていた。その目的は、薫衣《くのえ》のガス抜きだけではない。ふたりには、話さなければならないことがたくさんあった。

「鷹巣山《たかす》の村のようすは、落ち着いているのか」

「落ち着いている。この前お話しした、釈水《ときみず》台地で新たに見つかった村も、武器を置いた。当地の刑部所には、信頼できる人物を遣わしている。きっとうまくいくだろう」

稽《ひづち》は薫衣《くのえ》に、旺廈《おうか》の者たちの動向を、わかっているかぎり伝えた。旺廈《おうか》が旺廈《おうか》として生きられる世の中に少しずつでも近づいていることを、薫衣《くのえ》に感じ取ってもらうためだ。

「そうか。これで、堂々と暮らせる旺廈《おうか》の村が、ふたつになるのだな」

薫衣《くのえ》は、生まれたばかりの我が子のことを語ったときと同じ表情《かお》をしていた。

「ただし、良くない知らせもある」

穭《ひづち》はできるだけ、隠し事をしないようにしていた。薫衣《くのえ》はひどく勘がいい。もし、ひとつでも偽りを言ってそれがばれたら、二度と信用してもらえなくなる。

「竜姫《たつひめ》街道で、三人連れを殺さざるをえない事態が起きた。偽の通行証を持っていて、それが露見しそうになると、斬りかかってきたのだ」

「三人とも？」

「そうだ。抵抗が激しくて、ひとりも生かして捕えることができなかったと聞いている。殺したあとで、旺廈《おうか》とわかったのだと」

薫衣《くのえ》がすっと目を細めた。

「三人連れとは、全員おとなか？　女や子供はいなかったか」

やはり、薫衣《くのえ》は勘がいい。

「いた。夫婦と十の男の子の家族連れだった」

薫衣《くのえ》は無言で穭《ひづち》をにらみつけた。

「すまない。このようなことが、二度と起こらないようにする」

「どうやって」

「女や子供は抵抗されても殺すなと、あらためて通達を出す」

薫衣《くのえ》はまだ、硬い表情を崩さない。

「わかっていただきたい。何もかもを、急に変えることはできないのだ」

薫衣《くのえ》はついと、そっぽを向いた。しばらく待ってみたが、動く気配はない。わかっているが、わかりたくないという、すねた態度をとるつもりのようだ。

「ところで、薫衣《くのえ》殿がいま筆写しておられるのは、五十年前の道務《みちつかさ》の工事記録だったかな」

咳払《せきばら》いして、話を変えた。ふたりはしばしば、薫衣《くのえ》が書き写している書類をさかなに、政《まつりごと》について話し合っていた。

けれどもこの日、薫衣《くのえ》は好みの話題にものってこず、への字に結ばれた唇が開かれることはなかった。

「そういえば、大陸に出した舟のことだが」

薫衣《くのえ》の視線が戻ってきた。

「まだ一艘《そう》も帰り着いていない。まあ、まだ時間はかかるだろう。新たなことがわかったら、すぐに旺廈《おうか》殿にもお知らせする」

薫衣《くのえ》の目つきは、さらにきつくなった。関心の深い話題で気を引いたのはいいが、中身がないので、よけい怒らせてしまったようだ。

――親になっても、こういうところは変わらないな。

しかたがないので、会見を打ち切ることにした。

「そろそろ行かなくては。鬼目《ほろし》の葬儀に出なければならない」

薫衣《くのえ》はようやくおとなの顔に戻って、姿勢を正して口を開いた。

「お悔やみ申し上げる。あやまって、毒草を食べられたと聞いたが」

「うむ。毒味役もいたのだが、効き目の遅い毒だったようで、この者が苦しみだしたときには、家族五人が食事をおえていたそうだ。薬草とみまがえやすい毒草を、野草売りから買ってしまったらしい。運が悪かったのだな」

そのとき、薫衣《くのえ》の目が大きく見開かれた。唇がわずかにあいて、息は吐かずに「まさか」と動いた。

穭《ひつち》は愕然《がくぜん》とした。

――この男、勘がよすぎる。誰にもばれない自信があったのに、なぜ、いまの話だけでわかったのだ。

ごまかそうとしてごまかせる相手ではない。

穭《ひつち》は額をこぶしで押さえて、ため息をついた。

「内密にしていただきたい。これが知れたら――いや、疑われただけでも、いったいどんなことになるか」

だから、三年待てなかった。鬼目《ほろし》はあの約束を、誰かに打ち明けていたかもしれない。期限に近づいてから手を下したのでは、疑いをもたれるおそれがあった。

「もちろん、誰にも言う気はない。しかし、どうしてだ。鬼目《ほろし》殿は、鳳穐《ほうしゅう》の一員。そなたが守るべき相手ではないか」

「守れるものなら守りたかった。だが、あれはもともと死者だったのだ。だから、いるべきところに送った」

「おっしゃることが、よくわからない」

「死者でなければ、今日より先の時の流れを考えることができるはず。鬼目《ほろし》には、過去しか見えていなかった。どうやっても、それを変えることができなかった」

「しかし……」

「旺廈《おうか》殿。きれいごとだけで、世の中を変えられると思わないでいただきたい。私が好き好んでこんなことをしたと思わないでいただきたい。鳳穐《ほうしゅう》と旺廈《おうか》のあいだでいらぬ戦が起こったら、大勢が犠牲となるのだ。一人……いや、六人の死でそれを防げるなら、私はそちらを選ぶ」

薫衣《くのえ》は何も言わずに、悲しげな顔で彼を見ていた。

「薫衣《くのえ》殿、おぼえておいていただきたい。私とそなたが選んだ道では、こういうことも、避けては通れないのだと。小事にまどわされずに、大局を見ていただきたい」

「ひとつ、お聞きしたいことがある」

「何だ」

「斑雪《はだれ》という男をご存じか」

そのことも話さなければならないのかと、穭《ひづち》はやりきれない気持ちになった。勘がいいにもほどがある。

「知っている」

「その男はいま、生きているのか」

「いや。任地に向かう途中、盗賊に殺された」

薫衣《くのえ》から目をそらさずに、穭《ひづち》は答えた。やましいことは何もない。稲積《におう》への恋情を抱いた男が生きていては、どんなもめ事を引き起こすかわからない。だから、なすべきことをなした。それだけだ。

薫衣《くのえ》は少しうつむいて、ふうと息を漏らした。

「薫衣《くのえ》殿、まさか、この道を選んだことを、後悔しておられるのではあるまいな」

「違う。つまらないことで動揺してすまなかった」

薫衣《くのえ》は軽く頭を下げた。

「私が紙に文字を書いてばかりいるあいだに、稽《ひづち》殿には、ずいぶん多くのことをやっていただいた。感謝している」

皮肉ではなく、本気で言っているようだ。

稽《ひづち》はひどく落ち着かない気持ちになった。だが同時に、鯤《ひしこ》に鬼目《ほろし》を殺せと命じたときから胸につかえていた氷の刃《やいば》のようなものが、解けて流れていくのを感じた。

この会合を十日に一度に増やしたのは、薫衣《くのえ》のためでなく、彼自身のためだったのではないかと思ったとき、稽《ひづち》の中でまた、薫衣《くのえ》を殺してしまいたいという欲求がうずいた。

12

（穡朝《しょくちょう》暦二七〇年・薫衣《くのえ》二十歳）

稲積《にお》が二度目に身籠《みご》もったのは、夫が二十歳のときだった。

三つになる長男の鶲《ひたき》は、弟か妹ができるのだと聞くと、喜んではしゃぎまわった。

夫の反応は、口もとだけでほほえむことだった。鶲《ひたき》がかたことを話すようになったころから、夫は住居の中でもあけっぴろげな笑顔をみせなくなり、声をたてて笑うことがなくなった。

兄と顔を合わせた折りに、それとなく、夫の変化の理由について、たずねてみたことがある。

「それが普通だ。おまえの夫も、やっと、おとならしくふるまうことができるようになったのだ。いつまでも子供でいられては、困る」

この返答を聞いたときには、なるほど、そういうことかと思ったが、夫の変化はそれだけではなかった。

鶲《ひたき》にまるでかまわなくなったのだ。それまでは、まるでお気に入りのおもちゃのように、やたらと抱いたりあやしたりしていたのに、いまでは抱き上げるどころか、そばに寄せつけることもない。

もしかしたら、鶲《ひたき》の顔がほんの少し、稲積《にお》に似てきたからかと思う。鳳穐《ほうしゅう》の血が混じっていると、いやでも意識させられる容貌《ようぼう》になってきたためかと。

不幸なことに、鶲《ひたき》は父親によくなついていた。拒まれても、拒まれても、そばに行こうとする。

「お父上の邪魔をなさってはいけませんよ」

そんなとき稲積《にお》は、そう言って、鶲《ひたき》の手を引いて部屋を出る。夫はそれを留め立てしたことがない。

二人目の子供が生まれたら、赤子のうちは前のように、笑ってあやしてくれるだろうか。

稲積《にお》は、まだふくらみの目立たないおなかに、そっと手をやった。自分のからだなのに、ほかほかとあたたかくて、そうしているうちに安心してきた。

――だいじょうぶ。心配することはないんだわ。

あらためて振り返ると、五年の間にいろいろなことが良くなってきたと、稲積《にお》は思う。

夫は、いまも変わらず文書所《もんじょどころ》に勤めている。けれども、行き帰りに付き添う護衛は一人に減った。ごくたまに、夫とふたりで住居の外を歩くことがあり、最初のうちは、珍獣でも見るかのような人の目が気になったが、いまでは人々の視線も、そうあからさまでなくなった。

何よりうれしいのは、鶲《ひたき》が生まれたころから、帰宅する夫の顔のこわばりが消え、こわい顔をしてじっと天井をにらむことがなくなったことだ。

たしかに夫は、声をたてて笑うことがなくなった。けれども、口もとだけでほほえむ顔は、さびしそうなわけでなく、まなざしはいつもやさしい。

——お兄様のおっしゃるとおり、あれは、おとなの落ち着きというものなのだわ。鶲《ひたき》に対する態度だって、男の子だから、いつまでも甘えさせてはいけないと考えているのかもしれない。父親ばなれをさせるには、少し早すぎる気もするが、家が違えばしきたりも違うのだ。

——だいじょうぶ。少しずつ、いろいろなことが良くなっている。

稲積《にお》は自分に言い聞かせた。少し心がさわぐのは、ここのところ、城の中のようすに落ち着きがないせいだろう。

十日くらい前から、城内の空気はばたばたと、なんだかあわただしかった。

いやな噂も聞いた。近く、戦があるという。

ほんとうだろうか。兄の政《まつりごと》がうまくいき、世の中が安定してきているのではなかったのか。

だからこそ、兄は以前にまして、多くの尊敬を集めるようになっていたのでは。

噂と、稲積《にお》が肌で感じていることは、どうもそぐわない。けれども、城内のこのあわただし

さ。しだいにはりつめていく空気。やはり、戦は起こるのか。

——だとしても、薫衣《くのえ》様がご出陣になることはないんだわ。

そう確信できることが、稲積《にお》にとっての救いだった。

夫は、文書所の筆官だ。五年たっても、ただの筆官。そのうえ、一握りの土地も所有せず、

一人の家来も持たない。

夫のような身分に生まれた人にとって、この境遇は、監禁や幽閉をされている以上の鬱屈《うっくつ》を

与えるものではないのかと、稲積《にお》は案じていたのだが、戦が始まるとなると、夫がただの筆官であることはありがたい。

——第一、お兄様が薫衣《くのえ》様を、一歩でも、外にお出しになるわけがない。心配することはないのだわ。

何が起ころうとも、この城の中での日々は、少しずつものごとが良くなりながら平穏につづいていくものだと、稲積《にお》は信じていた。

その日、夫は日が高いうちに戻ってきた。

「お早いお帰りでしたのね」

心がさわいだこんな日に、夫の顔を早く見られたことがうれしかった。

「うん。今日は、文書所には行かなかった。会議に呼ばれていたのだ」

どくん、と稲積《にお》の心臓が大きく鳴った。

「稲積《にお》。私は、戦に行くことになった」

「まあ」

驚いて、それ以上ことばが出なかった。

「それも、総大将として行くのだ」

「ええっ」

おなかの中の、まだ動きだしもしていない子供が口をきいても、稲積《にお》はこれほど驚かなかったろう。

「まったく、そなたの兄上は……」

夫が苦笑した。

「ときどき、誰も思いつかないような突飛なことをなさる」

「まあ」

稲積《にお》は思わず笑みを漏らした。兄がそっくり同じことを、夫について言っていたのを思い出したのだ。

それから思った。どうして私は笑ったりしているのだろう。夫が戦に行く。ということは、二度と帰ってこないかもしれないのだ。

稲積《にお》は混乱していた。混乱して、何をどう感じていいかわからなかった。

ふいに、涙がこぼれそうになった。泣いてはいけないと、自分を叱った。こんなとき、妻がなすべきことは――。

「ご武運を。ぶじのお帰りをお待ちしております」

ふふっ、と夫が笑った。

「気が早いなあ。今日発《た》つわけではないよ。準備に二、三日かかるからね」

そのときになってようやく、稲積《にお》の頭に大きな疑問が湧きあがった。

兄が決めて、夫が戦に行く。いったい誰と戦うのだろう。

13

「ご苦労。よくやった」

と声をかけて、目の前でかしこまる鯷《ひしこ》を下がらせてから、稗《ひづち》は心の中でつぶやいた。

——私だって、ずいぶんよくやっている。

すべてを統《す》べる者は、誰からも、「よくやった」と言われることがない。それならば、時には自分で自分をねぎらってもよいのではないか。

——ほんとうに、私はよくやってきた。ほかの誰にも、これ以上のことはできなかったろう。

自画自賛は空しくなることが多いものだが、稗《ひづち》の心は高揚しきっていて、負の感情の入り込むすきまはなかった。

ついに、大陸から軍船が来る。その数、わずかに五隻。

ただし、どの船も、翠《すい》の人間の目には城のようにうつるだろうほどの大きさで、それぞれに、千五百から二千の漕《こ》ぎ手兼兵士が乗っているという。

この数を聞いたとき、稗《ひづち》はにわかに信じることができなかった。だが、船の全長、構造といった詳細を知るうち、信じるしかなくなった。

大陸の国は、巨大化するにつれ、建造する船を大きくかつ堅固にする技術と力も手に入れたのだ。嵐がこれらの船の進行をはばんでくれると期待することは、できそうになかった。

脅威となるのは、総計八千から一万という兵の数だけではない。彼らは異国との戦に慣れている。こうした軍船四隻で、翠《すい》より大きな国を滅ぼしたこともあるという。

ひるがえって翠《すい》を見れば、勇猛で有能な将兵は数々いるが、ことばが通じ、同じような戦い方をする相手としか、剣を交えたことがない。今度の戦は、そもそも「剣を交える」という表現があてはまるかもわからないのだ。

敵は、新兵器を携えてくるという。

その兵器のことは、いくら説明されてもうまく頭に思い描くことができないのだが、〈火薬〉という薬品により、火山の噴火のような爆発の小規模なものを、人の手で起こすことができるらしい。その爆発の勢いで、丸く削った岩を飛ばし、障害物となる柵《さく》や塀や、城の壁まで壊してしまえるという。

これまでに、翠《すい》の人々が経験したことのない戦になりそうだった。

穭《ひづち》の心は、しかし、すでに勝利を得たかのように、満足感で昂《たかぶ》っていた。

——そうだ。私は勝ったのだ。この五年間の戦いに。

五隻の船が来ること、その兵力と、いつ、どこに着きそうかまで、穭《ひづち》はつかんでいた。根気よく大陸に舟を送り、調査させてきた結果だった。

これは大いなる勝利だ。旺廈《おうか》を滅ぼすことに気をとられていたら、けっして果たせなかったことだ。

――私は、間違っていなかった。最善の準備を整えることができた。

そのうえ彼は今日、たいへんに冴《さ》えた一手を打つことができた。

十日前、鬼目《ほろし》の死去後に兵部《ひょうぶ》の大臣《おとど》となっていた檀《まゆみ》という男を呼んで、大陸からの軍艦が迫っていることを告げた。戦となれば当然に、兵部の大臣が総大将を務めなければならないからだ。

翌日、檀《まゆみ》があらわれ、言った。

「頭領様。おうかがいいたしたい儀がございます。このたびの総大将、辞退するわけにまいりませんか」

「どうして」

異例の申し出に対する違和感や驚きを抑えて、穭《ひつち》はこともなげにたずねた。檀《まゆみ》のようすには、並々ならぬ決意がうかがわれた。口を重たくさせるような圧力を与えないほうがいい。

「はい。このようなことを申し上げて、頭領様に、臆病《おくびょう》者と思われはしないかと、ずいぶん危惧《きぐ》いたしました。しかし、そうした心配は大事の前の小事。たとえお叱りを受けることになろうとも、申し上げるべきは申し上げねばならないと、覚悟を決めて参ったしだいでございます」

「前置きはよい。そなたの申し入れを受けるかどうかはさておき、そなたがここで申したことで、とがめることはいっさいしない。遠慮せずに、言ってみるがよい」

檀《まゆみ》はいくぶん緊張を解いて、話しはじめた。

「これが、旺廈《おうか》との戦であったなら、あるいは他の氏族や山賊を平らげに行くのであれば、どんなに困難な戦であっても、喜んで、全軍を率いて赴きましょう。しかし、このたびの相手は……」

「未知の敵とは対戦できないと？」

「そのようにおっしゃられては、身のおきどころがございません。穭《ひづち》様、どうか、私が臆病風に吹かれたなどと、お思いにならないでくださいませ。このたびの戦、敗れれば結果は甚大。慣例を廃してでも、最善の態勢で臨まなければならないのだと、愚考いたします。私は、兵部の大臣というこの地位を、戦功からいただいたわけではございません」

「功績がないのは、しばらく大きな戦がなかったからだ。そなたは有能な武将だと、私は考えているが」

「ありがたきおことばでございます」

檀《まゆみ》は深々と頭を下げた。そして、這《は》いつくばった格好のまま、顔だけ上げて、肺腑《はいふ》からしぼりだすような声を発した。

「私とて、自分をまったくの無能と考えているわけではございません。ですが、こうした戦においては、私より適した者がいるのではないでしょうか。家柄によらず……さらに言えば、鳳《ほう》穐《しゅう》かどうかを問わなければ。頭領様。この戦、そこまでの断固とした措置をとるべき国の大事と考え、恥をしのんで辞退に参ったのでございます」

　穭《ひづち》は無言で檀《まゆみ》を見つめた。檀《まゆみ》は我慢比べでもしているように、表情も体勢も変えることなく、じっと穭《ひづち》を見上げていた。

　この我慢比べから、穭《ひづち》はふたつのことを感じ取った。

　檀《まゆみ》はやはり、有能だということと、ことばをどう飾ろうとも、辞退のほんとうの理由は、怖《お》じ気《け》づいたからだということ。

　有能だからこそ、この戦がこれまでのものとまったく性質を異にすることを、檀《まゆみ》は悟ることができた。だから、怖じ気づいた。

　総大将は、勝利の栄誉も敗戦の責も、一身に受ける。

　ただし、今度の戦では、勝利にともなうのは賞賛のことばだけで、敗れた側から奪って自分のものにできる土地はない。一方、敗北は国の滅亡につながる。永遠に、歴史に汚名が刻まれる。

「では、そなたが適任と思う者を、軍師としてそばにおいてはどうか。総大将には然《しか》るべき重みが必要だ。そなたに足りない知恵が必要と思うなら、軍師からもらえばいい」

　この提案を承諾してくれと、穭《ひづち》は願った。彼の推測がはずれていて、檀《まゆみ》は怖じ気づいてなどおらず、口にしたことばどおりの心情であるなら、そうしてくれるはずだった。

　檀《まゆみ》はしばし考え込んだ。だがそれは、断る口実をさがしてのことだったようだ。

「頭領様。私は昨日、我が翠《すい》に迫っている危機についてお聞きしてから、私のなすべきことが何であるかを、一睡もせずに、一心に考えました。この私に総大将をとおっしゃる頭領様のありがたい仰せにお応《こた》えしながら、翠《すい》の利益を損なわない方策を、この鈍い頭で考えられるかぎり、考え尽くしました。そのなかで、いまおっしゃられたことも、私とて検討したのです。けれども、やはり、こうするしかない。この重大な事態を前にしては、頭領様に臆病者とそしられることなど私事であり小事であると、意を決して、こうして御前に恥をさらしているのでございます。その理由と申しますのは……」

「もうよい、わかった」

下手な口実など聞きたくなかった。聞けば、檀《まゆみ》の怯懦《きょうだ》を明らかにすることになりかねない。一族のなかでも有力な家柄の一同を、今後、日陰の身におかなければならなくなる。それは、彼の政にとって痛手だった。

「そなたの誠実な思いは、よくわかった。そなたを総大将にするのはやめることにするが、それでは……」

それでは、誰をその任に当てればいいのかと、穭《ひづち》は問いたかった。ほかに「適した者」などいない。未知の敵に対する戦で采配《さいはい》を振る能力ということだけみれば、檀《まゆみ》よりすぐれていそうな者は、指を折って数えられる。しかし、その者たちは、あまりに身分が軽い。

穭《ひづち》は大陸からの侵略者らを、二万の軍勢で迎え撃つことにしていた。都を中心とした地域から一万を派遣し、敵船が来襲すると思われる南東半島地域で一万を集める。

もちろん、鳳稙《ほうしゅう》だけでこれだけの数はそろえられない。いくつかの氏族の頭領が、自軍を率いて参集することになる。彼らは総大将の身分が軽ければ、その指示に従わず、勝手な動きをしかねない。

叱り飛ばしてでも、檀《まゆみ》を総大将として行かせたかった。だが、いったん怖じ気づいた者に指揮をとらせることができるほど、この戦は容易でも、意味の小さいものでもない。

それでは、誰をその任に当てればいいのかと、檀《まゆみ》に問うてもはじまらない。それを考えることも、稗《ひづち》の重い責務のひとつなのだ。

「それでは……人々が奇異に思うだろうから、そなたには病を装ってもらおうか。そなたの英断の意味が、皆に理解されるとはかぎらない。兵部の大臣が戦に出ない、もっともらしい口実が必要だ」

檀《まゆみ》が去ると、稗《ひづち》は大きなため息をついた。あれだけの苦労をして敵についての情報をつかみ、勝算を得ることができたというのに、こんなことに足をすくわれるのか。

立ち上がって、狭い室内をうろうろと歩きまわった。だが、そんなことをしても、いらだちがつのるばかりだ。

部屋を出て、物見台に向かった。

新鮮な空気を吸いながら階段をのぼっているうちに、気分がいくぶん晴れてきた。

――鬱々《うつうつ》としている場合ではない。考えて、考えて、考え尽くせ。

物見台に着いた。眼下には、ここ数年であばら屋の減った都の姿が広がっている。

だがその風景は、穭《ひづち》に何の感慨ももたらさなかった。彼の頭の中ではいつものように、情緒よりも思考がまさっていて、ひたすらに、総大将に据えられそうな人物を思い浮かべては、何らかの理由で消し去っていく。

やがて、思い浮かべる顔がなくなった。

——ということは、私が自分で行くしかないのか。

大陸からの船を退けることだけ考えれば、それがもっとも良い方法だった。しかしそれでは、翠《すい》は守れても、鳳穐《ほうしゅう》を滅ぼすことになるかもしれない。

頭領である彼が都を留守にすれば、旺廈《おうか》の残党が蜂起《ほうき》する可能性は高い。これまでに、そうした事例はいくつもあり、そのほとんどで、四隣蓋城《しりんがい》にひるがえる旗が色を変える結果となった。

そのうえ、いまは薫衣《くのえ》の存在がある。穭《ひづち》が出征すれば、薫衣《くのえ》はひとりここに残ることになり、旺廈《おうか》の者たちに、身柄を奪回する絶好の機会を与えてしまう。国の存亡の危機を前にして、内輪の争いは慎むべきだ——などという発想は、彼らに期待できない。〈外敵〉というものを迎えたことのない翠《すい》において、その意味が理解できる者は、かぎられているのだ。

不安の種は、旺廈《おうか》だけではなかった。一年前に退治したばかりの四坂《よつざか》山地の山賊団が息を吹きかえすおそれがあったし、釈水《ときみず》台地の弾琴《だんきん》の土地でも、このところ不穏な動きがあり、警戒が必要だ。

——父上が生きておられたら、こんな悩みは無用だったのに。あるいは豊穣《ほぜ》が、留守を頼めるほどおとなであったら。

現実に反することを考えてみてもしかたない。穭《ひづち》は流れゆく雲に目をやりながら、つぶやいた。

「覚悟を決めなければならないか」

内乱の危険を承知で、総大将として外敵に当たる。鳳穐《ほうしゅう》を守ることと、翠《すい》を守ること——このふたつを天秤《てんびん》にかけるなら、どちらが重いかは明白だ。

その場合、薫衣《くのえ》を殺さなかったことは、仇《あだ》となる。彼は、鳳穐《ほうしゅう》を衰亡の危機に導いた愚かな指導者だったことになる。

そんなことは私事であり、小事であるが、このたびの来襲を退けても、それで大陸の国が翠《すい》の征服をあきらめてくれるとはかぎらない。二度目の軍船がやってきたとき、この国がまた、互いの争いに夢中になっていたならば……。

決心がつかないまま、物見台を下りた。いくつかの政務をこなし、館に戻り、着替えをして夕食をとりはじめた。

五つになる豊穣《ほぜ》は、すでにひとりできちんと正座をして、箸《はし》を使って食事をすることができる。そのようすをながめながら、穭《ひづち》はぼんやりと考えた。

——薫衣《くのえ》をこの遠征に連れ出してはどうだろう。それで、内乱の危険を低くできるのでは。

妙案は、突き詰めて考えているときよりも、こんなふうにぼんやりと物思いしているときに浮かびやすいものだ。煮物に伸ばしかけていた箸が止まった。

──待てよ。それよりも、いっそのこと……。

その考えは、我ながら、ずいぶんと突拍子のないものだった。

──いっそのこと、薫衣《くのえ》を総大将に据える？

「そうだ」

叫んで穭《ひづち》は立ち上がった。右手は箸を、剣かなにかのように固く握りしめている。

「いかがなさいました」

妻女が驚いてたずねた。

「いや、なんでもない」

すわりなおして箸を置き、いぶかしげなまわりからの視線にかまわず、自らの考えに没頭した。

──そうだ、薫衣《くのえ》だ。薫衣《くのえ》なら、すべての条件にあてはまる。

まず、身分の点は、まったく問題ない。穡《しょく》大王直系の血のひとつをもつうえ、穭《ひづち》の義弟であるのだから。

また薫衣《くのえ》は、この戦の意味するところを、穭《ひづち》と同じくらい理解している。しかも、その前で怖じ気づいたりしない。

能力についても不安はなかった。あの地下墓地で示した理解力、判断力、決断力。そのうえ彼は、迪師《じゃくし》その人から、迪学の教えを十二分に受けている。戦争経験の不足は、軍師をつけて補えばすむ。

――反対に、薫衣《くのえ》でいけないという理由は……あるようで、ないな。

薫衣《くのえ》を四隣蓋城《しりんがい》の外に出すことへの不安は、一万の軍勢が同行することを考えれば、完全に消える。戦地に着くまでは全員が、薫衣《くのえ》を護送していると思えばいい。

薫衣《くのえ》の指揮下に入ることに、鳳穐《ほうしゅう》の兵たちが抵抗を示すかもしれないが、それに対しては、副将として樊《まがき》をつけよう。樊《まがき》なら、理を追って説得すれば、拒みはすまい。そして、鳳穐《ほうしゅう》への命令は、樊《まがき》を通して出させるのだ。そうした形さえとれば、彼らの勇猛さを削《そ》ぐ結果にはならないだろう。

――薫衣《くのえ》を総大将にすることには、利点もいくつかありそうだ。

まず、旺廈《おうか》の残党に対して、この戦が国の一大事であり、内乱を起こしている場合ではないのだと示すことができる。誰もがそう理解できるわけではないだろうが、危険をいくらかでも減らす効果はあるだろう。

そのうえ、戦のあとの処理も、ずっとやりやすくなる。

外敵の侵入を許さないことや、その混乱のなかで内乱を起こさせないことにくらべたら、ささいといえる問題だが、海の向こうから来る敵を退けたとして、そのあとのことが、穭《ひづち》は気にかかっていた。

通常の戦であれば、負けた側の土地を分配することで、戦功に報いることができる。だが今回の場合、敗者から奪えるものは壊れた船だけだろう。功労者には、乏しい国庫から報賞金を出すしかない。あとは、税の減免や賦役《ふえき》の免除で対応するつもりでいるが、それにも限度がある。

敵の脅威を前にしているときには、誰もそこまで気をまわしはしないだろうが、戦が終わり、親族や多数の手兵を失って得たものが、雀の涙ほどの金銭だけだとしたら——。

そのとき生じる不満がどれほどの大きさになるか、稗《ひづち》は大いに懸念していた。

けれども、同じ「雀の涙ほどの金銭」にしても、勝ち戦の報賞をもっとも多く受けるはずの総大将が、何も受け取らないのであれば——。

薫衣《くのえ》が一片の土地も所有できず、一人の家来も持つことができない事情は、誰もが承知している。とはいえ、いかなる事情があろうとも、総大将より多くを得るのは心情的にはばかられるものだ。この戦では報賞が出ないのもしかたないのだという気分が生まれ、その結果、稗《ひづち》としては何も失うことなく、国の安定を脅かしかねなかった不満の蔓延《まんえん》を、未然に防ぐことができるかもしれない。

薫衣《くのえ》を総大将とする利点は、まだあった。稗《ひづち》は薫衣《くのえ》をいつまでも筆官にしておくつもりはなく、他に就けたい役職があった。だが、この五年間で、薫衣《くのえ》が文書所で筆写していることを認めるようになった鳳穐《ほうしゅう》の重臣たちも、それには反対するだろう。無理を通した場合、稲積《にお》との婚姻のとき以上の〈自死して諫《いさ》める者〉が出そうで、踏み切れずにいた。

今度の戦は、この状況を打ち破るいい機会になる。薫衣《くのえ》がとにかくも敵船を退けた場合、その報賞に土地も金も与えられないのだから、せめて名目だけでも高い地位を与えようと、周囲を説得できる。

考えれば考えるほど、この人選は絶妙だった。一石で二鳥も三鳥もとれる。

さらに四つ目の利点を思いついたとき、穭《ひづち》の腹は決まった。とたんに、猛然と食欲がわいて、目の前の食事をかきこむように平らげた。それから、着替えをして、塔の小部屋に行き、顧問官の月白《つきしろ》を呼んだ。


五年のあいだに穭《ひづち》は、月白《つきしろ》を操るこつをつかんでいた。

月白《つきしろ》は、頴《ほさき》ほど我が強くない。あるいは穭《ひづち》の人を操る技《わざ》が上達したのかもしれないが、〝相談〟をもちかけながらそれとなく吹き込むことで、こちらの考えているとおりのことを助言させることができるのだ。

これで八方丸くおさまる。月白《つきしろ》は、穭《ひづち》が自分の意見に従ってくれたと錯覚して満足する。鳳《ほう》穐《しゅう》の重鎮たちは、頭領様も若き日のひとりよがりの暴走がおさまったと安心する。そして穭《ひづち》は、以前ほどの反対を受けずにやりたいことができる。

薫衣《くのえ》を総大将にという着想は、奇抜すぎて、月白《つきしろ》に〝思いつかせる〟のにかなりの時間を要した。穭《ひづち》は戦がはじまることを公言しないまま、月白《つきしろ》と連日の会談をもった。

ついに月白《つきしろ》が、自分が思いつかなければならないことを理解したのは、三日前のことだった。ふたりして、総大将を誰にするかという大問題に素晴らしい解決策が見つかったことを喜びあい、根回しをはじめた。

このとき、薫衣《くのえ》を戦の最高責任者とした場合の、第四の利点がものをいった。

万が一、この戦に敗れ、外敵の侵入を許したら、翠《すい》の歴史上類をみない惨事となる。だがその汚名をかぶるのは、旺廈《おうか》の血筋の人間だ。

月白《つきしろ》と穭《ひづち》による説得に、少しでも異を唱えたのは、檠《まがき》だけだった。

「では、勝利した場合は？　そのときには、旺廈《おうか》の血筋の人間が、栄誉を担うことになりませんか」

「勝利して当然の戦だ。そのように、私が準備を整えたのだ。薫衣《くのえ》殿の手柄にはならない」

檠《まがき》はこれを聞いて、あっさりと引き下がった。


そして、今日を迎えた。

総大将の件を薫衣《くのえ》に伝えたのは、会議の直前だった。そのため薫衣《くのえ》の独走による予定変更もなく、根回しの成果もあって、会議はすんなりと終了した。

——まさしく、万全の手が打てた。他の誰に、これだけのことができただろう。

鯷《ひしこ》を下がらせ、塔の小部屋でひとりになると、あらためて満足感が押し寄せてきて、顔がほてって血はたぎり、じっとすわっていることもできないほどだった。

穭《ひづち》は宝剣の前に行き、両手でそっと持ち上げた。立ち上がって、さっと鞘《さや》から抜きはなった。

自分が穡《しょく》大王につづく三代の名君のひとりになったように感じた。

——そうだ。私はそう感じてもおかしくないだけのことをなし、これからも、なしていくのだ。

まったき幸福感に包まれた。

しばしの陶酔ののち、剣を鞘におさめようとして、刀身に顔が映っているのに気がついた。

鼻から下と頭のない、目の部分だけの顔。

ぎらぎらした、異様な目つきをしていた。

ぞっとして、顔をそむけた。

——私は、何を興奮しているのだ。

心の中でつぶやいたとき、はっとした。

——そうだ。これは、満足感などではなく、興奮。私は、大きな出来事を前にして、気が昂《たかぶ》っているだけなのだ。いま満足すべき理由など、ないではないか。

すべてはこれからだった。戦では、何が起こるかわからない。ましてや未知の敵との対戦だ。

しかも、侵入を許したときの結果は甚大。

反動のように、恐怖心がつのってきた。大きく呼吸しながらそれを抑え、同時に興奮の残り火をしずめた。

いま彼がなすべきことは、恐怖や興奮に踊らされることではない。

宝剣をもとの場所に戻し、懐から翠《すい》の地図を取り出した。

南東に——すなわち大陸のある方角に——突き出た半島の先にある〈海堂《かいどう》の岬〉。そこが、敵船が到着すると思われる場所だった。

そこから都までの道を目でたどりながら、穭《ひづち》は考えた。出兵までに、まだ打てる手はないか。

万一薫衣《くのえ》がしくじって敵を侵入させたとき、第二陣を、いつ、どこから出すか。

そのころ薫衣《くのえ》は、自室で音の出ない笛を吹いていた。稲積《にお》は、城内の雰囲気に感染して興奮ぎみの鶲《ひたき》を寝かしつけるのに苦労していた。女官たちは、戦についての噂話を交換するのにいそがしく、出征する予定の者たちは、その準備に余念がない。

地下墓地の中だけが、城を支配するあわただしさと無縁に、変化のない静けさのなかにあった。


やがて、穭《ひつち》は考え疲れて、地図から目を上げ、頭を休めた。するとなぜか、この部屋で、鬼目《ほろし》と会見したことが思い出された。

数えてみると、あれからちょうど三年が経過している。

――鬼目《ほろし》。三年間、薫衣《くのえ》をこの城から一歩も出さないという約束は、守ったぞ。

一瞬の感傷ののち、穭《ひつち》はふたたび地図に目を落とした。

14

馬車が揺れるたび、尻《しり》が痛む。狭い車内でじっとかしこまっていると、からだの節々がこりかたまる。こんな旅が、あと七日はつづくのだ。

――鞍《くら》の上なら平気だが、木の台にすわって遠路を行くのは、難儀なものだな。まったく、何の因果で……。

ぼやきかけたとき、がくんと大きなひと揺れに尻をたたかれ、はっとして弦《ゆみはり》は、自らを戒めた。

――不平を言うとは、何ごとか。頭領様の命を受けて、大事な任務に就いているところだというのに。

義弟殿に目をやると、出発のときと変わらぬ姿勢で、窓を見つめていた。板でふさがれ、外の見えない窓を。

義弟殿の尻の下には、藁《わら》で編んだ円座があった。それでさほど乗り心地が良くなっているわけでもなさそうだが、見るたびにうらやましくなる。

この何十年か後に車軸の改良がなされるまで、翠《すい》における馬車は、もっぱら荷物を運ぶもので、人の乗用に適しているとはいえなかった。それをむりに長距離の移動に使っているのだから、弦《ゆみはり》が嘆くのもしかたのないことだった。

「車輪のたてる音が変わった」

義弟殿が口を開いた。

「土の質が変わったのだな」

耳をすませたが、弦《ゆみはり》には音の違いがわからなかった。

「気のせいではございませんか」

「いいや。おそらく、井草《いぐさ》の関を越えたのだろう。あのあたりで、土の質が変わる」

「さようでございますか」

「道務《みちつかさ》の記録にそうあった。そのために、工事が予定どおりに進まなくなったと」

――五年も筆官をしていれば、そういうことも頭に入るわけか。これでは、窓をふさいでいる意味がないではないか。

弦《ゆみはり》は、心の中で舌打ちした。総大将を、乗物として適さない馬車に閉じ込めているのは、警護のためと、土地勘をつけさせないためだった。

「暑くはございませんか」

音に注意を集中できないよう、意味のないことを話しかけた。

「いいや」

「暑い」と答えられてもどうしようもないのだが、否定されると、それで会話は終わってしまう。

「喉《のど》はお渇きになりませんか」

「いや」

義弟殿は、うっすらとほほえんだ。外のようすをさぐらせまいとする弦《ゆみはり》の努力を笑っているのだろうか。早くも話題が尽きて困っていると、あちらから話しかけてきた。

「そなた、行軍は初めてか」

「いいえ、初めてではございません」

せっかく話題を提供されたのだから、もっと長く答えたいところだが、詳しく言うのははばかられた。

弦《ゆみはり》にとって、この行軍は三度目だった。

一度目は、荻之原への旅。二度目はその半年後、残りの敵勢力を平らげるための遠征。その戦で彼は、手柄を挙げた。敵軍の副将の首を獲《と》ったのだ。

狭い馬車の中で義弟殿と顔を突き合わせていると、あの生首を思い出す。口もとから頬にかけてがよく似ているのだ。たしか、従兄弟《いとこ》にあたるのだから、それも当然の話だが。

退屈しているのか、義弟殿はさらにことばをかけてくる。

「しかし、馬車に乗って行くのは初めてだろう」

もちろんだった。戦には、馬にまたがって赴くもの。こんな狭い箱の中に閉じ込められたまま移動する日が来るとは、夢にも思わなかった。それも、これも――。

義弟殿は、まだ顔に笑みを浮かべている。この事態をおもしろがってでもいるのだろうか。

「はい。武器を携えていないのも、初めてです」

言わずもがなのことを言ってしまった。

義弟殿の顔が曇った。視線がふたたび、ふさがれている窓に向かう。

「外は晴れているのかな」

「聞いて参りましょうか」

ついい、習性が出てしまった。弦《ゆみはり》は、義弟殿の付き人とはいえ、この人物を快適に過ごさせるためにいるわけではないのに。

「それには及ばぬ」

「はい」

また馬車が、大きく揺れた。尻が痛い。狭い車内は息苦しい。目の前の顔は、血をしたたらせていた生首を思い出させる。刀を佩《は》いていない腰が物足りなさでむずむずする。この旅が、あと七日はつづくのだ。

「それより、軍勢の中に、海堂の岬のあたりに住んでいたことのある者はいないかな」

「私は存じませんが」

名前の上では付き人だが、実際の役目は監視と警護。愛想よく用を足す気がないことを、態度にあらわした。

「一万も人がいれば、一人くらいいるのではないか。さがしてくれ」

「いかがなされるのです」

「話が聞きたい」

「かしこまりました」

しかし弦《ゆみはり》に、この命令をすぐさま実行するつもりはなかった。まずは、副将としてこの遠征に参加している蔵務《くらつかさ》の大臣《おとど》におうかがいをたてるのだ。

――自由になどふるまわせるものか。〈王の義弟〉〈戦の総大将〉とはいっても、しょせんは我らが一族の囚人なのだ。

少しでもおかしなまねをみせたなら、従兄弟と同じ目にあわせてやると、弦《ゆみはり》は声に出さずにつぶやいた。

15

樊《まがき》は海の近くで生まれた。だからだろう、波の音を聞くと心が落ち着く。水平線を見ると心が晴れる。

ただしそれは、この海につづく洋上にいま、城のように巨大な軍船が浮かんでおり、翠《すい》に舳《へ》先《さき》を向けて進んでいることを考えなければ、の話だ。

樊《まがき》は、ものごとの明るい面より暗い面に目がいってしまう性質《たち》だった。彼に迪学《じゃくがく》を指導した教師は、それを指摘すると、こう言った。

「持って生まれた性質は、変えられるものではありません。とはいえ、人が正しいおこないをなせるか否かは、性質によるのではないのです。そもそも変える必要がございません。肝心なのは、その性質を自らわきまえているかどうか。

樊様《まがき》は、一族を率いる頭領その人としてでなく、おそばでお支えする立場にお生まれです。ですから、ご自身のご覧になった〈暗い面〉、すなわちお感じになった危惧《きぐ》を、頭領様に進言なさいませ。それが、御身《おんみ》のお役目です。

しかしながら、頭領様がその危険にあえて足を踏み入れるご決断をなさったときには、けっして反対なさってはいけません。それが、ご自身の性質をわきまえるということです。頭領様には、御身に見えない〈明るい面〉がお見えだということを、常に心におとめおきなさることです。そうすれば、樊様《まがき》のその性質は、頭領様をお助けする美徳となることでございましょう」

樊《まがき》はこの忠告を守ってきた。そのためか、大過なく役目を果たし、この大事な戦において、副将という地位を与えられた。それも、通常の副将ではない。鳳穐《ほうしゅう》全体を束ね、行きと帰りの行軍中には全権を握る、見ようによっては総大将より重い地位だ。

けれども樊《まがき》は、それを素直には喜べなかった。

暗い面を見つつ、「その危険にあえて足を踏み入れる」頭領様のご決断に従うのは、楽なことではないのだ。

たとえば、旺廈《おうか》の頭領を殺しもせずに身内に引き入れるという〝ご決断〟は、いまだに樊《まがき》の心労の種になっていた。ましてや、今回の総大将の人選は――。

波音を耳にしながら、樊《まがき》の心は重く沈んでいった。

旅の途中で何度、事故に見せかけて殺してしまいたいと思ったことか。

だがそれは、頭領様に背くこと。あの忠告がなくても、樊《まがき》はそんな誘惑に屈したりしなかっただろう。

樊《まがき》は我慢づよい男だった。我慢は心の負担となる。総大将の件が引き金となって次々に頭をよぎる悪い想像は、彼の心身を疲弊させた。

出発時には、旺廈《おうか》の残党が都を襲いはしないかが、気がかりでしかたなかった。頭領様が守っておられるとはいえ、鳳穐《ほうしゅう》の戦力の三分の二が遠征する。もしも旺廈《おうか》の残党が、他の氏族――たとえば黄雲《こううん》などと手を結んだら……。

後ろ髪を引かれて後戻りしたくてしかたないのと同時に、樊《まがき》の心は前に向いても引っ張られた。敵の来襲に間に合うかが、心配だったのだ。

頭領様は、大陸に派遣した人物がもたらした情報をもとに、軍船が来るのは早くて二十日後と断言された。だが樊《まがき》は、すべてを疑う性質だ。前方に土煙が見えるたびに、敵の上陸を知らせる早馬ではないかと、心臓がぎゅっと縮まり苦しくなった。

その心配が杞憂《きゆう》におわり、海堂の地でぶじに現地の一万の軍勢と合流してからは、大陸からの船はほんとうにここに着くのかという疑心暗鬼にとりつかれた。

ここしかありえないという理屈は、いくらでも挙げられる。けれども、万が一ということがある。

万が一、敵の船隊が嵐で遠く北まで流されて、そこから翠《すい》をめざしたなら……。万が一、この地で待ち受けていることが知られていて、裏をかかれたら……。万が一、敵が海図や舵《かじ》を失い、でたらめに進んでどこかに漂着したら……。

ほとんどありえない可能性までを檠《まがき》は懸念したが、自分の性質をわきまえて、そうした思いは胸の内にとどめ、軍議で持ち出したりしなかった。


軍議は行軍のあいだ、毎夜のように開かれた。総大将がそう望んだからだ。

檠《まがき》には、この要望を拒否することができた。総大将のことばといっても、檠《まがき》があらためて彼の口から伝えなければ、何事も実行にうつされはしないのだ。

だが檠《まがき》は、「実害が見つからないかぎり、総大将の指示に従うように」との頭領様の仰せを守り、宿営《とまり》のたびに軍議を開いた。

総大将と彼以外の出席者は、軍師の朧《おぼろ》、香積《こうしゃく》一族の頭領、賭弓《のりゆみ》、蓮峰《れんぽう》一族の頭領、霆《つちふる》、泉声《せんせい》一族の有力者、五加木《うこぎ》の四人だった。

賭弓《のりゆみ》は三千の、霆《つちふる》は二千の自軍を率いて参戦しており、五加木《うこぎ》は単独での参加だったが、兵《へい》站《たん》の長という大役を担っていた。

軍議で総大将は、ほとんど口を開かなかった。まるで傍聴人か何かのように、柔和な顔で議論を見守っているだけなのだ。

檠《まがき》もあまり口をはさまなかった。その結果、しゃべるのはもっぱら朧《おぼろ》の役目となった。

この男、出自はあやしいのだが、地方の刑部官に拾われて、盗賊団退治で頭角をあらわし、奇襲でも正攻法でもみごとな手を打つということで、このたびの軍師に抜擢《ばってき》された。

けれども、盗賊相手の手腕が戦で通用するものかと、樊《まがき》は不安でしかたなかった。朧《おぼろ》はとても名軍師に見えなかった。樊《まがき》の思い描く名軍師とは、たとえばあの――。

悔しいことに、名軍師と呼ばれるにふさわしい人物としてまっさきに樊《まがき》の頭に浮かんだのは、彼の一族の歴史を飾る軍師らのいずれでもなく、こともあろうに旺廈《おうか》の人間だった。名は駒牽《こまびき》。十五年前に海に落ちて亡くなったが、この男が生きていたら、荻之原での鳳穐《ほうしゅう》の勝利はなかったといわれている。また、それに先立つ四日戦争で、鳳穐《ほうしゅう》が四《し》隣蓋《りんがい》城を追われ、結局は頭領が捕われの身となったのも、駒牽《こまびき》の知略があればこそ。

憎い仇《かたき》のはずなのだが、その知謀の数々を思い起こせば、敬意を抱かずにいられない。名軍師とは、このような人間であるべきだ。

朧《おぼろ》はといえば、とても敬意など抱けそうにない人物だった。顔立ちも卑しければ、しぐさも下品で、しゃべっていると口の端につばきがたまり、ときどきそれがしぶきとなって飛んでくる。

樊《まがき》は礼儀上、顔をしかめるのをこらえたが、不快の念を抑えることはできなかった。そんな気持ちでいるのだから、朧《おぼろ》が話す内容も、反発なしに聞けはしない。

横目でようすをうかがうと、賭弓《のりゆみ》や霾《つちふる》も似たような心情でいるようだ。

――こんなことで、ぶじに大陸からの軍船を退ける戦ができるのだろうか。

樊《まがき》は暗澹《あんたん》とした気持ちになった。

けれども、よくよく聞いてみると、朧《おぼろ》が話しているのは正論だった。

朧《おぼろ》は戦力を分析して、まともにぶつかれば勝ち目は薄いと断言した。

総数では、あちらは一万、こちらは二万と、我が軍が有利にみえるが、いま行軍している者の三割と、現地で合流する軍勢の七割は農民だ。すなわち、自軍の半数は戦の素人《しろうと》。対して敵は、戦うために心身ともに鍛え上げられている者らだという。それをふまえて戦力を見比べれば、互角に近いことになる。

さらに、戦においては、「戦意」というものを勘定に入れなければならない。人は、特に集団になると、心のありようによって、持てる以上に力を発揮することもあれば、半分も出せずに終わることもある。

我が軍の戦意は、低くない。ここのところ戦がなかったため、久々の手柄を立てる機会だと、皆が張り切っている。

だが今回の戦は、通常のものと違うのだ。それがわかっている者は、ほんの一握りにすぎない。

翠《すい》においての戦は、敗れても、いつか、どこかで巻き返しができるという希望が残る。そのため誰もが、形勢が不利になったら退く——すなわち逃げる——ことを考える。

相手は違う。いま軍船に乗って翠《すい》に向かっているのは、大陸の国に吸収された属国から集められ、戦うためだけに鍛えられた男たちだ。彼らには、勝利か死かのどちらかしかない。数では二倍でも、戦力は互角、戦意も勘定に入れれば圧倒的に不利というのが現在の状況だと、朧《おぼろ》はつばを飛ばして力説した。

　槃《まがき》は、いてもたってもいられなくなった。

「朧《おぼろ》殿。そのことを、四隣蓋城《しりんがい》様に申し上げたか」

「いいえ」

　と、朧《おぼろ》はすずしい顔をした。

「たわけがっ」

　槃《まがき》は思わず叱責《しっせき》のことばを吐いた。この戦力分析がお耳に入っていたなら、頭領様はどんなことをしてでも、一万ではなく二万、三万の兵を南東に向かわせたに違いない。「圧倒的に不利」などと、いまになって言い出して、この男はいったいどういうつもりなのだ。

「わざわざ私が申し上げなくても、四隣蓋城《しりんがい》様は、とうにご承知だと思いますよ」

「そう思えても、あえてお耳に入れるのが、臣下の務めだ」

　やはり、出自の卑しい輩《やから》はだめだ、と槃《まがき》は思った。迪学《じゃくがく》の「いろは」も知らない者が軍師をやっていて、どうしてまともに戦を進めることができるだろう。

「まあ、そう青ざめておしまいになることはありませんよ、副将殿」

　口の端につばきのあぶくを作りながら、朧《おぼろ》はつづけた。

「何のために、軍師がいるとお思いですか。私が四隣蓋城《しりんがい》様にいまの戦力分析を申し上げなかったのは、この数で勝てる自信があるからです。ここからが、軍師の腕の見せどころ。現在の圧倒的不利を、みごとくつがえしてご覧にいれましょう。実はもう、ひとつ手を打ってあるのです。いまお話ししたなかで、戦意というやつは、頭を使えばかんたんに倍増させることができますからね」

この不遜《ふそん》な言い方に、樊《まがき》はいらだった。だいいち樊《まがき》にも総大将にも相談なしに、「手を打った」とは何ごとか。

けれども樊《まがき》は我慢づよい男だ。不快の念を抑えて、朧《おぼろ》の話を聞くことにした。

「軍の中に噂を流したんですよ。異国の奴らを上陸させたらどんなことが起こるかについて。翠《すい》の人間は、見つかるはしから船に乗せられ、大陸に運ばれて、子供は家畜の餌にされ、女は犯され、男は死ぬまで休みなく働かされる奴隷になる。まあ、ざっとこんなことを、一人、二人に耳打ちして信じ込ませたわけですが、いまごろは、かなりの数の人間が、この話を聞き知っているでしょう。向こうに着くころには全員の耳に入っていて、合流する一万人にもこの噂は、あっという間に広がるでしょう。そうなれば、この戦にかかっているのは自分の命だけではない。家族、親族、一族を守らなければならないと、死に物狂いで戦うでしょう」

「なるほど。それで戦意は高まりますね」

五加木《うこぎ》が感心したように言い、つづけてたずねた。

「しかし、さきほどの分析では、戦意が五分になっても、まだこちらが有利と言えないのではありませんか」

朧《おぼろ》がこの問いに答える前に、賭弓《のりゆみ》がここぞとばかりに口を出した。

「そもそも私は、先ほどの戦力分析とやらが腑《ふ》に落ちない。軍師殿は、人間の数だけをかぞえたが、敵は船に馬までは積んでいない。対して我が陣は、四千が騎馬で戦う。この差は、農民がいる、いないより大きいはずだ」

「おふたりのご質問には、同時にお答えできますな。これまでに、戦力と戦意を見てきましたが、話はここで終わりません。さらに、戦法を考え合わせなければならないのです。

我々は、戦で敵に対するとき、一人と一人が向き合います。この場合、気合いが同じなら、剣術にすぐれているほうが勝ち、馬に乗っている者が有利です。敵のやり方は違います。大陸の軍隊は、もっぱら〈密集隊形〉をとるのです。

これはどのようなものかと申しますと、兵と兵とが肩をくっつけるようにして、横に何十人と並びます。その後ろに間をおかずに、同じような列が八つか九つつづきます。人間がびっしりつまった壁のようなものができあがるわけです。

壁はきわめて頑丈です。一人ひとりが、つばのある鉄の兜《かぶと》をかぶり、同じく鉄でできた大きな盾を持っています。馬上から矢を射かけても、敵のからだに刺さることはまず無理です。馬など役に立ちません。おまけに、やつらの武器は重い槍《やり》や斧《おの》。操る手腕がなくても、力まかせに振りまわすだけで、立ちふさがる人をなぎはらい、馬の脚をも打ち砕きます。それがどのようなものか、ひとつ頭の中に思い描いてみてください。あたかも鉄の壁が、目の前で邪魔するものを押しつぶし、なぎたおしながら進んでくるようなものなのです」

樊《まがき》は、言われるがままにその光景を想像し、しばらく悪夢に悩まされることになった。

賭弓《のりゆみ》は、自分よりそうとうに身分の低い者から遠慮なく自説を否定されて、ますます不機嫌になった。

「敵の戦法のことなど、わざわざ説明されなくても、我らとて聞き知っている。だからこそ、敵が船を着けるのが海堂の岬だとわかったのだ。その密集……戦法とやらでは、隘路《あいろ》が何よりの敵。山がちな地形に入り込むのは避けるはず。あの一帯で土地が開けているのは、海堂だけだからな」

「そこです」

朧《おぼろ》が手をぱんと鳴らした。無作法なしぐさだが、人々の耳と目をいっそう引きつける効果があった。

「勝利の秘策は、敵のその弱点にあるのです。狭い道では、密集隊形がとれません。一人ずつを横から突くことができるのです。けれども、海堂の地はだだっ広い台地。何の障害物もありません。では、どうすればいいか。我らが手で、隘路をつくりだすのです」

「どうやって」

五加木《うこぎ》が目を丸くした。

「土を盛ったり、岩を転がしたりする時間はありませんから、木で柵《さく》をつくることになります」

「そんなもの、敵の〈新兵器〉とやらで、吹き飛ばされてしまうではないか」

賭弓《のりゆみ》が吐き捨てるように言った。

「いえいえ、私、そのことも織り込んで、どんな柵をつくればいいかを考えました。私にすべてをお任せいただければ、我が軍の勝利は間違いありません」

一日目の軍議は、このあたりで終わった。翌日、同じ話の蒸し返しのあとで、朧《おぼろ》が「勝利を約束する柵」について説明した。

図面にして示されたその構造は、大仰な形容のわりに、ひどく簡素なものだった。大人が両手を伸ばしたほどの長さの横木二本を、人の背の高さくらいの三本足が、左右で支えているだけなのだ。こんなに簡素で小さな柵が、「鉄の壁」を阻めるものか、樊《まがき》はふたたび不安と不信の念にとりつかれた。

朧《おぼろ》の説明によると、簡素で小さいからこそ、いいのだという。長大な柵や塀は、つくるのに時間と手間がかかるのに、〈新兵器〉に穴をひとつあけられたらそれでおしまい。敵の突破を許すことになる。

小さな柵は、短期間で作製が可能なうえ、組み合わせて使うことで、大きな柵に負けないだけの防御力を発揮する。そのときの要点は、ぴったりとくっつけて並べないこと。間をあけて、少しずつずらして、幾重にも並べていくのだ。そうすると、人や馬単独がじぐざぐでのみ進めるという、敵が嫌う山地の隘路と同じ状況になる。

このつくりだと、〈新兵器〉に対しても有効だ。火山の噴火のように岩が飛ばされてきても、壊れるのは当たった部分だけで、間をあけて立っているまわりの柵には影響がない。

「この柵を前にしては、敵は密集隊形がとれません。一人ずつばらばらに進むしかなくなります。すると、盾を避けて横や後ろを攻撃することができます。数で優位な我が軍の勝利は、間違いありません」

朧《おぼろ》は柵の並べ方も絵に描いてみせた。まず一列に、横木の幅と同じくらいの間隔をおいて、点線を描くように並べていく。その数歩後ろに、同じような点線を、実線の部分と空白の部分を逆さまにして引く。その繰り返しだ。

「敵がいつやってくるか、正確なところはわかりませんが、この簡素な柵を時間の許すかぎり増やしながら待つことで、全軍の士気を保ち、さらには高めていくことができるでしょう」

三日目の軍議からは、これらの内容が繰り返されるだけとなった。ほかの戦法を言い出す者がいないうえ、朧《おぼろ》は自分の作戦のことなら、いくらでもしゃべったのだ。

進展のない話し合いでも、戦の首脳陣が互いに理解を深めて、心をひとつにする場になるならいいのだが、むしろ気持ちがばらばらになっていくように、樊《まがき》には思えた。

朧《おぼろ》は回を重ねるごとに、ますます得意気な顔で、自分の作戦の素晴らしさを語りまくる。けれども、うなずいたりあいづちを打ったりして聞いているのは、五加木《うこぎ》だけだった。

賭弓《のりゆみ》は、「ここがだめだ、あそこがだめだ」と朧《おぼろ》の作戦の欠陥を指摘しようとするのだが、これまでの説明をきちんと聞いていれば出てくるはずのない、言いがかりのようなものばかりだった。よほど記憶力が劣っているのか、それとも朧《おぼろ》が嫌いでしかたないのか、どちらにしても困ったことだと、樊《まがき》の気は重くなる。

霾《つちふる》は、あまり感情をあらわさない男なのだが、同じ話の蒸し返しに、退屈がこらえられなくなったのだろう。いらだった顔をしたり、わざとらしいあくびをしたり、「それはもう、聞いたように思いますが」とつぶやいたりするようになった。

樊《まがき》自身はといえば、彼らを混ぜ合わせた状態だった。五加木《うこぎ》と同じく、頭では朧《おぼろ》の作戦の優秀さを認めていた。けれども心は賭弓《のりゆみ》と同じで、この下品な男への嫌悪や反発を消すことができずにいて、同時に霾《つちふる》のごとく、犬が自分の尾を追っているようなぐるぐる回りの議論にうんざりさせられていた。

それでも樊《まがき》は、それらのどの思いも態度に出さず、総大将と同じく、口をはさむことなく会議を傾聴した。

ほとんど口をきかない総大将のことを、しだいに皆が置物かなにかのように思いはじめているのを、樊《まがき》は感じ取っていた。

それは、歓迎すべきことだった。もともと名目だけの大将なのだ。存在感を示されないのは、鳳稚《ほうしゅう》にとってありがたい。

けれども樊《まがき》には、その度が過ぎるように思われた。何かたくらんでいるのではないかと気が気でなく、監視の目をきつくしても、心は休まらなかった。

そうして彼らは、海堂の岬に到着した。

そこには、一帯を支配する風勁《ふうけい》一族の頭領、白藻《しらも》が、約束どおり一万の兵を集めて待っていた。さっそく白藻《しらも》を加えての軍議が開かれ、軍師の朧《おぼろ》が提唱する作戦でいくことが、すんなりと決まった。道中に反論を出しつくした賭弓《のりゆみ》がしぶしぶ容認し、他の面々にも反対する理由がなく、はじめて聞く白藻《しらも》が乗り気になったからだ。

最後に総大将が、

「では、軍師殿の戦法で進めよう」

と言い、それで決まりとなった。

それから、朧《おぼろ》と五加木《うこぎ》は大忙しだった。五加木《うこぎ》は、二万の人間と四千の馬を養う責任者だっただけでなく、作戦の要《かなめ》となる柵の木材も集めなければならず、腰を下ろす間もなく動きまわっていた。朧《おぼろ》は、柵の製作と設置の統括者として、目を血走らせて飛びまわる。それを尻目《しりめ》に総大将は、のんびりと散歩をはじめた。

もちろん、総大将の散歩は、樊《まがき》の許しにより実現したものだ。

敵を迎える準備は、朧《おぼろ》の指揮で順調に進んでいた。朧《おぼろ》の流した噂が利いたのか、誰もが真剣にに柵づくりに取り組んでいる。

樊《まがき》のいちばんの心配は、総大将が鳳稚《ほうしゅう》に背くことをたくらみはしないか、ということだった。何もかもを朧《おぼろ》に任せて暇にしていると、そういうことに頭がいってしまうかもしれない。気分転換をしてくれるなら、ありがたい。

ただし、この外出が、たくらみのためのものということも考えられる。樊《まがき》は、用心のため、自ら同行することにした。付き人の弦《ゆみはり》をはじめとする監視役十数名の手練《てだれ》もいっしょなので、散歩というより、ものものしい行列のようになった。

総大将が海辺に行きたいというので、一行は磯《いそ》に向かった。

海の景色は、つかのま、檠《まがき》の心を和《なご》ませた。けれども、一瞬凪《な》いだ北風は、ふたたび吹きはじめるとき、いっそうの冷たさを感じさせるものだ。つかのま和んだ檠《まがき》の心は、この海につづく洋上にいま、城のように巨大な船が浮かんでおり、翠《すい》に舳先《へさき》を向けて進んでいることを考えて、あらためて寒気にも似た戦慄《せんりつ》をおぼえた。

何を考えているのか、総大将はのんきな顔で、どんどん海へと下りていく。

「足もとにお気をつけください」

崖《がけ》を下る狭い石だらけの道で、檠《まがき》は思わず声をかけ、それによって、自分がこの敵に流れる高貴な血を、心のどこかで重んじていることに気がついて、忸怩《じくじ》たる思いを抱いた。

「だいじょうぶだ。副将殿は、心配性だな」

言い当てられて、ますます気持ちが沈み込む。

波打ち際には、丸太をくりぬいて作られた粗末な舟があり、漁民たちが乗り込んでいるところだった。彼らは食料調達に携わっているため、柵づくりの人足としてとられることがなかったのだ。

総大将は、そちらに向かってすたすたと歩いていった。

「あのような者たちに、お近づきにならないほうが」

檠《まがき》は引き留めようとしたが、取り合ってもらえなかった。力ずくでやめさせるほどのことではないので、しぶしぶついていく。

貴人が近づくのを見て、漁民たちは、石だらけの磯に平伏した。総大将がその者たちに、じかに声をかけた。

「そのほうたち、これから船出か」

ほとんど下帯くらいしか身に付けていない海の男たちは、わずかに顔を上げて目で相談しあった。まんなかの禿《は》げた男が返答をした。

「サイダ」

いや、返答とはいえないかもしれない。男が口から漏らした音は、意味不明なうえ、夾雑音《きょうざつおん》のためにひどく聞き苦しくて、槃《まがき》の耳には、動物の鳴き声のようにしか聞こえなかった。

無理もない。この時代、薫衣《くのえ》と僻地《へきち》の漁民のように身分に隔たりがある者同士は、ほとんど意思疎通できないほど話すことばに違いがあった。それでも両者が困ることはない。上からの命令も、下からの報告も、間に何階層もが入って伝えていくようになっていたので、直接ことばを交わす機会などなかったのだ。

本来、接触をもたないはずの相手と顔をつきあわせているのは、居心地の悪いものだ。槃《まがき》は頼むような気持ちで言った。

「もう、戻りませんか」

だが総大将は、少し困ったような顔をしながらも、ふたたびたずねた。

「つまり、海に出るところかと聞いているのだが」

男が首を大きく縦に動かした。うなずいたのかもしれないが、高貴なお方に声をかけられ、お辞儀をしただけかもしれない。

樊《まがき》はいたたまれなさに、からだがむずむずしてきた。

戸惑いは、漁民たちも同じのようで、わけのわからないうなりのような音を出しあって、相談らしきことをはじめた。まもなく、いちばん小柄な男が、額を叩《たた》き付けるようにして何度もお辞儀をすると、腰をかがめたままあとずさりはじめた。そして、大声を出さなければ声が届かないくらいまで離れると、向きを変えて、転がるように走り去った。

「義弟殿、どうかもう、お戻りください」

樊《まがき》はこれまでより強い調子で言った。

「何のために、このような者どもに、声をおかけになるのですか。あまりお近づきになって、ノミやらよからぬ寄生虫《むし》やらが染《うつ》っては大変です。どうか、もう」

総大将は、樊《まがき》に無邪気な笑顔を向けた。

「私はただ、この海のことをたずねたいのだ」

「お知りになりたいことがございましたら、我らにお申しつけください。何でございましょうか」

「さて、何だろうな」

「とおっしゃいますと？」

「何を知りたいのか、自分でもよくわからないのだ」

樊《まがき》はあきれてしまった。このような者が頭領では、荻之原で旺廈《おうか》の側が勝利を得ていたとしても、鳳穐《ほうしゅう》の世が巡ってくるまでに、そう時間はかからなかったろう。

「この海のことなら、時間ごとの風向きも、いつ引き、いつ満ちるかも、すべて調べてございます。日ごろから波は高いものの、この季節、時化《しけ》が起こらないこともわかっています。ほかにお知りになりたいことが、何かございますか」

総大将は、樊《まがき》のことばをまるで聞いていないかのように、あらぬ方向を見ていた。いらだちながら樊《まがき》も、その視線を追って崖のほうに目をやった。

そこには、ふたつの小さな人影があった。急ぎ足で近づいてくる。ひとりは先ほど去っていった男のようだ。人を呼んできたらしく、他の者と違い申し訳ていどではあるが着物を身に付けた男をともなっている。

着物の男は、樊《まがき》にも意味のとれることばをしゃべった。後日わかったことだが、村で唯一、町に暮らしたことがある人物だという。町といってもこの半島の中の、米見《こめみ》の役人も常駐していないような小さな集落のことらしいが。

「どんなご用でございましょうか」

といったことを、男は低頭しながらしゃべり、総大将はとりとめのないことをいくつも質問した。総大将が戻ることを承諾してくれたのは、「どうか、そろそろ」と樊《まがき》が三度目にうながしてからのことだった。

ところが総大将は、翌日になるとまた、散歩に出ると言い出した。そして、今度は磯でなく、昨日の男がいる村に赴いて、子供だろうと年寄りだろうと、そこらにいる者に気安く声をかける。

「おやめになっては。どうせ、意味のわかることなど、話せない者どもですのに」

見かねて言うと、

「そうでもないぞ。昨日で耳が慣れたのか、少しはわかるようになった。たとえば、『サイダ』というのは、『そうです』という意味らしい。ずいぶん音の感じが違っているが、この者たちも、我らと同じことばを話しているのだ」

と、〈通訳〉の男が来る前から、樊《まがき》にはわからない村人たちのうなり声に、うなずいたりほほえんだりする。

樊《まがき》の危険を察知する感覚が、激しく反応した。この男を、警護役以外の人間と接しさせてはいけなかったのだ。

「義弟殿。このあたりは、ひどく不潔なにおいがします。おからだに障るといけません。お戻りください」

「ほんとうに、そなたは心配性だな。においで病気が染ったりしないよ」

総大将は、樊《まがき》のせりふの言外の意味を読もうともせず、のんきに答えた。はっきり言ってやらねばわからないらしい。

「目的をお話しください。何のために、このような者どもに話しかけておられるのですか。何をお知りになりたいのですか。それを言っていただかなければ、これ以上、散歩をつづけていただくことは……」

総大将の顔が曇った。この若者は、すぐに感情を表にあらわす。人の上に立つ人間にふさわしくないふるまいだ。

そう思いながらも樊《まがき》は、心のどこかに申し訳ないという感情が生じるのを、抑えることができなかった。

「副将殿。私は、敵を陸に上げたくないのだ」

「それは、どういう意味でございましょう」

「軍師殿の戦法は、すぐれたものだと思う。しかし、陸に上がれば一万の敵も、海の上では五つだ。海にいるあいだに退治することができたら、そのほうがよいではないか」

「さようでございますね。ついでに申せば、一万の兵が乗った船を、翠《すい》に向けて出発させないことができていたら、さらによかったのではございませんか」

ことばの裏が読めないのだから、皮肉が通じるわけがない。総大将は笑顔になった。

「そうだな。樊《まがき》殿は、いいことを言う」

「しかし、現に、敵の船は、翠《すい》をめざして海を渡っているところです。城のように、巨大で頑丈な軍船です。我らには、漁民の丸木舟しかありません。海の上では太刀打ちのしようがないではありませんか」

「そうかな」

総大将は、思わせぶりにほほえんだ。

「何か、秘策があるのですか」

「いいや、ない。だから、ここにいる。海のことは海の民に聞け、というではないか」

ため息が出そうになるのを、樊《まがき》はこらえた。これだから、机上の学問だけしてきた世間知らずは困る。たしかに、土地の者が貴重な情報をもたらすことはあり、そのためそうした箴言《しんげん》が、昔から伝えられてきた。だがそれは、戦法を支える情報を得よということであり、戦法そのものを教われというのではない。何を聞いていいかもわからない状況で、下賤《げせん》な者どもととりとめのないことを話しても、時間の無駄以外の何ものでもない。

とはいえ、戦のためという理由であれば、総大将の〈散歩〉を禁じるわけにもいかない。次の日も、その次の日も、樊《まがき》は総大将について村に行き、もしやおかしな暗号でも交わしていないかと、村人たちのわけのわからないうなり声を聞き取るのに奮闘することとなった。

おかげでだいぶ彼らのことばがわかるようになったころ、総大将は軍議を開きたいと言い出した。


「もう、いつ、敵さんがやってきても、だいじょうぶですよ」

朧《おぼろ》は日焼けした顔で、自信たっぷりに請《う》け合《あ》った。

「そうか、ご苦労。ところで軍師殿。そなたの戦法で、敵を確実にしとめるには、いったい何人の将兵が必要だろう」

朧《おぼろ》は口をぽかんと開けた。

「何人って、二万でございますよ」

「それは、ここにいる数であって、必要な数ではないだろう」

「いったい、何をおっしゃりたいんですか」

「一万五千では無理か。残りの五千を、私に任せてほしいのだ」

「総大将、もともと二万全員が、御身《おんみ》の指揮下にございます」

霆《つちふる》が横から口を出した。樊《まがき》はその顔をじっとうかがった。置物であることをやめてしゃべりはじめた総大将を、彼らがどういう目で見るのか、知りたかったのだ。

他の氏族の頭領らは、いまだにこの男を旺廈《おうか》の頭領と——国の主《あるじ》たる資格をもつ人間と——みなしているのか。それとも……。

霆《つちふる》のまなざしには、四隣蓋城《しりんがいじょう》で見慣れた軽蔑《けいべつ》の色合いがみとめられた。樊《まがき》はわずかに安堵《あんど》した。

「陸の上の戦は、軍師殿にすべて任せる。私は五千を率いて、海に出たいのだ」

「無茶です」

朧《おぼろ》が、特大のつばきを飛ばして叫んだ。

「海の上では、蟻が牛に挑むようなものです。みすみす五千を死なせるだけの結果に終わります」

「蟻には蟻の戦い方があるだろう」

「いかがなさるおつもりですか」

「このあたりの海は、汀《みぎわ》まで深い。そのため巨大な船が着くのに適しているのだが、土地の者によると、ところどころ、突然に浅くなっている箇所があるそうだ。そこに敵を誘い込み、座礁させる」

「牛は蟻など意に介しません。誘い込もうとしかけても、相手にされないのでは」

「火矢を射かける。捨て置くことはできないだろう」

樊《まがき》には、うまくいくとは思えなかった。霍《つちふる》も、小さく首を左右に振っている。

ところが朧《おぼろ》は、眉間《みけん》と口もとに皺《しわ》を寄せて、考え込む表情になった。それから、指を折って数を勘定するしぐさをしていたが、やがて、顔じゅうの筋肉を伸ばして言った。

「四千で、手を打ちましょう。陸に一万六千は必要です」

その目はかすかに笑っていて、それで樊《まがき》には、この男の腹が読めた。朧《おぼろ》とて、総大将のやり方がうまくいくとは思っていない。けれども、そのことばに従って人数を割けば、陸で名実ともに最高指揮官になれる。この野心家は、そこに魅《ひ》かれたのだ。

総大将は、朧《おぼろ》の思惑に気づいているのか、いないのか、明るい顔になり、つづいて五加木《うこぎ》に声をかけた。

「よし。では、兵站長《へいたんちょう》殿。明日《あした》から、近隣の漁民はすべて、戦の訓練に加わる。漁に出ることはできない」

「そんな……」

五加木《うこぎ》は一瞬、絶句したが、朧《おぼろ》と違って礼儀を心得ていて、深々と頭を下げた。

「承知いたしました。多少腹をすかせていたほうが、兵たちも力を出すかもしれません」

「総大将、海の民を使うのは、どうかと思いますよ。陸で農民を操るのと違って、海の上では号令もよくは届きません。不慣れな連中は、戦の足を引っ張ります」

朧《おぼろ》がもっともな忠告をしたが、総大将はほほえんで言った。

「だから、訓練するのだ」

朧《おぼろ》は肩をすくめた。

「では、副将殿」

最後に総大将は、樊《まがき》に顔を向けた。

「四千の人選は、そなたに任せる。できれば射手《いて》を中心に」

樊《まがき》は無言で一礼した。もともとそのつもりだったので、向こうから言い出してくれて助かった。義弟殿も、動かす将兵を自分で選ぶことができないことは、心得ているようだ。

本来なら、朧《おぼろ》に強く反発している賭弓《のりゆみ》の隊の三千を、総大将の側にまわすべきだった。しかし、それでは過半数が鳳穐《ほうしゅう》以外となってしまう。そんな事態は避けねばならない。

樊《まがき》は、四千全員を鳳穐《ほうしゅう》にした。もちろん彼自身も、総大将と行動を共にして、目を光らせる。

その代わり、「射手を中心に」という要望には沿った。

朧《おぼろ》が指摘したように、漁民というものは戦に向かない。上陸阻止は、きっと失敗する。わずかな数の蟻が牛にたかってみたところで、かゆみを与えることもできはしないのだ。

けれども、どうせ相手にもされないだろうから、多くの兵を失うことにはならないだろう。残った戦力を、すぐに陸にまわせばいい——それが、檕《まがき》の目論見《もくろみ》だった。

彼の予測は、大きくはずれた。

16

大陸からの軍船が海堂の沖に姿をみせたのは、それから八日後——薫衣《くのえ》らの到着から十五日目の夜更けのことだった。

月は細く、風は凪《な》ぎ、波の穏やかな静かな夜。そのなかを敵の艦隊は、灯《あかり》もつけずにひっそりと近寄ってきた。

見つけたのは、見回りに出ていた漁船だった。知らせはすぐに、海辺にいる総大将と、台地のまんなかにいる軍師のもとに届けられた。

陸を任されていた軍師の朧《おぼろ》は、一万六千の将兵を起こし、それぞれの場所に待機させた。総大将は、三千の射手《いて》と八百の漁民を乗せた丸木舟四百弱を出発させた。残りの千人は彼とともに、崖《がけ》の上から矢などで攻撃するため残っている。

檕《まがき》は総大将の斜め後ろに立ち、人を鮨《すし》詰めにした小さな丸木舟が、五つの船団に分かれて海の上を進んでいくのを、胸を熱くしてながめていた。船団は、それぞれがひとつの巨大な生き物であるかのように、統制のとれた動きをみせていた。七日間の訓練のたまものだ。

はじめ漁民たちは、樊《まがき》の予想したとおり、訓練に集まることさえいやがった。自分たちの命ばかりか、大事な舟まで犠牲になりかねないことを、とても承服できないという風情だった。隠しても隠しきれない目つき、顔つきがそう言っているだけで、表向きは素直に従っていたのだが、集まった舟の数が五加木《うこぎ》の推計した四百でなく、二百五十そこそこだったのが、その何よりの証拠だった。舟はすべて出すようにとかたく申しつけたのに、どこかにこっそり隠しているのだ。

総大将は、舟の数に頓着《とんちゃく》することなく、集まった漁民らに大きな声で話しかけ、村に通っておぼえた、彼らにもわかることばを使って、なぜ戦わなければならないのかを語った。

それは、朧《おぼろ》が軍に流した噂のような、虚構《うそ》をちりばめた脅しのせりふではなかった。それどころか、樊《まがき》が物足りなさをおぼえたほど、迫力のないものだった。

なぜ、戦わなければならないのか。それは、これからも漁をつづけるためだ。海に出て、魚をとり、陸に戻って家族と食事をする。これからやってくる敵船は、そうした日々を壊してしまう。漁場を荒らす海獣が出たら、退治しないわけにいかない。それと同じく、いまの営みをつづけるには、戦で勝つことが必要になる。

その程度の内容なのだ。

ところが、話がおわったとき、漁民たちの顔つきが変わっていた。樊《まがき》には理解できなかったのだが、薫衣《くのえ》は現代のことばでいうと、「相手の視点」で語った。それが、功を奏したのだ。

さらに彼は、村長だけを集めて、もう少し視点の高い話をした。

これは、おまえたちの生活を守るだけの戦いではない。国全体を守る戦でもある。おまえたちの舟がひとつ沈められることで、この国の幾百の港に浮かぶ幾千の舟が救われ、おまえたちの一人が命を落とすことで、この国の幾千の町や村に住む幾万の命が助かるのだ。だから、約束する。この戦で沈められた舟があれば、勝利の後、新しい舟が買えるだけの金子《きんす》を授けよう。死んだ者、腕や脚を失って働くことができなくなった者の出た家には、暮らしを支えることができるよう援助しよう。

これを聞いて、樊《まがき》は驚いた。戦の報賞は、手柄をあげた者にのみ与えられるもの。ただ命を落としたというだけの雑兵に金子を授ける先例ができたら、戦をすることは、破産を意味することになってしまう。

諫《いさ》めようと口を開きかけたが、思い直して口を閉じた。

この戦は、これまでに翠《すい》でおこなわれたどの戦とも違う。異例な取り決めも、しかたないのかもしれないと思ったのだ。

それに、穭《ひづち》様があらかじめ、そのように指示しておられたということも考えられる。戦の報賞をめぐる取り決めが、四《し》隣蓋《りんがい》城様の許しなくしてできないことだということくらい、いくら世間知らずでもわかっているはず。ここまで確言できるのは、国の主の許可があるからに違いない。なにしろ義弟殿は、四隣蓋城《しりんがい》様としょっちゅうふたりきりで話をしている。樊《まがき》の知らない指示があっても、不思議はない。

翌日、訓練にあらわれた舟は、三百近くに増えていた。

総大将は訓練で、時には自ら小さな丸木舟に乗り込み（ということは、樊《まがき》もその粗末で不安定な舟に乗らなくてはならなかったわけだが）、まわりの者たちに励ましのことばをかけた。その声の聞こえない遠くの者たちまでが、日に日にやる気になっていくのを、樊《まがき》は感じ取った。そしていつのまにか、訓練に集まる舟の数は四百艘《そう》になっていた。だがそれ以上の変化が、訓練をはじめたときと敵船が来るまでのあいだに起こっていた。

村の若者のひとりが、射手が矢を射かけるときに櫓《ろ》を使って舟を安定させる方法を思いついたのがきっかけだった。丸木の漁船はよく揺れる。この思いつきのおかげで、狙いをより正確につけられるようになった。

射手らはそれを、特に喜びはしなかった。相手は城のように巨大な船。狙いを定める必要はない。おまけに彼らは、頑強な軍船にいくら火矢を射かけても、燃え上がらせることはできないと知っていた。

だが総大将は、いたく喜んで、この若者を呼んで「よくやった」と直々に声をかけた。辺境の寒村の漁民にとって、これは夢想だにしたことのない栄誉だった。若者は感激に顔を赤くしたまま、夢遊病者のように村の中を歩きまわった。

そして、翌日から、漁民らが次々に新しい思いつきを進言するようになったのだ。

ほとんどは使えないものだったが、川底の砂利にも砂金が混じっていることがあるように、きらめく提言もないではなかった。総大将は、五つの船団それぞれに指揮官を定めており、よい案がもたらされると、彼らを集めて相談した。

五人ははじめ、白けた表情をしていた。旺廈《おうか》の血筋の人間と、そうでないふりをして話をしなければならないこと。勝ち目のない戦をおこなわなければならないこと。下賤《げせん》な者からの提案を取り上げること。彼らをうんざりさせる条件は、じゅうぶんすぎるほどそろっていた。

だが、樊《まがき》が朧《おぼろ》を不快に思いながらも、演説を聞くうちに、その理を認めないわけにいかなくなったように、五人はしだいに身を入れて総大将の話を聞くようになった。日に日に目を輝かせ、自らも知恵を出していくようになった。そうか、あの手がある。この手もある。これらのやり方を組み合わせれば、敵船を、すべてとはいかなくても、何隻か沈めることができるのではないか――。

ものごとの暗い面にばかり目がいってしまう性質《たち》の樊《まがき》でさえ、やがてはそんなふうに思うようになった。

そしていまや、この決戦に臨んで、海での戦が相手になんの被害ももたらさないと考えている者はいなかった。

――一兵たりとも、敵を陸に上げない。

全員がそう決意し、また、それができるという自信にあふれていた。

それぞれがひとつの生き物にみえるほど統制のとれた動きで敵艦隊に向かっていく丸木舟の船団。その航行にみとれながら樊《まがき》は、自分がおそれや不安をまったく感じていないことに気がついた。

胸の中にあるのは、勝利への予感だけ。

不思議だった。彼のいる場所からも見えるところまで近づいた敵の軍船は、予想以上の大きさだった。まさに、海に浮かぶ城塞《じょうさい》。その脇腹から突き出ている櫓の数は、むかでの脚も及ばないほど。しかもそれが、三段重ねになっている。いちばん上の段から海に向かって伸びる櫓は長く太く、操る腕がいかにたくましいかを想像させる。

それなのに樊《まがき》は、これだけ巨大な船が燃え上がったらさぞかし壮観だろうなどと、わくわくしているのだ。戦を前に暗い予感にとらわれないのは、初めての経験だった。

敵船は、きれいな菱形《ひしがた》をつくって進んでいた。前に一隻。その真後ろと左右斜め後ろに、横一線に並んで三隻、その後ろ中央に一隻。まんなかにいる船を、前後左右から囲む隊形だ。

周囲の四隻は夜目にわかる装飾をもたないが、中央の船は、角の生えた巨大な動物の頭が舳《へ》先《さき》に彫刻されていた。闇夜に輝いているところをみると、金箔《きんぱく》張りになっているのだろう。この船が、敵の総大将が乗っている旗艦に違いない。

波音が高くなった。あいかわらず風はないのに、まだ遠くにいる五隻の巨船の進行が、樊《まがき》の立つ崖にぶつかる波を大きくしているのだ。

味方の船団は、闇の中に姿を消していた。真昼の猫の瞳《ひとみ》のような月が、敵の旗艦の先端を、きらりきらりと輝かせる。

戦い直前の緊張に、樊《まがき》は息が苦しくなった。斜め前に立つ総大将は、彫像のように動かない。

敵船団の右手の水面《みなも》に、ぱらぱらと灯《あかり》がともっていった。数は多いが、広くて暗い海の中で、小さく頼りない灯だった。まるで、瞬くことを忘れた蛍の群れ。

群れは、いちばん右手にいる敵船に近づいていった。

敵船はいずれも、櫓を止めることなく進みつづける。敵の巨体に近づくほど、丸木舟の灯は大きく揺れ、まさに蛍の群舞のようだ。

「そろそろだ」

総大将がつぶやいた。その数秒後、最初の火矢が放たれた。

標的となった軍船は、一枚だけ残してあった帆を下ろした。甲板や櫓の穴から、応戦の矢が飛びはじめた。こちらは火のついていない矢なので、味方の火矢と飛び違うときにだけ、その姿をあらわした。

飛んでくる矢の数が増えると味方は下がり、攻撃がやむと、また近づく。

敵艦の残り四隻は、たいした相手ではないと見て取ったのだろう、かまわず前進をつづけ、応戦のために漕《こ》ぐ手を休めた右端の船だけが、その場に残った。

味方が攻撃をやめ、これまで以上に敵船に近づいた。ようすをうかがっているのか、相手に動きはない。

海に落ちた火矢の最後のひとつが沈むと、戦場を照らす明かりはふたたび、天上の細い月と、海面の丸木舟の小さな灯だけになった。

戦いの物音も絶え、波の音が急に大きく足もとから立ちのぼる。樊《まがき》はつばを飲み込んで、その音がやけに響くのに驚かされた。

静寂の支配する幕間は短かった。鬨《とき》の声とともに、翠《すい》軍の新たな攻撃がはじまったのだ。とたんに、声を漏らしてはいけないはずの崖《がけ》の上の軍勢から、「おお」と、どよめきがあがった。

それまで使われていた火矢は、従来のものと同じく、矢の先端付近に布などを巻きつけ、そこに火をつけ飛ばすものだった。しかしいま、城壁のような船の横腹に向かって激しく打ち上げられている幾百の矢は、全長が炎に包まれていた。

まるで、大きな流れ星がいくつもいくつも落ちてくる光景を、逆さに見ているようだった。それとも、春分の日に天に昇って太陽のかけらになるという、黄金の蛇が群れなして飛行する姿。

どよめきを漏らしたことを叱るわけにいかないほど、壮麗な光景だった。

「動け」

総大将がつぶやくのが聞こえた。

この火矢は、新しい工夫で生まれた新種のものだった。脂分の多い木の皮が矢柄全体に植えつけてあり、先端付近に火をつけて放つと、あますところなく炎に包まれるようになっている。

けれども、威力はふつうの火矢と同じか、むしろ劣る。この矢の目的は、敵の軍船を燃やすことでなく、おびきだすことにあるからだ。しっぽを振るていどの反応しかしない牛に、足を動かして蟻を踏みつぶしたくさせる。そのためできるだけ派手に燃えるよう、さまざまに工夫した結果が、目の前の光景なのだ。

——ここから見ても、この迫力。矢が飛んでくる船にとっては、さぞやおそろしいながめだろう。

樊《まがき》がそう考えたとき、巨大な船がゆっくりと舳先を動かした。

「動きました」

わざわざ報告しなくても、総大将にも見えているに違いないのに、樊《まがき》は声を出さずにいられなかった。

「うん。動いたな」

翠《すい》軍は、集団になって逃げはじめた。それを敵の一隻が追う。

「ああ、あんなにかたまって」

いつもの心配性が、樊《まがき》の心に戻ってきた。こちらの舟は総計四百強。十艘を遊軍として残してあるから、四百弱を五つに分割した、八十に足りない数が、いま攻撃している味方の舟の総数だ。かたまりになっていたのでは、〈新兵器〉に攻撃されたら一発で壊滅しかねない。

こういう場合、ばらばらになって四方に逃げるのが常道だった。けれども、それでは敵が追うのをやめてしまう。だから、危険を承知でかたまっているのだ。

それはわかっていたけれど、それにしてももう少しはなれてもいいのではないかと、樊《まがき》は冷や汗が出る思いだった。

「〈新兵器〉のことなら、心配ない。こちらをみくびっているあいだは、使いはしないよ」

「だといいのですが」

「それに、もうすぐ着く」

言われて樊《まがき》は、逃げていく翠《すい》軍の先に目をこらした。

何も見えない。

敵を座礁させる予定のいくつかの浅瀬の場所を、樊《まがき》は何度も教えてもらったが、目印のない海の中で、どうしても見分けることができなかった。昼間見てわからないものが、夜に見つけられるわけがない。

しかし、総大将にはその場所が、はっきりとわかっているようだ。

「やったぞ」

と声を漏らしたのは、敵船が動きを止めるより、わずかに前のことだった。

座礁の音は聞こえなかった。けれども、櫓《ろ》で進んでいた船が、こんなに急に停止できるわけがない。よく見ると、甲板の線が傾いている。

「まさか、ほんとうに成功するとは……」

「まだだ。この船を燃やし、あと四隻を同じめにあわせなければ。戦いはこれからだ」

それでも、はじめの一手がうまくいったことはたしかだった。

総大将は、早くも残りの敵艦のほうに視線を向けていた。ここからでは陰になってよく見えないが、ふたつめの船団が、左手の船を攻撃しているはずだ。あたりの空気がぼんやり明るいところをみると、すでに新種の火矢を射かける段階に入ったのだろう。

「ああ、あの船も動いた」

欅《まがき》は上ずった声を出しながら、こんなにも順調でいいのかと、疑問を抱いた。

その不吉な問いが好運を追い払いでもしたのだろうか。ドドドン、ドンドドという轟《とどろ》きが聞こえた。聞き慣れない音色の太鼓が、不規則に連打している。せっかく進路を変えた左手の船が、動きを止めた。

「愚か者らが」

サンダプルは顔をしかめた。〈浪《なみ》の華《はな》号〉が太鼓の調べで、隠れ岩に乗り上げ座礁したと知らせてきた。

つまらない挑発にのって隊列をはなれるからだ。絶海の孤島の原住民が射かけてくるちっぽけな矢など、変わった色の波しぶきだとでも思ってほうっておけばいいものを、まったく血の気の多いやつだ。そのうえ、この手口にひっかかりかけたのが一隻だけではないのだから、始末に負えない。

「〈真珠《しんじゅ》の誉号《ほまれ》〉は戻ってきたか」

「まだです。停船して、指示を待っているようです」

「太鼓をたたけ。〈真珠の誉号〉は隊列に戻れ。全船、灯《カンテラ》をつけて、陸をめざせ。寄り道はいっさいなしだ」

言いおえるとサンダプルは、振り返って、後ろに控えている三人の老人を見た。三人とも棒のようにやせていて、あごから鬚《ひげ》を長く垂らしている。

彼の民族は、年寄りの知恵を大切にする。そのため陸でも海でも、戦の指揮官のもとには、こうした老人が助言のために控えているのだ。

鬚のもっとも長い老人が、一歩あゆみ出て言った。

「良き判断をされました。どうせ見つかってしまっているのですから、灯をつけたほうが、状況もよくわかり、またこちらの姿を見せつけることにもなりましょう。このまま船を陸に着けて、我らが勇猛な兵士らを野に放てば、この島はもう、サンダプル様のもの」

つづいていちばんやせた老人が、一歩前に出て進言した。

「相手は戦力に劣るといっても、ここらの地形をよく知っています。暗いうちはどうしても、こちらに不利な面があります。一度沖に引き返して、夜が明けてから攻め込むというのも、ひとつの方策ではございませんか」

三人目の老人が、一歩進んで、たずねた。

「〈浪の華号〉はいかがなさるおつもりですか。座礁したということは、自力では動けません。他の船が引っ張るなりして助け出さなければ、敵にいいようにやられてしまいます」

サンダプルは、ふたたび声を張り上げた。

「太鼓をたたけ。さっき言ったとおりに」

老人たちはいっせいに頭を下げて、もとの位置に戻った。彼らとて、本気で異論があるわけではない。決断者《リーダー》がひとつのことに目がくらんでしまわないように、三者三様の意見を述べるという決まりごとに従っただけなのだ。

それでもサンダプルは、言い訳のように付け加えた。なにしろ彼は、年寄りを尊重する民族の人間なのだ。

「〈浪の華号〉は、ここらの敵を蹴散《けち》らしてから助ける。それでも遅くないはずだ」

この島について、詳しく調べがついているわけではなかったが、文明は遅れているらしく、火薬も石油ももっていないという。座礁して動けないとはいえ、〈浪の華号〉は最新式の堅牢《けんろう》な軍船だ。原住民の攻撃などに、一日や二日でやられたりしないだろう。

太鼓の音が轟いた。彼の命令がその響きにのって、残りの船に伝えられていく。

この島の征服でもっとも困難なのは、間に横たわる荒い海を越えることだと目されていた。それをぶじに果たしたいま、サンダプルの心には、成功への確信しかなかった。彼は、三十日ぶりに動かない大地を踏みしめる時が、待ち遠しくてしかたなかった。

片手を額のところにかざして、欅《まがき》は目を細めた。舳先《へさき》に、艫《とも》に、甲板の縁《ふち》に、灯をともした敵の軍船は、水平線から顔を出したばかりの朝日のようにまばゆかった。

灯はそれぞれが翠《すい》の灯火より明るいうえに、その数は船体の大きさにみあった膨大なもの。

敵艦船は、闇に輪郭線だけをみせていたときよりさらに大きく感じられ、旗艦の先端を飾る金色の角は、陸に突き当たったらそのまま翠《すい》の国をまっぷたつに引き裂いてしまうのではと思えるような、鋭い輝きを放っていた。

それでも樊《まがき》は、おそろしいと思わなかった。ただ、崖《がけ》の上の軍勢の準備が整っていることを、もう一度目でたしかめた。

彼らは、急ごしらえの投射器を用意していた。てこの力を使って、玉を遠くに飛ばせる装置だ。玉は、つるで編んだ籠《かご》で出来た大きなもので、中には菜種油をかけた火種がたっぷりと入っている。敵が近づいてきたら、これに火をつけ、甲板に次々と放り込んでやるのだ。

だが、このあたりで船を沈めることができても、乗っている敵兵の多くは、海を泳いで陸までたどりつくだろう。投射器の玉が届くほど近くに来る前に、海に出ている仲間が五隻すべてを沈めてくれればいいのだが、座礁させる作戦は、一隻をしとめたところでもう、通用しなくなったようだ。不吉な響きの太鼓の連打が聞こえたあと、敵は新種の火矢も意に介さずに進んでくる。次の作戦に、望みをつなぐしかないようだ。

樊《まがき》は目を細めたまま、敵艦隊の足もとを見た。最下段の櫓の穴より下には灯がなく、船の上部がまばゆいのと対照的に、濃い闇に包まれている。その闇の中で、仲間の舟がこっそりと、次の攻撃のための仕掛けをしているはずだった。

光をまとった敵船では、甲板の上の小さな人影が見えるようになっていた。樊《まがき》の心に新たな心配が浮かんだ。

──こちらからは闇に見えても、甲板から下をのぞいたらどうだろう。敵が灯をつけたことで、味方の動きが気取《けど》られてしまうのではないか。

樊《まがき》の不安は、今度も当たった。

「サンダプル様。原住民の小舟が、いつのまにか、我らの船を取り囲んでおります」

灯をつけて早々に、そんな報告があった。

「どのくらいの数だ」

「さあ。三十か、四十か」

「それっぽっちか。とても我らが船を『取り囲んで』いるとはいえぬな。だいたい、舟といってもどうせ、屋根も船室もない、丸太をくりぬいただけのものなのだろう。海に浮かんでいる木切れだとでも思え。気になるなら、手の空いた者が、弩《ゆみ》の練習の的にでもすればいい」

そこに、次の報告者がやってきた。

「サンダプル様。原住民は、我らが船を燃やすのは無理とあきらめたようで、櫓をねらって火矢を射かけています。燃えだした櫓もあるようです」

「櫓を?」

サンダプルは笑い声をあげた。櫓は長い航海で、折れることも、波にさらわれることもあるものだから、予備がじゅうぶんに用意してある。そんなものをねらうとは、なんとまぬけな連中だ。

笑いすぎて腹が痛くなったので、姿勢を正して、命令を下す。

「上陸の準備をしろ。兵を甲板に集めるんだ」

すると、第三の報告者が走り込んできた。

「サンダプル様。櫓《ろ》をねらっているのは、どうやらめくらましです。やつらの舟がいくつか、この船の脇にくっついていて、おかしな動きをしています」

「なんだと」

サンダプルは、自分の目でたしかめるために甲板に出た。

細螺《きさご》は、母親の病気を治す薬草を採りに、山に登ったときのことを思い出していた。四年前の秋のことだ。薪《たきぎ》を採る道を抜けてさらに高く、木の生えていない岩だらけの場所まで行った。ほぼ垂直の、わずかにおおいかぶさるようにそびえたっている一枚岩の窪《くぼ》みに、目当ての草は生えていた。腹を岩にくっつけて、指先でわずかなとっかかりを探して、少しずつからだを引き上げそこまで登った。この軍船の外壁は、あのときの一枚岩によく似ている。

いま目の前に直立する壁には、登る必要がない。けれども、からだが不安定なことは、あのとき以上だった。

「蜷《にな》、そげに揺らすな。それに、ちいとずつ、遅れてるだら」

細螺《きさご》は、舟を操る仲間に声をかけた。蜷《にな》の舟を漕《こ》ぐ腕は、村で一、二を争う。それでも、小山のようにどでかい軍船にぴたりとつけて、同じ速度で進みながら舟を安定させるのは、難儀なことのようだ。

「そげにちょうどに合わせてえなら、おめえ、こいつを止めてごしない」

蜷《にな》は無茶を言いながらも、軍船の進行に舟の速度をうまく合わせた。

細螺《きさご》は左手を壁に這《は》わせた。ほんとうに、岩肌のようにつるつるしている。だが、どんな一枚岩にもよく探してみれば小さな窪みは必ずあり、木の壁には、継ぎ目がある。

「あった」

細螺《きさご》のふしくれだった指が、その場所をさぐりあてた。右手に持っている重い棒を強く握り、からだを弓なりにそらして、矢のように尖《とが》っている棒の先端を、勢いよく継ぎ目に突き立てる。

反動で、こぶしがしびれた。なぐられたような衝撃が腕からからだへと伝わり、細螺《きさご》は右手を開きながら、仰向《あおむ》けに舟の中に倒れ落ちた。見上げると、棒は軍船の外壁に突き刺さったままだ。

「やっただ。三本目だっちゃ」

「そりゃええが、あんまり舟を揺らしてくれるな。こっちはもうちいとで、落っこちるところだったたっちゃ」

不平を言ったのは、細螺《きさご》と同じく舟の端に立っていた常節《とこぶし》だ。見ると、頭の折れた棒を持っている。自分は失敗したものだから、文句をつけたくなったのか。

「ええから、どんどんやるだでや。蜷《にな》、位置をちいとずらしてごしない」

この棒を一本でも多く突き立てることが、彼らの役目だった。仲間の舟は、少しはなれたところで攻撃をしかけて、敵の目がこちらに向かないようにしてくれている。

「それにしても、固い板だあな。これじゃ、いくらいっぺい矢を射たって、一本だって突き刺さるはずねえだらよ」

常節《とこぶし》の軽口はとまらない。

「なあ、細螺《きさご》よ。こいつはほんまごっつ、でっかいな。都にあるっちゅう四隣蓋城《しりんがいじょう》と、どっちが大きいんだらなあ」

こんなときに、そんなことを気にするなんて、のんきなものだとあきれたが、考えてみれば細螺《きさご》だって、山に薬草を採りに行ったときのことなど思い出している。

少しはなれたところで敵の櫓《ろ》を攻撃している丸木舟には、都から来たお武家衆がわさわさ乗っていて、村の仲間はいろいろと気を遣ってたいへんらしいが、彼らの舟には細螺《きさご》と蜷《にな》と常節《とこぶし》の三人だけ。誰に気がねすることもない。しかし、その反面――。

「おい、上が騒がしゅうなったっちゃ。見つかったたらか」

蜷《にな》が低く叫んだ。細螺《きさご》と常節《とこぶし》は顔を見合わせた。

彼らの仕事は、気楽な反面、大きな危険と隣り合わせだった。この棒を十数本突き立てたら、気づかれないうちにそっとはなれて仲間と合流する――という手はずどおりにいくのなら、何の問題もないのだが、その望みはすでに絶たれたらしい。

見つかっても、ここにいるかぎりは、上に向かってふくらんだ船体がおおいとなって守ってくれるだろう。図体《ずうたい》の大きなものは、自分のからだのすみずみにまで、目や手が届かない。それが敵の弱点だと、翠軍《すい》はこの作戦を立てたのだ。

しかし、いつまでもここにいるわけにはいかないが、かといって、動けばたちまち上からねらいうちされる。頭上の騒ぎは、彼らへの死刑宣告に等しかった。

「しゃああんめえ。とにかくぎりぎりまで、こいつをつづけるだら」

常節《とこぶし》が、にんまりと笑った。

——おめえ、こわくねえだらか。

心の中で細螺《きさご》はたずねた。そして、自分のことを考えた。

——おらは、こわいと思ってねえだらか。なして、こんなに落ち着いていられっのか。

薬草を採るために一枚岩に登ったときも、こうだった。ほんの少し手や足をすべらせただけで、頭をかち割って死んでしまうに違いない状況で、細螺《きさご》はこの薬草をどう煎《せん》じればいいかなどということを、静かに考えていた。

——あんまりおそがい目にあうと、おそがいのを通り抜けるだらかあな。

戦に出ているというより、漁のために必要な手順をこなしている——そんな気分でいる自分が不思議だった。

「なあ、総大将はほんまに、おらん家《ち》に、新しい舟をくれんさるだらかな」

蜷《にな》が心配そうにぼやいている。もう、この舟は沈められてしまうものと決めてかかっているようだが、自分の命を心配するそぶりはない。

「そんもこんも、この軍船ちゅうのを燃やしてやんねば、どげにもならねえ話だっちゃ」

言いおえると常節《とこぶし》は、新たな棒を突き立てるために、弓なりにそりかえった。前のほうに見える同じ任務の仲間の舟も、やはり仕事をつづけている。細螺《きさご》も彼らにならった。

「いったい、何がどうなっているのだ」

サンダプルは、左舷《さげん》にできている人混みをかきわけた。

「やつら、この真下にいるんです」

船縁《ふなべり》から下をのぞきこんでいる男が声をあげた。

「そこで何をしているのだ」

あんな木切れみたいな小さな舟しか持っていないのだから、近づいたからといって、この軍船を害するようなことはできないだろうと考えながら、サンダプルはたずねた。木切れのように小さな舟だから、これだけ近寄られても気づかなかったともいえるが。

「なにか、銛《もり》のようなものを突き立てています」

「それくらい、フジツボがついたほどの障りもないだろう」

「ですが、妙な形です。尻《しり》の部分が、帚《ほうき》のようになっています」

「なんだと」

いやな予感がして、サンダプルは自らのぞきこんだ。

「おい。あれは、帚というより、松明《たいまつ》だ」

どうやら、この船を燃やすための仕掛けのようだと気づいたとき、前方をいく〈塩の苦《にが》み号〉が、同じ事態に陥っていることを太鼓の音色で知らせてきた。

「あの銛を落とせ。すぐにだ」

サンダプルは命じたが、船は下に向かってやや狭くなっている。櫓を使っても、吃水線《きっすい》のわずか上にある物体をたたき落とすのはむずかしかった。

お武家衆を乗せている味方の舟から、新種の火矢が三本飛んだ。あらかじめ決めてあった、「その場をはなれろ」の合図だ。このままここにいたら、仲間の矢に射殺されることになる。

「どげすっだいや」

細螺《きさご》はふたりの仲間に問いかけた。頭の上の騒ぎは大きくなっていて、こちらをねらって巨大な櫓を振り回したり、石のようなものを投げ落としたりしているが、真下より内側にいる細螺《きさご》らには当たらない。けれども、少しでもこの場所をはなれたら、かっこうの餌食《えじき》となるのは間違いない。

「舟捨てて、泳ぐか？」

「他に、どげしょうもねえだら」

三人は、いっせいに水に飛び込んだ。

原住民の船団から、火矢が飛びはじめた。今度は、櫓や甲板をねらって射上げるのでなく、水平に――船の足もとに向かって飛んでいる。

「やめさせろ。矢でも砲でも使って、やつらを遠ざけるか沈めるかしろ」

甲板や櫓の穴から、弩《いしゅみ》での攻撃がはじまった。原住民らの船団に、雨のように矢が降りかかる。だが、敵はこのたび、少しも引こうとしなかった。

「銛のひとつに火がつきました。このままでは、船に火がうつります」

「外壁に沿わせて水をかけてみろ」

だがこれも、船体の曲線にはばまれてうまくいかなかった。

「他の船はどうなっている」

たずねたが、返ってきたのは「わかりません」ということばだった。

「見えないのです。どうやら敵は、他の船から見えない側に、銛の仕掛けをしたようです。我が船の場合は左ですが、前方の〈塩の苦み号〉では、前に人が集まっています」

しかしそのとき、当の他船から返事が寄せられた。〈鷗《かもめ》の歌声号〉と〈真珠の誉号〉が同時に、「船の下部に小さな火がついた」と太鼓をたたいたのだ。

振り返ると、三人の老人は、甲板にもついてきていた。

鬚《ひげ》の長い老人が言った。

「島はすぐそこにあります。このまま全速力で進めば、船が燃え上がるより先に、上陸できると思われます。大切なのは、船を守ることでなく、戦闘員を陸に上げることではございませんか」

やせた老人が言った。

「火は水際に近いところにあります。船をなんとかして揺らせば、波で消すことができるのでは」

三人目が言った。

「上から対処できないのなら、下からやればいいのです。兵にロープをくくりつけて、何人かを海に放り込んではいかがでしょう。火を消さなければ引き上げてやらないと言って」

サンダプルは、最後の助言に従うことにした。そのためには、船を停めなくてはならない。他船にそのことを伝えようと太鼓をたたかせたが、〈塩の苦み号〉や〈真珠の誉号〉、後ろに浮かぶ〈鷗の歌声号〉がさかんに自分たちの状況を知らせる音を出すので、うまく伝わらない。

「サンダプル様。〈鷗の歌声号〉が隊列をはなれました。原住民の船団を追っているようです」

「なんだと。しょうこりもなく」

船の後方に行ってみると、〈鷗の歌声号〉は、船尾を見せながら遠ざかっているところだった。「すぐ戻る」という太鼓の調べを残して。

――まあいい。沖に向かっているのなら、座礁するおそれはないだろう。最後の命令は、「陸をめざせ」だ。このあと何をすべきかわかっているはず。いまはごちゃごちゃと指示するより、任せるのがいちばんだ。

サンダプルは心の中でそう判断し、心の中の判断であったがゆえに、三人の老人に意見をきくことをしなかった。

四隻の軍船が近づいてきた。先頭の船の甲板に、鉄の鎧《よろい》を着た兵士がひしめいているのが見える。大陸からの巨船の高さは、この崖《がけ》ほどもあるようで、甲板の人群れは、樊《まがき》の目と同じ高さにあった。

——せめて、あと一、二隻は、座礁させておきたかった。

樊《まがき》の心のつぶやきが、天に通じたのだろうか。いちばん後ろの船が舳先《へさき》を巡らし、斜め後方に進みはじめた。よく見ると、その先には味方の舟が集団ではしっている。

——第二の作戦が引き起こした混乱で、敵は座礁のおそれを忘れたのか。それとも、沖に行くならだいじょうぶだと油断したのか。

だが、かなりの沖にもひとつ、隠れ岩があることを、樊《まがき》は知っていた。翠《すい》の丸木舟にとってはいい漁場となるだけで問題のない岩だが、これだけの大きさの船が通ろうとしたら——。

敵の隊列は乱れていた。後ろの船がはなれていった以外にも、旗艦が停船し、それにならって左の船も少し先で止まったが、先頭の一隻は速度を落とさず進んでくる。

まっすぐにこちらをめざす尖《とが》った船首は、翠《すい》に決闘を挑む槍《やり》の先のようだ。その下部の、海を砕いて白波を立てる分厚そうな船板では、ちらちらとした小さな炎が三つ、水しぶきと戦っていた。

息がつづかなくなって、細螺《きさご》は水面《みなも》に顔を出した。味方の舟が、さっきよりずっと近くにいる。振り返って、彼の突き立てた棒に火がついたかを見ようとしたとたん、水をかいている右手の先に矢が落ちた。

あわてて大きく呼吸して、また海に潜る。太股《ふともも》に激痛がはしった。矢が当たったのかもしれないが、細螺《きさご》はたしかめる間を惜しんで、深く潜ったまま仲間の舟をめざした。


沖に向かっていた軍船が突然、月に向かって航海することに決めたとでもいうように、船首を高く持ち上げて、動きを止めた。

「総大将、あの船もやりました」

樊《まがき》が裏返った声を出すと、総大将は落ち着いた口調でそれに応《こた》えた。

「ああ。それに、こちらの船も」

ただ一隻こちらに向かってきている先頭の船の下では、炎がひとつにまとまって、激しく燃えさかっていた。


三人ほどを投げ落としてみたが、ひとりはロープにからまって途中で窒息し、ひとりはロープが切れて、溺《おぼ》れるか逃げるかしてしまった。あとのひとりは、原住民の矢に当たって絶命したようだ。

これ以上つづけても時間の無駄だと考えサンダプルは、次の方法を試してみることにした。甲板に出ていた兵を左舷《さげん》に並べて、右舷に向かって走らせる。つづいて、右舷から左舷に。

繰り返しているうちに、船は左右に揺れはじめた。船縁から下をのぞきこんでいた男が、あやうく振り落とされそうになりながら叫んだ。

「消えました」

「よし、走るのやめ。出発だ。今度こそ、上陸するまで船を止めるな。力いっぱい漕《こ》げ。〈塩の苦み号〉に追いつくぞ」

ところが〈塩の苦み号〉は、片側に向かってかたむきはじめていた。

雄叫《おたけ》びのような歓声が、崖の上の軍勢からあがった。いまにも投射器の射程圏内に入ろうとしていた敵船が、目の前でかたむきだしたのだ。

甲板の鎧の兵たちが、海に転げ落ちていく。炎は船壁をなめながら空へと駆け上がる。かたむいて高くなっている側の舷側《げんそく》までが、彼らの目の位置より下にさがっていく。

「副将殿、軍師に使いを。二隻が座礁し、一隻を沈めた。陸の何割かをこちらに移動させろと」

樊《まがき》は、総大将の指示に従って伝令を走らせてから、言った。

「あと、二隻ですね」

その二隻は、沈みかけている船を避《よ》けて左右に分かれ、ぐんぐんこちらに迫っていた。

投射器の玉に火がつけられた。そのとき、地面が音をたてて揺れた。

樊《まがき》には、最初、何が起こったのかわからなかった。

突き上げられるような足もとの振動。耳がふさがれるような鈍い大音響。音のしたほうを見て、我が目を疑った。崖の一部が崩れてなくなっていたのだ。そこにいた将兵らも姿を消し、まわりでは、倒れた男たちが悲鳴やうめき声をあげている。

――〈新兵器〉か。

肝が冷えた。あたりの兵らが浮き足立つのがわかった。

「ひるむな」

総大将の鋭い叫びが、彼らの動きをとめた。

「海では味方が、わずかな人数で三隻を仕留めた。次は我らの番だ」

気を取り直した部隊長らが、叱咤《しった》のことばを伝えていった。投射器から、最初の火の玉が発射された。左手の敵艦の舳先をかすめて海に落ちたが、威勢のいい炎の軌跡は、翠《すい》軍を元気づけた。矢の届くところまで相手が来るのを待ちかねて、すでに弓を引き絞っている者もいる。

そこに、鉄の雨が降ってきた。敵の矢は、翠《すい》軍のものより遠くまで飛ぶらしい。さらに〈新兵器〉の二度目の咆哮《ほうこう》が聞こえて、さっきより遠いところで地面がどんと鳴った。

――このままでは、持ちこたえられない。

樊《まがき》がそう思ったとき、耳になじみのある轟《とどろ》きが聞こえてきた。馬の群れが大地を蹴《け》る音。朧《おぼろ》は援軍を、馬でよこしたのだ。樊《まがき》は、敬意の抱けない軍師を少し見直した。

騎馬隊を率いてきたのは、郁子《むべ》という、知恵でも勇気でも定評のある男だった。

「何人来た？」

総大将の問いかけに、余分なあいさつのことばをはさまず答える。

「三千です。追って二千が徒《かち》で来ます」

「ここの総指揮を任せる。兵をつねに奮い立たせよ。けっして逃げ腰にならないように。二隻のうち、一隻が燃えるなり沈みかけるなりしたら、軍師に使いを出して、もう五千を割いて岸を広くかためよと告げろ。倒すべきは、船でなく、船を出て上陸しようとする個々の兵になるからな。二隻とも仕留めたら、八千だ」

そして総大将は、その場をはなれようとした。

「どちらに」

樊《まがき》は二の腕をつかんでとめた。

「海に出る。崩れそうな船団がある」

この状況で海のようすにまで目を配っていたことに驚きながらも、樊《まがき》は言った。

「いけません」

「なぜ」

「海の上は、危のうございます」

「危なくない戦場《いくさば》などない。私が行くことが、必要なのだ」

「いけません」

樊《まがき》はもう一度きっぱりと、禁じることばを述べた。

総大将は、つかまれている腕に目をやって、それから顔を赤くした。

「蔵務《くらつかさ》の大臣《おとど》。そなたは私が、逃げ出そうとしていると思っているのか。翠《すい》を守る戦いのさなかに、私利を追って、そなたらをあざむこうとしていると。私の血は、そのようなおこないを許さない」

樊《まがき》はそれには直接答えず、同じ主張を繰り返した。

「海に出ていただくわけにはまいりません」

「そんなに私が信じられないか」

総大将は、樊《まがき》の手首をつかんで自分の腕から引きはがした。

「ならば、私の腰に縄でもつけて握っているがいい。私は海に出る。この戦に勝利するために」

樊《まがき》は我慢づよい男だった。総大将の刺すような視線にくじけなかった。

「では、そうさせていただきます」

自分の付き人に、急いで縄をもってくるよう命じた。

総大将は、さっと青ざめた。まさか本当にそんな非礼なことをするとは思っていなかったのだろう。樊《まがき》としても、仇《かたき》の一族の血筋とはいえ、戦の総大将に腰縄をつけるなど、できればしたくない。だが、戦の混乱のなかの夜の海。そこに小さな丸木舟で漕ぎ出せば、ちょっとした隙に海に飛び込まれただけで見失ってしまう。何らかの手立てを講じないわけにはいかなかった。

縄が届いたころには、総大将の顔色はもとに戻っていた。目は遠く、燃え上がる船を見つめている。樊《まがき》は、自分をこの役目につけた頭領を、恨みたいような気持ちになった。

見えた。舟だ。仲間の舟の船底が、すぐそこにある。

細螺《きさご》は両手を高く伸ばして、足だけ動かし上をめざした。手で水をかく力は、もう残っていなかった。矢があまりに激しく降ってくるので、息を継ぎに顔を出すことがままならず、ずいぶんと無理をしたのだ。

指が海面を突き抜けた。いきなり手首をつかまれた。つづいて髪をひっつかまれ、水の上に顔が出た。空気を何度も吸って、かすんでいた視界が晴れたとき、目の前に刀の先が見えた。

「なんだ。翠《すい》の者か」

刀の主が手をはなした。細螺《きさご》はまた海に落ち、水を飲んでおぼれかけたが、舟を操っていた顔見知りの男があわてて引き上げてくれた。

からだが泥のように重かった。身を横たえて休みたかったが、丸木舟の中にそれだけの空間はなかった。もともと舟を操る土地の者二名にお武家衆七、八人と、定員超えの状態ではあったが、他の者が全員立っていてくれたなら、細螺《きさご》が横になる場所くらいあっただろう。けれども、舟にいる半数は、立つことができない状態だった。深手を負って、あるいは二度と動けぬ身となって。

「おい、おまえ。敵が来たら、これを使え」

さっきの男が、死者の腰から刀をとって細螺《きさご》の手に握らせた。そしてもう、細螺《きさご》のことは見向きもせずに、立ち上がってまた、敵船に向けて弓を引き絞った。

細螺《きさご》の手はがたがたと震えていた。自分が戦のただ中にいることが、はじめて身にしみて感じられた。

「蜷《にな》、常節《とこぶし》。どこにいるだ。ぶじだらか」

姿の見えなくなった仲間を、細螺《きさご》は呼んだ。だがその声は、戦の喧噪《けんそう》にかき消されて、細螺《きさご》自身の耳にも届かなかった。

崖《がけ》を下りているときに、高くて大きな音がした。耳になじみのない音だ。新手の新兵器かと樊《まがき》は青ざめたが、つづいて味方の歓声が聞こえた。悪いことではないらしい。

少しして、今度は、ぐわーんというすさまじい轟きと振動。こちらは何が起こったか、目でたしかめることができた。敵の旗艦が、崖に真正面からぶつかったのだ。舳《へ》先《さき》を飾る金色の角が、崖の上に乗り上げていて、その先には翠《すい》の投射器が引っかかっていた。甲板の兵が船を降りようと、どっと前方に押し寄せるのが見えた。

「戻ったほうが、よくはないでしょうか」

半分は本心から、残りの半分は、やはり総大将に腰縄をつけるのが心苦しくて、樊《まがき》は引き返すことを提案した。

「いや、このまま行く。最初の音は、左手の軍船が難破したものだろう。旗艦の乗組員だけが相手なら、郁子《むべ》に任せておいて心配ない。いま肝心なのは、海での戦だ」

そう言って総大将は、舟を出すのをいそがせた。

残してあった十艘《そう》のうち、二艘は伝令に使った。敵船を座礁させたふたつの船団は、動けなくなったそれぞれの相手を、矢の届かない場所で取り囲んでいる。船を出て泳いで陸に渡ろうとする者がいたら仕留めるためで、さらに隙があれば炎上させることになっていたが、どちらもそれはできていない。

最初に敵船を座礁させた船団には、そのまま包囲をつづけ、確実に任務を果たせと伝えさせた。沖にいる船団には、包囲を解いて磯《いそ》近くでの戦いに合流するよう伝言した。あの距離では、泳ぎ着ける者はまれだろうからだ。

そして残りの八艘は、崖の下の海域に向かった。

そこでは、先頭にいた軍船と最後に炎上した船の二隻から、こぼれ落ちたり、自ら海に飛び込んだりした敵兵がうじゃうじゃいて、波頭と人の頭と、どちらが多いかわからないようなありさまだった。船の備品や破片につかまって浮いている者、それらを即席の筏《いかだ》にして乗っている者、翠《すい》の丸木舟を奪い取っている敵もいた。

翠《すい》軍はすっかり崩れ、ことに漁民たちが逃げ腰になって、そこから遠ざかろうと必死で櫓《ろ》を漕《こ》いでいる者まであった。

新たにあらわれた八艘は、その流れを止めた。総大将のかける叱咤の声は、人々のおびえ心を吹き払い、最高指揮官自らが危険に身をさらす姿は、武器を持つ手を奮い立たせた。

翠《すい》の船団はひとつにまとまり、態勢を整えなおして敵に挑んだ。

そして、激しい戦闘がつづけられた。矢が飛び交う。海の中からあらわれた手が、舟をくつがえそうとする。味方が水に向かって刃《やいば》を振るう。怒声と水しぶきが飛び散る。沈みかけた二隻の軍船はまだ炎を上げていて、燃える木片が海へと降りそそぐ。

槾《まがき》は揺れる丸木舟の上で、振り落とされないよう足をふんばり、縄の端を握っていた。総大将を逃がさないこと、総大将の身を守ること、自分の身を守ること。他には何も考えられなかった。

三十日の航海の後に、サンダプルの〈偉大なる角鮫《つのざめ》号〉は、ついに陸へと到着した。ずいぶんと破損したが、帰国するのはこの島を征服したとき。作り直すことはいくらでもできる。〈真珠の誉号〉までが、あともう少しのところで、積み荷の火薬に火がついたのか爆発して燃え上がってしまったが、サンダプルは悲観していなかった。沖で座礁した〈鷗《かもめ》の歌声号〉以外は、乗員の大半が陸にたどりつけるとふんでいたのだ。陸に上がって密集隊形をとりさえすれば、文明の遅れた原住民など敵ではない。

だが、そうは事が運ばなかった。彼の船の兵たちですら、下船がままならないのだ。接岸地には敵が大勢待ち受けていて、密集隊形をとる間もなく討ち取られていく。

「いったん兵を引け。あのあたりを砲で撃て」

ところがその隙に、原住民らが船に乗り込んできた。ろくな鎧《よろい》を着ていないが、そのぶん身が軽い。おまけに数が多い。多すぎる。ここはこの島でも辺境の地ではなかったのか。どこからこんなに人がわいて出たのだ。

サンダプルの足は、ついに翠《すい》の大地を踏むことがなかった。

戦いは、夜が明けきるまでつづいた。朧《おぼろ》が自分の判断で、配下の全員を海岸線に沿って長く厚く配置したため、翠《すい》の大地に十メートル以上踏み込んだ敵は一人もいなかった。また、陸の戦力に大きな損害は出なかった。

海では違った。丸木舟の四割は失われ、戦に出た者は漁民も都から来た将兵も、半数が傷を負い、三分の一が、死ぬか海に流されて行方不明になるかした。

だが、翠《すい》軍は勝利した。それも、敵を全滅させるという大勝利だ。

それから半年が過ぎても、異国人の遺体が毎日のように磯に流れ着いたと、海堂の地では言い伝えられている。

17

まったき幸福とは、高揚した心に宿るものではないのだと、稗《ひづち》は知った。

――私は間違っていなかった。翠《すい》は大きな危機から救われた。

そうつぶやく彼の心は、さざなみひとつない池の面《おもて》のように平らで、それでいて、冬の朝の井戸水のように温かく、十五夜の月のように満ち満ちていた。

遠征軍本隊の帰還はまだだが、早馬により、くわしいいきさつまでがわかっていた。

戦の結果は、考えうるかぎり最高のものだった。

人の口にのり国のいたるところで称《たた》えられるだろう、華々しい勝利。薫衣《くのえ》もきちんと役目を果たしたようなので、城内を支配する彼への軽蔑《けいべつ》の雰囲気も消えてくれることだろう。

しかも、損害が予想外に少なく、戦死者は、地元の漁民をのぞくとほとんどが鳳穐《ほうしゅう》の者。戦の報賞として与える土地がないという問題で、悩む必要がなくなった。

戦利品が多かったのも、うれしい誤算だ。燃えずに残った二隻の軍船には、積み荷に異国の金貨や宝玉があり、外装からはぎとった金箔《きんぱく》とともに都に運んでいるところだし、船そのものが大陸の文化を伝えてくれる。

翠《すい》は、離島をもたないうえ、早くから陸路が発達していたためか、舟といえば近海で漁をする丸木舟くらいしかなく、舟作りの技術で他国から大きく遅れをとっていた。穭《ひつち》がここ数年、大陸のようすをさぐる使いを何度も出すうちに、少しは改良が進んだが、それでも今度の戦に〈海軍〉を出すにはいたらなかった。まさか薫衣《くのえ》が、地元の粗末な漁船を戦力にして、しかも大きな成果を出すとは。

これをきっかけに、大陸の軍船のつくりなどよく調べて、翠《すい》でも戦のための船が作れるようになるかもしれない。いや、ぜひそうしなければならない。

本当の〈まったき幸福〉は、この先もすべてがうまくいくという薔薇《ばら》色の幻想を見せはしなかった。

——ここまでは、うまくいった。これからもそうであるために、さらなる努力と知恵をかたむけるのだ。

気負いなくそう思い、そう思うことがいまの幸福を邪魔しない。

——薫衣《くのえ》も、この結果に満足しているだろうな。

森に囲まれた丘と城の中しか知らなかった薫衣《くのえ》が、はじめて外の世界を味わい、戦を経験した。いったいどんなふうに顔つきを変えただろうと、穭《ひつち》は再会の時が楽しみだった。

細螺《きさご》は広い道のまんなかにいた。仲間八人と、肩をならべて歩いていた。

彼の前には、長い長い行列があった。お武家衆の行列だ。長すぎて、最後尾にいる細螺《きさご》からは後ろのほうしか見えないが、出発のときにしっかりながめておいたので、どんな列になっているのか、人に説明することができる。

行列のことだけではない。まわりの景色。通過した町。泊まった宿。出された食事。何もかもを村のみんなに伝えようと、細螺《きさご》はいっしょうけんめい見ておぼえようとしていた。なにしろ彼は、村の代表としてここにいるのだ。

——蜷《にな》や常節《とこぶし》にも、聞かせてやんねばなんねえな。

だがそれは、墓板の前ですればいいのか、それとも海の上でなのか、細螺《きさご》は首をひねって思案した。

ふたりはついに戻らなかった。海辺の住人は、遺体のない葬儀に慣れている。何も埋められていない土に、墓板だけが立てられた。

自分ひとりがどうして生き延びることができたのか、細螺《きさご》にはわからない。もっとわからないのは、どうして自分のような人間が、都に行くことになったかだ。

総大将は、約束どおり、使えなくなった舟や死んだり治らない傷を負ったりした人間に対して、金品をくれると言った。そして、米見《こめみ》の司《つかさ》だという偉い役人が、数をきっちり調べ上げた。

大陸からの軍船は、いくらかの玉《ぎょく》や金を積んでいた。陸に乗り上げた軍船からはがした金箔もあった。その一部を分けてくれるのかと思ったら、それらはすべて都に運ばなければならないのだという。宝箱に打たれたくさびひとつ、勝手に持ち出してはいけないのだと、厳重に管理されていた。それではいつ、約束の金子《きんす》がもらえるのかと、村の中には不安を感じる者も出た。

すると総大将が、各村から一人ずつ都に行く者を選べと言ってきた。おまえたちの働きは真《まこと》に称えられるべきものだから、四隣蓋城《しりんがい》様から直々にお誉めのことばをいただこう、と。

村は、戦に出ろと言われたとき以上の騒ぎとなった。

にわかには信じられない。いったい誰が行くのか。都まで行って帰るのに、どれくらいかかるのか。夢のようだ。先祖の墓に報告せねば。

そして細螺《きさご》の村では村長が、細螺《きさご》を代表に選んだのだ。

どうしてだろう。戦に出たなかで、彼がいちばん傷が浅くて若かったので、長旅に耐えると思われたのか。

いちばん活躍したからだと言う者もいたが、そんなことはない。彼らが担当した軍船は、燃やすことができなかった。すると、だからこそ金箔が手に入った。それはそれで手柄だなどと、はやしたてる者もいた。

いずれにせよ細螺《きさご》は、八人の仲間とともに、広い道のまんなかにいる。

最後尾を歩かされているからといって、彼らへの待遇が悪いわけではなかった。夜は板の間でふとんに寝《やす》み（綿《わた》のふとんはやわらかすぎて、細螺《きさご》はなかなか寝つけないでいる）、食事はお武家衆と同じものが出されている。だが細螺《きさご》にとって、広い世界を見られることが、何よりのご馳走《ちそう》だった。

海を遠くはなれると、空の色も違っていた。建物の形も珍しい。何もかもを見てやろうときょろきょろ首を動かして、遠方ばかりに目をやっていたのだが、そのうち、すぐ横にいる隣村の馬蛤《まて》が眉根《まゆね》を寄せた冴《さ》えない表情をしているのに気がついた。

「どげしただ」

心配になってたずねると、馬蛤《まて》は吐き捨てるように言った。

「腹んなかが、でんぐりがえってるだ」

「食いもんが合わねえで、下したたらか」

「そうじゃねえ」

「だったら、何だ」

「総大将っちゅうのは、いっとう偉い人じゃねえだらか」

「あったりめえだっちゃ」

「だったらなして……」

馬蛤《まて》は泣きそうな顔になった。

「あんな扱いをされてんさるだらか」

それは、細螺《きさご》も気にかかっていることだった。行列を最初から最後までよく見ようとして気づいたのだが、総大将は馬に乗らずに（副将や軍師は、見たこともないほどみごとな馬にまたがっているのに）馬車で移動しているのだ。それも、窓がふさがれている馬車に。

それは、十人ほど生かしておいた大陸からの兵と同じ扱いだった。

総大将は付き人らしい人物とふたりだけで乗り、敵兵は縛られたうえ狭い箱に五人ずつ押し込められている。総大将の馬車は行列のまんなか、敵兵らの馬車は後ろのほう。その違いはあったが、まわりを騎馬の武者が取り囲んでいるのも同じなら、休憩のときにも出てこない——外から戸を開けようとする者もいない——のも同じだ。

「あれじゃあ、まるで……」

馬蛤《まて》が言わずに呑《の》み込んだことばが何か、細螺《きさご》にはわかったが、彼にもやはり口にすることができなかった。

まるで、罪人のような扱い――そんなことは、総大将のような貴人に対して、たとえひとりごとでも言うべきでない。

「おめえら、何にも知らねえだらな」

後ろから、玉珧《たいらぎ》があざ笑うように言った。玉珧《たいらぎ》は海堂でもっとも大きな村の代表で、そのせいか、人をばかにしたような話し方をする。

「そう言うおめえは、何を知ってるだらか」

馬蛤《まて》が喧嘩腰《けんかごし》でたずねた。

「総大将は、旺夏《おうか》様だっちゃ。だから、しゃあねえんだら」

「だらずぬかすでねえ。いまは鳳穐《ほうしゅう》様の世の中だっちゃ。お武家衆がみんな、ススキのご紋をつけておりんさるんだから、間違いねえこっちゃ」

「鳳穐《ほうしゅう》様の世だけん、旺夏《おうか》様は馬に乗れねえだ」

「おめえの言うことは、わけわかんねえだら」

細螺《きさご》にも、さっぱりわけがわからなかったが、偉い方々のなさることは、しょせん自分たちには理解できないのだとあきらめた。しかしそれでも、戦で自分たちを雄々しく率いた総大将が馬に乗って進んでいたら、この行列に加わっていることが、もっともっと誇らしかっただろうにという、はがゆい思いは消せなかった。

「おかえりなさいませ。ごぶじのお戻り、何よりです」

そう言って面《おもて》を上げると、夫はとまどったような顔をしていた。出迎えのあいさつとしてふつうのことばのはずなのに、どうしてだろう。

「ああ」

と、夫は目を伏せて、稲積《にお》の脇を通りすぎた。その後について歩きながら、稲積《にお》は思った。さっきのとまどいは、夢からさめたばかりの人のよう。もしかしたら夫は、城をはなれているあいだ忘れていられた事実――妻が鳳穐《ほうしゅう》の娘であること――を目の当たりにして、幸福な夢からさめた心地なのかもしれない。

戦を終えて帰ってきた夫に、そんな思いをさせたのなら申し訳ないと、胸が少し重くなった。少しだけ。なぜなら稲積《にお》の心は、早馬が着いたときから、どうしようもなく浮き立っていたのだ。

夫が帰ってきた。むずかしい戦だと聞いていたが、怪我もせずにぶじ戻ってきた。夫のいないあいだ、一日一日のなんと長かったことか。

鶲《ひたき》も誇らしげに顔を輝かせていた。幼いながら、父親が総大将として戦に出たこと、みごとな勝利をおさめたことを理解しているのだ。けれども、けなげに礼儀を守り、土産話をせがむのをがまんしていた。

夫は夕餉《ゆうげ》のころになると、いつもの快活さを取り戻して、旅先のことを自分から話してくれるようになった。海辺の村のようすや、そこで使われている変わったことば、舟がどんなふうに揺れるか、海はどんな匂いがし、どんなにたくさんの色をもっているか、水の中にどんなふしぎな生き物がうごめいているか。

夫は、道中のこと、戦のことには、ひとことも触れなかった。

戦の報告をする場所を、塔の小広間でなく小部屋にしてほしいと、樊《まがき》が願い出た。内密の話があるのかと身構えて聞きはじめたが、いつまでたってもすでに知っていることしか話さない。勝ち戦の報告だというのに、沈んだ顔で、口調もぼそぼそとして覇気がない。

「何か、心配ごとでもあるのか」

穭《ひつち》が水を向けると、樊《まがき》は一瞬身をこわばらせたが、何かを決意したような顔つきになって、質問した。

「ここで口にしたことは、絶対に外に漏れないのでございましょうか」

「絶対に」

樊《まがき》の唇がひくひくと震えた。日ごろの心配性が、戦の心労で、神経を病むほどに嵩《こう》じたのかと、穭《ひつち》は案じた。

「頭領様。このたびの総大将のご人選、大きな誤りでございました」

穭《ひつち》はひどく驚いた。頭領に対してのここまで直接的な批判は、豪胆な者でもめったにするものでない。ましてや樊《まがき》がそれをするとは。

「なぜだ。薫衣《くのえ》はなかなかよくやったではないか」

「よすぎます。この戦で稽様《ひづち》は、旺廈《おうか》の頭領と目することのできる人物が、戦の天才であることを、世に知らしめたのでございます」

「天才？　そんなことはないだろう。合戦の経過をくわしく聞いているが、薫衣《くのえ》のやり方は穴だらけだ。勝利したのは運に恵まれたからにすぎない。私はむしろ、薫衣《くのえ》が失敗しても敵を確実に仕留められる手を打っていた、軍師の朧《おぼろ》を誉めたいと思う」

樊《まがき》は歯でも痛むような顔をして黙っている。沈黙が、狭い部屋をさらに狭くするように感じられて、稽《ひづち》は少し早口になった。

「まず薫衣《くのえ》は、船団を最初から五つに分けるべきではなかった。座礁させる作戦を二つの船団が進めるあいだ、残りの三つは無駄に待っていたことになる。海での戦が大混乱におちいるまで、船団の指揮官にすべてを任せていたのも間違いだ。せっかく崖《がけ》の上にいたのなら、なんらかの方法で全体を見渡しての指示を出すべきだった。また、朧《おぼろ》に対しての援軍の要請も、中途半端か、数が不適切だ。火付け棒を軍船に立てて、それで燃やす工夫はいいが、敵を停船させて棒を立てるようにしていれば、もっとうまくいっただろう。だいたい、ああした工夫はどれひとつ、薫衣《くのえ》が自分で考えたものではないのだろう。それに、崖の上の軍勢には、敵の攻撃を防ぐための……」

ぷつんとそこで、稽《ひづち》はことばを切った。樊《まがき》は先をうながすそぶりもみせない。

言いっぱなしのことばが宙をさまよっていたが、稽《ひづち》はそのしっぽをつかまえようとしなかった。そんなことをしたら、よけいにみっともないことになる。

先刻までのまったき幸福が嘘のように、みじめな気持ちになっていた。どうして、言い訳をする子供のように、やっきになってしゃべりたててしまったのだろう。彼の言ったことはどれひとつ、間違ってはいないはずだ。だが、こんなふうに抗弁したのでは、まるで、薫衣《くのえ》が天才と呼ばれたことに嫉妬《しっと》しているようではないか。

羞恥《しゅうち》に顔が赤らみそうになるのを、稽《ひつち》はなんとかこらえた。いまはそんな感情にかまけているときではない。

「そなたは何を案じているのか」

落ち着きをとりもどして、稽《ひつち》はたずねた。

「戦の天才と申し上げたのは、良い策が思いつけるとか、穴のない采配《さいはい》を振るという意味ではございません。あの場にいた者でなければわからない、けれどもあの場にいた者は、どんな理屈を並べられても確信のゆらぐことのない、そんな才気をあの方は、持っておられるのでございます。勝利は義弟殿がもたらしたもの。幸運などではございません。あの方の才気により、采配の小さな穴など、自然にふさがれていったのです」

「どういう意味だ」

胸が苦しくなってきた。何かいやな予感がする。

「あの方は、そこにいるだけで、人を奮い立たせるのです。戦に向かないといわれる漁民らが、命を惜しまぬ戦いぶりをみせました。義弟殿の付き人として監視の役目についていた弦《ゆみはり》は、行軍のあいだ旺廈《おうか》の血を引くあの方を忌み嫌っていたのに、戦場《いくさば》では、まるで違いました。あたかも自らの父や伯父《おじ》に従っているかのように、信頼し、敬服し……敵の矢から身をもってあの方をかばうことさえしました。それが役目のひとつではありましたが、反発の心が残っていたら、とっさに我が身を投げ出すことなど、できはしなかったでしょう」

「そなたの申したとおり、その場にいなかった私には、よくわからない。皆が勇敢に戦ったのは、この戦の重さをじゅうぶんに理解していたからで、薫衣《くのえ》とは関係ないのではないか」

「いいえ。稽《ひづち》様、私は、思い出すだけでおそろしゅうございます。私自身、あの方といるとき、少しもおそれを抱いていなかったのです。安心というのか、勇気というのか、味わったことのない思いが、私を満たしていたのです。それをいま、思い返すとおそろしい。おそろしいのでございます。あの方の、力が、才気が」

稽《ひづち》は樊《まがき》に、いたわるようなまなざしを送った。

「たいへんな戦だったと思う。蔵務《くらつかさ》の大臣《おとど》には、むずかしい役目をよく果たしてもらった」

「いいえ。私は、もっともなすべきだったことを果たしませんでした。帰りの道中、あの方への監視はできるかぎりきつくしました。そうしないではいられなかったのです。しかし、それだけでなく、私は義弟殿に、事故にあっていただくべきでした。頭領様、人の口に戸はたてられません。あの方の戦の才のことは、こうしているあいだにも、噂となって国じゅうに広まりつつあることでしょう。それが、旺廈《おうか》の残党をどう刺激するか。何か事があったときの他の氏族の動向に、どんな影響を与えるか」

樊《まがき》の真剣な顔に、別の男の顔が重なった。かつて、同じような表情で、同じようなことを語った者がいた。

——あの若者は危険です。顔を見て、おわかりになりませんか。口から出ることばを聞いて、お感じになりませんか。ほんのつかのまでも自由を得たら、あれは鳳穐《ほうしゅう》を滅ぼします。

ことばは違うがあの男も、同じ懸念に駆り立てられて、彼に訴えていたのではなかったか。

穭《ひづち》は舌で唇を湿らせてから、自分に言い聞かせるように言った。

「樊《まがき》。我々は、むずかしい戦に勝利した。薫衣《くのえ》は逃げようとも、そなたらに刃向かおうともせず、おとなしくここに戻ってきた。大切なのは、そのふたつではないか」

樊《まがき》は目をしばたたいた。

「頭領様。頭領様は、義弟殿に旺廈《おうか》を率いて蜂起《た》つ気はないと、確信していらっしゃいますか。このままずっとおとなしくしている、鳳穐《ほうしゅう》の世を脅かすことはないと、断言なさることがおできになりますか」

「最初の問いには、否《いな》と答えよう。薫衣《くのえ》は隙があれば——玉座を奪い取る機会を見出《みいだ》せば——迷わず動くだろう。だが、私は薫衣《くのえ》にそのような隙を与えない。だから薫衣《くのえ》が蜂起《た》つことは、けっしてない。それが、ふたつめの問いへの答えだ」

樊《まがき》の顔は、まだ不安にくもっていた。

「そのための万全の手も打ってある。たとえば私に何かあったら、もしくは薫衣《くのえ》に少しでも機会を与えそうなことが起こったら、即座にあれを亡きものにできるよう、手筈《てはず》がつけてある」

樊《まがき》はやっと顔面のこわばりをゆるめた。

「ご無礼いたしました。頭領様は、何もかもご承知のうえで、あらゆる手を打って危険を退けておられるのに、よけいなことを申し上げたかもしれません。しかし私は、私のおそれをお伝えすることが、果たすべき務めと考えたのでございます」

「わかっている。よく申してくれた。ゆめゆめ油断はしないから、安心するがいい」

「はい」

と樊《まがき》は平伏した。その背中に、穭《ひづち》は無言で問いかけた。

――おまえは、私がそばにいるだけで、安心したことはないのだな。

穭《ひづち》の心を知らない樊《まがき》は、顔を上げてから、ついでのようにたずねた。

「ところで、死んだ漁民や沈んだ舟に金子を払うというのは、穭《ひづち》様があらかじめ、申しつけておられたことでしょうか」

「戦場で、総大将のことばは私のことばだ」

樊《まがき》が眉《まゆ》をひそめたので、「そうだ」と嘘をついておけばよかったと、穭《ひづち》は後悔した。いまさら言い直すわけにもいかないので、薫衣《くのえ》の判断が正しかったことを説明する。

「大陸の国が、一度であきらめるとはかぎらない。海堂の土地の者に手厚く報いるのは、今後のためになる」

「では、ほんとうに金子を？」

「まさか」

稗《ひづち》は苦笑した。

「あんな場所に金をばらまいたら、たちまち価値が下がって、金貨一枚で麦ひと袋も買えなくなる。おまけに持ち慣れぬ大金は、人の心を惑わせる。生活を混乱させるだけだ。真に報いるためには、〈暮らしがたつ〉ようにしてやらねばな。まず、戦に参加した村に、二年間の税の免除と、五年間の賦役の免除をほどこそう。舟は、軍船を調べるために船大工を遣わすから、彼らに作らせ現物を渡す。それから、戦のために暮らしがたたなくなった家には、食料と、必要なだけの布《きぬ》」

樊《まがき》は平伏して言った。

「みごとなご配慮でございます。義弟殿には、けっしておできにならないことでございましょう」

樊《まがき》が下がったあと、稗《ひづち》は何をする気にもなれなくて、ぼんやりとすわっていた。樊《まがき》の最後のせりふは、なぐさめのことばに聞こえた。薫衣《くのえ》のような才がないことを哀れまれたように。気のせいかもしれない。それに、そんなことを気に病んでぐずぐずしてはいられない。稗《ひづち》には今日も、やるべきことがたくさんあるのだ。

他の氏族の勢力を削《そ》ぐための小さな一手。彼のことばの裏をかいくぐって、ひそかに旺廈狩《おうか》りをつづけようとする鳳穐《ほうしゅう》の者の動きを封じる小さな一手。日々こつこつとそうした努力を積み重ね、すべてに目を配っているからこそ、彼はなすべきことをなしつづけることができている。大陸からの軍船をぶじ沈め、旺夏《おうか》との争いを終わりにするという目的に向けても着実に歩みを進めている。

だが、樊《まがき》の報告で、かつて頭に浮かんだあの疑いが、ふたたび大きく立ちあらわれた。

――薫衣《くのえ》だったら、こうした苦労は何ひとつ、必要としなかったのではないか。薫衣《くのえ》がこの城の主《あるじ》であったなら、ただ玉座にすわっているだけで、すべてがうまく回っていたのでは。人々はどんなことばにも黙って従い、薫衣《くのえ》が望めば、川の水は山の頂《いただき》にも昇る。

久々にうずいた薫衣《くのえ》を殺したいという欲求を、稗《ひづち》は押し殺したりせずに、胸の中で転がした。

そうやって味わうと、殺意とは甘美なものだ。

――私はいま、薫衣《くのえ》が旺夏《おうか》だから殺したいのではないのだな。あの男が鳳穐《ほうしゅう》にとって、脅威だから殺したいのでもないのだな。私は薫衣《くのえ》が、薫衣《くのえ》だから、殺したいのだ。

それに気づくと、甘美さが増した。この甘さを味わいつづけるためにも、薫衣《くのえ》は生かしておく。

あらためて、そう決意した。

18

薫衣《くのえ》は二児の父となった。今度は女の子だ。名は雪加《せっか》。稲積《にお》に似ている。きっとあんなふうに、おっとりとした子に育つだろう。

赤ん坊の顔は、いくら見ても見飽きない。娘のかたわらに頬杖《ほおづえ》をついて、笑い顔や泣き顔、寝顔をながめるのが薫衣《くのえ》の日課になった。

ながめるだけでなく、たまに指を出して、桃色の頬をつっついてみる。やわらかくて、ふしぎな感触だ。

同じ指を、信じられないほど小さなてのひらにのせてみることもある。海堂の地で見たイソギンチャクという生き物のように、てのひらはぎゅっと縮まって、彼の指先を包み込む。

ながめたり指を出したりする以外に薫衣《くのえ》がしたのは、ときどき目をつぶることだった。いちばんそうしたくないときに、目の前の顔をぱっと消す。これは、訓練だ。この子が突然消えることに、動揺せずにいられるように。

穭《ひつち》とともに〈旺厦《おうか》と鳳穐《ほうしゅう》がともに生きられる世をつくる〉。それがいま彼のなすべきことだが、何かで事情が変わったら——鳳穐《ほうしゅう》とともに生きなくても、旺厦《おうか》と翠《すい》を守り、育《はぐく》む道が見つかったら——彼は蜂起《た》つ。そこに、疑問や迷いの余地はない。

その結果、どちらが勝利しようと、鶲《ひたき》も雪加《せっか》も、生きてはいられないことだろう。だがそれは、私事であり、小事。そんなことで心に迷いを生じさせてはいけない。だから、訓練しておくのだ。

子供が生まれた以外にも、薫衣《くのえ》の身には大きな変化が起こっていた。役職が変わり、文書所《もんじょどころ》の筆官ではなくなった。顧問官になったのだ。

——鳳稝殿《ほうしゅう》も、思い切ったことをなさる。

思い出すたび、薫衣《くのえ》は苦笑してしまう。ふだんはどんな小さな決め事も、反対しそうな者をなだめたりすかしたり懐柔したりと周到に根回しをする稝《ひづち》だが、これについては違った。いきなり決断を伝え、反対を許さないというがんこな態度を通したのだ。

「たまには、こういうやり方もいいだろう。たまにだから、できるのだが」

後に稝《ひづち》はそう語った。

たまにだから。それに加えて、八年間に稝《ひづち》が頭領として、王として、積み上げてきた実績がそれを可能にしたのだと、薫衣《くのえ》にはわかっていた。薫衣《くのえ》がここに来てからの五年間でも、稝《ひづち》は確実に、人を動かす力を上げている。

——蜂起《た》つのなら、もっと早くがよかったな。鳳稝《ほうしゅう》の重臣が頭領の判断を信用せず、蓮峰《れんぽう》や香積《こうしゃく》らが、王の権威をないがしろにしていた、あのころが。

雪加《せっか》がまぶたを閉じたまま、唇をくしゅくしゅと動かした。乳を吸う夢でもみているのか。それとも、ことばをしゃべる練習か。

目を開けた。こちらを向いて、稲積《にお》そっくりにほほえんだ。きっと、母親のようなおとなになることだろう。叔父《おじ》のように、幼子のうちに馬の蹄《ひづめ》に頭を踏み砕かれたりしなければ。

——いや、そんなことにはならないな。

薫衣《くのえ》は小さく首を振った。

雪加《せっか》には、叔父と同じことは起こらない。この子には、争乱の際に抱いて逃げてくれる近習《きんじゅ》はいないのだ。抱いて逃げるのでなく、胸に刃《やいば》を突き立てる。それが彼らの役目だから。

争乱など起こらず、穭《ひづち》と彼がいま進んでいる道を歩みつづけ、ぶじにおとなになれたなら、この子は誰に嫁ぐのだろう。母親と同じく、「もっともいっしょになりたくないだろう殿方」と夫婦《めおと》になり、がまんの日々を送ることになるのだろうか。

そうだとしても、それはこの子が持って生まれた務めなのだ。母親のように、笑顔で耐えてくれることを祈るしかない。

雪加《せっか》の結婚相手として、一度はっきりとした顔が、薫衣《くのえ》の頭に浮かんだことがある。生まれた子供が女だと知ったときのことだ。

地下墓地で穭《ひづち》は、ふたつに分かれた血を、ひとつにすると約束した。できれば彼らの子供の次の代にと。

十五歳の薫衣《くのえ》にとって、そんな未来は、宙《そら》に漂う水蒸気のように漠然としたものだった。それが、自分の娘がこの世に形をとってあらわれたことで、虹《にじ》のように目に見えるものに変わった。

雪加《せっか》が穭《ひづち》の嫡男豊穣《ほぜ》の正妻となり、次期国王を産む。それは、彼と穭《ひづち》が〈なしがたいこと〉をなしてきた努力が報われ、終着点を迎えることでもある。

想像するだけで心とろけるような、甘い甘い夢だった。甘すぎて、現実になることはないのだと、心のどこかで予期していた。だから、雪加《せっか》が生まれてわずか十日でこの夢が砕けたときにも、がっかりはしなかった。二児の父となった薫衣《くのえ》は、状況がそれを許さないこと、彼らの目的地はまだ遥《はる》か遠くにあることがわかるほどに、おとなだった。虹は、目に見えても、つかむことはできないのだ。

雪加《せっか》が生まれて十日目に、穭《ひづち》は豊穣《ほぜ》の婚約を発表した。これにはふたつの目的があった。

ひとつは、薫衣《くのえ》にとっては甘い夢だが、鳳穐《ほうしゅう》の重臣らにとっては悪夢以外の何ものでもない、豊穣《ほぜ》と雪加《せっか》の婚姻という可能性を消してみせること。薫衣《くのえ》も感じ取っていたように、それはあまりに時期尚早で、そんなことは起こりえないと早めにはっきりさせることが、政《まつりごと》の安定のために必要だった。

五歳の豊穣《ほぜ》の許嫁《いいなずけ》となったのは、八歳になったばかりの少女。鳳穐《ほうしゅう》の有力な家柄の娘で、顧問官月白《つきしろ》の孫にあたった。それが、ふたつめの目的だ。

薫衣《くのえ》を顧問官に据えるのを、根回しなしに断行すると穭《ひづち》は決めていたが、それにより重職を解かれることになる月白《つきしろ》の了承だけは、得ておかなければならなかった。こればかりは、ことばたくみに言いくるめてどうなるものでもない。顧問官の地位と引き換えにしてもいいほどの見返りといえば、他になかった。

――だが、これでよかったのだぞ。

薫衣《くのえ》は心の中で、娘に話しかけた。

薫衣《くのえ》と稲積《にお》のあいだに女子が生まれたことに、城内は色めき立った。早々に豊穣《ほぜ》が婚約していなければ、雪加《せっか》を亡きものにしようというたくらみが、次々に起こっていただろう。いくら守りをかためても、たくらみの数が多ければ、どこかで隙をつかれかねない。

薫衣《くのえ》自身、これまでに二度、凶刃に襲われていた。二度目はずいぶん危なかった。間一髪のところで〈シロ〉に救われたのだ。

〈シロ〉のほんとうの名を、薫衣《くのえ》は知らない。助けられたときちらりと見た姿が、迪師《じゃくし》らと暮らした丘にいた犬にどこか似ていたので、その名で呼ぶことにしたのだ。

名も知らず、ちらりと見ただけの相手だが、〈シロ〉は薫衣《くのえ》にとって、稗《ひづち》や稲積《にお》や鶲《ひたき》に次いでなじみの深い人間だった。近くにいる時間はほかの誰より長いかもしれない。四隣蓋城《しりんがい》に着いたその日から、いつも感じる気配の持ち主なのだから。

〈シロ〉は彼を見張り、場合によっては殺すためにいるはずだった。それが、姿をさらして助けなければならなかったとは、よくよくのことだったといえる。

それほどまでに薫衣《くのえ》への暗殺の動きが激しくなったのは、海堂の戦以後のことだった。戦の総大将の務めをぶじ果たし、都に帰還したとき、薫衣《くのえ》は城内で自分を包む雰囲気がやわらぐものと期待していた。私心なく翠《すい》のために力を尽くしたことを認めてもらえるものと。

期待は裏切られた。鳳穐《ほうしゅう》の者たちが彼を見る目は厳しさを増した。彼が戦をうまく率いたから、おそれを抱いたのだと稗《ひづち》は言った。だが、うまく率いていなければ、軽蔑《けいべつ》を受けただろう。結局どう転んでも、ものごとは悪くにしか動かない。稗《ひづち》と彼の目的が、達成されることはないのではないか——そう悲観しかけたとき、娘が生まれ、薫衣《くのえ》は顧問官になった。

娘の寝顔は、いくら見ていても見飽きない。時々ぎゅっと目をつぶらなくてはならないけれど、赤子のそばで頬杖をついているあいだ、いやなことが忘れられた。

そして、顧問官という地位は、さらに大きな救いとなった。薫衣《くのえ》は公式に政に参加できることになったのだ。しかも、穭《ひづち》はふたりきりになると、ことばづかいが〈対等〉を意識したものになる。政について語り合っていると、ふたりで共同してこの国を治めているように錯覚されることもあった。

もちろん薫衣《くのえ》は、錯覚におぼれて自らの〈なすべきこと〉を見失ったりしなかった。顧問官になって初めて塔の小部屋で穭《ひづち》と向かい合ったとき、薫衣《くのえ》は重職に就けてもらった礼を言うのでなく、要求を出した。

「鳳穐《ほうしゅう》殿。この任を引き受けるにあたって、どうしてもひとつ、頂戴《ちょうだい》したい物がある」

穭《ひづち》はけげんな顔をした。

「何が欲しいとおっしゃるのだ」

「鳳穐《ほうしゅう》殿の後ろにある、宝剣を」

穭《ひづち》はいったん目を丸くして、それから今度は、糸のように細めた。

「申し訳ないが、これは、差し上げたりできるものではない。ご存じないかもしれないが……」

「知っている」

と、薫衣《くのえ》は話をさえぎった。

「渡していただかなくていい。それは、そこにあるままで」

穭《ひづち》のとまどいの色は、さらに濃くなった。

「鳳稀殿《ほうしゅう》。私を顧問官にされたからには、それなりの覚悟をおもちだと思う。私はそなたの家臣ではない。そなたのためには働かない」

「承知している」

「私がこの任を受けたのは、翠《すい》を守り、育《はぐく》むという、私の務めを果たすためだ。そのために、私はここで、できるかぎりの知恵をしぼるが、もうひとつ、なさねばならないことがある。そなたのおこないに目を光らせることだ。そなたはこれまで、国の主《あるじ》としての務めをりっぱに果たしてこられた。これからもそうあっていただきたいが、そなたとて、魔が差すことがあるかもしれない。それを防ぐためにも、はっきりと言っておく。もしもそなたが翠《すい》のためでなく、鳳稀《ほうしゅう》のみの利益を追った政をおこなおうとしたら、私はその剣でそなたを斬る。それを覚えておいていただくために、私の所有物《もの》にしたいのだ」

穭《ひづち》は振り返って宝剣を見た。まるで、そうしていないと、剣が勝手に鞘《さや》を抜けて襲いかかってくるとでもいうように。

やがて向き直り、同じような目で薫衣《くのえ》を見た。それから、小さく笑った。

「鳳稀殿《ほうしゅう》。私は本気で言っている。いっさいの見逃しはしない」

「わかっている。それでこそ、旺廈殿《おうか》に顧問官になっていただいた甲斐《かい》がある。承知した。この宝剣はそなたのものだ。ただし、そなたがこれを使う日は、けっして訪れないだろう」

笑ったくせに、穭《ひづち》はわずかに青ざめていた。薫衣《くのえ》自身もそうだったかもしれない。だがそれは、覚悟の深さのあらわれだ。悪いことではない。

それから今日まで、薫衣《くのえ》は穭《ひづち》を斬らずにすんでいる。だから、彼も雪加《せっか》も、まだ生きている。

雪加《せっか》が小さな口を開けて、あくびした。おとながやるように、両腕をしっかり伸ばしている。

そのしぐさがあまりにかわいかったので、薫衣《くのえ》はぎゅっと目を閉じた。

19

（穡朝《しょくちょう》暦二七〇年・薫衣《くのえ》二十歳〜二七三年・薫衣二十三歳）


翠《すい》の歴史の特徴に、宗教勢力の不在がある。

信心が人々の暮らしに与える影響は強大だから、どの国においても宗教者やその団体は、歴史を動かす主役のひとつとなっている。君主を支えたり、追い落としたり、紛争や戦争を引き起こしたり、鎮《しず》めたり、時にはひとつの王朝を終焉《しゅうえん》させたり、自らが国を支配したり。

統一前夜まで、翠《すい》においても自然崇拝的宗教観が順調に育っていて、宗教者は強い力をもっていた。穡《しょく》大王が、これを一掃した。

大王は、古代にはめずらしいほどの合理主義者で、いっさいの超常現象を信じなかったと史料は語る。また彼は、翠《すい》を統一して支配権を確立するのに、神や精霊のお墨付きを必要としなかった。

穡《しょく》大王が絶対的な存在になると、人々は心のよりどころを、神から大王の血にかえた。彼の思想が人々の規範となることで、宗教的な行動は、先祖崇拝をのぞくと、魔除《まよ》けとか占いとか死者の魂をなぐさめる詠唱といったささいなものだけを残して消え去った。

このことは、翠《すい》の政争が複雑化するのを防いでいたといえるだろう。それが吉と出たことも多かったのだが、もしも宗教団体という第三勢力があったなら、鳳穐《ほうしゅう》と旺廈《おうか》の争いは、あれほど長く続かなかったかもしれない。

けれども、歴史に「もしも」は通用しない。

穭《ひづち》らの時代の翠《すい》に、宗教施設といえるものは、〈常闇《とこやみ》の穴〉しかなかった。丘に閉じ込めている薫衣《くのえ》をどうするかで悩んでいたとき、穭《ひづち》が選択肢のひとつとしていた場所だ。

ここでは翠《すい》にめずらしく、集団での宗教活動が営まれていたのだが、歴史を動かす勢力にはなりえなかった。一度足を踏み入れたら、二度と出ることのできない場所だったからだ。

池峰《ちね》山脈の西にある真笹《まささ》山のふもとを穿《うが》つ鍾乳洞《しょうにゅうどう》がその正体だ。いつからかこの深い穴の中に、死者の魂をなぐさめることだけに余生を費やそうとする人々が住みついて、日がな一日鎮魂の詠唱をするようになった。

はじめは出入りすることができたらしいが、「詠唱に専念する」ため生活はどんどん禁欲的なものとなり、ついには出入りのためのはしごが壊された。中と外とを結ぶのは、すべり台のような急斜面のみになったのだ。

入洞した者は、残る生涯をひたすら死者のために詠唱して過ごす。そこには娯楽もなければ憩いもない。光が射さないのにろうそく一本使わないので、互いの顔すら見ることがない。喉《のど》の渇きは洞内を流れる川の水で癒《いや》し、定期的に〈すべり台〉を落とされるわずかな食料で飢えをしずめ、岩の上に眠り、身にまとうのは着て入った服だけで、病気になっても医者も薬草もなく、息絶えれば川に流される。その川は地下湖に注いでいるため、遺体となってさえ、二度とふたたび地上に出ることはなかった。

だから、ここに入った者がいつ死んだのか、外の世界の人々にはわからない。穴の入り口を管理する役人だけが、食料を落とすときに詠唱の声を耳にして、中に生きた人間がいることを知るのだが、誰がいるのか、何人いるのか、元気なのか瀕死《ひんし》なのかは不明だった。

そんな穴の中に、いま、穎《ほさき》がいる。

元顧問官が〈常闇の穴〉に入りたいと言い出したとき、穭《ひづち》は本気にしなかった。薫衣《くのえ》を顧問官にするという決定を撤回させるための脅しだと思った。

穎《ほさき》は、美食家で趣味人で、酒も女もまんざらでない。〈常闇の穴〉の禁欲的な生活から、もっとも遠くにいる人間だ。本気のはずがない。

そう思いつつも引き留めると、案の定、交換条件を出してきた。「義弟殿に病死していただきたい」と。断ると、あとは聞く耳をもたなかった。「勝手にしろ」と言うと、ほんとうに行ってしまった。

もっとも、〈常闇の穴〉に入りたいという人間を、その意に反して引き留めてはいけないという不文律がある。唯一の交換条件が呑《の》めないのだから、ほかにどうしようもなかったのだ。穭《ひづち》は穎《ほさき》を、死んだものと思うことにした。身内や側近の死には慣れている。すぐに平気になるだろう。

ところが、日を追うごとに、この出来事は穭《ひづち》の中で、重く、大きくなっていった。そばにいるときにはうっとうしいだけの人間だったが、穭《ひづち》がわずか十六歳で王位を継ぐことになったとき、いちばん身近にいたのが穎《ほさき》だった。その判断をあてにしたことはなかったが、穭《ひづち》がまだ知らずにいた細々とした作法やしきたりを教えてくれた。励ましのことばも、見当違いなものではあったが、うるさいほどにかけてくれた。

だからだろうか、穎《ほさき》の不在は、意外なほどこたえた。

しかも、穎《ほさき》はほんとうに死んだわけではない。いまも暗闇の中で、死者を弔う詞《うた》を詠じている。

いや、もう死んでいるのかもしれない。すべての潤いを削《そ》ぎ落としたような生活に、穎《ほさき》が長く耐えられるとは思えない。

いいや、やはり生きている。あれは、殺しても死なないような、しぶとい男だ――。

生死を知ることもできないことが、穭《ひづち》の胸をよけいにふさいだ。

「荻之原で命を落とした鳳穐《ほうしゅう》の一同と、穭《ひづち》様のご両親を弔いたいと存じます」

それが穎《ほさき》の最後のことばだった。

つまり彼の行動は、薫衣《くのえ》と稲積《にお》の婚姻のときに自分のからだに火をつけた者と同じく、穭《ひづち》に対する抗議なのだ。

あのとき自死した者たちを顧みなかったのと同じく、穎《ほさき》の〈常闇の穴〉行きが、穭《ひづち》の決意をひるがえらせることはなかった。

けれども、

――いっそ、自死してくれたほうがましだった。

このごろ穭《ひづち》はそう思う。ことに、三月に一度の香のために、地下墓地に入る時がきつかった。穎《ほさき》がいる場所を思い起こさせる暗い穴の中で、穎《ほさき》が弔うと言った父の遺体を前にすると、穎《ほさき》の詠唱する声が聞こえるような気がしてくる。すると、さっきまで確かに思えていたことが、固さを失ってあやふやになり、疑問が次々に心に寄せる。

――いったい、私は何をしてきたのか。私には、旺廈《おうか》を滅ぼすことができた。それが父の遺言であり、父祖の望みだった。旺廈《おうか》狩りをつづけていても、大陸からの軍船を退けることはできたかもしれない。薫衣《くのえ》を殺していても、翠《すい》を守ることはできたかもしれない。いったい、私は何をしているのだ。

こうした疑問に首根っ子を押さえつけられないうちに、穭《ひづち》はいそいで奥の壁まで行く。そして、穡《しょく》大王の剣を取る。

かつては畏《おそ》れ多くて触れることもできなかった剣だが、薫衣《くのえ》が振り回したり地面に転がしたりしてからは、ためらいなく手にすることができるようになった。いまでは小部屋の宝剣のほうが、さわるのがはばかられる。あれは、薫衣《くのえ》のものだからだ。

穭《ひづち》は手にとった剣を鞘《さや》から抜き、刃を首に近づける。すると、死への恐怖が蘇《よみがえ》る。あのとき薫衣《くのえ》があと少し力を入れていたら、彼は確実に死んでいた。

恐怖は、生きつづけようとした意志をも呼び覚ます。

なぜ、生きたかったのか。

なすべきことをなすためだ。川の流れを変えるためだ。

十九のときに見た——望んだ——光景《みらい》が頭の中で鮮明になる。

「恥とは、人にそしられることか」

かつて薫衣《くのえ》に投げつけたことばを自分自身に向け、振り返って遺体の列を見る。穎《ほさき》の詠唱も、死者からの「殺せ、殺せ」の合唱も、もう彼の心を惑わせない。

「穎《ほさき》も鬼目《ほろし》も、私のことを恨むなら恨め。私は、なすべきことをなしている。事切れる間際まで、この血に恥じぬおこないを貫く」

穎《ほさき》が黙った。死者たちも沈黙した。

けれども、三ヵ月後に地下への階段を下りるときには、また最初からやり直し。何度かこれを繰り返したあげく、穭《ひづち》は思った。

——鬼目《ほろし》を殺したときのほうがましだった。こんなことは、もうたくさんだ。今度、私への抗議のために〈常闇の穴〉に行くと言い出す者がいたら、出かける前に殺してしまおう。

この決意が実行にうつされることはなかった。それから二年半、歴史年表に特筆されるようなことは起こらず、人々の心が刺激されることがなかったからだ。

天災や事件も起きなかったが、政《まつりごと》の改革もなかった。穭《ひづち》は、薫衣《くのえ》が顧問官になったことでものごとが大きく変わったと思われるのを避けるため、目立つ動きを控えたのだ。

目立たない動きは、もちろんつづけた。たとえば、大陸のようすをさぐる舟は出しつづけた。その結果、翠《すい》への侵略は断念されていないことがわかった。

世の中が安定している時は財政を建て直す好機だが、穭《ひづち》はこれを見送った。国あってこその財政だ。少しでも予算に余裕ができると、海での戦ができる船を作るのにまわした。

こうしたことは、すべて薫衣《くのえ》と相談した。穭《ひづち》はようやく、意見をあてにできる顧問官をもったのだ。

何より薫衣《くのえ》は、彼が思いも及ばない、考えもつかないことを思いつく。とるべき策の選択肢を増やしてくれる。次に敵艦隊が来たらどう戦うかを話題にしたときには、こんなことを言い出した。

「敵が来るのを待つことはない。翠《すい》に攻め込もうとする船は、港を出る前にやっつけてしまおう」

耳で聞いたことばが、頭の中に落ち着いて、意味を理解するまでに時間がかかった。理解できてからも、

「それは、翠《すい》の船が大陸まで戦に出向くということか」

と、たしかめずにはいられなかった。

大陸のようすをさぐる舟を派遣して久しい穭《ひづち》だったが、戦を含めた政について考えるとき、その範囲は翠《すい》という島国を大きくはずれることがなかった。大海という壁をこちらから越えるのは、不可能だと思い込んでいたのだ。

けれども、よくよく考えてみると、いまの翠《すい》にできないことではない。二年半かけて、翠《すい》でも百人は乗れるしっかりとした戦船《いくさぶね》を二十数隻、持つことができた。不運に見舞われないかぎり、嵐に負けずに大陸まで行き着くことができる船だ。

そしてたしかに、敵が準備万端整えてやってくるのを待つのでなく、港で油断しているところを襲うほうが、はるかに優位に戦を進めることができるだろう。大陸の国といえども、あのように巨大な軍船を、そういくつも持っているわけはない。船を沈めれば、当分翠《すい》は安泰だ。

「それがいい。よくぞ思いつかれた」

感心すると薫衣《くのえ》は、

「私の思いつきではない。蔵務《くらつかさ》の大臣《おとど》に言われたことだ」

と照れてみせた。

あとで樊《まがき》に聞いてみたが、そんなおぼえはないという。樊《まがき》の謙遜《けんそん》か、薫衣《くのえ》の思い違いだろうが、たぶん後者だと穭《ひづち》は思った。こんな突飛なことが、樊《まがき》の頭に浮かぶはずがない。

そうして、生まれたばかりの海軍は、遠く大陸まで戦に出ることになった。

総大将は、ふたたび薫衣《くのえ》とした。どうせ、薫衣《くのえ》の「戦の才」は知れわたってしまっている。いまさら隠してみてもしょうがない。

副将は、兵部《ひょうぶ》の大臣の檀《まゆみ》とした。樊《まがき》では、船の旅という不安定な状態に、長くは耐えられないかもしれないと思ったからだ。檀《まゆみ》はこのたび辞退せず、この任を受けた。

各船には、熟練した乗組員を配置した。大陸のようすをさぐるために、何度か海を往復したことのある者たちだ。残りは全員鳳穐《ほうしゅう》で、ことに薫衣《くのえ》の乗る船には、じゅうぶんな数の護衛を乗せた。

船が出てしまうと、穭《ひづち》にできることはなくなった。あとは運を天に任せるしかない。

穭《ひづち》は樊《まがき》のように、二千の将兵を乗せた貴重な船が嵐でまるまる沈んでしまうのではないかとか、返り討ちにあって全滅するのではないかとか、この攻撃が大陸の国を怒らせて、前回とは比較にならない激しさで攻められるのではないかとか、薫衣《くのえ》が大陸の国と手を結び、鳳穐《ほうしゅう》に戦を挑むのではないかといった心配はしなかった。遭難や敗北のことを案じてみてもしかたがないし、旺廈《おうか》のためといえども、薫衣《くのえ》が翠《すい》を危険にさらすまねをするはずがないと、確信していた。

彼は待った。待つというのは、何もしないでいることではない。穭《ひづち》は国内でなすべきことをきちんとこなし、樊《まがき》が心配するようなことが起こったときの備えもし、それ以外のどんな事態が起こっても動揺せずに対処できるよう心をしずめて、日々をすごした。長い長い二ヵ月半だった。

初霜が降りた朝、早馬が着いた。遠征隊が任務を果たして戻ってきたという知らせを携えて。失われた船は四隻だけで、戦死者も少なく、首脳陣はみなぶじでいるという。

穭《ひつち》は物見台に出て、ここ何年かでひとまわり大きくなった都の姿をながめながら、胸いっぱいに空気を吸い込んだ。

八日後に、本隊が都に到着した。皆が真っ黒に日焼けしているなか、薫衣《くのえ》ひとり、色白のままでいるのが目をひいた。船上の旅でも、ずっと日の射さないところに押し込められていたのだろう。しかたのないこととはいえ不憫《ふびん》なことだと穭《ひつち》は思ったが、当の薫衣《くのえ》はいたって元気で、

「海堂に来たのと同じくらいの大きさの軍船を、七つ燃やした。ひとつはまだ建造中で、残りも無人に近かったので、簡単だった」

と、得意気に報告した。失った四隻のうち、合戦によるのは一隻だけで、残りは航海中、荒天にやられたのだという。

「ただ、残念なことがある。そなたに頼まれていた、〈火薬〉という黒い粉を手に入れるのは、失敗した」

火薬が手に入ったら、翠《すい》でも〈砲〉という兵器が作れるのではと期待していたのだが、そこまでうまくはいかなかったようだ。

「敵船に積んであるのをひと瓶《かめ》、分捕《ぶんど》ることができたのだが、帰りの大時化《おおしけ》で波をかぶり、水

浸しになった。あれは一度濡《ぬ》れたら役に立たないものだというし、荷を軽くする必要があったので、瓶ごと捨てた」

「では、このたび戦利品はなしだな」

　残念だが、しかたのないことだった。

　この遠征には、莫大《ばくだい》な費用がかかっていた。けれども、海堂の戦と同じく、それを土地で取り戻すことはできない。だから代わりに、軍船を襲うついでに港町を襲撃して金品を奪ってくる――ということも、一度は考えた。しかし、翠《すい》への侵略軍の母港は、大陸の国に吸収されたばかりの属国にあった。土地の人間は、軍船が燃やされても、内心喝采《かっさい》を送りこそすれ悪感情を抱いたりしないだろうが、町に被害が及べば恨みが残る。荒い海を挟んでいるとはいえ翠《すい》に面した沿岸の町に、そうした禍根を残すのは、避けるべきだとふたりで決めた。

「翠《すい》が今後も安全であることが、いちばんの戦利品だ」

　薫衣《くのえ》がきっぱりと言い放った。稽《ひづち》はあらためて、これでよかったのだと思った。

　そして実際、大陸にできた巨大な国は、それから二年とたたないうちに分裂をはじめ、翠《すい》の征服どころではなくなる。この遠征で、翠《すい》は守られたのだ。

20

（穡朝《しょくちょう》暦二七三年・薫衣《くのえ》二十三歳）

たとえようもなく困難な道に足を踏み入れ、事実苦しいことも多かったが、すでに道は半ばを過ぎたのではないかと、穭《ひづち》は思う。

薫衣《くのえ》に言えば、とんでもないと否定されるだろう。隠れ住んでいる旺廈《おうか》の一族はまだいるはずだし、表立って暮らしている者たちも、楽な生活はしていない。

薫衣《くのえ》自身についてをみても、針の筵《むしろ》のような日々はあいかわらずだ。文書所《もんじょどころ》の筆官だったときのように、日がな一日嫌みを言われることはなくなったが、いまでも廊下ですれ違いざまに、侮蔑《ぶべつ》のことばを投げつける輩《やから》には事欠かない。二度の合戦のあとで、この侮蔑のことばに新たなパターンが加わった。

〈せっかく戦の才をもっていながら、仇《かたき》の下でぬくぬくとしているとは、とんだ腰抜けだ〉

薫衣《くのえ》はよく耐えている。これからも耐えてくれるだろう。もっとも困難な時は過ぎたのだ。

穭《ひづち》が激しい反対を押し切って断行しなければならないことは、あとひとつかふたつだけだった。ただし、それをするのは、十年単位の時が経た後でなければならない。いまはこの流れを保ったまま、待つことだ。大陸の脅威もさしせまったものでなくなったから、このあいだに、百年つづいた内戦でぼろぼろになった国の基盤を建て直すことができるだろう。

あれもしたい、これもしたい。あれができる、これができる——と、穭《ひづち》の胸はふくらんでいた。

いまや、障害になりそうなのは、添水《そうず》くらいのものだった。

旺廈《おうか》を裏切って、鳳穐《ほうしゅう》が四隣蓋城《しりんがい》を奪い返す手引きをした画角《かっかく》の添水《そうず》は、薫衣《くのえ》が四隣蓋城《しりんがい》に暮らすようになってから、数えるほどしか登城していない。それでも中務《なかつかさ》の大臣《おとど》でありつづけているのだから、そのことだけとってみても、政の基礎を乱している。

だが、登城を強くうながせば、薫衣《くのえ》を身内にしたことの是非を問われるだろう。画角《かっかく》からみれば、これはたしかに裏切り行為だ。時がたてば慣れるとか、是認するとかいうわけにはいかないことだ。

それで結局、添水《そうず》だけは、勢力を削《そ》ぐどころか、さらに特権を与えてなだめている。いまでは画角《かっかく》の領地は、翠《すい》の中の小さな独立国のようになりかけていた。

——まあ、よい。熟れた果実はそのうち腐る。そうなったときに、潰《つぶ》してやる。

穭《ひづち》は持久戦を覚悟していた。

それ以外は、すべて順調だった。鳳穐《ほうしゅう》の重臣たちも安定した世に慣れて、旺廈《おうか》への恨みを忘れたのだと、穭《ひづち》は信じた。遠征軍が戻って二十日後に、兵部《ひょうぶ》の大臣が薫衣《くのえ》を訴え出るまでは。

「おそれながら申し上げます。顧問官殿は、先の戦で〈火薬〉をひそかに持ち帰り、隠し持っておられました。これは謀反のためとしか考えられません」

正装した檀《まゆみ》にそう言われても、稽《ひづち》には何かの冗談としか思えなかった。

「火薬は水に濡れたので、海に捨てたのではなかったか」

「そのはずでした。私も、そう思い込まされていました。しかし、すべては謀《はかりごと》だったのです。義弟殿はいつのまにか、護衛三名を手懐《てなず》けて、この者たちに火薬の表面に水をまかせたのです。これは使い物にならない、捨ててしまえということで、海に投じさせたのですが、それをしたのもこの護衛らです。私も不覚でしたが、捨てたというのはみせかけで、表面を除いた乾いた火薬がごっそりと、翠《すい》まで運ばれていたのでございます」

「まさか」

稽《ひづち》は檀《まゆみ》に向かってほほえんだ。そんなことが、本当であるはずがなかった。薫衣《くのえ》の護衛には、鳳穐《ほうしゅう》のなかでも特に忠誠心の強い者らを選んだ。いくら薫衣《くのえ》に人をひきつける才があっても、そのうちの三名もに、一族を裏切らせたりできるはずがない。こんな見え透いた作り話は、冗談事ですむうちに、さっさと引っ込めてもらいたかった。

「いいえ。たしかな事実でございます。このあと刑部《ぎょうぶ》の大臣からも報告があると思いますが、先の遠征で義弟殿の護衛だった三人が、火薬を隠し持っているのが発覚し、厳しく詮議《せんぎ》したところ、こうしたことが明らかになったのでございます」

これは困ったことになったと、稽《ひづち》はようやく事の重大さを感じ取った。

刑部の大臣は、三年前に黄雲《こううん》の冬芽《ふゆめ》が退いてから、鬼目《ほろし》の縁者の斧虫《おのむし》がなっていた。この男、鬼目《ほろし》と違って温厚で、稽《ひづち》の指示にすべて素直に従っていた。だがそれは、嵐の前のしずけさだったようだ。

檀《まゆみ》と斧虫《おのむし》――重臣中の重臣がふたり結託して、今度の訴えを起こしている。それなりの準備と覚悟のうえのことなのだろう。簡単に退けることはできそうになかった。

「それだけではございません。万が一にも義弟殿に無実の罪を着せてはならないと、私、こうして訴え出る前に、蔵務《くらつかさ》の大臣にご相談いたしました。思慮深いお方ですから、よい助言をいただけるのではと思ったのです」

「それで、樊《まがき》は何と言った」

「そういえば、海堂の合戦のあとも、戦利品の宝物《ほうもつ》に不審な動きがあったと」

「そんな話は聞いていない」

「不確かなことなので、お耳に入れるのは遠慮されたそうです。けれども今度のことをお聞きになって、あらためて調べたところ、樊《まがき》殿が海堂で見た宝物で、都に届いていないものがあるようだとか。頭領様、これは、由々しきことでございますぞ」

まったく、由々しきことだった。五人の大臣職のうち三人が連名で、薫衣《くのえ》を訴え出ているのだ。証人まで用意して。彼らはどうあっても、稗《ひづち》に薫衣《くのえ》を殺させることに決めたのだ。

「わかった。薫衣《くのえ》を裁きにかける。とりあえず、座敷牢《ざしきろう》へ身柄を移せ」

そう命ずるしかなかった。

調べを進めたが、薫衣《くのえ》の容疑は揺るがなかった。

三人の〈証人〉は、確かに総大将に頼まれて火薬の表面を濡らし、捨てたふりをして都の近くまで運んで保管したと明言した。穭《ひづち》が直々にたずねても、恥じるようすもなく堂々と、同じ証言を繰り返す。

本来ありえないことだが、たとえ天地がひっくり返って、鳳穐《ほうしゅう》の人間が旺廈《おうか》の頭領（あるいは元頭領）の謀反のたくらみに協力するようなことが起こったとしても、発覚したら穭《ひづち》の前で恥じ入るくらいはするはずだった。それがこんなに堂々としているのは、信念をもって嘘をついているからだろう。

おそらく檀《まゆみ》らに「鳳穐《ほうしゅう》のために必要なこと」と説得されたのだ。そのために、一族を裏切ったという汚名を着ての刑死も覚悟しているのだ。どんな責め苦を与えても、そんな者たちが本当のことを吐くはずがない。

海堂の戦の戦利品は、米見《こめみ》の司《つかさ》でもある五加木《うこぎ》が、現地できっちり記録したはずだった。樊《まがき》の言う「不審な動き」などないことを、五加木《うこぎ》に証明させようとしたが、当てがはずれた。

「蔵務の大臣のおっしゃるとおりのような気もいたしますが、たしかではありません」

と、曖昧なことしか言わないのだ。記録の書類は紛失してしまったという。

おそらく五加木《うこぎ》は、穭《ひづち》にも三人の大臣にも逆らいたくないのだろう。鳳穐《ほうしゅう》の出ではないのに重職に就いているという難しい立場を考えれば、保身に走るのもしかたがないかもしれないが、穭《ひづち》は裏切られた思いだった。

肝心の薫衣《くのえ》は、座敷牢ですずしい顔をしていた。

人払いをして、穭《ひづち》も格子の向こうに入り、薫衣《くのえ》の向かいにすわってたずねた。

「ほんとうに、火薬や宝物を秘匿したのか」

薫衣《くのえ》は首を左右に振った。

「やっていないのだな」

念を押すと、意味ありげな笑みを浮かべた。

「残念ながら、思いつかなかった」

「のんきなことを。やっていないのなら、身の証《あかし》を立ててもらわねば」

「それは無理だ。海堂では禁殿《まがき》が、先の戦では檀殿《まゆみ》が、すべてを取り仕切っておられた。そのふたりが口をそろえて言われること、くつがえしようがないではないか」

「困難からお逃げになるのか」

「さあ。もともと不可能なことだったのかも。私の刑死を願っていない者が、いま城内に一人でもいるだろうか。穭《ひづち》殿、私は八年前、そなたとともに、旺廈《おうか》と鳳穐《ほうしゅう》の争いを終わらせるという困難な道に足を踏み入れた。それから、いろいろなことがあったな。力を尽くし、ずいぶんと前に進んだ気がしたこともあったが、結局はこれだ。そなたの一族は一丸となって、でっちあげの罪で私を亡きものにしようとしている。頭領であるそなたに向かって偽りを述べることもはばからずに。きっと、我々の踏み込んだ道は、もともとどこにも通じていなかったのだ」

薫衣《くのえ》はうっすらとほほえんで、どこか遠くを見ながらつづけた。

「こんなことなら、あのときそなたを殺しておけばよかったなあ」

「あきらめるのは、まだ早い。何か方法があるはずだ」

「どんな。私の罪を晴らすには、三人の大臣が偽りを述べていることを明らかにしなければならない。それはすなわち、三人を処分しなければならないということだ。そなたにそれができるのか」

薫衣《くのえ》の言うとおりだった。三人の大臣とは、政を支える三本柱であるだけでなく、鳳穐《ほうしゅう》の家臣団中枢のほぼすべてだった。彼らを一時《いっとき》に処分して、果たして鳳穐《ほうしゅう》がもつのか、穭《ひづち》には自信がなかった。

鳳穐《ほうしゅう》内部が乱れれば、旺廈《おうか》の勢力がこれほど弱まっているいま、他の氏族が反乱を起こすおそれがあった。

たとえば画角《かっかく》。たとえば弾琴《だんきん》。そうなれば、国は泥沼状態だ。

檀《まゆみ》らは、それをわかったうえで、薫衣《くのえ》をとるのか、自分たちをとるのかと、穭《ひづち》に選択を突きつけている。それでも、穭《ひづち》が彼らをとるとは限らない。答えによっては、頭領を謀《たばか》った罪で死罪になるかもしれないのだ。彼らは、そこまでの覚悟を固めて事を起こしている。

薫衣《くのえ》を義弟とした。旺廈《おうか》狩りをやめた。薫衣《くのえ》が城内にいることに、人々は慣れたようにみえた。それでもやはり、恨みや憎しみは、こんなにも深く残っていた。

その根深さに、穭《ひづち》は慄《おのの》きを感じた。

いや、残っているのは、憎しみでなく習性なのかもしれない。憎むことも、愛することも、その気持ちが強いほど、理由もなくつづけてしまうものなのかもしれない。

八方塞《はっぽうふさ》がりとなった稗《ひづち》は、ただただ取り調べを長引かせた。だが、それにも限度がある。一月が過ぎ、薫衣《くのえ》の無罪を明かす術《すべ》が見つからないまま、裁きを下さなければならない日が迫った。

裁きの前夜、稗《ひづち》はふたたび薫衣《くのえ》を訪れた。前回のように人払いをして、薫衣《くのえ》の前にすわる。

「旺廈殿《おうか》。どうやら私は、明日そなたに、死罪を申しつけなければならないようだ」

自分のせりふに胸が痛んだ。だが稗《ひづち》は、心のどこかで期待もしていた。薫衣《くのえ》のことだ。これから何か、稗《ひづち》が思いもつかない、突飛な解決策を持ち出すのではないかと。

薫衣《くのえ》はたしかに意表外なことを口にした。けれどもそれは、救いのないことばだった。

「それも悪くない」

「どういう意味だ」

「蜂起《ほうき》するための武器と軍資金を秘匿していた。そういう罪で死ぬのは、私にとって、悪い話ではない」

憂いのまったく感じられない顔をしていた。それが稗《ひづち》をいらだたせた。

「そなたはそれで、頭領としての務めを果たしたといえるのか」

「私は、やるだけのことをやった」

稗《ひづち》は迪学《じゃくがく》の訓《おしえ》を引いて、さらに詰責《きっせき》した。

「何をやったかではない。何をなしとげたかだ」

「なせることを、なせるだけやった。それで何もなしとげられなかったとしても、誰に恥じることもない」

「ほんとうにそうか。そなたのおこないには、なんの落ち度もなかったのか。現にそなたは、檀《まゆみ》や樊《まがき》に、こうしてつけいられる隙をつくったではないか」

「無茶をおっしゃる」

ふいに涙がこぼれそうになって、穭《ひづち》は奥歯をかみしめた。隙をつくったのは、薫衣《くのえ》でなく自分だとわかっていた。総大将の薫衣《くのえ》に、檀《まゆみ》や樊《まがき》を副将としてつけ、すべてを委《ゆだ》ねたのは彼だ。なのにどうして、薫衣《くのえ》はそれを責めないのだ。

「穭《ひづち》殿、心配いらない。私は事切れる間際まで、自分のなすべきことをなしつづける。明日私は、火薬の秘匿も宝物の横領も否定する。ほんとうは、『そうだ、私はおまえたちを滅ぼすために、武器や金を集めていたのだ』と叫びたいところだ。そうすれば、私は旺廈《おうか》の民が期待する頭領になれる。この城で浴びせられたすべての汚名をそそぐことができる。しかし、そうはしない。最後まで、正しいと信じる道を歩みつづける。事切れる間際まで」

「旺廈《おうか》殿……」

穭《ひづち》はうつむいた。もしかしたら我知らず、薫衣《くのえ》に頭を下げたのかもしれない。

「ただし、事切れたら、あとは知らない」

頭を上げて、薫衣《くのえ》の顔をまじまじと見た。今度は何を言い出そうというのか。

「あとのことは、生きている者に任せる」

「それは、どういう……」

「稽殿《ひづち》。私は正しいと思うことをなしながらも、父母の遺言に背いていることに、長く苦しめられてきた。いまも、平気になったわけではない。しかし、鶲《ひたき》や雪加《せっか》が育つにつれて、疑問に思うようになった」

「何を」

「『鳳穐《ほうしゅう》を殺せ』。どうしてそれが、子供への最期のことばなのだ。私だったら、鶲《ひたき》にそんなことばは遺《のこ》さない。元気でいろとか、ぶじに逃げのびろとか、何かそういうことを言う」

稽《ひづち》は、自分の両親の死に際を思い出した。

真っ赤に充血した目、こけた頬、ひび割れた唇。ひとつ息をするのに、俵を持ち上げるほどの力をこめているような吐息。そんな状態で、十六歳の一人息子にかけたことばが、「旺廈《おうか》を殺せ」だった。

薫衣《くのえ》の言うとおりだ。自分だったら、子供の行く末を心配する。健康を、幸福を祈る。

それができないほど、父母の中で、旺廈《おうか》への憎しみは大きかった。

そうだ。彼と薫衣《くのえ》は、何もなしとげていないわけではない。少なくとも、薫衣《くのえ》と彼が、こうしてあたりまえの遺言を思いつけるようになった。それだけでも、何かが大きく変わったのだ。

「だが、ここにいるあいだに気が変わった。私は、どんなことばも遺さない」

薫衣《くのえ》がまた、稽《ひづち》の思いを置き去りにして、突飛なことを言い出した。

「子供にことばを遺すのは、親としての務めではないか」

「いいや。何かを言い遺すということは、やり残したということだ。なせるだけをなし尽くしたら、死に際に、ことばはいらない」

どうやったら、そこまで達観できるのか。そこまで達観できない自分は、なせるだけをなし尽くしていないのかと、穭《ひづち》は胸苦しい思いになった。

「それに、死者のことばで生者を縛ってはいけない。何をけげんな顔をなさっている。穭殿《ひづち》がおっしゃったのだぞ。死者でなく、生者のことを考えよと。そなたは正しい。生者のいる世は移り変わる。もはや変えることのできない死者のことばが、それを縛ってはいけないのだ。死者のことばに縛られず、生者がなすべきことをなしていけば、何ごとも、きっと悪いようにはならない」

ほんとうに、そう信じきっているのだろう。翌日、裁きの場で、薫衣《くのえ》はやはり平穏で満ち足りた顔をしていた。

顧問官の謀反疑惑という重大事だから、裁きは多くの頭領の立ち会いのもと、塔の大広間でおこなわれた。主な顔ぶれで見当たらないのは、画角《かっかく》と黄雲《こううん》くらいだ。

ここまでくると、穭《ひづち》にはもう、引き延ばすこともできない。刑部の大臣の主導で、これまでの調べで明らかになったことが、順にあらためて語られた。三人の〈共犯者兼証人〉が引き出され、証言を終えた。

穭《ひづち》は必死で考えていた。翠《すい》のために、鳳穐《ほうしゅう》のために、どういう手を打つのが最善なのか。

けれどもいつになく、彼の頭の中では、思考よりも情緒がまさっていた。薫衣《くのえ》を殺したくないという思いが激しく押し寄せて、冷徹にものごとを考えるのを邪魔していた。

そのとき、衛兵の長が戸口にあらわれて、もの言いたげな視線を稽《ひっち》に送った。裁きを中止しなければならないような警備上の問題が起きたことを期待して、そばに呼んだ。そうではなかったが、それ以上だった。ようやく、この問題の出口が見えたのだ。

「全員を、この場に通せ」

命じると、臍《ほぞ》のあたりに力を入れた。

樊《まがき》の心はいまだに揺らいでいた。ここまで来たら引き返せないことはわかっていた。これは鳳穐《ほうしゅう》にとって必要なことだとも確信していた。それでも、頭領様の意に反することをしているという思いが、彼を苛《さいな》みつづけていた。

と、檀《まゆみ》や斧虫《おのむし》はずいぶん落ち着いている。彼らのように、自分も腹を据えなければならないのだと、あらためて自らを叱咤《しった》していたとき、異変が起こった。だいじな裁きの場に、衛兵の長が入ってきたのだ。

そのあと、広間にぞろぞろと入ってきた者どもを見て、樊《まがき》は目を疑った。それは、海堂の村人たちだったのだ。

――なぜ、どうして、こいつらがここにいるのか。どうやって、ここまで来たのか。

戦の報賞を受けたとはいえ、それは暮らしが立つようにするていどのもの。海堂から都までの旅の費用は、この貧しい漁民らにとって、簡単に工面できるものではないはずだ。行列についてきたときと違って、道中危険も大きいだろうに、どうして都まで来ているのだ。何の用があって四隣蓋城《しりんがいじょう》を訪れたのだ。なぜ、この場所に立ち入ることが許されたのだ。

頭領様の問いに答えるかたちで、海堂の漁民たちは話しはじめた。どうやって練習したのか、慣れた樊《まがき》の耳でなくても理解できることばを、四苦八苦しながらも使っている。

彼らは語った。海堂で、総大将は、宝箱のくさび一本勝手にさわってはいけないと命じたこと。総大将自身も手を触れることがなかったこと。米見の司がすべて記録し、その側近が警備して、他の誰も近づけなかったこと。帰りの道中で、総大将はずっと馬車にいたこと。宿に入るとき、出るときも、副将をはじめとする人々に囲まれていたこと。だから総大将が戦利品の一部をかすめとることは、絶対にできなかったということ。

――そんなことを話して、何の得がある。だいたいおまえらのような身分の者の言うことが、信用されると思っているのか。

樊《まがき》は心の中で毒づいたが、何の得にもならない者らの話だからこそ、そこにいる面々が、まじめに聞いているのがわかった。

「蔵務の大臣。この者たちの話に、真実でないところがあるか」

いきなり頭領様にたずねられた。

「それは、その……」

檀《まゆみ》が横からじろりとにらんだ。

「そういえば、そなたは戦利品の一部がなくなっているようだと言っていたな。確信があるわけではないのだな。ならば、この者らの話とそなたの証言は、なんら矛盾しないことになる」

「はあ」

「それで、この者たちの話に、真実でないところがあるのか」

「いいえ」

他にどうしようもなくなって、樊《まがき》が小声で答えると、四隣蓋城《しりんがい》様はすかさず顔を五加木《うこぎ》に向けた。

「では、米見の司、そなたはどうだ。この者らの言うことに、間違いはあるか」

「いいえ、ございません」

「ということは、海堂の戦で得た金品でなくなったものがあるとしたら、それはそなたの側近が盗んだことになるが」

「いいえ、とんでもない。そのようなことは絶対にございません。そもそも、戦利品でなくなったものがあるというのは、確かなことではございません」

「そうだったな。記録した帳面が出てくれれば、それもはっきりするのだが」

「いま一度、さがしてみます」

「そうしてくれ」

明日にも紛失していた記録が発見されることになるのだろうと、生きた心地のしないまま、樊《まがき》は思った。

か」

「では、兵部の大臣」

青い顔をしている檀《まゆみ》に、四隣蓋城《しりんがい》様が声をかけた。

「火薬の件だが、そなたは船上で捨てたはずの火薬が、隠されているのを、その目で見たのか」

「いいえ、私、そのようなことは申し上げておりません」

「そうだったな。そなたの話は、すべて刑部の大臣から聞いたものだった。今回の疑いについて、そなた自身が見たり聞いたりしたことはないわけだ」

少しの間をおいて、檀《まゆみ》は答えた。

「さようでございます」

「では、刑部の大臣」

斧虫《おのむし》は、檀《まゆみ》以上に青ざめていた。

「そなたは隠されている火薬を見つけた。詮議《せんぎ》した三人が、顧問官に命じられたと述べた。そうだったな」

「さようでございます」

「しかし、それがほんとうで、顧問官に謀反の心があったなら、海堂のときにも横領をくわだてたはずだが、それはいま、確かなことではなくなった。火薬の件も、もう一度あらためてみてはいかがかな。この三人が嘘をついているとしたら、それは顧問官を陥れようとする謀《はかりごと》だ。この者たちだけで考えついたこととは思えない。誰か、後ろで糸を引いている者がいるはずだ。

その人物をさがし出せ」

斧虫《おのむし》が、ごくんとつばをのんだ。その頬に赤みがさした。頭領のことばの意味を理解したのだ。

「その人物をさがし出せ」とはすなわち、「おまえたちのことは見逃してやるから、身替りを出せ」ということだ。


「穭《ひづち》殿といると、いろいろと勉強になる」

何日か後に、ふたりきりの場で薫衣《くのえ》が言った。

「あの三人が、まだ大臣職でいるのがご不満か」

「いいや、感心しているのだ。どちらかを選べと迫られて、両方をとる手腕と、背いた者をそのまま受け入れる度量に」

斧虫《おのむし》らは、都の刑部所の長官という生《い》け贄《にえ》を差し出した。この男、もともとこのたくらみに加わってはいたが、まさか自分一人がすべての罪を背負わされることになるとは思っていなかったのだろう。激しく抵抗したが、捕えられ、〈証人〉三人とともに処刑された。もちろん、彼らの親族一同もだ。五加木《うこぎ》は紛失したはずの記録を見つけ出し、それで事は収められた。

だがこれは、手腕なのか、片方を選んで他方を捨てる気概がもてなかっただけではないのかと、穭《ひづち》は事態の収拾を、手放しでは喜べなかった。

「結局、今回のことでは何も変わらなかったわけだな。しかし、いい教訓になった。今度から、濡《ぬ》れた火薬を見せられたら、中まで手を突っ込んでみる」

薫衣《くのえ》は、冗談めかして笑ってみせた。

だが、何も変わっていないわけではない。今度のことで確実に、薫衣《くのえ》の立場は強まったし、檀《まゆみ》らは気力をくじかれた。穭《ひつち》に対して借りもできた。

だが、そんなことを、薫衣《くのえ》に教えてやることはない。

いくら穭《ひつち》の〝手腕〟があっても、海堂の漁民らがやってこなかったら、こんなふうに収めることはできなかった。彼らは、総大将が横領の疑いをかけられていると聞いて、矢も盾もたまらず都に赴いたと言っていた。村のみんなが金を出しあって旅費をつくったと。

貧しい漁民たちが、何の得にもならないことに、これだけの努力と犠牲を払った。これが、樊《まがき》の言っていた薫衣《くのえ》の「力」なのか。

だとしたら、敵にまわせば心底おそろしい相手だと思った。鬼目《ほろし》が心配していたとおりだ。

だが、味方にするならこのうえなく頼もしい。つまり、穭《ひつち》の決断は間違っていなかったのだ。

あとは、薫衣《くのえ》をけっして蜂起《た》たせないよう、そんな機会をしっかり潰《つぶ》していけばいい。

穭《ひつち》には薫衣《くのえ》のような才はなくとも、そういうことは得意なのだ。

21

薫衣《くのえ》に縁談が舞い込んだ。

都の商家の娘が、第二夫人になりたいと願い出たのだ。

こんなばかげた願いが穭《ひつち》の耳にまで届いたのは、蓮峰《れんぽう》の頭領、霍《つちふる》の異母弟が口利きをしたからだ。この商家の出身地は蓮峰の領地ではないので、おそらく金銭的な負債があるとか、豪華な贈り物をされたとかが、その理由だろう。

蓮峰といえば、海堂の戦に兵を出している一族だ。その口利きをまるで無視するわけにもいかないので、穭《ひつち》は娘を薫衣《くのえ》に引き合わせることにした。そうやって仲介者の顔を立てておいて、当人に直接断らせることにしたのだ。

身分からいって、薫衣《くのえ》の妻が一人きりというのは、本来不自然なことだった。だが、一握りの領地も、一人の家臣も持たないのと同じく、それはしかたのないことだと、まわりは理解していた。旺廈《おうか》の頭領直系の血を引く薫衣《くのえ》が鳳穐《ほうしゅう》の世にぶじでいられるのは、勢力を大きくする余地や蜂起《ほうき》する可能性を、完全に潰されているからなのだと。

薫衣《くのえ》自身も、それはじゅうぶんわかっていて、形だけの〈見合い〉をしてすぐに断るという段取りをすぐに承諾した。

用心深い稗《ひつち》は、形だけとはいえ薫衣《くのえ》の嫁候補となる娘について、徹底的に調べ上げた。娘の素性にあやしい点はなかった。四坂《よつざか》山地のふもとの町で、代々絹織物を扱ってきた商家のひとり娘で、名は棗《なつめ》。一家は七代前までさかのぼっても、旺厦《おうか》やその協力者の一族との関係がなく、両親はまじめな人柄だと地元で定評があった。三年前に商売上の都合で都に移り住み、その後の生活でも、悪いつきあいはいっさいない。

棗《なつめ》という娘は、八年前、両親に連れられて都を訪れていた。そして、馬にまたがり都に入る薫衣《くのえ》の姿を目にし、とたんに恋に落ちたのだという。

棗《なつめ》の親たちは、こんな恋は熱病のようなもので、すぐに忘れると思った。けれども、娘の思いは嵩《こう》ずるばかりで、年ごろになってもあらゆる縁談を拒否しつづけた。そしてとうとう、寝ついてしまった。弱り果てた父親が、つきあいのある有力者に口利きを頼み込んだというわけだ。

つまり、棗《なつめ》の両親も、こんな縁談が実現すると本気で考えているわけではない。形式的に引き合わせて、薫衣《くのえ》の口から断りを言ってもらい、それで娘があきらめてくれることを望んでいるのだ。

どこをどうつついても、何の問題もなさそうだった。

——薫衣《くのえ》には、いい気晴らしになるかもしれない。

稗《ひつち》は、楽な気持ちでこの〈見合い〉の場に臨んだ。一目見ただけの薫衣《くのえ》を八年間も思いつづけているという娘の顔を見てみたいという興味もあった。調べさせた者の話では、たいそうな美人だという。目の保養にもなりそうだ。

だが、棗《なつめ》は「たいそうな美人」などではなかった。数段低い所で両親とともにかしこまっている娘が、穭《ひづち》の呼びかけに応《こた》えて顔を上げたとき、彼は息をのんだ。

――これは、たいそうな美人どころか、絶世の美女だ。

ひどく思いつめた顔をしているが、それがいっそう娘の美貌《びぼう》を際立たせていた。

我知らず、心臓の鼓動が速まった。薫衣《くのえ》が手筈《てはず》どおり断ったら、自分の第四夫人にもらいうけようという考えが、頭をかすめた。

彼にすでに三人も夫人がいるのは、疫病やその前の戦で近い身内がほとんど死んでしまったためだった。頭領の血筋を絶やしてはならないと、重臣らが、「血統も気立てもよい娘」を次々に押しつけたのだ。鳳穐《ほうしゅう》の伝統どおり、容姿は二の次にして。

そろそろ一人くらい、見目《みめ》麗しい妻をもってもいいのではないか。なにしろ自分は天下人なのだと、穭《ひづち》は思った。

そんな雑念にとらわれていたものだから、薫衣《くのえ》が黙り込んでいることに、すぐには気がつかなかった。同席していた霊《つちふる》の異母弟が、落ち着かなげにからだを揺らしたので、沈黙が長すぎることを知り、様子をうかがうと、薫衣《くのえ》は血の気の引いた顔をしていた。どうしたのかと見ていると、膝《ひざ》の上の手がこぶしを握った。穭《ひづち》のほうを向いて、口を開いた。

「この娘の願いを入れて、我が妻にもらいうけたい」

「ばかな」と稽《ひづち》はつぶやいた。それでは話が違う。即座に断ることに賛同したではないか。形ばかりとはいえ見合いの場でそんなことを言われては、立ち会い人の手前、だめだと拒否するのはむずかしい。そんなことは、薫衣《くのえ》だってわかっているだろうに、いったい何を考えているのだ。

憤りながらも、この場をうまく切り抜ける策を考えようとしたとき、ふと、心にやましさの影が差した。薫衣《くのえ》が断ったあとでこの美しい娘を自分のものにしようと、ついさっき考えたことを思い出したのだ。それもまったくの私情から。

薫衣《くのえ》が事前の打ち合わせに反して、この娘を欲しいというのなら、それも「私情」ではある。だが、薫衣《くのえ》がこの八年間、どんな生活をしてきたかを考えると、それはささやかな望みといえる。

本当の名で呼ばれたいというごくあたりまえの思いも満たされず、人にそしられても抗弁せず、住居に戻れば待っているのは鳳穐《ほうしゅう》の血筋の妻。子供たちも、当然その血を引いている。〈耳〉の鯷《ひしこ》は「ふたりは仲睦《なかむつ》まじく暮らしている」と言っているが、薫衣《くのえ》の一日に、真に気の休まる時はないのではないか。

薫衣《くのえ》に、ほっと息がつける場所をつくってやってもいいのではないか——そんなふうに思ってしまったのは、薫衣《くのえ》にくらべてひどく恵まれた暮らしをしているくせに、「見目麗しい妻を」などと欲望してしまったやましさのせいだった。

薫衣《くのえ》に稲積《にお》以外の妻をもたせるのは、ひどく危険なことだった。子供が生まれたら、鳳穐《ほうしゅう》の血の混じらない「旺廈《おうか》の直系の血筋」ができることになる。

許可などするべきではなかった。だが穭《ひづち》は、直感に従った。

「よかろう」

と、頭が発する警告を無視して、薫衣《くのえ》が二人目の妻をもつことを許した。そんなことをするのは、薫衣《くのえ》が稲積《にお》への求婚のために会議の場に入ってこようとしたとき以来だった。

あのときは、直感に従ったことが良い結果をもたらした。あのタイミングだったからこそ、薫衣《くのえ》は迫真の演技ができ、穭《ひづち》は本気で驚いた。居合わせた者たちは薫衣《くのえ》のことばを信じ、それがあの婚姻への抵抗を小さくした。

けれども、直感が、常に正しい道を示すとはかぎらない。ましてや「やましさ」という邪念の入った直感だ。

穭《ひづち》はこの決断を、ひどく後悔することになる。

22

穭《ひづち》はそれまで、妹の不機嫌な顔を見たことがなかった。

画角《かつかく》のもとに幽閉されていた幼い日々にも、稲積《にお》はいつも穏やかに笑っていた。父母の嘆きを聞かされるばかりだった稗《ひつち》にとって、その笑顔がどれだけ救いになったことか。疫病により、死がふたりのまわりを吹き荒れたころにも、悲しみはしても、取り乱したり絶望を口にしたりしなかった。すべてをあるがままに受け入れているようなその態度は、稗《ひつち》の心の支えだった。

彼が若くして国の主《あるじ》という重責を担うことになったときも、稲積《にお》だけは、それまでと同じ信頼と慈しみの視線で彼を見つめつづけた。好きな男との仲を裂き、仇《かたき》の頭領の血筋の若者と結婚するよう命じたときにも、恨みがましい顔はいっさいしなかった。

稲積《にお》といると、世の中に、怒りとか妬《ねた》みとか憎しみといった負の感情が渦巻いていることを忘れられた。ものごとがいまのように落ち着いてからも、妹とふたりになれる時間は、稗《ひつち》にとって数少ない安らぎの時だった。

それなのに、このごろどうも、ようすがおかしい。稲積《にお》がなんだかとげとげしいのだ。妹にとげとげしい顔ができるなど、想像もしていなかった稗《ひつち》は、気になってしかたがなかった。

「何か、いやなことでもあったのか」

「どうしてですか」

稲積《にお》は、きょとんと目を丸くした。

「悩みでもあるようにみえる」

「いいえ」

と答える妹に、嘘をついているようすはない。自分で自分の不機嫌に気づいていないのか。

「何も変わったことはございませんわ」

言いおえると、眉間《みけん》にかすかに皺《しわ》が寄った。その皺が、母親の顔を思い出させた。

稲積《にお》は、穭《ひづち》と同じく父親似で、ふだん母の面影が浮かぶことはない。しかし、いまの険のある目もとは、あのころの母にそっくりだ。父が四隣蓋城《しりんがい》の主となり、その重責を果たすために、二人目の妻を娶《めと》ったころの。

「もしかしておまえ、私が薫衣《くのえ》に第二夫人を娶らせたのが、気に食わないのか」

「まさか」

と稲積《にお》は驚いた顔をした。

「その反対ですわ。薫衣《くのえ》様のご身分を考えれば、当然のこと。喜ばしいと思っております」

嘘だった。目尻《めじり》が下がって、泣きそうな顔になっていた。

「稲積《にお》。私は、おまえにとっても良いことだと思ったのだ」

夫が不在の日があるほうが、羽根を伸ばせていいだろうと、穭《ひづち》は考えていた。

けれども、もしかしたら鯷《ひしこ》のことばは、思っていたよりずっと正しかったのかもしれない。好いた男と生木を裂くように別れさせたが、稲積《にお》のあの男への思いは熱病のようにさめ、無理矢理いっしょにさせられた夫への、深い情愛を育《はぐく》んでいたのかもしれない。

妹の、これまで目にしたことのない表情の数々に、穭《ひづち》ははじめて、鯷《ひしこ》の楽観的な報告を、額面どおりに受け取る気になった。

「もちろん、良いことですわ。薫衣《くのえ》様に、ふたつめの住居、もうひとつの居場所ができたことを、ほんとうにうれしく思っております。私といっしょでは得ることのできない安らぎを、棗《なつめ》殿となららお感じになることができるでしょうから」

やっと稲積《にお》らしい顔になった。誰かを恨んだり憎んだりするのでなく、他人《ひと》のことだけを思いやる。それだけに、憂いの残る目もとが哀れだった。

「薫衣《くのえ》はあれで、神経が太い。どこでだって安らげるさ」

毒舌に隠したなぐさめは、稲積《にお》の心に届いただろうか。

薫衣《くのえ》は、正妻の稲積《にお》のところで四日を過ごすと、第二夫人の棗《なつめ》のところに三日いる、というふうに、ふたつの住居を行き来していた。教科書どおりの行動だから、それだけでは、どちらに心があるかわからない。

ただし櫓《ひつち》は、稲積《にお》には絶対に教えられないことを、鯷《ひしこ》に聞いて知っていた。ふたりの夜の営みのことだ。

薫衣《くのえ》と稲積《にお》の交わりは、互いに初体験だったときの無器用さを抜け出せないまま、なじみの行為となっていた。薫衣《くのえ》はそれに、じゅうぶん満足しているようだった。

だが、

「棗《なつめ》様は、生娘《きむすめ》ではなかったようです。なかなかの床上手です」

と、鯷《ひしこ》は報告した。

しょせん商家の田舎娘なのだから、そういうこともあるだろうと、穭《ひづち》は問題にしなかった。そういう娘のほうが、生まれた子供の重みも下がる。

薫衣《くのえ》に二人目の妻をもたせるにあたって、穭《ひづち》は鳳穐《ほうしゅう》の重臣らに約束をした。この婚姻は、薫《くの》衣《え》のなぐさめのためのものであり、先の遠征で総大将の役目をぶじに果たした褒美がわりだ。棗《なつめ》という娘も、子供が生まれたとしてその子らも、生涯一歩も城の外に出したりしない。用がなくなればいつでも殺す、と。

偽りの約束ではない。穭《ひづち》は本気だった。彼は棗《なつめ》のことを、薫衣《くのえ》の玩具《がんぐ》のようにしかとらえていなかった。

だから、彼女についてきちんと考えることをしなかった。考えてみるべきだった。八年間薫《くの》衣《え》のことを一途《いちず》に思い、あらゆる縁談を断ってきた娘が、なぜ生娘でなく、男女の営みに長《た》けているかを。

「薫衣《くのえ》様は、夢中になっておられます。無理もないことではございますが」

そうだな、と穭《ひづち》は思った。彼は、妻たち以外の女の味も知っていたので、身分の高い女は上品すぎて、えてしてふとんの中ではつまらないことも知っていた。

町娘の床上手。しかも、あの美貌《びぼう》。薫衣《くのえ》も棗《なつめ》のあとでは、稲積《にお》など相手にしたくなくなるのではないかと考えたとき、妹の〈女〉の部分について云々《うんぬん》していることが不快になった。

それまでは、鯷《ひしこ》が稲積《にお》の裸を見ていることさえ、まったく気になっていなかった。鯷《ひしこ》はそういうことも含めて、すべてを見て、彼に伝えるためにいる。

だが、あの美しい娘の夜の姿を教えられたことで、急に話が生々しくなった。

「閨《ねや》の話は、もうよい。それ以外は、どうなのだ」

「稲積《にお》様とおられるときと違って、ひどく物静かでいらっしゃいます。おふたりは、最低限のことばしか交わされません。かといって、仲が悪いというふうでもないのですが」

しょせんは身分が違いすぎるのだと、稗《ひづち》は思った。育ちが違い、教育が違う。ふとんを出たら、共通する話題など見つからないのだろうと。

「では、あちらで薫衣《くのえ》は、さほどくつろいでいないのだな」

「はい、おそらく。夜もあまりおやすみになっておられませんし」

女のからだに夢中になりすぎてか——と、心の中でつぶやいた。鯷《ひしこ》は聡《さと》くもそれを察したようで、早口でつけくわえた。

「男女の営みが終わったあとのことでございます。おふたりとも、じっとしたまま、長いあいだ眠らずにおられるのです」

この話の、何かが稗《ひづち》の気にかかった。

「そのとき、ふたりはどんな顔をしている」

「さあ。深くふとんをかぶっていらっしゃるので」

「まったく動かずにいるのか」

「大きくは。あ、でも、棗《なつめ》様が、ときどきむせび泣いておられます」

つまり、営みが終わったあとも、乳くりあっているだけではないかと、穭《ひつち》は思った。これ以上こんな話をつづける気が失《う》せた。

鯷《ひしこ》は気づいていなかったが、ふたりは毎夜、明け方近くまで話をしていた。

「薫衣《くのえ》様、お会いしとうございました」

初めての夜、腕の中で新しい妻がささやいたとき、薫衣《くのえ》はふとんを深くかぶりながら唇に指を当てて、聞いている者がいることを伝えた。それからふたりは、相手のてのひらに文字を書くという時間のかかるやり方で、ゆっくりとことばを交わしていった。

〈申し訳ありません〉

それが、薫衣《くのえ》のてのひらに書かれた最初のことばだった。

〈何をあやまる〉

〈汚れたからだで、御前に恥をさらしたことを。身を汚したときに、死ぬべきでした〉

〈いいや。よく生きていた〉

女は肩を震わせて泣いた。なぐさめるかわりに、薫衣《くのえ》はそのてのひらに、彼女の本当の名前を書いた。

〈河鹿《かじか》〉

てのひらが、彼の指先を包み込んだ。その温《ぬく》もりのなかで、薫衣《くのえ》はかつてそんなふうに、彼女と手をつないだことを思い出した。遠い遠い昔のことだ。

小さな池と、山のような形の岩と、背の低いツツジの木がある中庭。そこでふたりはともに遊んだ。河鹿《かじか》はべそかきで、でも強情《ごうじょ》っ張《ぱ》りで、笑うと赤い唇の間から、真っ白な歯がこぼれた。

ある日河鹿《かじか》は、薫衣《くのえ》のまねをして、池の細いところを飛び越えたがった。なのに、いざとなると足がすくんで動けなくなる。

薫衣《くのえ》は、手をつないでいっしょに飛んでやることにした。河鹿《かじか》は恥ずかしがって、彼の手をしっかりとは握らずに、指先だけをきゅっとつかんだ。ふたりして池に落ちた。爺《じい》やと乳母に叱られた。

河鹿《かじか》の父は、薫衣《くのえ》の父である蓮見《はすみ》の叔父《おじ》にあたった。叔父といっても、薫衣《くのえ》の祖父の歳のはなれた異母弟で、蓮見《はすみ》よりふたつしか年上でなかったため、学友兼従者のような存在だった。

その娘であり薫衣《くのえ》と同い年だった河鹿《かじか》は、物心つく前から薫衣《くのえ》の遊び相手となっていた。河鹿《かじか》は、母親も旺廈《おうか》の有力な家の出という、申し分ない血統だった。そのうえ母親譲りの美貌。

ふたりが五歳のとき、親たちは将来の結婚を決めた。まだ幼かった薫衣《くのえ》に、許婚者《いいなずけ》ということばはぴんとこなかったけれど、河鹿《かじか》が単なる遊び相手でなく、守るべき対象になったのだと、子供心に保護者意識をもったものだ。

〈ほんとうに、よく生きていた〉

てのひらに字を書くというまどろこしいやり方でも、ふたりは先をいそがなかった。ひと文字ひと文字を惜しむようにゆっくりと、相手の肌に刻んでいった。そこには、あふれるほどの思いがこめられていた。

薫衣《くのえ》にとって、旺廈《おうか》の人間とこんなに身近に接するのは、荻之原のあと初めてのことだった。ましてや、幼なじみ。婚約者。

だが、〈見合い〉の相手は素性の確かな商家の娘と聞いていた。

〈いったい、どうやって、ここまで。穭殿《ひづち》は、そなたの身の上をよく調べたはずだが〉

それに答えて、河鹿《かじか》の長い長い物語がはじまった。

薫衣《くのえ》様。生きていたことをお許しくださり、ありがとうございます。何度も死のうと思いました。そうしなかった理由を、お話しさせてください。

私は、荻之原の近くの山で、死んだことになっていると思います。乳母がそう仕組んだのです。

私と乳母は、山中で、とうとう二人きりになりました。すると乳母は、必ず戻るから待っているようにと、私を残して行ってしまいました。

半日後、小さな女の子を連れて戻ってきました。ふもとの村からさらってきたのです。

乳母は「きれいな服を着せてあげる」と女の子をなだめて、私と服を取り替えさせました。

そして、殺しました。つづいて乳母も自害しました。私を守るためでした。

どこまで逃げても、鳳穐《ほうしゅう》は、薫衣《くのえ》様のいいなずけである私をあきらめないでしょう。だから、身代わりを立てたのです。私の服を着て、乳母とともに死んでいれば、鳳穐《ほうしゅう》はその子を私と思うはず。

それはうまくいきましたが、私はひとりになりました。飢えや寒さ、獣への恐怖。私が石にかじりついても生きつづけようとしたのは、薫衣《くのえ》様にもう一度、お会いしたかったから。

それでも、幼い子供がいつまでも、山中にひとりで暮らしていかれるわけがありません。飢えに負けて、里に出て、私は山賊に捕まりました。

山賊は、私を砦《とりで》に連れていき、小間使いとして働かせました。水汲《く》み、薪割り、洗濯。つらかった。

そんな日々が何年もつづきました。

でも、痛いとか、苦しいとかは、まだましでした。思い出したくもない出来事が起こったのは、そのあと。

ある日、山賊の頭《かしら》が、力ずくで、私を。

死のうと思いました。こんな身では、もう薫衣《くのえ》様にお会いできない。どんな希望もなくなった。これ以上、辱しめを受けるわけにはいかない。

それなのに、自害しなかったのは、あのままでは、あまりに口惜しいから。鳳穐《ほうしゅう》に、報いを与えてやるまでは、死ねないと思ったのです。

それに私は、小間使いでなくなりました。力仕事をする必要がなくなりました。頭はしだいに、私の言うことを、何でも聞くようになりました。

私は頭をそそのかし、街道を通る役人を襲わせました。ささやかでも、鳳穐《ほうしゅう》への復讐《ふくしゅう》になると思ったのです。この復讐ができるあいだは生きつづけようと、辱しめに耐えました。そのうち、私の言うことを聞いて危ないことをする頭から、盗賊たちの心がはなれだしました。砦への討伐隊が組まれているという噂も聞きました。この男に、見切りをつける時が来たようでした。

私は、ありったけの甘いことばやしぐさで、頭をそそのかしました。ふもとの刑部所を襲うようにと。

勝てるはずのない戦いに、あの愚かな男は挑みました。

勝てるはずがなくても、山賊が刑部所を襲うなど、政《まつりごと》の乱れの証《あかし》。鳳穐《ほうしゅう》に、一矢報いることになると思ったのです。

私はその隙に、山賊のひとりと逃げました。私の言うことは、何でも聞く男です。山を出て、男と町を旅しながら、私はいろいろなことを知りました。

薫衣《くのえ》様、あなたが城に幽閉されていらっしゃること。鳳穐《ほうしゅう》の娘を娶《めと》らされたこと。鳳穐《ほうしゅう》の世は安泰で、山賊が少しばかり世間を騒がせても、びくともしていなかったこと。

私は何をしているのだろう。どうしていつまでも生き恥をさらしているのだろう。そう思いました。

けれどもやはり、死ねなかった。薫衣《くのえ》様、あなたがご無事でいらっしゃると知ったから。あなたが仇《かたき》を娶らされたと知ったから。

私は、あなたの妻と定められた女です。お目汚しでも、御前に出よう。そして、あなたが死ねとおっしゃったなら、そのときに、父母のあとを追おう。そう決めました。

どうすれば御前に出られるか考えて、素性の確かな誰かに、なりかわることに決めました。四坂山地のふもとの町のたくさんの家を調べて、棗《なつめ》という娘に目をつけました。

私は、いっしょに逃げた男に持ちかけました。裕福な商家を乗っ取って、ふたりで一生安楽に暮らそうと。ほんとうの目的を話したら、手を貸してくれるはずがありません。男は私を絶対に手放さないと決めていましたから。

男は私の嘘を信じ、棗《なつめ》をかどわかしました。娘の命が惜しかったら、私を娘と偽って、共に都で暮らすようにと、その両親を脅しました。まじめな人たちですから、言うとおりにしました。まわりに嘘を見抜かれないよう、うまくやってくれました。

ちょうどそのころ、あなたが戦においでになりました。私のやっていることは、まるっきり意味のないことになったかと思いました。

それでも良かったのです。私のことなどどうでもいい。だって、あなたは城を出られた。この隙に、鳳穐《ほうしゅう》の手を逃れ、旺廈《おうか》を率いて蜂起《ほうき》してくださるかもしれない。

その望みは叶《かな》いませんでしたが、都の人が、口々にあなたを誉め称《たた》えるようになりました。戦のとき、どれだけ雄々しかったか、どんなにみごとに勝利をおさめたか。

うれしゅうございました、薫衣《くのえ》様。ああしたことばを聞けただけでも、生きていた甲斐《かい》があったと思いました。

でも、悪い知らせもありました。鳳穐《ほうしゅう》の娘が、あなたの二人目の子供を産んだと。幸い今度は女の子でしたが、私は、あなたのおそばに飛んでいきたくてしかたなかった。

けれども、無理をしてはすべてが無駄になります。私は三年待ちました。じれる男をなだめたり、娘に手紙を書かせて両親を安心させ、こうしていればいつか娘が戻ってくると信じ込ませたりしながら。

そしてまた、あなたは戦に出られました。前と同様、旗揚げされることなくお戻りでしたが、そのあとで……。

薫衣《くのえ》様、あなたが軍資金を貯え、武器を秘匿していたと聞いたとき、どんなにうれしかったか。死罪の裁きが下ったあとで、どうやってお助けしようかと、そればかり考えておりました。

でも、違ったのですね。それで私は、時が来たことを知りました。このままでは、あなたの代に蜂起なさることは無理かもしれない。だったら、あなたにはお子が必要です。鳳《ほう》穐《しゅう》の血の混じらない。

城にのぼる前、私は、男と娘をこの手で殺しました。でないと騒ぎだしたでしょう。娘の両親は、このことをまだ知りませんが、知っても真実を述べたりしないでしょう。王をたばかった罪を、自ら明かす者はおりません。

薫衣《くのえ》様、そうして私はここにいます。泥水をすすり、身を汚し、人をだまし、罪なき者を殺《あや》めて。

すべては、旺廈《おうか》再興のため。鳳穐《ほうしゅう》に報いを与えるため。そのためなら、私は鬼にも蛇にもなれるのです。

薫衣《くのえ》様。あなたには、鳳穐《ほうしゅう》の血の混じらないお子が必要です。たとえ汚れたこの身でも、血筋は恥ずべきものではありません。

私は、第二夫人という汚名を甘んじて受けましょう。仇の娘があなたの正妻におさまっていることを、我慢いたしましょう。

でも、あなたの心のうちでは、私が、真の妻ですよね。あの女とは、いつか仇を討つまでの、偽りの関係でございますよね。私の産む子供こそ、旺廈《おうか》の頭領を受け継ぐ者となりますよね。

薫衣《くのえ》は、河鹿《かじか》の問いに答えを返さなかった。河鹿《かじか》も、自明なはずの答えを、特に求めはしなかった。薫衣《くのえ》がふとんにもぐっていたので、どんな表情をしているか、河鹿《かじか》にはわからなかったのだ。

23

（穡朝《しょくちょう》暦二七五年・薫衣《くのえ》二十五歳）

斐坂《あやさか》盆地の東のはずれの、切り立った崖《がけ》と川との間に、耕す者のない荒れ地があった。荻之原の戦が終わって二年ほどがたったころ、この荒れ地に数十名が流れ着いた。

それがいつのことなのか、正確なところはわからない。土地の者が気づいたときにはもう、掘っ立て小屋がいくつも並び、荒れ地の一部が緑に変わっていた。土地の者といっても、そう近くに住んでいない。歩いて一時間の範囲には、町や村はおろか、一軒の家もなかったのだ。

一時間を超えたところにいる隣人は、この者たちがどこから来たかを、多少あやしみはしたが、さほど気にとめなかった。戦乱がつづいていたその当時、流れ者がやってくるのは、めずらしいことではなかったからだ。

やがて、掘っ立て小屋は家になり、家の集まりは村といえる規模になり、いつのまにか人数も百人以上に増えていた。荒れ地は田畑に生まれ変わった。米見《こめみ》の役人がやってきて、課税台帳に登録した。

そのときに、その者らの「もとは竜姫平野の農民で、戦乱を避けてここまで来た」という話を、そのまま信じた。あるいは、信じたふりをした。きちんと税を収めてくれるなら、事を荒立てる必要はなかったのだ。

その場所は、地味が悪く、穀物の出来がよくなかった。それを補うために彼らは、山で木を伐《き》ったり、獣を獲《と》ったりしているようだった。近隣の者たちは、毛皮や肉や薪や木製品がこの村から安く買えるようになったので、この連中がどこから来たのか、やはりいくぶん疑いをもちつつも、その疑いをおおっぴらに口にはしなかった。

時は流れて、穡朝《しょくちょう》歴二七五年。道に迷った旅人が、無理を言ってこの村の村長の家に泊めてもらった。そして偶然に、座敷の床下に隠されている布を見つけた。黒い地に白銀《しろがね》色が散っていた。広げてみて驚いた。白銀色は、尾羽を立てた雷鳥の文様だったのだ。

旅人は、命からがら逃げ出して、地方の刑部所に駆け込んだ。刑部所の役人たちが赴くと、村はすっかり武装して、近づくこともできなくなっていた。

——旺廈《おうか》狩りをやめて十年もたつのに、まだこんな騒ぎが起きるのか。

穭《ひづち》は、道は半ばを過ぎたと考えた、自分の甘さを呪った。

これまでに合計七つの村が、旺廈《おうか》とわかり、そののちも、もとの生活をつづけていた。簡単なことではなかった。特に最初のひとつのときは、とほうもない困難がともなった。だが、ふたつめ、三つめと少しずつ事が容易に運ぶようになり、五つめの村は、発覚したのでなく自ら正体を明かした。そうしても危険はないと信じたからだ。

穭《ひづち》はその期待を裏切らなかった。だからこそ、六つめ、七つめがつづいた。

なのにまだ、こんな反応をする村があらわれるとは。

しかも、今度の村は、最初のもの以上にやっかいだった。

まず、天然の要塞《ようさい》のような場所にある。背後は崖。前は川。

また、村人の半数近くがもとは武家の者らしい。近くに他の人家がなかったこともあり、人目を気にせず、子弟に武芸をみっちり仕込んできたようだ。

それだけに誇り高く、また、武力に自信があるのだろう。鳳穐《ほうしゅう》の前に膝《ひざ》を屈するよりは、仇を道連れにしての死を選ぶと、説得にまったく耳をかさない。

他の村が旺廈《おうか》と発覚したのちも平和に過ごしていること、隠し事がなくなったぶん、暮らしが前より豊かになったことを話しても、敵の情けを受けて生き長らえることはできないと、もはや使者さえ村の中に入れなくなった。

あとは、力でねじふせるしかないのだが、できればそれは避けたかった。

いまそんなことをしたら、せっかくしずまってきた鳳穐《ほうしゅう》の者たちの、旺廈《おうか》を根絶やしにしたいという欲求が、目を覚ますかもしれない。また、旺廈《おうか》の七つの村はどう反応することか。

それに、天然の要塞に立て籠《こ》もり討ち死にを決意している百数十人を平らげようとしたら、同数以上の犠牲を覚悟しなければならない。それだけの死者が出たら、恨みや憎しみといった感情がまた、大手を振って歩きだすだろう。

とはいえ、他に方法が見つからなければ、しかたない。世を乱す者は、討伐する以外にないのだ。

この件を、薫衣《くのえ》に報告するのは気が重かったが、隠すわけにもいかない。相談を、する気はなかった。翠《すい》全体のために旺廈《おうか》の百数十人を切り捨てるという判断に、薫《くの》衣《え》を立ち会わせるのは酷だろう。

話を聞くと薫衣《くのえ》は、目をつぶって両手で額を押さえた。嘆いているのか、苦悩しているのか。稽《ひづち》はなぐさめのことばをさがしたが、手を下ろして目を開いた薫衣《くのえ》は、曇りのない、すがすがしい顔をしていた。

「私が行く」

「何だと」

「私が行って、説得する」

「だめだ」

と思わず叫んでから、稽《ひづち》はあわてて言い直した。

「つまり、そんなことをしていただくわけにはいかない」

稽《ひづち》は、ふたりきりの場で薫衣《くのえ》に対して、禁止とか命令とかの表現を使わないように気をつけていた。薫衣《くのえ》を陰で支えるための、心遣いのひとつだった。だが、それをつい忘れてしまうほどあわててしまった。武装した旺廈《おうか》のもとに、薫衣《くのえ》を行かせるなど、とんでもない。

「では、どうする。皆殺しにするのか」

薫衣《くのえ》が痛いところを突いてきた。

「そうしないですむ方法を、考えているところだ」

「私が行くのが、その方法だ」

稽《ひづち》は静かに首を振った。

「薫衣殿《くのえ》。村の者らは、近づく者は誰であろうと殺すと言っている」

「旺廈《おうか》の人間に、私は殺せない」

薫衣《くのえ》に決意をひるがえさせるためには、口にしがたい指摘をしなくてはならないようだ。稽《ひづち》は困難から逃げるような男ではなかった。心を鬼にして言った。

「薫衣殿《くのえ》。あの者たちはまだ、そなたを頭領とみなしているだろうか」

「それを確かめるためにも、行くのだ」

「命を賭《と》してまで、確かめなければならないことか」

「そうだ。なぜなら、この賭《か》けに敗れるならば、生きていてもしかたがない」

「気弱なことを。人がどう思うかは関係ない、自分がなすべきと信じることをなしていく。そう決めたのではなかったか」

「もちろんだ。けれども、旺廈《おうか》の民に、すでに私の言うことを聞く気がないのなら、私が旺廈《おうか》の頭領として下した〈鳳穐《ほうしゅう》との争いを終わりにする〉という決断に、何の意味があるだろう。

それに、隠すまでもないことだからはっきり言うが、私はいまでも、翠《すい》を損なわずにこの城を奪い返す機会を見つけたら、迷わず蜂起《た》つと決めている。だが、私に刀なり矢なりを突き立てることができるほど、旺廈《おうか》の者たちが私を拒むようになっているなら、その決意にも意味はなくなる。

すなわち、平和であっても、争いにおいても、私にはなすべきことがなくなってしまう。だから、生きていてもしかたがないと申したのだ」

「そなたには他にも、なすべきことがいくらもある。たとえば、私が翠《すい》のためでなく、鳳穐《ほうしゅう》のための政をおこなおうとしたとき、誰が止める」

薫衣《くのえ》は少しさびしそうな顔になった。

「そなたは、ひとりでも、自分の務めを正しく果たされるだろう」

もしや薫衣《くのえ》は、死を望んでいるのではないかと、穭《ひづち》は疑った。この城での十年間の生活で、生きる気力を使い果たしてしまったから、こんなに簡単に、自分の命を賭け札にしてしまえるのではないのかと。

だが、薫衣《くのえ》の顔に浮かんだ陰は、すぐに消えた。

「とはいえ私は、旺廈《おうか》の民に私が殺せるとは思っていない。できるわけがない。私が命を落とす危険は、戦に出たときよりも、ずっとずっと小さいのだ。鳳穐《ほうしゅう》殿、何の心配もいらない。約束しよう。行って、説得して、武器を置かせて、戻ってくる」

これが、樊《まがき》の言っていた薫衣《くのえ》の力かと、穭《ひづち》は思った。薫衣《くのえ》がこんなふうにこともなげに断言すると、すべてはそのように運ぶのだと思えてしまう。不安や懸念が、太陽の下の霧のように、さーっと散って消えてゆく。

けれども穭《ひづち》の心には、霧とは別の黒い雲が、まだぽっかりと残っていた。

「しかし……」

薫衣《くのえ》が、にやりと笑って指摘した。

「穭殿《ひづち》は、他のことも心配しておられるのであろう。行けば私が、あちらの側に立つのではないかと」

そのとおりだった。それは、薫衣《くのえ》が村人に殺されるより、ずっと悪いことだ。百数十人規模の戦力とはいえ、そこに薫衣《くのえ》が加われば、「旺廈《おうか》の蜂起《ほうき》」ということになってしまう。悪くすれば、反乱があちこちに飛び火する。

「そんなことは絶対にしない。私を信じていただけないか」

薫衣《くのえ》が本気でそう言っていることは、信じられた。だが、いまはそのつもりでも、実際に、旺廈《おうか》の武者らを目の前にしたらどうだろう。その者たちに「頭領様」と呼ばれたら。

七歳から先、引き離されていた一族の者に、成人してはじめて出会うのだ。大きな心の変化が起こっても、ふしぎはない。

穭《ひづち》が黙っていると、薫衣《くのえ》はきっとまなじりを上げた。

「見くびってもらっては困る。私に、大事と小事、なすべきことと私利を追うことの区別がつかないと思っておられるのか。私は、あの者たちを救いに行くのだ。あの人数でどれだけりっぱに戦っても、何事もなしとげられない。無駄死にだ。それをやめさせに行くのだ」

「そなたを信じていないわけではない。しかし、そなたが殺されることと、いま問題にしている件、どちらとも、万が一にも起こってはいけないことなのだ。くだんの村を救いたいと、そなたが願う気持ちはよくわかる。けれども、翠《すい》のためだけでなく、旺厦《おうか》全体にとっても、あの百数十人の命を助けることと、これまで築いてきたものが崩れ去るのを防ぐこと、どちらが大事か、よく考えていただきたい」

薫衣《くのえ》は小さくため息をついた。

「やはり、穭殿《ひづち》は私を見くびっておられる。私は、翠《すい》のこと、旺厦《おうか》全体のことを考えて、行くべきと思ったのだ。この危機は、好機に転じることができる。これまでは、そなたが〈目こぼしをする〉というやり方だけをとってきた。このたび私が村に行き、武器を置かせたなら、旺《おう》廈《か》の側からも争いを終わらせる一歩を踏み出したことが、目に見えるかたちになって示される。大きな意味のあることだ。いま、なしておくべきことだ」

「だが、危険が大きすぎる」

「時には危険をおかしてでも、勝ち取らなければならないものがある。守るだけで、新しい道は開けない。だからこそ、そなたは私と地下に入ったのではなかったか。あのときそなたは、ご自分の命を危険にさらされた。それでも、なさねばならないことがあったからだ。私を戦の総大将とされたときも、そうだ。穭殿《ひづち》、いまは、踏み出す時なのだ」

穭《ひづち》は、その場で決断を下すことができなかった。薫衣《くのえ》に三日の猶予をもらい、ずいぶんと考えた。そして、薫衣《くのえ》の言うことに理があると認めた。

早春の斐坂盆地を、五百の騎馬隊が駆け抜けた。

旗はなく、戦に向かう部隊ではなさそうだったが、五百すべてが一騎当千の手練《てだれ》でもあるかのような一種異様な迫力があり、殺気をじゅうぶんには読めない農民たちも、畦道《あぜみち》に出て見物するのを控えた。それだから、騎馬隊のまんなかあたりにひとり、剣を持たないやや小柄な人物がいることに、目をとめた者はいなかった。

一行は、盆地のはずれに着くと、旺廈《おうか》の村を川向こうから囲い込んでいた刑部所の役人たちと交替した。村の者らは、新手がただ者でないことを感じ取り、名に恥じぬようみごとに死んでみせる時が来たと、弓矢や槍《やり》、剣を持つ手に力をこめた。

包囲の人垣から、馬が一頭走り出た。水しぶきをあげて川を渡り、村に近づいていく。使者をあらわす三角の赤旗は、掲げていない。

どちらにしても同じことだと、村の者らは、馬上の人物に矢先を向けて弓をかまえた。そして、相手がどれほどの身分の者か見定めようと、目をこらした。

馬は青鹿毛《あおかげ》。馬具には金銀の細工が施されており、きらりきらりと光を放つ。

騎手は鎧《よろい》を着ていなかった。武器も携えていないようだ。乗り手の顔が見えるほどに馬が近づいたとき、弓を引き絞っていた者のうち年配者の半数近くが、腕の力を抜いて弦をゆるめた。

村には柵《さく》がめぐらしてあったが、一箇所だけ、敵を誘い込むかのような切れ目があった。彼らは身を守るためでなく、一人でも多くの敵を道連れにして死ぬために武器をとったのだから、完全に閉ざされた柵は必要なかったのだ。

青鹿毛の馬は、その切れ目を抜けて村に入った。

そのころには若者たちも、近くで交わされるささやきから、闖入者《ちんにゅうしゃ》が何者なのかを知らされていた。彼らの顔には、驚きとも怒りともつかない表情が浮かんでいた。

馬は、村に入ると並足になって、広場につくられていた即席の本陣に向かい、ただ一人いまだに矢を正面に向けている村長の前で蹄《ひづめ》を止めた。馬上の人物が、鞍《くら》から地面に飛び下りた。そして、手綱を受け取る者が来るのを待つふうだったが、誰も動こうとしないのを見て、手をはなした。自由になった馬は、のそのそと歩いてその先の草の生えた場所に行き、首を垂らして食事をはじめた。

馬から下りた貴人は、正面で弓をかまえる村長に言った。

「何をしている。私が誰か、わからないのか」

村長は、すぐには返事をしなかった。だが、口をきくのがいやなのでなく、言いたいことがありすぎて、返すことばを見つけるのに手間がかかっているらしい。短い時間にその顔面には、さまざまな変化があらわれた。

「わかりません」

かすれた声で、ようやくそれだけ言って、村長は弓を下ろした。けれどもそれは、相手を認めたしるしではなかった。代わりに両目をかっと開いて、ふたつの眼球と口とから火矢が飛び出さんばかりの勢いで、にらみつけながら叫んだ。

「あなたには、自分が誰か、わかっておいでか」

ガチャガチャと、まわりの者らが武具を揺する音がした。村長の一声があれば、いつでもこえた。

周囲の殺気を感じていないわけでもないだろうに、無紋の貴人はほほえんで、ゆったりと答
「もちろんだ」

の相手を斬るとの意思表示だ。

「それに、おまえが私の顔を知っているということも、わかっているぞ」

もしもこの場に穭《ひつち》がいたら、はじめて彼の面前にあらわれたときの薫衣《くのえ》を思い出したことだろう。何の力も入っていない、のびやかな、「おそれるものが何もない、王者のような」態度。

「あなたのお顔は、亡き頭領様にそっくりです」

苦々しさがにじみ出た声だったが、薫衣《くのえ》はほめられでもしたかのように、にっこりとした。

「他人の空似ではないぞ」

村長の顔が、くしゃっと歪《ゆが》んだ。

「けれども、あの尊きお方のお子様は、おひとりは鳳穐《ほうしゅう》に殺され、もうおひと方は……」

村長の手の中で、弓束《ゆづか》が音をたてて折れた。

「仇《かたき》の娘をもらうために、自ら名前を捨てたという」

こぶしのままの右手から、ぽたりと赤いしずくが落ちた。

「おまえは、この村を迪《みち》びく者ではないのか」

薫衣《くのえ》の問いに、村長は無言でうなずいた。こんな相手にこれ以上、ことばでもしぐさでも返
答などしたくないといったようすの、ごくわずかな首の動きだった。

「だったら、風の噂で聞いたことに、大事な判断を委《ゆだ》ねてはならない」

村長は、はっとした顔になって大きく目を見開いた。希望の光を見出《みいだ》したとでもいうように。

だがすぐに、渋い顔に戻って、今度は大きく首を左右に振った。

「現にあなたは、十年間も、仇の下でのうのうと暮らしている。敵の頭領の義弟となって、その前に膝《ひざ》をついて拝命し、どんな言いつけにも従うという忠臣ぶりを示している」

「私は、そんなことはしていない。おまえも旺廈《おうか》の人間ならば、私の言うことだけを信じよ」

「しかし、そもそも、あなたは……」

「私は父の死によって、旺廈《おうか》の頭領となった。そして、そなたらが誰に何を聞いたとしても、私の口から直接に、頭領をやめると聞いたことはないはずだ」

「しかし、現にあなたは、十年間も……」

「私は十年間、四隣蓋城《しりんがいじょう》にいて、わかったことがある。かつて父母が語ったとおり、鳳穐《ほうしゅう》は旺《おう》廈《か》より、劣っているということだ。彼らは頭領から受けた命令に、素直に従うとはかぎらない。いちいち理由を聞きたがり、聞いても納得できなければ、手を抜こうとしたり、陰でこっそり背いたりする。鳳穐《ほうしゅう》殿は気の毒に、それでずいぶん苦労している」

村長や村人たちの顔に、困惑があらわれはじめていた。ことに若者らは、明らかに動揺していた。目の前の薫衣《くのえ》は、それまで彼らが抱いていた像――卑屈な追従《ついしょう》屋、恥知らず、自己保身のかたまり――から、大きくはずれていたのだ。

「とはいえ、人の心は弱いものだ。鳳穐《ほうしゅう》より気高い旺廈《おうか》の者たちでも、まったく理由を聞かされていなければ、不安になることもあるだろう。私がほんとうに、一族のためになることをしているのかと」

「あなたは、鳳穐《ほうしゅう》の頭領に対して頭を下げることが、一族のためだとおっしゃるのか。名前を捨て、鳳穐《ほうしゅう》の女を妻とし、兵を与えられても蜂起《た》ちもせず……。こうしたことがすべて、旺廈《おうか》のためだと、平然と口にされるのか」

「見かけでものごとを判断してはならない。私のしていることが、なぜ旺廈《おうか》のためになるのか、おまえたちが望むなら、聞かせてやろう。だが、こういう話はすわってするものだ。場を移せないか」

　村長は、無言で彼を屋敷の表座敷に案内した。憮然《ぶぜん》とした表情からは、この厚顔無恥な若者に言いくるめられたりしないぞという決意が読み取れた。けれども、薫衣《くのえ》が当然のように奥の上座にすわるのをとめだてせず、自分はその正面に正座した。

　村長の左右に、村役たちが座を占めた。その後ろには年配者たちが、詰められるだけ詰めてすわった。障子はすべてはずされて、すぐ外の庭に、残りの村人たちが、老いも若きも女も子供も集まって、少しでも話がよく聞こえる場所にいようと、ぎゅうぎゅうづめになって立っていた。

　庭からは、柵の向こうがよく見えた。異変があればすぐに戦いに出ることができる。だから見張りも立てなかった。誰ひとり、薫衣《くのえ》のことばを聞き逃したくなかったのだ。

「まず言っておくが、たとえば戦の大将は、兵を動かすとき、常にその目的を語るわけではない。これからおこなう攻撃が、相手を引きつけるための囮《おとり》なのか、それともまさに敵を打ち破るためのものなのか、知らせていないほうが、良い結果をもたらすことがあるからだ。同じように、私がこれから話すことは、本来、人の耳に入れるべきものではない。道理のわからない者に知れたら、旺廈《おうか》だけでなく翠《すい》を損なうことになる。

しかし、おまえたちは、誤った判断のもととはいえ、旺廈《おうか》のために死を選ぼうとした者たちだ。正しい道を知ることで、誰よりも確かにそれを歩んでくれると信じている」

村長は、冷笑を浮かべて言った。

「あなたはまるで、ご自分が、我らが頭領であるかのような物言いをなさる。お忘れですか。あなたは自ら、尊い名を捨てられた。我らの正当な居場所を奪い返すことも、親兄弟の恨みを晴らすこともあきらめてしまわれた。あなたはもはや、我らを迪《みちび》く者ではない」

「村長。おまえは、迪学《じゃくがく》の訓《おしえ》を知っているか」

「もちろん。知識は迪師《じゃくし》と暮らしておられたあなたに劣るかもしれませんが、おこないのうえでは、この村の者、誰ひとりとして……」

「知っているのなら、〈恨みを晴らす〉とは、私利を追うことだとは思わないか」

村長は、これまで耳にしたなかでもっとも意外なことを聞かされたという顔をして、口を開けた。

「し、しかし、仇を討つのは、なすべきことだと、迪学《じゃくがく》では……」

「仇を討つのは、恨みを晴らすためではない。その仇が、世に害をなすからだ」

庭に立つ者たちが、おそるおそる互いに顔を見合わせた。

「鳳稙《ほうしゅう》の先代の頭領は、まさに許すべからざる悪人だ。だがすでに、報いを受けて、病に苦しみぬいて死んでいる。いまの鳳稙《ほうしゅう》殿は、父親の悪事に加担していない」

「けれども、当然にあなたがいるべき座を占めている。それだけで……」

叫んで村長は、しまったという顔をして唇をかんだ。

「国が正しく迪《みちび》かれているのなら、誰が王かということなど、大した問題ではない。鳳稙《ほうしゅう》殿はいまのところ、大過なく務めを果たしておられる」

あたりはまたざわめいた。

「しかし、しょせんは鳳稙《ほうしゅう》。いつまでも過《あやま》たないはずがない」

「もちろんだ。だから、私が見張っている。そうやって私は、国を迪《みちび》くという、旺廈《おうか》の頭領の務めを果たしているのだ」

「嘘だ、だまされないぞ」

村長が、歯をむきながら大声を出した。

「あなたは虜囚だ。命を長らえるために、仇に膝を屈したのだ」

「それは、見せかけのこと。鳳稙《ほうしゅう》殿と私で取り決めたのだ。翠《すい》のためにはいまのところ、鳳稙《ほうしゅう》殿が治め、私がそれを見張るのがいちばんいいと。しかし、表向き、そうでないよう装う必要があった」

「翠《すい》のためにいちばんいいのは、我が旺廈《おうか》の頭領が四隣蓋城《しりんがい》の主《あるじ》となり、鳳穐《ほうしゅう》を根絶やしにすることです」

「その判断は誤りだ。穡《しょく》大王の事跡も、迪学《じゃくがく》も、殺すことでなく育《はぐく》むことを説いている。無論、全体を育むために、一部を殺さなければならないことはある。だが、勝ち目のない戦を起こして世を乱し、民を殺すのは、もっともしてはならないことだ。それは、旺廈《おうか》の名が、後の世でそしられることにもつながる」

「だからといって、仇と手を結ぶなど」

「ほんとうに大切なことのために、なしがたきをなすことが、私の務めだ」

村長のふたつの手が、膝の上でこぶしを握った。

「そもそもそんな取り決めはおかしい。偽りに決まっている。我らから四隣蓋城《しりんがい》を奪い取り、すべてを自由にできる鳳穐《ほうしゅう》が、なぜ、わざわざ見張りを置こうとするのです」

「なぜなら鳳穐《ほうしゅう》殿も、穡《しょく》大王の血をひく者だからだ。鳳穐《ほうしゅう》全体が旺廈《おうか》より劣っているからといって、穡《しょく》大王の訓《おしえ》を、誰ひとりわかっていないわけではない。いまの鳳穐《ほうしゅう》殿は、わかっておられる」

「何を」

「すべてを自由にできるとは、すべてを翠《すい》のために捧《ささ》げなければならないということだと。国や一族を育むことにならない仇討《あだう》ちは、私利を追う恥ずべきおこないだと」

「あなたが恥を語られるとは」

「いけないか」

「あなたは我らが恥と思う、あらゆることをしてこられた」

「どんな」

「まず、鳳穐《ほうしゅう》に頭を下げられた」

「礼儀上、当然のことだ。おまえは婚姻の申し込みのとき、妻となる者の父や兄に、頭を下げないのか」

「なぜ、鳳穐《ほうしゅう》の娘を妻になど」

「気立てがいい。なすべきをなすことを知っている。そして、穡《しょく》大王の血をひいている。私の妻としてふさわしい女だ」

「しかし、そのために、名を捨てると言われたのは」

「それは謀《はかりごと》だ。さっき言った取り決めのためのものだ」

村長はふたたび、顔に冷笑を浮かべた。

「あなたにとってその取り決めは、蜂起《ほうき》しないための口実ではないのですか。戦をおそれているだけなのではありませんか」

「私は蜂起しないなどと言ってはいない。いまは、その時でないだけだ。翠《すい》を損なわないで四《し》隣蓋《りんがい》城を奪い返す機会が訪れたなら、私はいつでも蜂起《た》つ」

ほう、という安堵《あんど》の吐息が、庭と座敷でいくつも聞こえた。村長はその響きを打ち消そうとするかのような厳しい声をあげた。

「鳳稚《ほうしゅう》の政《まつりごと》に力を貸すことで、あなたはその機会を、自らつぶしておられるのだ」

「村長。だいじなことだから、いまいちど確かめておくが、穡《しょく》大王の血をひく我らがなすべきことは、まず第一に、翠《すい》を育むことだ。おまえが私に四隣蓋城《しりんがいじょう》を奪い返してほしいと思うとき、その目的は何だ。天下人の一族となって、良い暮らしをするためか」

「違います」

「だったら、城を奪うためにやみくもに戦を起こさないことが、恥ではないとわかるはず。よいか、恥とは、人にそしられることではない。恥とは、私利にとらわれること。小事に目を奪われて、大事をおろそかにすること。困難を理由に義務を怠ること。すなわち、おまえがしていたことだ」

「わ、私は、一族の誇りを守るために……」

「りっぱに死んだとほめられることを求めたのなら、それは私利にとらわれたからだ。もう一度言う。恨みを晴らすことは、務めを果たすことの前では小事。そして、務めを果たしつづけるのは、華々しく死ぬことよりも、ずっとずっと困難なのだ。意味をなさない死は、その困難から逃げることにほかならない。おまえはその恥ずべき道に、村全体を引き入れた」

「しかし、私は……」

「困難から逃げたくなければ、己の過ちから目をそむけるな。正すことをおそれるな。そなたの心がけは気高かった。ただ、何がなすべきことなのかを、見誤っていただけなのだ。おまえたちのなすべきことは、ここで生き抜くことだ。どんなに苦しくても、ここで生きつづけることが、翠《すい》を育むことにつながるのだ」

村長の右隣の総白髪の男が、たまりかねたように声をあげた。

「我らが四隣蓋城《しりんがいじょう》に戻れる日は、二度と来ないということですか」

「私利を追うためでなければ、それは問題ではないはずだ。だが、さっき約束したとおり、翠《すい》を損ねずにそうできる機会があれば、私は蜂起して、鳳稚《ほうしゅう》を破り、おまえたちを城に入れる。では、その機会が訪れなかったらどうなるか。実は、同じことなのだ。鳳稚《ほうしゅう》殿は、いずれ旺《おう》廈《か》の者も、能力《ちから》があれば高い地位に就けていくと約束している。旺廈《おうか》は鳳稚《ほうしゅう》より優れているのだから、そうなれば、自然と城にいるのは旺廈《おうか》ばかりということになるだろう。たとえおまえが城に戻れる日が来なくても、おまえの子か孫かひ孫は、正しく生き、正しく迪学《じゃくがく》を修めていれば、城に呼ばれて、占めるべき座を占めることになる」

場がしんとしずまった。混乱は葛藤《かっとう》へと変わっていた。新規な考え方、正論に聞こえはするが、夢のようなとほうもない話を受け入れるか否かの。

どうやら村長が、もっとも大きな葛藤を抱えているようだった。

「しかし、しかし、しかし、いくら謀《はかりごと》とはいえ、名を捨てるというのは……」

「ずいぶんそれにこだわるのだな。では、戦で、囮《おとり》を使うことをどう思う。勝てる敵に後ろを見せるのは、恥ずべきことだ。けれども、そうやって逃げておいて、敵を思う所に誘い込むのは賢い工夫。勝利のための正しい手段ではないか」

村長は、両手で頭をかきむしった。

「しかし、しかし、鳳穐《ほうしゅう》の連中が、都で大手を振って暮らしているのに、我らはこんな辺鄙《へんぴ》な地で、泥にまみれて、誰からも敬われることのない生活を……」

村長が吐き出したのは、本音だった。そして、迪学《じゃくがく》をはずれた私情だった。だが薫衣《くのえ》は、それを責めも叱りもしなかった。

「しかたがないのだ。なにしろ鳳穐《ほうしゅう》は、我らより劣っている。あの者たちには、どんなに大事な務めのためでも、苦労に耐える力がない。だからいま、我らがそれを担っている。この苦労は、後の世から見て、我らが一族の誉れを築くものになるだろう。おまえたちは、そのことを誇りとせよ」

それから薫衣《くのえ》は、かつて鳳穐《ほうしゅう》の重臣らが気圧《けお》された、力みも衒《てら》いもないのびのびとした態度であたりを見渡して、言った。

「私のすることが、すべては理解できないかもしれない。だが、誰もが理解できるわけではないことを、おしすすめるために頭領がいる。おまえたちは、私を信じなければいけない。私はこれまでただの一度も、我が血を裏切ってはいない。たしかに私は、いま旺廈《おうか》の名で呼ばれることがない。雷鳥の紋を身につけてもいない。だが、そもそもどちらも必要ないのだ。私自身が雷鳥だから」

あたりは、水を打ったようにしずまりかえった。

「さて、おまえたちにたずねるが、私はおまえたちを迪《みちび》く者だ。まだそれを疑うのか。それとも、私に従うか」

庭にいた者たちが、次々にその場に膝《ひざ》をそろえてすわり、頭を下げた。その波は、部屋の中の者らにも伝わっていった。

「従います」

「頭領様」

「すべて仰せのままに」

最後に村長が、両手をついて額《ぬか》ずいた。

「私が間違っておりました。村を意味のない死に導こうとしたこと。御身に対する数々の無礼。どちらも万死に値します。どうぞ、お手打ちになさってください」

「すべて許す。私はおまえたちを救いに来たのだ。おまえたちが誤りそうになったとき、正すために私はいる」

人々はあらためて、薫衣《くのえ》に向かって大きく辞儀をした。

それから薫衣《くのえ》は、村長とふたりきりで別室に閉じ籠《こ》もり、具体的な話をした。武器を置くこと。その手順。今後の刑部所とのつきあい方。なかには村長にとって耐えがたい内容もあったが、「耐えがたきを耐えること」を誇りにすると、村長は誓った。

部屋を出た薫衣《くのえ》の前に、たくさんの若者が駆け寄ってきて、ひざまずいた。

「頭領様。おひとりでお戻りになってはいけません。どうか、私をお連れください」

「おそばで仕えさせてください」

「禄《ろく》などいっさいいりません」

「どんな用でもいたします」

「どうぞ、私をおそばにおいてくださいませ」

「いえ、私を」

「私を」

若者らは、酔ったように、薫衣《くのえ》を熱っぽく見上げていた。

薫衣《くのえ》は困った顔で村長を見たが、村長は助け船を出さなかった。

「頭領様。この者たちは、地を耕すことを生業《なりわい》とする家に生まれたわけではありません。しかたなく、いまの暮らしをしております。それに耐えると誓いはいたしましたが、このなかの一人でも二人でもお連れくださるなら、村の誉れとなりましょう。頭領様が、鳳穐《ほうしゅう》の家臣になったわけではないとおっしゃるのなら、付き人をともなって城に戻られてもよいではありませんか」

「それもそうだな」

薫衣《くのえ》はあっさりと承諾して、目の前にひざまずいている三十人近い若者を見回してから、まず言った。

「ただし、城の暮らしはとても厳しい。ひもじさとか、からだのきつさを言うのではない。心のつらさが、いっそ死んだほうがましだと思うくらい、のしかかってくるだろう。それに負けてしまうおそれがある者は、連れていけない。旺廈《おうか》全体を損ねることになるからだ。自信のない者は去れ」

二人が立ち上がって、一礼して歩み去った。

つづいて薫衣《くのえ》は言った。

「いまの二人が臆病《おくびょう》だと思った者は立て」

勢いよく立ち上がった者が四人、おそるおそるが三人。

「おまえたちも去れ」

七人は驚いて口を開けた。

「言っておくが、さっきの二人やおまえたちが、ここに残る者より劣っているというわけではない。ただ、おまえたちにはこの村でこそ、やるべきことがある。皆、よくおぼえておくがいい。この村で、地を耕し、家を守り、村を守ることは、私について城に来るのと同じくらい……いや、おそらくそれ以上に、誉れのある務めなのだ」

それでも七人は少しうつむいて、その場をあとにした。

「さて、残ったおまえたちのなかに、兄弟のいない者はいるか」

六人が、しぶしぶと立ち上がった。一人など、隣の者につっつかれての起立だった。薫衣《くのえ》は彼らに向かってやさしくほほえんだ。

「私が言いたいことは、わかるな」

最後に立った若者が、さっと頭をかがめて言った。

「はい。私の第一の務めは、父母に仕え、家を守ることです。頭領様におそばでお仕えできないことは、口惜しゅうございますが」

「自分の務めをきちんと果たしている者は、誰でも私のそばにいる」

六人はむせびながら出ていった。

残る十数人には、一人ひとりに質問をしていった。

「誇りとは何か」「困難と不可能は、どうやって見分ける」といった迪学《じゃくがく》の問答のようなものから、「父親の悪口を言われたら、どう言い返す」「見知らぬ者に、いきなり後ろから殴られたら、まず何をする」といった逆境での行動を聞く問いまでを、薫衣《くのえ》はいくつも投げかけて、慎重に三人を選び出した。

また、独断でこんなことをして――と、穭《ひづち》は少々あきれたが、薫衣《くのえ》が連れ帰った三人を受け入れることにした。そろそろ、名を捨てていない旺廈《おうか》の者が城にいてもいいころだ。とはいえ高い役職に就けるわけにはいかないから、薫衣《くのえ》の付き人というのは悪くない。

まさか稲積《におみ》のいる住居には置けないので、この三人は、棗《なつめ》の住居の前室に住まわせることにした。

彼らに帯刀は許さなかった。薫衣《くのえ》にきっちり言い聞かされているようで、三人は、そうした待遇にも、侮辱の視線にもよく耐えていたが、一族を誹謗《ひぼう》する直接的なことばには、毅然《きぜん》と言い返していた。彼らは名を捨てていないのだから、当然といえば当然だ。

薫衣《くのえ》が言ったとおり、危険をおかした甲斐《かい》があった。この三人の出現は、土手を破らないでいどのよい刺激となって、川の流れを、彼らの目的とするほうに導いていた。

——これで、三度目だな。

穭《ひづち》は苦笑した。薫衣《くのえ》を動かして勝負に出ると、必ず予想以上の成果をあげる。最初の二度——戦のときには、じゅうぶんな勝算があったが、このたびのことは、傍目《はため》には無謀な賭《か》けとみえただろう。

だが穭《ひづち》は、薫衣《くのえ》を出発させてから、一度も不安にかられなかった。薫衣《くのえ》なら、きっとやりとげる。

そう信じていた。いや、わかっていた。だから薫衣《くのえ》がぶじ戻ってきたときにも、驚かなかった。どうやって説得したか知らないが、おそらくことばよりも、薫衣《くのえ》が目の前にあらわれたことが、人々の気持ちを変えたのだ。

自分が薫衣《くのえ》だったらどうだったろうと考えた。一族の裏切り者とみなされている立場で、武装した村に一人で出かけられただろうか。殺されることなく、村にたどりつけただろうか。村人に武器を置かせることができただろうか。若者らが熱心についてきたがるほど慕われただろうか。

どの疑問にも「そうだ」と答える自信がなかった。泣きたいような、胸苦しいような気持ちになった。

——十八年前の十一月十日、荻之原では、西風でなく東風が吹くべきだったのかもしれない。何ひとつ持たない身で、ここまでのことをなした薫衣《くのえ》だ。玉座にあれば、どれだけのことをなしたたろう。きっと、旺廈《おうか》と鳳穐《ほうしゅう》の争いを終わりにすることも、自分で思いつき、誰の助力もなしにやりとげたに違いない。

息が詰まるほどに胸が苦しかったが、穭《ひづち》はこのとき、薫衣《くのえ》を殺してしまいたいとは思わなかった。事実と反することについて、悩んでみてもしかたない。現に四隣蓋城《しりんがいじょう》の主《あるじ》は彼であり、特別な才を持とうが持つまいが、この重責をどこまでも担っていかねばならないのだ。

第三章　ススキ野に吹く風

24

（穡朝《しょくちょう》暦二七六年・薫衣《くのえ》二十六歳）

鶲《ひたき》は勉強が好きだった。武芸の練習が好きだった。からだの鍛練が好きだった。なぜなら、勉強すれば賢くなれる。武芸に励めば強くなれる。鍛練を積めばたくましくなれる。

鶲《ひたき》はいまより少しでも、強く、賢く、たくましくなって、父親のようなりっぱなおとなになりたかった。

彼の父は、四隣蓋城《しりんがいじょう》様の義弟だった。顧問官という重要な地位に就いていた。翠《すい》を守る大事な戦で、二度、総大将をまかされた。そして、みごとに勝利をおさめた。

四隣蓋城《しりんがいじょう》には何人もの子供が住んでいたけれど、こんなりっぱな父親をもつ子は、そういない。それを思うと鶲《ひたき》の鼻の穴は、自然とふくらんでくるのだった。

――あ、でも、人とくらべて自慢に思ってはいけない。そういうのは、さもしいことなんだ。

鶲《ひたき》は迪学《じゃくがく》の訓《おしえ》を思い出して、ひとりで顔を赤くした。

――それに、父上がごりっぱなのは、地位とかそういうことだけじゃない。

鶲《ひたき》は父親の物腰が好きだった。しゃべり方が好きだった。母親に向ける笑みが好きだった。

それらすべてをひっくるめて、父がりっぱだと思っていた。

父のようになりたくて、しぐさをまねてばかりいたことがある。食事のときにも、箸《はし》の運びをそっくり同じにしていたら、隣にすわる妹の雪加《せっか》が、くすりと笑った。恥ずかしくなってそれ以来、人前でそんなことをするのはやめたが、九歳になったいまでも、ひとりきりでいるときに、父親の立居振舞をなぞってみたりすることはある。

今日もそうしているうちに、興にのって、父親になったつもりで自分自身に話しかけた。

「鶲《ひたき》、最近よく勉強しているな。剣の腕も上がったな。さすがは私の跡継ぎだ」

父の口調をすっかりまねることができたのに、急に足から力が抜けて、ぺたんとその場にすわりこんだ。

——ああ、また、さもしいことをしてしまった。

彼の父が、そんなことを言ったことは一度もなかった。それどころか、父が彼に直接声をかけるのは、あいさつを返すときと、彼が(勇気をふりしぼって)何かたずねたり話しかけたりしたときに、「ああ」とか「うん」とか短く答えるときだけだった。

ましてや、最後のひとこと「跡継ぎ」を、鶲《ひたき》は父の口から聞いたことがない。城に暮らす子供らのうち、正妻から生まれた長男はみんな、うるさいほど言われているというのに。

——父上は、私のことがお嫌いなのだろうか。

胸のうちでつぶやいてから、ぷるぷると頭《かぶり》を振った。

——ううん。父上のようにりっぱな方が、自分の子供を嫌ったりなさるはずがない。私が、父上の長男としてふさわしい人間になれていないからなんだ。私の努力をうながすために、わざとああした態度をとられるのだ。

いまの自分がどんなに跡継ぎにふさわしくないかを見つめるために、鵺《ひたき》は胸が苦しくなるのをがまんして、数日前のことを思い出した。

彼は、父の第二夫人のいる部屋を、裏からこっそりのぞいたのだ。父のもうひとつの住居には、じょうぶな塀がめぐらせてあったけれど、庭に面した座敷をのぞける小さな穴があることを、彼は偶然知っていた。

のぞいてみると、父がいた。笑顔だった。父の腕の中には、一歳になったばかりの異母弟《おとうと》がいた。鵤《いかる》という名のその幼子に向けて、父の唇が動いた。胸がかーっと熱くなった――。なんて、みっともないことをしてしまったのだろう。あのときの焼けるような胸の痛みは、その罰だ。もう二度と、のぞき見なんてしてはならない。人を見下してもならない。自分がいま手に入れられないものを、手に入れたかのような「ごっこ遊び」をしてはならない。

努力すればいいのだ。自分はあんなにりっぱな父をもっている。そのうえ母の血筋は穡《しよく》大王につながるもの。努力すれば必ず、その血にふさわしい人間になれるはず。

――そうなったら父上も、私を認めてくださる。私にも、笑顔でことばをかけてくださる。

だから鵺《ひたき》は勉強が好きなのだ。武芸の練習が好きなのだ。からだの鍛錬が好きなのだ。

鵺《ひたき》は、毎月十日が好きだった。特別な用事がないかぎり、四隣蓋城《しりんがい》様のご一家と、昼食を共にすることになっているからだ。

その日は、父と母と妹と、四人連れだって、四隣蓋城《しりんがい》様のお住まいに向かう。気むずかしいと評判の四隣蓋城《しりんがい》様も、この昼食の場ではご機嫌がいい。ご正室様は、いつもなんだか取りすましたお顔で、あまり笑顔をおみせにならないけれど、ご長男の（そして、ご正室様のお産みになった唯一のお子様である）豊穣《ほぜ》様は、目があうとにっこりなさる。鶲《ひたき》は豊穣《ほぜ》様より二つ年下だったけれど、〈ご学友〉としていっしょに勉強していたのだ。

食事の席では、もっぱら四隣蓋城《しりんがい》様がおしゃべりになる。他の者は、この方に話しかけられたとき以外、口をきいてはいけないのだ。

四隣蓋城《しりんがい》様は、その場にいる全員に、順に声をおかけになる。たいがいは、鶲《ひたき》の父が、最初に話しかけられる相手だった。

鶲《ひたき》は、父と四隣蓋城《しりんがい》様が話しているのを見るのが好きだった。おふたりのごようすや、やりとりされることばから、父がどれだけ四隣蓋城《しりんがい》様に信頼されているかがわかるのだ。

その日、四隣蓋城《しりんがい》様は、おとなとの話がおわると、上機嫌な顔のまま、豊穣《ほぜ》様より前に、鶲《ひたき》に声をおかけになった。

「迪学《じゃくがく》の師が替わったそうだな」

鶲《ひたき》は緊張しながら、背をいっぱいに伸ばして答えた。

「はい。とても熱心な先生です」

四隣蓋城《しりんがい》様は、満足げにうなずかれて、さらに聞かれた。

「今日は、どんなことを習った」

願ってもない質問だった。きちんと答えてみせたら、鶲《ひたき》がどんなに習ったことをよくおぼえているか、父にわかってもらうことができる。もしかしたら、こちらを向いて、ほほえんでくださるかもしれない。

「はい。今日は歴史の勉強でした。荻之原の戦のことを教わりました。今をさかのぼること十九年、十一月三日の明け方、旺廈《おうか》の暴政をみかねた鳳穐《ほうしゅう》の先の頭領様が旗揚げなさり、みごと、旺廈《おうか》の一族を一人残らず四隣蓋城《しりんがいじょう》から追い出したのです。先代様は、逃げる軍勢に追手をかけ、十一月十日、ついに荻之原で追いつきました。旺廈《おうか》は浅はかにも枯野に火を放ち、火勢を味方につけようとしたのですが、自分たちがその火にまかれ、逃げ惑いました。鳳穐《ほうしゅう》軍は、その機に乗じて一気に攻め、天下に仇《あだ》をなしてきた旺廈《おうか》の頭領を討ち取ることができたのです」

最後まで間違えずに言えたので、ほっとした。それから、その場の空気がおかしいことに気がついた。

正面にすわる豊穣《ほぜ》様が、驚いたような顔をしている。今朝方いっしょに聞いたことを復唱しただけなのに、どうしてだろう。

豊穣《ほぜ》様の母君は、気味の悪いものでも見るかのようなしかめた顔で、鶲《ひたき》を見ていた。四隣蓋《しりんがい》城様のお顔からも、機嫌のよさをあらわす頰の皺《しわ》が消えている。

左手にすわる妹の雪加《せっか》は、おびえていた。この場の凍りついたような雰囲気がこわいのに違いない。右手にすわる母親は、うつむいて、少し悲しそうな目になっていた。

その右手にいる父親のようすを、鶲《ひたき》はおそるおそるうかがった。父の顔には、どんな表情も浮かんでいなかった。まるで仮面をつけているみたいで、視線はじっと一点に据えられているのだけれど、何も見ていないようなまなざしだった。

父はたまに、住居《うち》でもこんな顔をした。そんなとき、父のまわりに見えない壁があるみたいで、鶲《ひたき》は切なくなった。

このとき出来ていた壁は、とてつもなく厚かった。どんなに叫んでも、鶲《ひたき》の声はけっして父に届かない。どんなに手を伸ばしても、鶲《ひたき》の指は父に近づくことがない――。

「おほん」

と四隣蓋城《しりんがいじょう》様が咳払《せきばら》いをなさった。

「どうやらその師は、あまり教え方がよくないようだな」

「申し訳ありません。私は……」

「おまえが悪いのではない。習ったことに、少々の間違いがあったのだ。まず、荻之原では、追いついたのでなく、待ちかまえられていた。あの段階ではまだ、どちらが勝つかわからない、五分の戦いだったのだ。また、枯野に火をつけるというのは、悪い策ではなかった。ただ、偶然に風向きが変わった、それだけだ。それに、旺廈《おうか》の先代は、暴政などおこなっていない。……まあ、特にすぐれた政《まつりごと》だったとも思わないが」

「はい」

と鶲《ひたき》は身をちぢこまらせた。

「どうやら、また師を替えたほうがよさそうだな。最近ますます、良い師を見つけるのがむずかしくなった。ところで、どうしたみんな。箸が動いていないようだが」

四隣蓋城《しりんがい》様にうながされて食事が再開したが、鶲《ひたき》は何を口に入れても、少しも味を感じなかった。

25

豊穣《ほぜ》は、生まれ育ったこの城の、塔より奥の区域を、自分のてのひらのように知っていた。たくさんの住居や通路、湯殿や縫殿《ぬいどの》、中庭や倉庫が入り組んでいる、あたかも迷宮のような構造が、すっかり頭に入っていた。

四隣蓋城《しりんがい》様と呼ばれる鳳穐《ほうしゅう》の頭領の正妻腹の長男だから、豊穣《ほぜ》はここで遊ぶ子供たちの大将だった。勉強や武芸の稽古《けいこ》にいそがしくて、自由に遊べる時間は少なかったけれど、そのときには、少しもじっとしていなかった。子供たちを引き連れて、駆け回ったり、床下にもぐりこんだり、屋根によじのぼろうとして叱られたり、まさかと思うようなところに出没して女官にいたずらをしかけたり。

いまはもう、そんな子供っぽいことはやらないけれど、頭の中の地図は鮮明なままだ。だから、見落とした場所はないはずだった。なのに、鶲《ひたき》が見つからない。いったいどこにいったのだろう。

住居にいないのは確かだった。女官が彼に嘘をつくはずがない。

鶲《ひたき》がよくひとりで剣の練習をしている、松の木立ちがある庭にも姿がなく、松の枝に新しい傷もなかった。子供が隠れてしまえるような草むらや岩陰ものぞいたけれど、見当たらない。もしや行き違ってしまったかと、通りがかりの女官にたずねても、誰も姿を見ていない。

豊穣《ほぜ》は、鶲《ひたき》に聞きたいことがあった。昨日の昼食の場でのことだ。たしかに新しい迪学《じゃくがく》の師は、あのとおりのことを彼らに教えた。鶲《ひたき》が誰の子か知らないのか、それとも、知っていてわざと言ったのか。

たぶん、わざとだ。あの言い方には悪意があった。豊穣《ほぜ》でさえ、いたたまれない気持ちになった。なのに、鶲《ひたき》はいつもように熱心に、師のお話をうなずきながら聞いていた。しかしまさか、顧問官の前で、そのままを復唱するとは。

もう一度、松の木立ちに行ってみようと考えて、近道をするために大倉《おおぐら》の横を通った。

大倉は、薪とか炭とかの重くて量のあるものを納める倉で、人通りの少ない場所にあった。豊穣《ほぜ》はまだ小さかったころ、しんとしたその場所で、どっしりとした造りのこの建物を見上げるのが好きだった。

だが、さらに好きだったのは、床下にもぐりこむこと。そのころそこは、豊穣《ほぜ》のもっともお気に入りの遊び場だった。まわりが板で囲ってあって、からだの小さな子供しかもぐりこむことができず、また声も漏れにくかったので、この中でなら、ほんとうに自由に遊べる気がしたのだ。

だがその後、危ないからと、床下で遊ぶことが禁じられ、子供ならもぐりこめた穴も板でふさがれてしまった。力ずくではがせない板ではなかったが、豊穣《ほぜ》はあきらめることを知っていた。どんな楽しい遊びにも、終わりの時は来るのだ。

いまでは床下にもぐりこみたいという誘惑にかられることもなくなっていたのだが、大倉の脇を通るとき、穴をふさいでいる板に、つい目がいった。板は斜めにかしいでいた。

そばに行って、手を触れてみた。簡単に動いた。豊穣《ほぜ》は板を横にどけて、彼には小さくなりかけている穴に、無理矢理からだを押し込んだ。

わんわんというううなりが、床下では鳴り響いていた。獣の群れが口々に吠《ほ》えているようで、思わず身をすくめた。

だが、落ち着いて聞いてみると、反響のせいでわんわんといくつもに聞こえるだけで、音源はひとつのようだ。豊穣《ほぜ》は腰をかがめたまま、ゆっくりと、そちらのほうに進んでいった。

獣の吠え声ではない、人の泣き声だとわかってきた。けれども人にこんな声が出せるものかと、まだ豊穣《ほぜ》は半信半疑だった。薄明かりのなか、前方にぼんやりと、木材のものではないやわらかな影が見えてきた。そばまで行って、人だとわかった。膝《ひざ》を抱えて全身を震わせている、豊穣《ほぜ》よりも小さな子供。

「鶲《ひたき》」

声をかけたが、泣き声もからだの震えも、少しもしずまらなかった。まるで、喉《のど》の奥に大きな玉がいくつも押し込まれていて、それを必死で吐き出しているかのような身の動き。玉は、口から押し出されると、割れて、犬の遠吠えにも似た音になる。

「鶲《ひたき》」

もう一度、大きな声で呼んでみた。

「ほ……ぜ、さま」

号泣がしゃくりあげに変わり、そのあいまを縫って、返事が聞こえた。

「鶲《ひたき》、どうした」

鶲《ひたき》は何か答えようとしたようだったが、嗚咽《おえつ》にじゃまされて、意味のあることばは出てこなかった。

豊穣《ほぜ》は、五歳を越えてからの鶲《ひたき》が泣くのを、見たことがなかった。我慢づよい子供というより、鶲《ひたき》は陽気な性質《たち》だった。転んで膝《ひざ》をすりむいても、自分の転び方がおもしろかったと笑い声をあげるような。

怒って声を荒らげることも、めったになかった。勉強熱心で、ものおぼえがよくて、だから二つ年下なのに、豊穣《ほぜ》の勉強仲間になっていた。そのうえ鶲《ひたき》は豊穣《ほぜ》にとって、異母弟《おとうと》たちをのぞくと――つまり、正妻腹だけでみると――もっとも血の近い子供だった。

だから、いちばん仲のいい遊び相手になっていてもよかったのだが、その複雑な血筋のことがあって、少しだけ敬遠してしまっていた。鶲《ひたき》がいると、何となく気を遣ってしまうのだ。

他の子供もそうだったようで、たまにこっそり仲間外れにすることもあったが、鶲《ひたき》はそれに気づいていないのか、気づいても気にしないのか、いつもにこにこ笑っていた。

そんな鶲《ひたき》が、身も世もなく泣いている。

豊穣《ほぜ》は、見てはならないものを見てしまったような、いてはならない場所にいるような、どうしていいかわからない気持ちになった。

「いい。無理にしゃべらなくていいから」

鶲《ひたき》の呼吸があんまり苦しそうなので、隣にしゃがんで、背中から肩に手をまわし、力いっぱい抱きしめた。そうしていないと、鶲《ひたき》のからだがばらばらに壊れてしまう気がした。

鶲《ひたき》は泣きつづけた。しゃくりあげ、嗚咽を漏らし、時にうわごとのように何かを言ったが、何を言っているのか、少しも聞き取れなかった。

どれくらいいたったろう。鶲《ひたき》のしゃくりあげる動きが小さくなった。泣き声は、細く短くなっていった。豊穣《ほぜ》は抱きしめていた腕を解《ほど》き、その手で背中をさすりながら、もう一度たずねた。

「いったい、何があったのだ」

鶲《ひたき》が、嗚咽を呑《の》み込みながら答えた。

「今朝、先生のところに行って、昨日のこと、お話ししたら……そうしたら、先生は、四隣蓋《しりんがい》城様は、顧問官殿に遠慮されたんだろうと。意味がわからなくて、たずねたら……。私は、知らなかったんです。まさか、父上が……父上が……」

「まさかと思うが、おまえ、顧問官殿が、旺廈《おうか》の頭領だったと知らなかったのか」

うわあ、と悲鳴をあげるように、鶲《ひたき》の泣き声がまたはじけた。

豊穣《ほぜ》は、従弟《いとこ》の背中をさすりつづけた。

——信じられないような話だが、本当のことらしい。そうでなければ、師のことばをあんなに平然と聞けないだろうし、顧問官殿の面前でそれを復唱など、するはずがない。だが、どうして城じゅうの者が知っていることを、当人の息子が知らずにいたのだ。

さすっているうちに、鶲《ひたき》の背中がどんどん小さくなっていくようで、豊穣《ほぜ》は自分まで泣きたくなった。

——そうか。息子だからか。もしも顧問官殿も叔母《おば》上も、鶲《ひたき》に話さなかったとしたら、他人がわざわざそんなことを耳に入れたりしないだろう。私たちだって、鶲《ひたき》の前では一度も、旺廈《おうか》だ鳳穐《ほうしゅう》だという話はしなかった。

「そうか。知らなかったのか」

鶲《ひたき》に対してというより、ひとりごとのようにつぶやいた。

旺廈《おうか》の頭領（あるいは元頭領）と、鳳穐《ほうしゅう》の頭領の同母妹とのあいだに生まれた子供。そんな複雑な立場にありながら、いつもにこにこ笑っている鶲《ひたき》を、豊穣《ほぜ》はこれまで、強い人間だと思っていた。薄気味悪いほど強いと。

だが、違った。鶲《ひたき》はただ、知らなかったのだ。

「私は、とりかえしのつかないことを。父上は、いったい何と思われただろう。きっと、許してはくださらない」

「鶲《ひたき》。おまえは何も悪くない」

「だって、あんなことを、あんなことを、父上の前で」

「おまえのせいじゃない。だいたい、顧問官殿が、何も話していなかったのがいけないのだ」

「父上は悪くない。私が……私が……」

どうして鶲《ひたき》が、こんなに泣きじゃくらなければならないのだろうと豊穣《ほぜ》は思った。鶲《ひたき》は何もしていない。父親が大好きで、熱心に勉強していた、それだけなのに。

「それに、もうだめなんです」

「何が」

「どんなにがんばっても、無理なんです。父上が、私を好きになってくださることはない。そんなことは、最初から無理だったんです。だって、だって……」

「鶲《ひたき》、しっかりしろ。おまえらしくないぞ」

「だって、私には、鳳穐《ほうしゅう》の血が流れている」

そしてまた、泣き崩れた。

豊穣《ほぜ》は、何を言っていいかわからなくなって、ひたすら鶲《ひたき》の背中をさすっていたが、そのうちに、胸の中に怒りがわいた。

「やはり、顧問官殿が良くない」

「違います。父上はりっぱな方です」

「いいや、私は、あの方が憎くてたまらない」

「そんなこと、おっしゃらないでください。四隣蓋城《しりんがい》様だって、父上のことは……」

「私は、顧問官殿に旺廈《おうか》の血が流れているから憎いのではない。自分の子供をこんなふうに泣かせているからだ」

「私が勝手に泣いているのです」

「いいからもう、あんな不情な父親のことは、気にするのをやめろ。いないと思え。それでもおまえには、私がいる」

豊穣《ほぜ》は、自分がどれほどこの素直で陽気な従弟のことが好きだったか、いまさらながらに気がついた。これまでは、父親のことが引っかかってじゅうぶん親しくできなかったが、どんな血が流れていようと鶲《ひたき》は鶲《ひたき》で、しかも彼の従弟なのだ。

「私はいつでも、おまえの味方だ。それに、父上だって、おまえには、ずいぶんと目をかけておられるのだぞ。だから、あんな父親のことなんて、どうでもいいじゃないか」

豊穣《ほぜ》の胸は、顧問官への怒りと、従弟への愛《いと》おしさでいっぱいだった。

26

（穡朝《しょくちょう》暦二七九年・薫衣《くのえ》二十九歳）

穭《ひづち》は、めったに手抜かりをしない人間だった。四隣蓋城《しりんがい》の主《あるじ》として、決断を下すことも、雑事をこなすことも、人一倍多いのだが、すべてに慎重に目を配り、穴のない気配りをするのが常だった。

だが、完璧《かんぺき》な人間はいない。ある日稗《ひづち》は、めずらしいことに手抜かりをした。小さな手抜かりだったが、運命は、めったに手抜かりをしない人間の例外的な落ち度が好きなのだ。そこにいくつかの偶然が重なって、大騒動に発展することになった。

その日はめずらしく、画角《かっかく》の添水《そうず》が登城することになっていた。添水《そうず》が都に出向いてくるのは、稗《ひづち》に要求をつきつけるときだけだ。このたびは、米見《こめみ》の役人を領内に置きたくないと言いに来るのだとわかっていた。

画角《かっかく》は、すでに都におさめるあらゆる税のたぐいを免除されていた。だから必要ないだろうというのが添水《そうず》側の理屈だが、米見の役人の仕事は、農地の見回りだけではない。農地のあるところ——すなわち、人が住んでいるあらゆる場所に足を運ぶことで、土地のようす、集落のようす、街道のようすをつぶさに見て、何か変わったことがあったら四隣蓋城《しりんがいじょう》に知らせることが、もうひとつの重要な役目だった。

米見の役人を置かないということは、領内で起こっていることが、まったくわからなくなるということだ。それではほんとうに画角《かっかく》の支配地は、翠《すい》から切り離された独立国になってしまう。とても呑めない要求だった。人を介しての交渉をはねつけていると、とうとう本人がやってくることになったのだ。

表向きは、午後の会議に出席するための登城だった。そのあとで、ふたりきりのやっかいな会談をもつことになるのだろう。場合によっては、米見の役人の数を削るという譲歩をすることになるかもしれないと、稗《ひづち》は苦い覚悟をしていた。

午後の会議には、本来なら顧問官である薫衣《くのえ》も出席するはずだった。だが、薫衣《くのえ》と添水《そうず》を会わせることなどできない。稗《ひづち》は、これまでに添水《そうず》が都に来たときにしていたと同じように、午後じゅう薫衣《くのえ》を自分の住居から出さないよう手配していた。そこまでは、きちんと目を配っていたのだ。

添水《そうず》は予定より早く、午前のうちに四隣蓋城《しりんがいじょう》に到着した。稗《ひづち》はついうっかり、そうした場合を考慮に入れていなかった。しかも、用があって、昼まで城を留守にしていた。

そのとき城にいた大臣職は、刑部《ぎょうぶ》の大臣《おとど》の斧虫《おのむし》だけだった。中務《なかつかさ》の大臣の地位にある者を、身分の劣る者に対応させるわけにいかないので、しかたなく彼が添水《そうず》を出迎えた。

——いったい、頭領様は、いつまでこの男に勝手をさせておかれるのか。我らまで、腫物《はれもの》に触るように扱わねばならないではないか。

かつては薫衣《くのえ》が四隣蓋城《しりんがいじょう》の腫物だったが、年月とともに彼が城になじんでから、めったにあらわれない添水《そうず》が、その座についている。

とはいえ添水《そうず》は、斧虫《おのむし》にとっても〈恩人〉だった。心中で愚痴をこぼしてしまったものの、頭領様がこの男に対して強く出られない事情を、承知していないわけではない。

斧虫は、添水を丁重に出迎えた。都の景色が見たいというので、自ら塔に案内した。要職になければ許可なく立ち入られない建物だから、人任せにはできなかったのだ。

物見台にのぼる途中に、城の住居区域の一角が見下ろせる窓があった。そこは四隣蓋城《しりんがい》様以外、足を止めてはいけない場所なのだが、添水《そうず》はずうずうしくも立ち止まり、外の様子をしげしげとながめはじめた。

「こちらは、四隣蓋城《しりんがい》様のお住まいのあるほうですから」

禁止されていることを遠回しに伝えながら斧虫《おのむし》は、自分もつい、視線を窓の外に向けた。すると、とんでもないものが目に入った。顧問官の第二夫人に付き随《したが》って、旺廈《おうか》の三人の若者が歩いていたのだ。衣装にしるされている雷鳥の紋を、見とがめられては大変だ。

「中務の大臣、ここで立ち止まることは……」

遅かった。添水《そうず》の顔には驚愕《きょうがく》がはりついていた。

「あれは、旺廈《おうか》の……」

「いや、実は、これには事情がありまして。それに、どうせ大した身分の者ではありませんし」

添水《そうず》は、まるで斧虫《おのむし》の声など聞こえていないかのように、口を半開きにしたまま、ぴくりとも動かずにいた。彼が次に口をきいたのは、第二夫人の一行が通り過ぎて、窓から見えなくなってからのことだった。

「いま、大した身分ではないとおっしゃったか。夕爾《ゆうじ》殿の娘御で、蓮見《はすみ》様の従妹《いとこ》だぞ。しかも……」

斧虫《おのむし》にもようやく、添水《そうず》が何か彼の知らない重要なことを言おうとしているのだとわかった。

しかし、話はそこで途切れた。後ろから、鋭い声が飛んできたのだ。

「添水《そうず》。こっちを向け。私が誰かわかるか」

振り向くまでもなく、顧問官の声だった。顧問官にも、この場所に自由に立ち入る資格がある。たまたまここを通りかかったのか、それとも添水《そうず》が来たことを知って、追いかけてきたのか。

ずいぶんとまずいことになったと思いながら、斧虫《おのむし》はおそるおそる振り返った。顧問官は、仁王立ちになっていた。

その後ろには、いつものように護衛が一人ついていた。護衛は剣を佩《は》いていない。賊や敵に奪われるのを防ぐために、城内の要所にいる兵は皆、腰ではなく、懐に武器を持っているのだ。

だが、顧問官の動きは、信じられないほどすばやかった。護衛が何をすることもできない間に、これに飛びつき、その懐から短剣をつかみ出しながら突き飛ばし、

「父の仇《かたき》」

と叫びながら飛びかかってきた。

「うぎゃっ」

という、添水《そうず》の頓狂《とんきょう》な叫びが、あたりに響いた。

穭《ひづち》は出先で、事件の第一報を受けた。

薫衣《くのえ》と添水《そうず》が鉢合わせしてしまう機会を完全につぶしておかなかったとは、ひどい手抜かりをしてしまったと、穭《ひづち》は歯噛《はが》みして悔やんだ。

そばにいたのが斧虫《おのむし》で、ほんとうによかった。格闘技の腕では鳳穐《ほうしゅう》一と評判の男だ。おかげで添水《そうず》にけがはなく、薫衣《くのえ》は駆けつけた衛兵らに取り押さえられたという。

それにしても、困ったことをしてくれたものだ。城内で刃傷沙汰《にんじょうざた》を起こすなど、死罪にしないですますには、いったいどんな手を使えばいいのか。

悩みながら城に戻った穭《ひづち》を、さらに悪い知らせが待っていた。


添水《そうず》の心臓はようやく、暴れ馬のように跳ねまわるのをやめた。

死ぬかと思った。刃物の脅威が遠のいてからも、心臓が勝手に止まるのではないかと思った。

「中務の大臣、だいじょうぶですか」

目の前に、刑部の大臣の困惑した顔があった。添水《そうず》の怒りが爆発した。

「どうして鳳穐《ほうしゅう》様は、あんな仇を……」

仇の一族の頭領を、いつまでも生かしておくばかりか、顧問官などという重要な地位に就けているとは何ごとかと、鳳穐《ほうしゅう》の頭領を罵《ののし》ろうとしたのだが、そこで添水《そうず》はだいじなことを思い出し、あわてて窓にとびついた。

そこから見える通路に、人の姿はなかった。しかし彼は、たしかに見たのだ。

最初は、幻覚かと思った。三十年以上前から彼にとりついている、狂おしい幻。

夕爾殿《ゆうじ》——と、思わず声をあげそうになった。

だが、違った。そこにいたのは幻でなく、生きている現実《うつつ》の人間で、しかも、彼にとりつき、狂わした女性と、すっかり瓜《うり》ふたつというわけではなかった。彼にとって、もっとも憎むべき男の面影が、その口もとには宿っていたのだ。

——夕爾殿《ゆうじ》ではない。夕爾殿《ゆうじ》であるわけがない。あの方は、とうの昔に死んでいる。

彼が殺したようなものだったが、そのことで心を痛めたことはない。

すべてを失ってでも、手に入れたいと思った女性だった。彼女のことを考えると、彼の喉《のど》は食べ物を通すのを拒み、彼女の姿が脳裏にあるかぎり、眠りへの扉は容易に開いてくれなくなった。

彼女が欲しい。妻にしたい。

彼は旺廈《おうか》の頭領に、何度も頭を下げて頼んだ。添水《そうず》は名のある一族の頭領だ。彼女の夫となる資格は、じゅうぶんにあるはずだった。

はっきりとした返事はもらえなかったが、悪い顔もされなかった。暗に承諾を得たのだと、添水《そうず》は思った。彼は、全身全霊を込めての願いを聞き届けてもらえるだけのことを、旺廈《おうか》に対してしてしていたはずだった。

それなのに、裏切られた。旺廈《おうか》の頭領は、自分の親族でもある従者に（しかも、正室腹でない男に）、彼女を与えた。許すことのできない裏切りだった。以来添水《そうず》は、どうやってその恨みを晴らすかということばかりを考えた。都合のいいことに、彼はそのための最大の切り札を握っていた。

そして、復讐《ふくしゅう》は果たされた。彼を裏切った旺夏《おうか》の頭領も、彼から夕爾《ゆうじ》を奪った男も、彼のものにならなかった夕爾《ゆうじ》も、死んだ。

だが、彼の怒りは消えなかった。夕爾《ゆうじ》を得られなかったことであいた胸の穴は、時とともにますます大きくなっていった。

どれだけ贅沢《ぜいたく》をしても、その穴は埋まらない。どれだけたくさんの富を得ても、ぽろぽろと、そこから何かがこぼれていく。

だから彼は、もっと贅沢がしたくなった。さらなる富と力を求めた。鳳穐《ほうしゅう》の頭領は、彼に欲しいだけを与える義理があった。それなのに、鳳穐《ほうしゅう》までが、彼を裏切ってくれたようだ。

「刑部の大臣。さっき、ここを通った女性は」

たずねると、不安げな調子の答えが返ってきた。

「顧問官のお二人目のご夫人です。たしか、もとは商家の娘で、名は棗《なつめ》」

「それは偽りだ。あれは、旺夏《おうか》だ。夕爾《ゆうじ》殿の娘の河鹿《かじか》だ。先の頭領の従妹にあたり、しかも、鳳穐《ほうしゅう》様がどういうわけかいつまでも生かしておられる、いまの旺夏《おうか》の頭領の許嫁《いいなずけ》だ」

刑部の大臣の顔が蒼白《そうはく》になった。

「そんなはずは……」

「いますぐに、四隣蓋城《しりんがい》様にお会いしたい。どうしてこのようなことになったのか、ぜひとも教えていただかなくては」

城に戻った稗《ひづち》を待っていたのは、予想もしていなかったような最悪の知らせだった。棗《なつめ》の正体が旺廈《おうか》。しかも、薫衣《くのえ》の許嫁《いいなずけ》。それが、薫衣《くのえ》の乱心の原因なのか。だが、どうしてそんなことが起こったのか。

さまざまな感情が渦巻きかけたが、稗《ひづち》はすぐに、そのすべてを押し殺した。動揺して、時を無駄にしている場合ではない。

あったとおりに事を処理するわけにはいかなかった。それでは、彼の政への痛手が大きすぎる。

すばやく考えをめぐらせて、薫衣《くのえ》の刃傷沙汰については、剣を取られた護衛の者に罪をかぶせることにした（武器を奪われるような失策をおかしたのだ。そうされても文句は言えないだろう）。

この護衛が、薫衣《くのえ》に錯乱が起きる毒草を食べさせた。そして、武器を与えながら薫衣《くのえ》に耳打ちして、戦場《いくさば》にいるよう錯覚させた――という筋書きだ。それに合う証拠を、鯤《ひしこ》らに、いそいででっちあげさせた。

棗《なつめ》の件も、いまさら真実を公にしたら、傷を負うのは鳳穐《ほうしゅう》だ。間に立った蓮峰《れんぽう》一族の立場もある。関係者に口止めをして、知らんぷりを決め込むしかない。もちろん、これまで以上に厳しく見張ることにはなるが。

とりあえず添水《そうず》を、わめいている内容が誰にも聞こえない部屋に待たせておいて、まずは斧《おの》虫《むし》を説得した。かつては薫衣《くのえ》を陥れようとしたこともある斧虫《おのむし》だが、さすがに今度の件が鳳穐《ほうしゅう》に及ぼす悪影響を理解して、でっちあげの話に口裏を合わせることを約束し、棗《なつめ》の件も口外しないと誓った。

「しかし、中務の大臣は、黙っていないでしょう。いったい、どうなさるおつもりですか」

「心配ない。いい手がある」

思い切った手だったが、穭《ひづち》はこの危機を、好機に変えることにした。薫衣《くのえ》が斬りつけた件と、棗《なつめ》のこと、このふたつを忘れてくれるなら、その代償として、画角《かっかく》の領地から米見の役人をすべて引き上げると持ちかけるのだ。

添水《そうず》はこれを呑《の》むだろう。甘い餌にひそめた毒といっしょに、呑み込むだろう。

添水《そうず》との会談を首尾よく終えると、会議は当然のことながら中止とし、穭《ひづち》は薫衣《くのえ》が押し込められている座《ざ》敷牢《しきろう》に赴いた。横領疑惑のときと同じ場所だ。

それまでは、すべての感情を押し殺し、そのため事を迅速に処理できた。だが、丸くおさめるめどが立ったことで、その抑えがゆるんだ。

「これは、どういうことだ」

人払いして格子の向こうに入ると、立ったままで一喝した。薫衣《くのえ》に対してこれだけ乱暴な態度をとるのは、はじめてのことだった。

薫衣《くのえ》は、うつむいたままつぶやいた。

「すまない」

「『すまない』ですむことか。そなたはもう少しで、何もかもめちゃくちゃに……」

穭《ひづち》は興奮を抑えるために、そこでことばを切って、薫衣《くのえ》の前にあぐらをかいてすわった。

「どういうことか、説明していただこう。棗《なつめ》という娘が、実はそなたの許嫁《いいなずけ》だと、最初からわかっていたのか」

「会うまでは、知らなかった。顔を見たら、すぐわかった」

「なぜそれを、私に言わなかった」

「言えばそなたは、河鹿《かじか》を殺す」

「あたりまえだ」

どなられて薫衣《くのえ》は黙り込んだ。穭《ひづち》は何とか気を落ち着けて、あらためてたずねた。

「薫衣《くのえ》殿。我らは十四年前、地下墓地で話し合い、新しい道を行くと決めた。それからそなたは、耐えがたきを耐え、多くのことをなしてこられた。それなのに、どうしてこの期に及んで、このようなことを」

少しの沈黙ののち、薫衣《くのえ》がぽつりと言った。

「哀れだった」

「何と？」

「河鹿《かじか》が哀れだった。いったいどうやって、これまで生きてきたのか。どうやって、〈素性の確かな商家の娘〉として、私の前にやってきたのか。きっと、とほうもない苦労があったのだろう。それを思うと、哀れだった。河鹿《かじか》は私を、すがるように見つめていた。もしも私が拒絶したら、刃物も毒も必要とせず、それだけで死んでしまう気がした」

穭《ひつち》はことばを失った。そんな軟《や》弱《わ》な感情に、薫衣《くのえ》が流されてしまうとは思わなかった。情けなかった。裏切られた思いがした。手を伸ばして、薫衣《くのえ》の胸ぐらをつかんだ。

「そなたはそれでも、国を迪《みち》く血筋の人間か」

そのまま絞め殺してやりたいと思った。これまでに何度も芽生えたものとは別種の殺意に襲われていた。

「私が鬼目《ほろし》を哀れと思わなかったと思うのか。穎《ほさき》をどんな思いで見送ったか、知っているのか」

「河鹿《かじか》は、害にならないと思った。そなたは商家の娘であっても、私の妻を自由にしたりしない」

「だが現に、そなたがこんな騒ぎを起こしたのは、その正体を隠すためだろう。添水《そうず》を殺して口をふさごうとしたのだろう。じゅうぶん害になっている。そなたが添水《そうず》を仕留めていたら、すべて台無しになっていた」

薫衣《くのえ》が場違いな笑みを漏らした。

「そうか、よかった」

「どういう意味だ」

「稽殿《ひづち》のいまの言われよう。それに、ここに来られてすぐにも、『もう少しで、何もかもめちゃくちゃに』とおっしゃった。つまり、めちゃくちゃにも、台無しにもならないですんだのだな。よかった。そなたなら、きっと、うまくはからってくださると思っていた」

さっきと同種の、さらに激しい殺意。

稽《ひづち》は、突き飛ばすようにして薫衣《くのえ》の胸ぐらをはなすと、顔をそむけた。もう、罵《のの》る気にもなれなかった。

「すまない。もう二度と、こんなことはしない。ほんとうに、あのときは害にならないと思ったのだ。私が甘かった」

稽《ひづち》はそれに答えずに、立ち上がって狭い室内をうろうろと歩きまわった。そうしながら無理にでも気を落ち着けて、考えた。

いまさら、薫衣《くのえ》抜きで事を進めるのはむずかしい。しかも、今度のことで、真実を明らかにしていいことは何もない。薫衣《くのえ》を顧問官にして、すでに九年が過ぎている。薫衣《くのえ》の過ちは、稽《ひづち》にとっても傷となる。また、蓮峰《れんぽう》との関係もある。どんなに腹立たしくても、さっきお膳立《ぜんだ》てした形でいくしかない。

ふたたびあぐらをかいて薫衣《くのえ》と対面し、ぶっきらぼうに、ここまでの画策を説明した。薫衣《くのえ》はしおらしい態度で、毒草を食べさせられて錯乱したという筋書きに話を合わせることを承諾した。

席を立って出ていこうとしたとき、薫衣《くのえ》が小さく彼を呼んだ。

「穭殿《ひづち》」

「何だ」

いらだちを隠せない声で返事をした。

「口をふさぐため、だけではなかった」

穭《ひづち》は振り返って薫衣《くのえ》を見た。

「父母の仇《かたき》を討ちたかった。それも、ほんとうのことだ」

「そなたは、翠《すい》のために、それを措《お》くことにしたのではなかったか」

「私は、長い時間をかけて文書所で政《まつりごと》を学び、また、顧問官として世の中の動きを見てきたことで、少しは道理がわかるようになったのではないかと思う。十五のときには理解できなかったことが、いまならわかる。鳳穐《ほうしゅう》は、仇ではない」

「なに？」

「鳳穐《ほうしゅう》が、隙あらば蜂起《ほうき》し、我らを滅ぼそうとしたのは、それまでの経緯《いきさつ》からいって自然なこと。それを恨みに思うのは間違いだ——と、少なくとも頭では、考えるようになった。だが、画角《かっかく》は違う。添水《そうず》は、我が父に数々の恩義を受けながら、その恩を仇《あだ》で返した。父や母、弟、何千という旺廈《おうか》の者たち、みんな、あの男のために死んだ。あの男が生きていることを、私は許すことができない」

怒りやいらだちがすべて消えた。穭《ひづち》はあらためて、この城での薫衣《くのえ》の十四年間を思った。頭ではわかるようになっても、心ではたぶん、いまも鳳穐《ほうしゅう》は仇。その一族に囲まれて、自らの本当の名を名乗ることもできず、蔑《さげす》まれても何ひとつ抗弁せずに過ごした日々。旺廈《おうか》の頭領として、なすべきことをなしているだけだと薫衣《くのえ》は言うかもしれないが、生易しいことではなかったはずだ。

さっき穭《ひづち》は数時間、事を迅速に進めるために、爆発しそうな感情を押し殺した。薫衣《くのえ》はその比でないことを、十四年間つづけている。その十四年間でただひとつの過ち——幼いころに別れたきりの許嫁《いいなずけ》を哀れと思ったこと——を、とがめることができるだろうか。

〈哀れ〉という感情が、穭《ひづち》の胸にもわいてきた。だが、彼も薫衣《くのえ》も、それに負けてはいけない人間なのだ。

穭《ひづち》は、無理にも厳しい口調をつくった。

「それでも、我らの目的——なすべきことの達成を、害するまねは、もう二度としないでいただきたい」

薫衣《くのえ》は神妙にうなずいた。穭《ひづち》はそのまま立ち去りかねて、心に秘めていたことを、薫衣《くのえ》に打ち明けることにした。

「旺廈《おうか》殿、約束しよう。私は画角《かつかく》を、いつか必ず成敗する。できれば遠くない先に。その暁には、あれの息の根を止める役目、そなたに任せる」

薫衣《くのえ》が、少し情けない顔のまま、彼を見上げてほほえんだ。

どうしてだろう。いくつ歳を重ねても、薫衣《くのえ》はときどき、はじめて会ったときと同じ、ひどく幼い感じに戻る。

この先また薫衣《くのえ》が彼にない才を見せつけても、二度とそのことで殺してしまいたいという欲求がうずくことはないだろうと、穭《ひづち》は思った。

27

（穡朝《しょくちょう》暦二八一年・薫衣《くのえ》三十一歳）

それから二年近い月日が、何事もなく過ぎた。あの出来事は、穭《ひづち》が手配したとおりのおさまりをみせた。

だが実のところ、城じゅうの者が真実を知っていた。最初に添水《そうず》が「あれは旺廈《おうか》だ」と叫んだとき、その場には斧虫《おのむし》だけでなく、何人かの衛兵がいた。穭《ひづち》は事態を知ってすぐ、その者たちに口止めをしたのだが、遅かった。すでに話は漏れていて、たちまち広がっていったのだ。

どうしようもなかったが、どうする必要も、また、なかった。当の添水《そうず》がその噂を否定し、斧虫《おのむし》も、衛兵たちも、そんなことは聞いていないと言い張り、蓮峰《れんぽう》の頭領が、棗《なつめ》の素性は確かだとにらみをきかせ、穭《ひづち》もそれを認めている。誰にも文句のつけようがなく、誰もが表向き、嘘を信じたふりをした。

鳳穐《ほうしゅう》の強硬派も、事を荒立てようとはしなかった。薫衣《くのえ》だけでなく、第二夫人も、その子供も、自由に動ける身ではない。鳳穐《ほうしゅう》にとっては虜囚が増えたも同じだと、むしろ満足しているようだった。

だが、誰もが真実を知りながら事がおさまっているのは、それだけが理由ではないだろうと稗《ひづち》は考えていた。十年前、いや、五年前でも、こうはいかなかった。ここにきてようやく、自分の王としての威光が行き渡ったのだと、稗《ひづち》はこの出来事を判断した。

そこで、新たな一手を打つことにして、表向きは何事もなく過ぎた二年間に、水面下で準備を進めた。

思ったとおり添水《そうず》は、米見の役人がいなくなると、いままで以上の好き放題をはじめた。許可なく作ってはいけない武器の製造。許されない割合での農作物の取り立て。

稗《ひづち》はひそかにもぐりこませた者たちに、そうした証拠を集めさせ、また、似たようなことの証拠をでっちあげさせた。そして、本物と偽物とでじゅうぶんな数の証《あかし》がそろったのを見計い、稽朝《しょくちょう》暦二八一年の春、画角《かっかく》を一気に攻めて、一族のおもだった者を捕まえた。

ただし、裁きも処分もすぐにはおこなわなかった。稗《ひづち》は慎重に、各地に派遣した〈耳〉が、他の氏族の反応を伝えてくるのを待った。

動揺している者も、問題にしている者もいないようだった。鳳穐《ほうしゅう》一族の恩人とはいえ、添水《そうず》の勝手は度が過ぎた。時も経ちすぎていたのだ。

それを見定めると稗《ひづち》は、裁きを手早くすませて（よけいなことをしゃべりそうな添水《そうず》は、錯乱のため意味のあることが話せないと理由をつけて、裁きの場にわずかな時間しか引き出さなかった）、添水《そうず》以外の者を城の外で処刑した。

添水《そうず》の処刑は、城内でおこなわれなければならなかった。頭領や大臣専用の刑場が、城の中にあったのだ。その場所で、戦に敗れた鳳穐《ほうしゅう》や、旺廈《おうか》の頭領の首が、いくつも切り落とされてきた。

処刑の手順はこうだった。城の主《あるじ》が、一段高い台座に、まずすわる。処刑の立ち会い人が数名、低いほうの台座にすわる。後ろ手に縛られた罪人が引き出され、中央にすわらされる。城の主が、「何か言い遺《のこ》すことはないか」とたずねる。立ち会い人が、罪人の最期のことばを書きつける。城の主が右手を上げて合図する。首切り役人が、一刀で首を切り落とす。

穭《ひづち》はこのたび、こうした手順をすべて無視した。うるさ型が城を留守にした隙に、急遽《きゅうきょ》執行を決め、口のかたさに絶対的な信頼をおいている十名程度の衛兵を配しただけで、立ち会い人も呼ばなかった。

添水《そうず》は引き出されたとき、手を縛られていないことに首をかしげていた。もしかしたら、処刑したふりをしてこっそり逃がしてもらえるものと、期待していたのかもしれない。どこか余裕のある顔だったが、刑場の中央に、抜き身の剣を手にした薫衣《くのえ》がいるのを見て、さっと青ざめた。

「鳳穐《ほうしゅう》様。これは……」

薫衣《くのえ》が剣を振り上げた。

「添水《そうず》。父のために、母のために、弟のために、そして、死んでいった旺廈《おうか》の多くの者たちのために、おまえを討つ」

添水《そうず》が憤怒《ふんぬ》の顔を穭《ひづち》に向けた。薫衣《くのえ》が添水《そうず》を袈裟懸《けさが》けに斬った。倒れた胸に、さらに剣を突き立てた。そのまましばらく動かなかった。

その光景をながめているうち、穭《ひづち》には、薫衣《くのえ》のこぶしと剣との下に横たわる骸《むくろ》が、自分のもののように思えてきた。ほんの少し何かが変わっていたら、実際にそうだったかもしれないのだ。

添水《そうず》の憤怒の顔は、穭《ひづち》の脳裏に焼き付いたままだった。たしかに彼は、恩人に対して、してはならないことをした。

穭《ひづち》はそれを後悔していなかったが、後味の悪さは消えなかった。

その年の暮れ、早朝の四隣蓋《しりんがい》城の住居区域を、ゆっくりとした足取りで歩きまわる小柄な人影があった。

影は、ときどき何でもない所で歩みをとめた。たとえば、大倉の脇を通るとき。松の木立ちのある庭を横切るとき。顧問官の第二夫人のいる住居の塀の前を歩くとき。

地平線のあたりを覆っていた厚い雲から赤い太陽が抜け出し、塀の前の横顔が照らし出された。十四歳という年齢にしては、少しおとなびた顔つきをした鶲《ひたき》だった。彼はこの日、四隣蓋《しりんがい》城を去ることになっており、生まれ育った城の思い出の場所に、別れを告げて歩いていたのだ。

もうひとつ、鶲《ひたき》にはこの日、別れを告げなければならないものがあった。

子供の自分。甘えの許された日々。これから彼は、〈更衣の儀〉に臨むのだ。

父親が元気でいるのに、まだ十四歳の彼が〈更衣の儀〉をおこなうのは、異例なことだった。どうやら四隣蓋城《しりんがい》様の思惑によるらしい。

鶲《ひたき》は、それを不安に思わなかった。彼の心は、とうにおとなになる準備ができていた。四隣《しりん》蓋《がい》城を去ることにも、未練はなかった。

ただひとつ心残りなのは、異母弟《おとうと》と、兄弟らしい時間のもてないまま、はなれてしまわなければならないこと。

あの昼食会の件以来、鶲《ひたき》は人の噂話に積極的に耳を傾けるようになった。だから、父の第二夫人の本当の名も、すぐに知った。

その数日後、彼はがまんできずに、二度としないと心に誓っていたことをした。のぞき見だ。父のもうひとつの住居の座敷に、父の姿はなかった。父の第二夫人もいなかった。まだ四つの異母弟《おとうと》が、ひとりですわって書を読んでいた。

とめどなく、涙が流れた。きっと父の心の中では、この子供こそ、正室腹の跡継ぎなのだと思った。

なぜなら、自分には鳳穐《ほうしゅう》の血が流れている。

彼は異母弟《おとうと》が憎かった。彼に鳳穐《ほうしゅう》の血を授けた母が憎かった。父と母を結婚させた四隣蓋城《しりんがい》様まで憎いと思った。自分自身をいちばん憎んだ。

自分はなぜ生まれてきたのだろうと思った。自分は世の中に必要とされていないと思った。自分がいったい何者なのか、わからなかった。

そんなふうに、悩んで、悩んで、苦しんで、どうしようもなくなって、ある日、意を決して、父にたずねた。

「教えてください。私は、旺廈《おうか》なのでしょうか。それとも、鳳穐《ほうしゅう》なのでしょうか」

どちらと答えられても、もう思い惑わずに、その道を生きようと腹を固めていた。

父の答えは、あっさりとしたものだった。

「自分で決めろ」

突き放されたと思った。どうでもいいと言われたと思った。どうせ、ろくな人間になれやしないのだからと。

そうだ。鳳穐《ほうしゅう》の血の流れている自分は、旺廈《おうか》として失格だ。そして、旺廈《おうか》の血が流れているかぎり、鳳穐《ほうしゅう》としても半端者だ。

鶲《ひたき》はもう、何を考えても涙が出なくなった。笑い方なんて、もちろん忘れた。そよ風を心地良いと感じることがなくなった。夕焼けに燃える空を美しいと思うこともなくなった。

そんなふうに、まるで心が死んでしまったみたいだったのに、ある日ぽっかりと、景色が開けた。

自分はなぜ生まれてきたのか。

なすべきことをなすためだ。

迪学《じゃくがく》の勉強で、うるさいほどに繰り返されるその一節が、突然はっきりと意味をもって感じられた。
彼のなすべきこととは、父にほめられようともがくことではない。誰かと自分をくらべるこ
とでもない。
——ああ、そうか。旺廈《おうか》でも、鳳穐《ほうしゅう》でも、同じことなんだ。
それまで悩んでいたことが、何もかも、どうでもいいことに思えてきた。
——自分で決めろとは、自分で選んでいいということなんだ。
もちろん、私利を追って、自分の都合で決めてはならない。まずは、日々のなすべきことを
きちんとこなしていこう。そうしていれば、いつかきっと、もっと大きな、命をかけてなすべ
きことが見えてくる。そのときに、自分が旺廈《おうか》なのか、鳳穐《ほうしゅう》なのか、わかるのだ。
すべてが明快で、単純なことに思えた。自分がいま、どのように生きればいいかも、はっき
りとわかった。
——なすべきことがつかめたときに、間違いなくそれが果たせる人間に、私はなろう。その
ために、私はいま、ここにいる。
父のようなりっぱな人間になろうと、あせっていたときと違う、暖かい力のようなものが、
胸のうちに湧いてきた。彼の顔に、しばらくぶりの笑みが浮かんだ。
すると急に、異母弟《おとうと》に会いたくなった。あやまりたくなった。鵤《いかる》は何も悪いことをしていな
いのに、彼は鵤《いかる》が父の息子だというだけの理由で、憎んでしまった。

あやまりたい。そして、いっしょに遊んだり、武芸の稽古《けいこ》をしたりしてみたい。

その願いは、叶《かな》わなかった。四隣蓋《しりんがい》城様は、父の第二夫人の素性に関する噂が流れてから、この母子が人前に出る機会を厳しく制限し、鶲《ひたき》らさえも、ろくに会うことができなくなったのだ。

鶲《ひたき》は、生まれ育った城を去るこの日、一度も親しくことばを交わすことのなかった異母弟《おとうと》に、心の中で話しかけた。

——鵤《いかる》。その血に恥じぬ、りっぱなおとなになれよ。私も、おまえが誇りに思える兄になれるよう、がんばるから。

そうして彼は、《更衣の儀》へと向かった。

立ち会い人は、鳳穐《ほうしゅう》の有力者、斧虫《おのむし》だった。四隣蓋《しりんがい》城様がお決めになったことだ。この人選は、何かあったときに鶲《ひたき》を守るためだろう。あるいは四隣蓋《しりんがい》城様は、鶲《ひたき》を確実に鳳穐《ほうしゅう》に取り込みたいのかもしれない。

しかし鶲《ひたき》は、そんなことに惑わされはしないだろう。彼は、四隣蓋《しりんがい》城様にどう思われようとも、父にどう受け取られようとも、自分の道を行くのだから——。

そう考える鶲《ひたき》は、すでにおとなの顔をしていた。

馬の鞍《くら》に横向きにすわって、稲積《にお》は少しずつ四隣蓋《しりんがい》城から遠ざかっていた。揺れとともに、稲積《にお》はだんだんうつむいていく。ときどき、それに気づいて、はっとあごを上げる。

——悲しんではいけない。これは喜ばしいことなのだから。

息子が〈更衣の儀〉を終えて、成人《おとな》になった。そして、城主になった。兄が、別荘にしていた小城を、鶲《ひたき》に譲ったのだ。

ほんとうに小さな城だった。牧視《まきみ》城という名の、兄の家畜の放牧場の隅に位置する平城《ひらじろ》で、属する土地は、城を維持するのにやっとなほどしかない。それでも、十四歳で城主になるのはめでたいことだ。

兄がなぜ、そんなことをしたのか、稲積《にお》にはわかっていた。夫に土地を与えるためだ。直接に与えることはできないから、息子を城主にするというかたちをとったのだ。

兄が慎重にその城を選んだことも、稲積《にお》にはよくわかっていた。兄の別荘のなかで、もっとも安全な場所にある。馬を飛ばせば四隣蓋《しりんがい》城から一時間とかからないし、そこへの道は、兄の放牧場を——つまり、兄の手兵ら以外は足を踏み入れられない場所を——通っている。そして、城に仕える者は、全員が生粋の鳳穐《ほうしゅう》。

たしかに安全だが、これでは夫にとって、四隣蓋《しりんがい》城にいるのと変わりがない。いや、むしろ、四隣蓋《しりんがい》城との往復のときに大勢に監視されることになり、いやな思いが増すだけではないのだろうか……。

いつのまにかまた、すっかりうつむいてしまっていた。稲積《にお》はあごをくっと上げて、自分に言い聞かせた。

――せっかくお兄様が良かれと思ってしてくださったことを、悪くとってはいけないわ。

兄は、稲積《におい》のことも考えて、今度のことを決めたのだ。

夫の第二夫人の本当の名がわかってから、稲積《にお》は少しやつれた。兄はそれを心配して、あの女性《ひと》からはなれた場所に稲積《にお》たちが住めるよう、はからってくれたのだ。

稲積《にお》がいけなかったのだ。兄にあんな顔を見せてしまったから。

城の住居区域の建物は、ひとつをのぞいてすべて平屋だった。城の主《あるじ》である兄の館だけが三階建てで、最上階の兄の書斎からは、あちこちの庭が見下ろせた。

ある日稲積《にお》は兄を訪れて、夫のもうひとつの住居の庭をのぞいてしまった。

そこに夫がいた。笑顔だった。手をたたきながら、唇を動かしていた。歌をうたっているようだった。

といっても、おそらくごく低い声で、手拍子もほとんど音をたてずに打っているのだろう。塀のすぐ外にいる者にも聞こえないように。

庭には三人の従者がいた。旺廈《おうか》の若者たちだ。彼らも口を動かしながら、手を三者三様の奇妙な格好にかまえていた。どうやら、鼓を打つまね、弦をはじくまね、笛を吹くまねをしているらしい。

そのまんなかで、あの女性《ひと》が舞っていた。風になびく薄絹をつけているわけでもないのに、まわりで空気がきらきらと、いっしょに踊っているようだった。

あれが、旺廈《おうか》の人たちのたしなみなのかと思った。

楽器も舞いも、何ひとつできない稲積《にお》のことを、夫はどう思っているだろうと考えた。兄の手が、稲積《にお》の手首をぐっとつかんだ。それで稲積《にお》は、自分の手が震えていたことに気がついた。笑顔をつくろうとしたのだけれど、うまく笑えなかった。それで兄は心配してしまったのだ。

稲積《にお》は地面を見つめていた。あごを上げる元気は、もうなかった。四隣蓋《しりんがい》城がどんどんはなれていく。夫がどんどんはなれていく。

夫は明日にも、鶲《ひたき》の城を訪れることになっていた。これからも、月の半分近くは、正妻である稲積《にお》のもとでやすむことになっていた。

けれども、これまでは、あの女性《ひと》のところにいる時間より、稲積《にお》のところにいるほうが長かった。これからは、そうはいかない。早朝や夜遅くにご用があるときには、どうしても四隣蓋《しりんがい》城に泊まることになるだろう。これまでは、昼間のちょっとした手空《てす》きのときに、戻ってくることもあったけれど、そんなこともなくなってしまう。

——悲しんではいけないのだわ。息子が成人《おとな》になり、城主になった。これは、喜ばしいことなのだわ。喜ばしいことに、しなければいけないのだわ。

稲積《にお》は、懐の中の細い筒を、着物の上からそっと押さえた。

次の日の夜、さまざまな行事が終わって夫とふたりきりになってから、稲積《にお》はそれを、夫の前に差し出した。夫が数年前から触れることのなくなっていた縦笛だ。

「どこにいったのかと思っていたら、おまえが持っていたのか」

夫はやはり手を触れることなく、懐かしげに見つめた。

「聞かせていただけませんか」

「しかし、この笛は……」

「粘土はすべて落としました。また音が出るようになりました」

それでも夫は、笛に手を伸ばそうとしなかった。稲積《にお》は、居住まいを正して言った。

「あなたは、城主の父君です。この城の者はみな、あなたに仕えているも同じです。ここでは、どうぞお気がねなく、なんでもなさってくださいませ。あなたのなさることに、誰も口出しいたしませんし、させません」

その夜、城主が替わったばかりの小さな城で、少し物悲しくて優しい響きの笛の音が、遅くまで聞こえていた。

28

（穡朝《しよくちよう》暦二八三年・薫衣《くのえ》三十三歳）

弾琴《だんきん》一族がまた、反乱を起こした。

釈水《ときみず》台地の先端の、急峻《きゆうしゆん》な土地に住むこの一族は、穡《しよく》大王の統一のときに最後まで抵抗をしめし、その後も長くはおとなしくしていない。反乱のたびに、一族のおもだった者の首をはねるのだが、やがてまた、弾琴《だんきん》を名乗る者たちが騒ぎだす。この一帯に住む人間が、じっとしていられない性分なのかもしれない。

といっても、弾琴《だんきん》の乱が世を大きく揺るがしたことはなかった。もともと大した勢力でないうえに、釈水《ときみず》台地への街道の終点には、夏《か》王子の時代に築かれた、岩田《いわた》城という守備堅牢《けんろう》な城があり、それがいい抑えとなって、騒ぎが他の地域にまで及ぶのを防いでいたのだ。

このときにも、近隣の一族、細柳《さいりゆう》の軍勢が、ここを根城に反乱軍を押し止《とど》めていた。だが、すっかり平らげるには力が足りないようだ。

穭《ひづち》は、五千の鳳穐《ほうしゆう》軍を送ることにした。それでじゅうぶんだろう。

問題は、総大将だ。兵部《ひようぶ》の大臣《おとど》の檀《まゆみ》は、落馬で足を折って遠出がむずかしい。十八歳になった息子の豊穣《ほぜ》の初陣にしてもいいのだが、いま豊穣《ほぜ》には、むしろ乱が起こったときの都の守りを学ばせたい。かといって、彼が自分で行くほどのことではなし。

——これもいい機会だ。思い切ってまた、薫衣《くのえ》を行かせようか。

棗《なつめ》の件が発覚した直後だったら、とてもこんなふうには考えられなかっただろう。だが、あれ以来、ものごとはすべてうまく進んでいる。あの件をきっかけにして画角《かっかく》を片づけることができたし、四隣蓋城《しりんがいじょう》内で薫衣《くのえ》への風当たりが強くなるかと懸念もしたが、その反対だった。

人の心とは、おもしろいものだと稗《ひづち》は思った。人々は、棗《なつめ》の件を美しい悲恋物語ととらえて、同情的にふるまったのだ。

勝者の余裕というものかもしれない。名を隠して生きねばならない敗者を哀れむことで、自らの優位の味をかみしめているのかも。

けれども、戦乱がつづき世が不安定だったころには、勝者であっても、相手を憎みおそれることしかできなかった。

——人の心は変わるものだ。いや、我らが変えたのだ。

もうひとつ、あの出来事をきっかけに起こった変化があった。薫衣《くのえ》と棗《なつめ》の夫婦仲だ。

素性が発覚したとたん、棗《なつめ》は住居の中で、河鹿《かじか》としてふるまうようになった。たとえば、こんなことを言う。

「薫衣《くのえ》様。今日、鵤《いかる》様が、ひどいいたずらをなさいましたの。旺廈《おうか》の次期頭領として、ふさわしくないおこないです。薫衣《くのえ》様からも、叱っていただきとうございますわ」

「いたずらくらい、いいじゃないか」

と薫衣《くのえ》は、肝心の部分に話がふれるのを避けるのだが、河鹿《かじか》はさらに言いつのる。

「いいえ。鵤《いかる》様は、いつ、何があってもいいように、ご自分のほんとうのご身分を、しっかりとわかっておられないといけません。たとえば、あなたがお蜂起《た》ちになったら、鳳穐《ほうしゅう》は、まっさきに私たちを殺そうとするでしょう。そのときに、鵤《いかる》様には、旺廈《おうか》の頭領の長子として恥ずかしくない態度で、死を迎えていただかなければなりません」

「鵤《いかる》は私の長子ではない」

さすがに薫衣《くのえ》が指摘しても、

「ここには他に、聞いている者はおりません。いたとしたら、盗み聞き。捨て置けばいいことです。建て前の話は、必要ありませんわ」

と聞く耳をもたない。

棗《なつめ》の河鹿《かじか》としての口数は、日を追うごとに多くなり、あるときには、

「薫衣《くのえ》様は、私と鵤《いかる》様のことは気になさらずに、いつでもお蜂起《た》ちになってくださいね。死ぬ覚悟など、とうにできておりますから。あなたはきっと、鳳穐《ほうしゅう》を平らげなさったら、新しい妻をおもらいになるでしょうね。そして、その方が、旺廈《おうか》の次期頭領をお産みになる。でもどうか、私たちがいたことを、お忘れにならないでくださいね」

と、薫衣《くのえ》の旺廈《おうか》再興のくわだての犠牲となって死ぬことを語り、かと思うと別のときには、

「待ち遠しゅうございますわ。薫衣《くのえ》様が、鳳穐《ほうしゅう》の世をくつがえしてくださる時が。四隣蓋城《しりんがい》に住みながら、本来いるべき場所におられないのは、ずいぶんと心苦しいものでございますもの。

私、ここを自由にできるようになりましたら、まずいちばんに、鳳穐《ほうしゅう》がほどこした悪趣味な装飾を、すべて取り除きとうございますわ」

と、薫衣《くのえ》が〝いるべき座〟を取り戻したのちに、国の主の正妻の座にいる自分を語る。頭の中に、いくつもの物語が渦巻いているらしい。

こうした夢物語は、鯷《ひしこ》もすべて伝えきれないほど頻繁になり、鶲《ひたき》が城をもらうと知ると、

「鵤《いかる》様には、薫衣《くのえ》様がもっと大きな城をくださいますよね」

鶲《ひたき》や稲積《にお》が引っ越しをしたときには、

「あの方たちが、この城に戻ることはありませんわね。あなたが鳳穐《ほうしゅう》を打ち負かしておしまいになったら、あの方たちには、自害していただくしかありませんもの」

薫衣《くのえ》は、はじめのうちは無表情、無反応を通していたが、そのうち我慢できなくなったのか、諫《いさ》めようとしたこともあるという。

「河鹿《かじか》。私は自分が何をすべきか知っている。おまえは、私のやることについて、先回りするようなことを言ってはならない。鵤《いかる》にも、つまらないことを吹き込むのではない」

しかし河鹿《かじか》は、少しもことばを慎むようにならず、それどころか、いまでは、

「いったい、いつお蜂起《た》ちになるのですか」

などとけしかけ、また、幼い鵤《いかる》まで、母親そっくりの口調で似たようなことを言うようになったと、鯷《ひしこ》が報告してきた。

たまらないだろうな、と穭《ひづち》は薫衣《くのえ》に同情した。胸の奥底にある願望。それも、どんなに願っ

ても叶《かな》わないと知っているから、無理矢理そこに押し込めている願望を、こう無神経につっつかれては。

穭《ひづち》の妻にも、少しこういうところがある。世間知らずのまま、稲積《にお》のように気立てのいい女と結婚した薫衣《くのえ》は知らなかっただろうが、女とは、口うるさいものなのだ。

同情しつつも穭《ひづち》には、ざまをみろという気持ちもあった。もとはといえば、穭《ひづち》に黙って河鹿《かじか》を受け入れた薫衣《くのえ》が悪いのだ。

鯷《ひしこ》によると、薫衣《くのえ》は露骨に顔をしかめるようになり、時には住居を飛び出して、四隣蓋城《しりんがい》にそのまま残してある稲積《にお》の住居で、ひとりで夜を過ごすという。

穭《ひづち》はそのことを、稲積《にお》に教えようかと思ったことがある。稲積《にお》はまだ、鳳穐《ほうしゅう》の娘である自分よりも、旺廈《おうか》の血を引く河鹿《かじか》のほうが、薫衣《くのえ》にとって好ましい妻なのだと信じているようだったから。

だが、ひさしぶりに顔を合わせた折りにも、稲積《にお》が兄である自分を懐かしがるようすを少しもみせず、薫衣《くのえ》のことばかりしゃべるので、教える気が失《う》せた。だいたい、水と油をいっしょにするような婚姻だったはずなのに、この慕いあいようはどうしたことか。しかも、当の本人らはそれに気づいていない。薫衣《くのえ》も、自分といっしょになったことで、稲積《にお》に苦労をかけているると思い込んでいるふしがあり、稲積《にお》が羽根を伸ばせるよう、あちらの城に行きたくても我慢していることがあるようなのだ。

ばかばかしいので、わざわざこちらから教えてやるものかと、稗《ひづち》は少々意固地な気持ちになっていた。

とはいえ、そうした感情を脇に置いて考えると、薫衣《くのえ》が稲積《にお》と仲睦《なかむつ》まじく、河鹿《かじか》とのあいだが険悪というのは、都合のいいことだった。

稗《ひづち》はやはり、弾琴《だんきん》の討伐に、薫衣《くのえ》を行かせることにした。これまでの戦と違って相手は翠《すい》の者だが、だからこそ、この討伐をぶじに終えて戻ってきたら、薫衣《くのえ》の評価は上がるだろう。戻ってからのまわりの反応を見ての判断になるが、うまくすれば、もう一手進めることができるかもしれない。薫衣《くのえ》に旺廈《おうか》を名乗らせるのだ。まだ帯刀を許すことはできないし、土地を与えるのも無理だが、そこまでいけば、「旺廈《おうか》を根絶やしに」などという発想は、過去の遺物となるだろう。

ただしそのとき、棗《なつめ》の存在がやっかいだ。薫衣《くのえ》が旺廈《おうか》の名を取り戻したら、棗《なつめ》も河鹿《かじか》に戻るのだと、まわりはみなすかもしれない。それは、望ましくない状況だ。あの母子には早々に死んでもらわなければならないが、どれだけうまく〈病死〉させても、勘のいい薫衣《くのえ》は、稗《ひづち》のしわざと気づくだろう。

だが、あれだけうんざりさせられているのだ。きっと目をつぶってくれる――。

稗《ひづち》はそのように考えていた。人の心の綾《あや》を、まだじゅうぶんには理解していなかったのだ。

弾琴《だんきん》討伐軍は、予定どおり四日と半日をかけて、細柳《さいりゅう》が守る岩田城に到着した。さっそく軍議が開かれた。

顔をそろえたのは、総大将の薫衣《くのえ》、副将の月白《つきしろ》、このたび軍師に抜擢《ばってき》された、香積《こうしやく》一族の宝《しん》木《ぎ》という知恵者、それに細柳《さいりゅう》一族の頭領、粥占《かゆうら》。

薫衣《くのえ》は例によってあまり口を開かず、月白《つきしろ》と宝木《しんぎ》の協議により、翌朝〈両手の陣〉をつくることが決まった。水の中の魚を両手ですくうときの形に似ていることからそう名づけられた陣形で、城を頂点に、右翼と左翼を斜めにはりださせて、底のない三角形をつくるものだ。こうした場合の正攻法なので、誰も異論を唱えなかった。

軍議が終わると、翌朝に備えてやすむために、それぞれの部屋に引き払った。薫衣《くのえ》の寝所は、この城でもっとも安全な場所にある、城主の居室が使われた。

「安全」というのは、敵に襲撃されにくいというだけではない。中から逃げ出すこともできにくいということで、さらに外から鍵《かぎ》がかけられ、分厚い扉の前では衛兵が寝ずの番をし、その天井裏には鯷《ひしこ》がいた。

真夜中のことだった。鯷《ひしこ》は、部屋の壁から妙な音が聞こえるのに気がついた。同時に、義弟殿が身を起こした。やはり、壁の異音を聞きつけたのだろう。

壁は、それ以上たいした音もたてずに、いきなりぱっくりと割れた。その向こうから、三人の男があらわれた。

鯷《ひしこ》は飛刀《ひとう》をかまえた。手首の小さな動きひとつで、先頭の男の首に飛んでいくように。義弟殿を守ることは、鯷《ひしこ》のだいじな務めのひとつなのだ。

その男は、見た目、かなりの老齢だったが、発する〈気〉にただならぬものがあった。あとのふたりは年も若く、気配もこれほど不穏でない。

老齢の男が口をきいた。

「薫衣《くのえ》様、お懐かしゅうございます」

鯷《ひしこ》は、飛刀の向きをわずかに変えた。目指す先を、この男から、義弟殿の喉《のど》もとに移したのだ。守ることより大切な務めが、鯷《ひしこ》にはある。生きて逃がさないことだ。

義弟殿は、何が起こっているかわからないというふうに、呆然《ぼうぜん》としていた。

「おかわいそうに。総大将などと呼ばれながら、武具も持たせてもらえずに、閉じ込められていらっしゃる。どうぞ、これをお持ちください」

老齢の男が、ひと振りの剣を差し出した。義弟殿は、呆然としたまま受け取って、鞘《さや》を取り、まるで長剣というものをはじめて見るとでもいうように、まじまじとその刃をながめた。そして――。

それまでの緩慢な動きを裏切るすばやさで、逆手《さかて》にかまえた。剣先は天井を――鯷《ひしこ》のほうを向いている。身じろぎひとつしただけで、こちらに向かってまっすぐに飛んでくるとわかるほど、その先端は、たしかに彼をとらえていた。

鯷《ひしこ》は自分の油断を悔やんだ。

あの老齢の男は、鯷《ひしこ》がいるのに気づいていたのだ。もちろん、義弟殿は最初から。

それなのに、渡された剣の意味を察することができなかった。

鯷《ひしこ》は自分が老いてしまっていることを知った。昔のように、機敏に判断したり、動いたりできない。

だが、それでも務めは果たさねばならない。

鯷《ひしこ》が先に飛刀を放てば、確実に剣で払われるだろう。だが、こちらに向かって剣が動いた直後に飛刀を打てば、相討ちにできるかもしれない。肝要なのは、生きて逃がさないこと。それだけは、どうしてもなしとげなければならない。

義弟殿は、殺気を鯷《ひしこ》に向けたまま、老齢の男に言った。

「おまえは、誰だ」

「お忘れでございますか。最後にお会いしたとき、薫衣《くのえ》様はまだ、ずいぶん幼くていらっしゃいましたからね。それに私、すっかり皺《しわ》だらけになってしまいました」

「声に、聞き覚えがある。まさか、おまえ……」

「はい。駒牽《こまびき》でございます」

——駒牽《こまびき》だと？

口から心臓が飛び出しそうなくらい驚いた。それは、旺廈《おうか》の伝説の軍師の名だ。たしか、荻之原の二年前、海に落ちて死んだはず。

「頭領様。御前に参上するのが、ずいぶん遅くなってしまいましたこと、まずお詫《わ》び申し上げます」

駒牽《こまびき》は、深々と頭を下げた。

「私の隣におりますのは、氷室《ひむろ》に嶺雪《みねゆき》。どちらも、鳳穐《ほうしゅう》に捕まらずに今日まで生き延びた、我らが一族の名のある家の若者でございます。明後日以降、このふたりが、薫衣《くのえ》様の従者となり、御身をお守りいたします」

「明後日？」

「はい。今日は、ごあいさつまで。明日の夜、あらためてお迎えにあがりますが、その前に、やっていただくことがございます。明日、総大将として指揮をおとりになるときに、〈両手の陣〉をおつくりください。そうすれば、鳳穐《ほうしゅう》軍は敗れます。薫衣《くのえ》様はおけがのないように、早々にこの城に退却なさって、このふたりが迎えに参るのをお待ちください」

ふたりが無言で辞儀をした。

「最初から話せ。おまえは死んだのではなかったか。いままでどこにいたのだ」

「お恥ずかしいことに、磯道《いそみち》で足をすべらせ、海に落ちてしまいましたことは、お聞き及びのことと存じます。連れの者は死んだと思ったようですが、私、ずいぶんと流されて、どこぞに漂着したようです。気がついたら、あばら屋に寝ておりました。めんどうをみてくれた者の話によると、何ヵ月も眠ったままでいたそうです。目ざめてからも私、からだを動かすことも、ものを考えることも、ろくにできませんでした。ずいぶんな日々を、ぼんやりと過ごしてしまいました。なんとか回復して、町まで出たところ……」

「戦《いくさ》は終わり、鳳穐《ほうしゅう》の世になっていた」

「さようでございます。私が四《し》隣蓋《りんがい》城におりましたら、絶対に、鳳穐《ほうしゅう》にあんなことはさせませんでした。蓮見《はすみ》様に、何とお詫びしたらよいのか」

このやりとりのあいだずっと、天井裏の鯷《ひしこ》は、義弟殿が話に気をとられて隙をつくってくれないかと、懸命に気配をさぐっていた。

「それから私、隠れ住んでいる旺廈《おうか》の勢力をさがし歩き、逆襲の糸口をつかもうといたしました。荻之原の八年後にようやく人手を集め、まずは薫衣《くのえ》様をお助けしようとはかったこともあったのですが」

「あれは、おまえが……」

「失敗いたしましたが、幸い、御身はごぶじなままで。それに、鳳穐《ほうしゅう》はあなた様を殺《あや》める気がなさそうなので、ものごとの順番を変えることにいたしました。確実に勝てるだけの準備を整えてから、お迎えにうかがおうと」

隙どころか、話に注意が向くほどに、鯷《ひしこ》への殺気は高まってくる。

「しかしまさか、こんなにも年月がかかるとは思いませんでした。いまの鳳穐《ほうしゅう》様は、なかなかに手強《てごわ》いお方で、うまく準備が整いかけては算段が崩れ、などということが幾度かございました。けれども、遅くなりましたぶん、たしかな準備を整えることができました。あとは、薫衣《くのえ》様が明日、〈両手の陣〉をとってくださりさえすればよいのです。そうすれば、遠からず、四《し》隣蓋《りんがい》城の上に、雷鳥の旗がひるがえることになりましょう」

た。頭領様は、自分でなく、もっと若い〈耳〉を義弟殿におつけになるべきだった、と鯷《ひしこ》は思った。頭領様の油断だ。もはやこんなことが起きるとは、考えていらっしゃらなかったのだ。鯷《ひしこ》が老いて、前より機敏でなくなったことを知りつつも、いまさら義弟殿の寝所を他の者にのぞかせたくないと、配慮なさったのだ。頭領様の油断だ。

だが、そうした物思いは、鯷《ひしこ》の意識のうわずみのようなごく一部分でのこと。彼は全身全霊全力で、義弟殿を殺せる隙をさぐっていた。

「明日の夜、おまえたちとともに、その壁を抜けて城を出て、私はどこに行くことになるのか」

「そのようなご心配は、いまなさらなくても。すべて私どもにお任せください」

「いま聞きたい。話せ」

駒牽《こまびき》は一礼して、語りはじめた。

「弾琴《だんきん》の軍勢のもとにおいでいただきます。あの者たちは、我らに従うと誓っています。明後日、薫衣《くのえ》様はそこで旗揚げを宣言なさってください。旺廈《おうか》の者は、ここにいる三名しかおりませんが、薫衣《くのえ》様が率いてくだされば、すなわち弾琴《だんきん》の軍勢も旺廈《おうか》の軍。まずはこの城を奪いながら残りの鳳穐《ほうしゅう》を全滅させ、つづいて細柳《さいりゅう》を破ります」

「そう、うまくいくか」

「私には、たしかな策がございます。この城には、こうした抜け穴もあることですし」

鯷《ひしこ》は、義弟殿を殺すのはあきらめようと思った。それよりも、いますぐこのことを、月白《つきしろ》様にお知らせする。いや、そこらへんにいる衛兵でもいい。とにかく誰かの耳に入れるのだ。

しかし、義弟殿の〈気〉は鯷《ひしこ》をたしかにとらえていて、少しでも動こうとしたら、剣が放たれ、鯷《ひしこ》の胸に突き刺さるのは必至に思えた。

義弟殿は、まったく隙をみせないまま、駒牽《こまびき》との話をつづけた。

「ここにいる鳳穐軍《ほうしゅう》と細柳《さいりゅう》を破っただけでは、四隣蓋城《しりんがい》を奪うことなどできないぞ」

「もちろん。こちらにはまだ知らせが届いていないでしょうが、実は、弾琴《だんきん》につづいて、画角《かっかく》の残党が乱を起こしています」

「画角《かっかく》が」

「鳳穐《ほうしゅう》様は、二千騎の鳳穐軍《ほうしゅう》を、刑部《ぎょうぶ》の大臣《おとど》の斧虫《おのむし》に率いさせて竜姫平野に送り、黄雲《こううん》一族と合流して、これにあたらせることとされました。私が読んだとおりでございます」

「画角《かっかく》の反乱も、おまえの扇動によるものなのか」

「扇動？　いいえ、作戦です。いつ、どう動くかまで、私が決めているのですから」

「では、画角《かっかく》は、旺廈《おうか》の蜂起《ほうき》につながる動きと承知のうえで」

「はい。やつら、鳳穐《ほうしゅう》を深く恨んでおりますから」

短い沈黙ののち、義弟殿が言った。

「しかし、それでもまだ、鳳穐《ほうしゅう》の世をくつがえせるほどではない」

「二日前、斐坂《あやさか》盆地で、海隅《かいぐう》一族が、隣の香積《こうしゃく》領に攻め入りました。いまごろは、香積《こうしゃく》から都に援助を求める早馬が着いていることでしょう。そうなると、落馬で足を折っているとはいえ、兵部の大臣を出陣させないわけにいきません。さて、この援軍が出発したあとで、井草《いぐさ》の関のあたりで、盗賊団が騒ぎだします」

「都のそんな近くで」

「はい。しかも、ただの盗賊ではございません。無頼の輩《やから》の集まりとはいえ、私が見込んだ者が率いていますし、策も授けてあります。刑部所では相手になりません。鳳穐《ほうしゅう》様は、どうなさるでしょう。総大将が務まりそうな者は、ご子息くらいしか残っていませんが、歳はまだ十八。そのうえ正室腹のお子様はおひとりきり。また、これだけ不穏な動きがつづくなか、少しでも早く乱をおさめなくてはなりません」

「豊穣殿《ほぜ》を城の守りに残して、自ら都の守備隊を率いて出る」

「そうなさるでしょうな。都の左右には、蓮峰《れんぽう》、泉声《せんせい》といった、信頼のおける一族がいます。盗賊退治のあいだ留守をしても、心配はないと。ところが、鳳穐《ほうしゅう》様が都を出たら、後ろから、泉声《せんせい》が襲いかかります」

鯷《ひしこ》がもし、優秀な〈耳〉で、しかも長い経験を積んでいなかったなら、自制心を失って叫びだしていたかもしれない。

「泉声《せんせい》が。まさか」

「密約ができております。間違いなく、動きます」

「すべて、おまえの描いた絵か」

駒牽《こまびき》は、唇を左右一杯に伸ばした。どうやらこれが、この男の笑みらしい。

「長いあいだ、お待たせしてしまいましたが、ただ遅くなったわけではないと、わかっていただけたでしょうか」

「弾琴《だんきん》、画角《かっかく》、海隅《かいぐう》、無頼の輩、泉声《せんせい》……。それで、旺廈《おうか》は。旺廈《おうか》の者たちは、どう動くのだ」

「薫衣《くのえ》様。私、事ここに至るまで、表だって暮らしている旺廈《おうか》の村にも、また、いくつか残っている隠れ旺廈《おうか》にも、あえて連絡をとりませんでした。鳳穐《ほうしゅう》様はあなどれないお方です。そんなことをしたら、動きをつかまれてしまうおそれがありました。しかし、考えてみたら、我らが一族の者たちは、薫衣《くのえ》様が旗揚げなされば、必ず共に戦います。事前の連絡など必要ないのです。また、同じ理由から接触はしておりませんが、黄雲《こううん》も、薫衣《くのえ》様の旗揚げを聞けばこちらに加わるものと、私は読んでおります。黄雲《こううん》の頭領は、薫衣《くのえ》様の〈更衣の儀〉の立ち会い人。薫衣《くのえ》様が敗れれば、おもしろからざることになりますので」

「ほかに、どこが動く」

駒牽《こまびき》は、七つの氏族の名をあげた。泉声《せんせい》ほど意外な名はなく、大乱が起これば、勢力拡大をもくろんで反乱側につきそうな連中ばかりだった。

「弾琴《だんきん》や画角《かっかく》はともかく、海隅《かいぐう》や泉声《せんせい》が、なぜ動く」

「鳳穐《ほうしゅう》の世に、不満をもっているからです」

「どんな」

「薫衣《くのえ》様、長くお話ししている暇はないのです。海隅《かいぐう》も泉声《せんせい》も、旺廈《おうか》の世を望んでいるのだとご理解ください。そしてそれは、もう目の前にあるのです。薫衣《くのえ》様は、明朝、〈両手の陣〉をおとりになり、夜、迎えに来たこの者たちといらしてくだされればよいのです。あとは私にお任せください。一月後には、四隣蓋城《しりんがい》を献上いたしますから」

「弾琴《だんきん》、画角《かっかく》、海隅《かいぐう》、無頼の輩、泉声《せんせい》……」

義弟殿のつぶやきとともに、鯷《ひしこ》の頭の中で、翠《すい》が燃え上がっていった。南で弾琴《だんきん》、西で画角《かっかく》、東で海隅《かいぐう》、中央で盗賊団と泉声《せんせい》。そこに義弟殿が蜂起したら、国じゅうが戦場《いくさば》になる。鳳穐軍《ほうしゅう》は、あちこちに分断され、そして――。

「薫衣《くのえ》様。いかがなさいました。私の申し上げたことが、おわかりいただけましたでしょうか」

突然、義弟殿から殺気が消えた。そこにいるという気配さえなくなった。それで逆に、どう動くのか読めなくなって、鯷《ひしこ》はやはり動けなかった。

「駒牽《こまびき》、老いたな」

「は？」

殺気も気配もないままに、義弟殿の剣が動いた。鯷《ひしこ》にでなく、駒牽《こまびき》らのほうに向かって。

上から下、下から上、また上から下。三度の斜め上下の動きで、三人は倒れた。声を発することもなく。おそらく何が起こったのか、理解できないまま逝ったのではないか。

鯷《ひしこ》も、理解できなかった。義弟殿が、駒牽《こまびき》を斬った。その目でたしかに見たのに、信じられなかった。

「シロ、下りてこい」

義弟殿が叫んだ。

「そこにいる、おまえのことだ。下りてこい」

鯷《ひしこ》は泡を食った。ここにいると知られているのはわかっていたが、まさか直接声をかけられるとは。

「下りてこい。すぐにだ」

鯷《ひしこ》はそれに従った。義弟殿を仕留めなければならないとしたら、天井板をはさんでいない所にいるほうがいい。

だが、仕留めなければならないのか。さっきまで、おそろしい危機がそこにあった。けれども、義弟殿は駒牽《こまびき》を断った。ということは――。

「いまの話を聞いていたな」

鯷《ひしこ》は、ごく浅くうなずいた。

「では、いますぐ都に戻って、穭殿《ひづち》にすべて伝えよ」

「しかし……」

鯷《ひしこ》はまだ、わけがわからないでいた。なぜ、義弟殿が駒牽《こまびき》を断ったのか。なぜ、鯷《ひしこ》にこんな命令を下しているのか。

「急げ。ぐずぐずしていると、手遅れになる」

「しかし私は、おそばにいなくてはなりません」

頭領様は鯷《ひしこ》に、そうお命じになった。義弟殿が生きているのにこの地をはなれることは、頭領様に背くことだ。

「そんなことを言っている場合か。このまま何も知らずに都を出たら、鳳稚《ほうしゅう》殿は命を落とすぞ。それでいいのか。泉声《せんせい》が裏切るなど、おまえの口から伝えるのでないかぎり、稚《ひづち》殿は信じないだろう。おまえが行かねばならないのだ」

罠《わな》ではないのかと鯷《ひしこ》は思った。彼を遠ざけるために、駒牽《こまびき》らを斬ったふりをした。だが、あれほどぱっくりと胴体が割れて、生きていられる人間はいない。

「しかし、頭領様のお言葉に背くことは」

「そんなものは、忠義ではない。よく考えろ。何が大事で何が小事だ。心配しなくても、私は逃げたりしない。さっき私は、おまえを殺せた。だが、殺さなかった」

「私は、あなた様のご指示で、動くことはできません」

「では、自分で考えて動け。おまえが行かなければ、稚《ひづち》殿は死ぬぞ」

鯷《ひしこ》は三つの遺体を見た。おそろしい顔をして彼をにらんでいる義弟殿を見た。さっきの話を聞いたときのおぞけが、身のうちに蘇《よみがえ》った。心がふたつに引き裂かれそうなほどの迷いののちに、決断した。

「行って、お伝えします」

「よし、急げ」

鯷《ひしこ》は一礼して、天井に飛び上がった。だが、すぐには行動にうつらなかった。

義弟殿は、鯷《ひしこ》が視界から消えるより早く、扉に駆け寄ってたたいた。

「衛兵。ここを開けろ。月白《つきしろ》を呼べ。軍議を開く」

扉が開き、顔を出した衛兵は、義弟殿が剣を持っているのに、まず驚いた。

「そ、それは」

義弟殿は、血糊《ちのり》のべったりとついた剣を衛兵に渡しながら、また言った。

「月白《つきしろ》、宝木《しんぎ》、粥占《かゆうら》を呼べ。軍議を開く」

その命令を果たすためか、駆け足で遠ざかる足音が聞こえた。残ったうちのひとりが部屋に入り、骸《むくろ》が転がっていることに、また驚いた。

「こ、これは」

そばに寄ろうとするのを、義弟殿が制した。

「さわるな」

「しかし、このままでは」

「おまえたちは、さわるな。私があとで、土に葬る」

「総大将が？」

「そうだ。鳳穐《おまえたち》は、誰もさわるな」

やがて、月白《つきしろ》らがやってきた。

「こんな夜中に、なんとしたことでございますか」

まだ寝ぼけまなこだった三人だが、部屋の隅の骸を見て、目が覚めたようだ。

「これは、いったい」

「駒牽《こまびき》だ。私が斬った。いずれくわしく説明するが、いまは時間がない。駒牽《こまびき》は、明朝〈両手の陣〉をつくれば、こちらの軍は大敗すると言った。つまり、敵はその背後をつく位置に、すでにひそんでいるのだ。これからそこに夜襲をかける」

軍師の宝木《しんぎ》が、最初に反応した。

「夜襲ですか。相手の居場所がわかったのなら、明朝、明るくなってからでも」

「時間が惜しい。いま起こっている乱は、これひとつではないのだ。なるべく早くここを片づけて、都に戻らなければならない」

月白《つきしろ》が、遠慮がちにたずねた。

「駒牽《こまびき》というのは、あの……旺夏《おうか》の軍師の」

「そうだ。生きていたのだ」

月白《つきしろ》は、遺体のほうにおそるおそる近づいて、のぞきこんだ。

「いまはもう、死んでいるようですが」

「そうだ。私が斬った」

三人は顔を見合わせた。目で相談しあった。やがて、月白《つきしろ》がおもむろに口を開いた。

「総大将がおっしゃるのですから、とにかく、夜襲の準備はいたしませんと」

鯷《ひしこ》はそこまで確かめると、城を出て、全速力で都をめざした。

間にあった。あやういところだった。頭領様は、甲冑《かっちゅう》に身をつつみ、青毛の駿馬《しゅんめ》にまたがって、まさに城門をくぐろうとしておられた。人前に出てはならない鯷《ひしこ》だが、そんなことは言っていられない。馬の前に躍り出たら、いくつもの剣が刃先を向けた。頭領様がそれを制して、おたずねになった。

「おまえか。どうした。あれ《い》の身に何かあったか」

「いいえ。急ぎ、お知らせしなくてはならないことがございまして」

頭領様のまなじりが、きりりと上がった。

「勝手に、あれ《い》のそばをはなれたのか」

「お人払いを」

頭領様はめずらしく、感情的になった。

「そんな暇はない。そこをどけ」

「井草の関の、盗賊退治に行かれるのですか」

「そうだ」

「いけません。その理由をお話しいたしますから、どうか、お人払いを。とても重要な話です」

「ここにいるのは、私の腹心どもだ。そんなに重要なことなら、いますぐに、ここで話せ。話せないなら、そこをどけ」

鯷《ひしこ》が無断で義弟殿のそばをはなれたことが、よほどお気にさわったようだ。頭領様は、馬に片脚を上げさせた。

蹄《ひづめ》の裏を見上げながら、鯷《ひしこ》は考えた。何が大事で、何が小事か。お伝えしたい内容は、頭領様のお耳以外に入れるべきでない。しかし、いま何より大切なのは、頭領様をご出陣させないこと。

「戦にお出になってはいけません。背後から襲われます。駒牽《こまびき》が、そう申しました」

「何だと」

つづいて鯷《ひしこ》は、天井裏で聞いたことを、かいつまんでしゃべった。泉声《せんせい》や義弟殿の名は出さないようにしたが、まわりで聞いている者らにも、誰のことを言っているかは明白だったろう。

29

薫衣《くのえ》を総大将とする軍が都に戻ってきたのは、それから七日後の、日が暮れてからのことだった。

穭《ひづち》は、鯷《ひしこ》の話を、概要がつかめたところでさえぎって（といっても、ほとんど話しおえてしまっていたが）、ふたりきりの場に移り、もう一度、詳しく聞いた。

信じられないような話だが、ほんとうのことらしい。

そこで、出陣をとりやめて、泉声《せんせい》のようすをさぐる使いを出した。たくらみが露見したことがすでに伝わっていたのだろう。使者が到着したときには、頭領と親族二十数名が、そろって自害していた。

穭《ひつち》はそれから、これまでに派遣した三つの軍に使いを送った。斐坂《あやさか》盆地の香積《こうしゃく》への援軍には、引き返して、井草の盗賊団を退治するよう指示した。薫衣《くのえ》が旗揚げしなかったと知れば、海隅《かいぐう》はすぐにおとなしくなるとふんだのだ。

釈水《ときみず》台地に送った、薫衣《くのえ》を総大将とする軍は、鯷《ひしこ》が聞いたとおりに事が進んでいれば、弾琴《だんきん》を討って、都に戻ってきている途中のはずなので、竜姫平野に寄って画角《かっかく》討伐に加わるよう伝えた。そしてもともと竜姫平野にいた斧虫《おのむし》の軍には、状況を伝え、画角《かっかく》を確実に片づけたなら、薫衣《くのえ》の軍とともに帰還するよう命じた。

このようにして、薫衣《くのえ》が戻ってきた七日目には、すべての乱がおさまっていた。また、新たな乱も起こっていなかった。薫衣《くのえ》の旗揚げとともに蜂起《た》つことになっていた連中も、動くに動けなくなったのだろう。

だが穭《ひつち》は、これだけのたくらみを阻止できたことが、いまだに信じられない気持ちでいた。彼の胸に喜びはなく、どれだけ危ない状況にあるかを知ったときの冷や汗が引かずに残っているかのように、いつまでも寒気がおさまらない。

何よりも、釈然としない思いが、安堵《あんど》するのを邪魔していた。

稽《ひづち》は薫衣《くのえ》を、塔の小部屋に呼んだ。しきたりどおり、戦の報告を聞くためだが、ほんとうに聞きたいことは別にあった。

薫衣《くのえ》は疲れた顔をしていた。型どおりの報告をする口調には、抑揚がほとんどなかった。薫衣《くのえ》の話が終わると、狭い部屋に沈黙が流れた。稽《ひづち》は何とことばをかけていいかわからずにいた。

よくぞ、駒牽《こまびき》を斬ってくれた、と礼を言うのはおかしいだろう。だが、薫衣《くのえ》のおこないで、鳳穐《ほうしゅう》が救われたのは事実だった。

それよりもまず、詫《わ》びるべきなのかもしれない。つまらない意地をはって、鯷《ひしこ》に人前で話をさせた。そのせいで、薫衣《くのえ》のしたことが、多くの人の知るところとなった。

しかし稽《ひづち》は、感謝する気にも、詫びる気にもなれなかった。彼の口から出たがっていたことばは、ひとつだけ。

「なぜだ」

彼が薫衣《くのえ》の立場だったら、絶対にしないだろうことを、薫衣《くのえ》はした。

「なぜ、蜂起《た》たなかった」

稽《ひづち》は、誰より薫衣《くのえ》を理解しているつもりだった。どれだけ人にそしられようとも、薫衣《くのえ》は誇りをもちつづけていた。旺廈《おうか》の頭領として、なすべきことをなしていると、胸を張って生きていた。世間が言うように、「鳳穐《ほうしゅう》に膝《ひざ》を屈して」などいなかった。

　では、なぜ、駒牽《こまびき》を斬った。あれだけのお膳立《ぜんだ》てにのらなかった。

「蜂起《た》ったさ」

　薫衣《くのえ》の声は、怒気をはらんでいた。

「蜂起《た》ったとも。駒牽《こまびき》が、もう少しましな絵を描いていたなら」

「あれでは不足か」

「伝説の軍師も老いたものだ。駒牽《こまびき》は、確実に四隣蓋城《しりんがい》を奪えると言ったが、鳳稚《ほうしゅう》はそんなに甘くない」

　穭《ひづち》も、そうは思っていた。確実ではない。だが、まったく無謀な蜂起《ほうき》でもない。一月後、四《し》隣蓋城《りんがい》の上にどちらの旗がひるがえるかは、半々といったところだったろう。

　薫衣《くのえ》の読みも、同じだったようだ。

「私が駒牽《こまびき》の言うままに動いていたら、五分と五分との勝負になっていただろう。荻之原のときのように」

「五分の勝算では、旗揚げできないか」

「問題は、それだけではない。勝利したとして、そのあとだ」

　薫衣《くのえ》の両手が、ぐっとこぶしを握った。

「弾琴《だんきん》、画角《かっかく》、海隅《かいぐう》、泉声《せんせい》、無頼の輩《やから》。そんな者たちの力を借りて、そのあとに、翠《すい》を正しく迪《みちび》くことなどできるものか。弾琴《だんきん》は、いずれまた謀反を起こすにきまっているし、いまさら画《かっ》角《かく》と組むなど、正気の沙汰《さた》とは思えない。もっと悪いのは泉声《せんせい》だ。鳳稚《ほうしゅう》にさんざ恩を受けながら、あのようなかたちで裏切ることのできる泉声《せんせい》は、すなわち、そなたが玉座についたときの画角《かつかく》と同じ。どれだけやっかいな存在になることか。

なぜ、蜂起《た》たなかったかだと。稗殿《ひづち》、そなたは私が、ここで何も見ていなかったと思うのか。そなたがどれだけ荻之原の恩に縛られて、翠《すい》のためになすべきことを曲げなければならなかったか、私が知らないとでも思うのか。

駒牽《こまびき》は、戦の顚末《てんまつ》はみごとに読んでいた。弾琴《だんきん》が暴れれば、そなたが私を総大将とすること。あの城のあの部屋にやすむこと。そなたが竜姫平野に斧虫《おのむし》を送り、斐坂《あやさか》盆地に檀《まゆみ》をやること。井草の関に、そなた自身が出陣しようとすること。

だが、駒牽《こまびき》は、戦のあとのことを、何も考えていなかった。勝利を得ることに目がくらみ、他の氏族を巻き込みすぎた。あれでは旗揚げしても、旺夏《おうか》の蜂起とはいえない。自分たちの欲望や都合で勝手をしたがる連中が、旺夏《おうか》の名に事寄せているだけだ。それで私が王になっても、それは旺夏《おうか》の世ではない」

「だから、斬ったのか」

薫衣《くのえ》の頰は、いつのまにか濡《ぬ》れていた。悔し涙だと稗《ひづち》は思った。薫衣《くのえ》は蜂起《た》ちたかったのだ。できることなら、蜂起《た》ちたかったのだ。

「そのうえ、駒牽《こまびき》は私に、進言するのでなく、命令した。『頭領様』と呼びつつも、私に従う気などなかった。私がここに来たころの、鬼目《ほろし》と穎《ほさき》を合わせたより悪い」

「だから、斬ったのか」

「旗揚げして、勝利して、だがそれでも、鳳稚《ほうしゅう》は滅びない。生き延びた者が、反撃しようと隙をうかがうだろう。荻之原後にあと戻りだ。いや、もっとひどい。頼りになる旺戛《おうか》の将兵は数少なく、まわりにいるのは、この勝利は自分たちのおかげだと大手をふって歩く弾琴《だんきん》や画角《かっかく》や海隅《かいぐう》や泉声《せんせい》といった、恥も誇りも知らない連中ばかり。そのうえ、こんな大乱のあとでは、どこでだって反乱が起きるようになるだろう。もはや人々が穡《しょく》大王の血を重んじなくなるおそれさえある。それでは翠《すい》はめちゃくちゃだ。とてもこんなたくらみにはのれない。のれないのなら、起きかけている乱を抑えなければならない。そのためには、斬るしかなかった」

稺《ひづち》は薫衣《くのえ》のことばを、ゆっくりと反芻《はんすう》した。おそらく、薫衣《くのえ》が駒牽《こまびき》の話を聞いてから斬るまでよりも、時間をかけて。

それまで彼は、薫衣《くのえ》が旗揚げしていたらどちらが勝ったか、そこまでしか考えていなかった。薫衣《くのえ》に言われてはじめて、その先を考えた。

鳳稚《ほうしゅう》が勝利したなら、旺戛《おうか》は破滅。敗北したなら、たしかに薫衣《くのえ》の言ったとおりだ。彼がどんなに奮闘しても、自分で動かせる武力がわずかしかない。弾琴《だんきん》、画角《かっかく》といった節操のない連中が、思うがままにふるまうのをとめることはできない。翠《すい》はひどいありさまになる。

「薫衣《くのえ》殿。そなたは正しいことをなさった」

心の底から言った。釈然としない思いは消えていた。だがやはり、感謝の念はわいてこず、そのかわりに、おそれを抱いた。

——私だったら、そこまで先を読めたとして、旗揚げしたいという欲求を抑えることができただろうか。

そうは思えなかった。先など読めなかったふりをして、誉れ高き一族の頭領として戦を起こし、軍を動かす。それは、どんなに甘く、強く、抗しがたい誘惑だろう。

穭《ひつち》のことばを聞いたとたん、薫衣《くのえ》の顔が、ふうっと歪《ゆが》んだ。

それを見て、穭《ひつち》は知った。薫衣《くのえ》にとっても、その誘惑をしりぞけるのは、生半可なことではなかったのだ。あの地下墓地で、穭《ひつち》の首を切り落とせたのに刀を手放したときにも、暗がりで、薫衣《くのえ》はこんな顔をしていたのかもしれない。

穭《ひつち》は、薫衣《くのえ》から目をそらしながら言った。

「申し訳ない。鯷《ひしこ》に人前で話をさせた。そなたのなさったことが、多くの人の耳に入った。そなたは正しいことをなさったが、それがわからない者もいるだろう」

「かまわない」

薫衣《くのえ》は両手で顔をおおった。

「私自身、軍議で話している。弾琴《だんきん》を手早く片づけるために、必要だった。人がどう思おうと、関係ない。私は正しいことをした。自分でそれを知っている」

肩が震えていた。穭《ひつち》はどうすることもできなくて、

「お疲れであろう。どうかもう、おやすみに」

と、薫衣《くのえ》をこの会見から解放した。

疲れていた。階段の途中で横になって、そのまま眠ってしまいたいほど疲れていた。

ほんとうは、牧視《まきみ》城まで帰りたかったが、とても馬に乗れる気がしなかった。だったら稲積《にお》のいた住居でひとりでやすみたいと思ったが、戦から戻ってすぐ、城内にいる妻を無視するわけにもいかない。

しかたなく、薫衣《くのえ》は河鹿《かじか》のいる住居に向かった。

気が重かった。胸の中に、大陸の軍船が一隻いすわっているのではないかと思えるような重たさだった。

だが、困難から逃げてもしかたがない。


出迎えはなかった。前室にいる三人の付き人は、立ったまま、頭も下げずに無言で彼を見つめていた。薫衣《くのえ》のしたことが、もう耳に入っているのだろう。口をきくのが億却《おっくう》で、そのまま間を抜けて、奥に入った。

奥の座敷に、河鹿《かじか》と鵤《いかる》が膝をそろえてすわっていた。鵤《いかる》の顔つきは、一段と母親そっくりになっていた。

「どうして、お蜂起《た》ちにならなかったのですか」

予想していたせりふだが、前置きなしとは思わなかった。これまで以上のいらだちを感じた。

「私のやることに、口出しするな」

「いたします。いったい何のために、私たちは、第二夫人とその子供と呼ばれる屈辱に、耐えてきたのでございますか」

「疲れているんだ。話は明日に」

「いいえ。いま、お答えください。あなたは生涯、鳳穐《ほうしゅう》の奴隷でいるおつもりですか」

「奴隷だと」

「それよりひどい。鳳穐《ほうしゅう》のために、一族の者を斬るなど、よくもおできになりました」

「鳳穐《ほうしゅう》のためではない」

「誰がどう見ても、鳳穐《ほうしゅう》のためです。あなたは、この子に、この城をくださるのではなかったのですか」

「そんな約束はしていない」

「そうでございましたね。私は生きるために名を替えましたが、あなたは、命長らえるために、魂をお取り換えになったようで。そこにいらっしゃるのは、外見《そとみ》は気高き旺廈《おうか》の頭領様でも、中身は見下げた腰抜けです」

「理解できないからといって、私のやることを決めつけるな。私は己のなすべきことがわかっている」

河鹿《かじか》は、これを無視して横を向いた。

「鵤《いかる》様。あなたからも、何かおっしゃってくださいな」

まだ八つの鵤《いかる》が父親に言ったせりふは、これだった。

「父上、恥をお知りになってください」

何も言い返す気になれず、薫衣《くのえ》は住居を飛び出した。

馬に乗る気力などないと思っていたのに、海堂の岬までも走っていけそうだった。怒りとは少し違う何かが、薫衣《くのえ》の中で荒れ狂っていた。馬は全速力で走っていたのに、何度も何度も鞭《むち》を入れた。

やがて、手首の痛みでそれに気づいて、薫衣《くのえ》は自らを諫《いさ》めた。

——動物といえども、益なく打ってはならない。我を忘れての乱暴なおこないは、人の上に立つ人間のすることではない。

こうした自省で冷静さを取り戻したとき、周囲に監視の者がいないことに気がついた。薫衣《くのえ》が鶲《ひたき》の城に向かうとき、いつも十騎はついてきたのに。

「あれほどのお膳立《ぜんだ》てをされても旗揚げしなかった者など、もう見張る必要はないというわけか」

自嘲《じちょう》気味につぶやいた。

——かまわない。誰がどう思おうと、私は間違ったことをしていない。

余分な鞭を入れそうになる手、無意味に馬腹を蹴《け》りそうになる足をこらえながら、牧視《まきみ》城まで馬を進めた。

城が見えてきた。誰とも口をきかずに、ただ横になってやすみたかった。眠りのなかで、少しのあいだだけでも、すべてを忘れたかった。眠って、休んで、そうしたら、明日また、闘うから。今日はもう、誰とも口をききたくない。

だが、そういうわけにはいかないようだ。夜更けだというのに、城の入り口にはあかあかと灯《あかり》がともっている。

馬を下りて、城主の父親らしいいかめしい顔をつくり、梁《はり》をくぐった。

そこでは、正装した稲積《にお》と鶲《ひたき》と雪加《せっか》が、膝《ひざ》をそろえてすわっていた。雪加《せっか》の着物の着付けが、少し乱れている。寝ていたところを、いそいで起きてきたようだ。

「お帰りなさいませ。ごぶじのお戻り、何よりです」

稲積《にお》があいさつのことばを述べ、三人そろって辞儀をした。

薫衣《くのえ》はうろたえた。あのときと同じように——。

海堂から帰ったときにも、稲積《にお》はこんなふうに彼を迎えた。しきたりどおりのことばだけれど、ほかの誰も、彼にこんなことは言わなかった。稲積《にお》に言われてはじめて、そうか、ぶじに戻れてよかったのかと思った。そして、そのことにうろたえた。

このときの狼狽《ろうばい》はあまりに大きくて、薫衣《くのえ》は隠すことができなくなった。倒れるように膝をつき、両手で稲積《にお》を抱きしめた。目頭が熱くて、目を開けていられなくなった。

「まあ、どうなさったのですか」

稲積《にお》の調子のはずれた言い方に、涙のかわりに笑いが出た。さっきまで、自分がまだ笑えるとは思っていなかったのに。

30

深い眠りにいた気がする。夢もみずに、ぐっすりと眠っていた気が。

気持ちのいい目覚めだった。もしかしたらやはり、夢はみたのかもしれない。心地良いばかりの、わずらいをいっさい感じることのない夢を。

だとしたら、苦労というものを知らなかった幼いころの夢だろうか。それとも、学んでいればそれでよかった、迪師《じゃくし》らと暮らした日々の。

気分はいいのに、からだがだるくて重かった。まだまだ眠っていたいと思った。そして、自然に目覚めたのでないことに気がついた。右腕を、誰かがそっとゆすっている。

「薫衣《くのえ》様、薫衣《くのえ》様」

稲積《にお》だった。

薄目を開けると、室内に差し込む光は曙色《あけぼのいろ》。まだ早い刻限らしい。もう少し稲積《にお》の声を聞いていたくて、目を閉じた。

「薫衣《くのえ》様。お目覚めになってくださいませ」

稲積《にお》がこんなふうに彼を起こそうとするのは、よほどのことだとわかっていた。だが、もう少し。少しだけ。

「薫衣《くのえ》様。お城から、早馬がまいっています」

稲積《にお》が「お城」というのは、四隣蓋城《しりんがい》のことだ。さすがに寝たふりをつづけることができなくなって、薫衣《くのえ》は重い頭を持ち上げた。

起き上がると、からだのだるさは消え去ったが、見たかどうかもさだかでない夢の心地良さは残っていた。どんなことにも平気で立ち向かえそうな気分だった。このときは、まだ。

使者は、使者らしい無表情で薫衣《くのえ》に告げた。

「四隣蓋城《しりんがい》に、急ぎお戻りください。お身内が、お亡くなりに」

夢の余韻は、たちまちどこかに吹き飛んだ。血の気が引いた。四隣蓋城《しりんがい》に「身内」といえる者はふたりしかいない。どちらが死んだのだ。まさか、両方か。

いや、もしかしたら、穭《ひつち》のことを言ったのかもしれない。彼には義兄にあたるのだから、直接言及しにくい場合、そういう表現をとることもありうる。

だが、それにしては、使者が落ち着きすぎていた。稲積《にお》らが呼ばれる気配もない。

薫衣《くのえ》は馬に鞭を入れた。死んだのは、河鹿《かじか》か、鵤《いかる》か、両方か。だが、どうして。昨日はあんなに元気だった。

気がつけば、薫衣《くのえ》は馬を、何度も何度も鞭打っていた。気がついても、前夜のようにその手をとめることはできなかった。

稗《ひづち》の心は、何の痛みも感じていなかった。

目の前には、ふたつの遺体が横たわっている。

ひとつは年端のいかぬ子供のもの。もうひとつは、わずかの間とはいえ自分のものにしたいと思ったこともある、美しい女人のもの。

だが、起きるべきことが起きた。それだけだ。

ふたりとも、自ら胸に突き立てた懐剣の柄を、まだしっかりと握っていた（いったいどうやって刃物を手に入れたのか、それはよく調べなければならない）。わずか八歳の子供がそうしていることに、いくばくかの哀れを感じないではなかったが、やっかいごとが片づいたという気持ちのほうが大きい。

そこに薫衣《くのえ》が飛び込んできた。息を切らせて、髪振り乱して。

部屋の入り口で、立ちすくんだ。

「見てのとおり、自害だ」

稗《ひづち》のかけたことばが、その耳に届いていたかはわからない。薫衣《くのえ》は叫び声のようなものをあげながら、ふたつの遺体に走り寄り、荒々しく揺さぶった。

「河鹿《かじか》。鵤《いかる》」

そんなふうに遺体に手をふれるのは、禁忌とされることだった。まわりの者がやめさせようとしたが、薫衣《くのえ》はその手を振り払い、死者を揺さぶりつづけた。

「河鹿《かじか》。鵤《いかる》」

五人がかりで遺体から引き離されても、薫衣《くのえ》はふたりを呼びつづけた。

穭《ひづち》は、狐につままれたような気分だった。何をそんなに嘆くことがあるのかと。

薫衣《くのえ》はやがて名を呼ぶのをやめ、人目をはばからずに身を丸め、声をあげて泣きだした。そのあまりの嘆きように、穭《ひづち》はぞっとした。もしも、以前考えたように、彼がふたりに手を下していたら、いったいどうなっていたことか。

だが、すぐに考え直した。

穭《ひづち》が手を下したのなら、薫衣《くのえ》はこんなふうにならなかった。薫衣《くのえ》は、ふたりを失ったことを哭《な》いているのではない。自害だったからだ。河鹿《かじか》と鵤《いかる》が自ら死を選んだことに、心がぽきりと折れたのだ。

なぜなら、自害は抗議だ。薫衣《くのえ》がしたこと——しなかったことへの。

穭《ひづち》は、穎《ほさき》が〈常闇《とこやみ》の穴〉に行ったことが、どれだけこたえたかを思い出した。いくら自分の決断が正しいと信じていても、身内に命をかけた抗議をされるのは、きついものだ。

ましてや、河鹿《かじか》は薫衣《くのえ》にとって、幼なじみであり、一度は節を曲げて命を救ったほど哀れと思った相手であり、妻だった。鵤《いかる》は実の子供で、まだわずか八歳で、それなのに、母親に言われるがままのことではあっただろうが、彼への抗議をあらわすために、自ら命を絶ったのだ。

薫衣《くのえ》の慟哭《どうこく》が、穭《ひづち》の耳を劈《つんざ》いた。

穭《ひづち》はまた、穎《ほさき》のことを思った。うっとうしいだけの相手だったのに、いなくなったことが、なぜあれほどにこたえたのか。

うっとうしい相手だったからだ。

穭《ひづち》も薫衣《くのえ》も、自分たちより上には誰もいない、人を迪《みちび》く定めの人間だ。本来なら、誰かをうとんじたりすることは許されない。

だが、穎《ほさき》は身内だった。流行《はや》り病で、妹をのぞくと、家系図一枚でたどれる親族が他にいなくなったなかの、数少ない身内だった。うっとうしいと思ったのは、血がつながっていることへの小さな甘えだったのかもしれない。

薫衣《くのえ》もきっと、そうだったのだ。もしも、稲積《にお》が口うるさい女だったとしても、薫衣《くのえ》は黙ってそれに耐えただろう。露骨に顔をしかめたり、住居を飛び出したりはしなかっただろう。そうするわけにいかないからだ。

河鹿《かじか》は違った。薫衣《くのえ》にとって、いらだちをぶつけることができる相手だった。たぶん唯一の。

——こんなことなら、棗《なつめ》が河鹿《かじか》とわかったときに、さっさと殺しておけばよかった。そもそも、あんな見合いをさせるのではなかった。薫衣《くのえ》が二人目の妻を娶《めと》るのを、許すのではなかった。

してもしかたがない後悔を、穭《ひづち》はやめることができなかった。

力尽きるまで泣いたのか、薫衣《くのえ》がすっかりおとなしくなってから、ふたりの葬儀が手早くおこなわれた。穭《ひづち》は稲積《にお》らを呼ばなかった。鶲《ひたき》は来たがっていたようだが、こんな薫衣《くのえ》を見せたくなかったし、城内の冷ややかな雰囲気を味わわせたくもなかった。

葬儀のあいだ、薫衣《くのえ》は魂が抜けたようにぼんやりとしていた。薫衣《くのえ》の三人の付き人は、そんな主人の面倒をみようとすることなく、少しはなれたところから、冷たくながめていた。旺廈《おうか》の三人だけではない。女官たち、衛兵たち、近くに用があるふうを装ってのぞきに来た身分のある者たち。その誰もが、見るも哀れな薫衣《くのえ》の姿に同情するどころか、あからさまな非難の視線を送っていた。

薫衣《くのえ》が妻子を死に追いやったことを、とがめているのだ。すなわち、薫衣《くのえ》が旗揚げしなかったことを。

薫衣《くのえ》が駒牽《こまびき》を斬らずにその計画にのっていたら、彼らはみな、大変な目にあっていたはずだ。それがわからないわけではないだろうが、あの状況で蜂起《ほうき》しないことが、彼らには、信じられないほど臆病《おくびょう》なことにみえるのだろう。それに憤って幼い我が子を道連れに自害した河鹿《かじか》のほうが、ずっと共感できるのだろう。

薫衣《くのえ》は、そうした視線に、まったく気づいていないようだった。まわりに人がいることにさえ、気づいていないようだった。

――少し、休ませたほうがいいかもしれない。一月か、二月か。もしかしたら、もっと長く。

穭《ひづち》は月白《つきしろ》から、弾琴《だんきん》討伐軍が岩田城を発《た》つ前の出来事を聞いていた。戦が終わるまで、薫衣《くのえ》は駒牽《こまびき》らの遺体を誰にも触れさせなかった。そして、兵たちが出発の準備をするあいだに、三人の骸《むくろ》を一体ずつ、ひとりで運んでひとりで埋めた。薫衣《くのえ》のような身分の者にそんなことはさせられないと、何度も手伝いを申し出たが、かたくなに拒まれたのだと。

〈斬りたくなかった。蜂起《た》ちたかった〉

さっきの薫衣《くのえ》の慟哭には、そんな叫びが重なっていたのかもしれない。

――私は、薫衣《くのえ》を、引き入れてはならない道に引き入れてしまったのではないだろうか。人が耐えられる以上の我慢を、薫衣《くのえ》に強いてきたのではないだろうか。

罪の意識がきざした。十五歳のときに殺していたら、薫衣《くのえ》はこんな思いをしなくてすんだ。稀《ひづち》のあの決断は、してはならないものだったのでは。

――いや、違う。十年前の、檀《まゆみ》や斧虫《おのむし》が薫衣《くのえ》を陥れようとした件といい、駒牽《こまびき》の今度のたくらみといい、旺廈《おうか》と鳳穐《ほうしゅう》の、互いを滅ぼそうとする執念は、私が考えていた以上に根深かった。もしも、私と薫衣《くのえ》がこの道を歩みださなかったなら、翠《すい》はいまも、いたずらに血を流していた。私は間違っていなかった。薫衣《くのえ》も間違っていなかった。そして薫衣《くのえ》は、それを知っている。いまはすっかりまいっているが、少し休めばまた、不可能にみえるほど困難な道を、歩みはじめるだろう。


次の日の午後、薫衣《くのえ》に謁見を申し込まれた。やっとまともに口がきけるようになったかと、ほっとして、塔の小部屋で向かい合った。

稀《ひづち》はまず、悔やみのことばを述べた。それから、少し休んではと口にしかけたのだが、薫衣《くのえ》はそれを制して言った。

「私は、〈常闇《とこやみ》の穴〉に行く。河鹿《かじか》と鵤《いかる》を弔う」

そこまで思いつめていたとはと、稗《ひづち》はあわてた。

「何をおっしゃる。そなたは旺夏《おうか》の頭領ではないか。果たすべき務めがある。そんなことは、許されない」

「そなたの許しはいらない」

「そうではない。そなたのもって生まれた務めのことを言っているのだ」

「私は、行くと決めたのだ。だから、行く」

まるで話にならなかった。理を尽くしても、迪学《じゃくがく》のことばを引いても、薫衣《くのえ》がかって宣言したことを思い出させようとしても、「行くと決めたから、行く」の一点張りなのだ。

「薫衣《くのえ》殿、河鹿《かじか》殿は、鬼目《ほろし》と同じく、もともと死者だったのだ。いまより先の時の流れを、けっして見ようとしなかった。生者が死者に惑わされてはいけない」

稗《ひづち》の必死の説得も、薫衣《くのえ》の心を少しも動かしはしなかったようだ。

「そなたに、私の気持ちはわからない」

まだ気が動転しているのだ、少し落ち着いたら考えも変わるだろうと思ったが、薫衣《くのえ》はその日のうちにも発ちかねない勢いだった。

「一月ほど、ゆっくりと休んで、これからのことを考えてみられてはいかがだろうか」

「行くと決めたのだ。猶予はならない」

無理に引き留めようとしたら、何をしでかすかわからない剣幕だった。どうするべきかと頭をひねっていると、薫衣《くのえ》は席を立ってしまった。

「お待ちいただきたい。そなたはいま、気が動転しているのだ。そんなときに、こんなだいじな決断を下してはならない」

「動転などしていない」

「ならば、せめて三日、出発を待っていただきたい」

「何のために」

「そなたが、一時の激情でこのようなことを言い出されたのでないと、私が納得するためだ。三日後に、もう一度ここに来て、決意は変わらない、〈常闇の穴〉に行くと言われるのなら、もうお引き留めはしない」

薫衣《くのえ》は考える顔つきになった。ぼんやりとした目つきではない、いつもの薫衣《くのえ》だ。ほんとうに薫衣《くのえ》は、気が動転しているわけでなく、冷静に決意をかためているのかもしれない。だとしたら、三日の時間稼ぎも意味がなくなる。

「わかった。三日後にまた」

「それまで、どこで誰と過ごされる」

「ここで、ひとりで」

「稲積《にお》に会いに行ってはくださらないか。決意が変わらなければ、そなたはそのまま行ってしまわれるのだろう。せめて別れのことばくらい、かけてやっていただきたい」

薫衣《くのえ》はまた考える顔つきになり、

「承知した」

のひとことを残して出ていった。

穭《ひづち》はすぐに人を呼んだ。薫衣《くのえ》が到着するより先に、稲積《にお》にこのことを伝えるのだ。稲積《にお》ならきっと、薫衣《くのえ》の決意を変えさせることができる。

だが、いざ面前に使者が来ると、言伝《ことづて》することばが見つからなかった。

稲積《にお》は、薫衣《くのえ》が〈常闇の穴〉に行くと知っても、止めようとしないだろう。夫がすることに口出ししないよう躾《しつ》けられ、躾けられたことをきちんと守る女なのだ。

穭《ひづち》が引き留めるよう命じたら、従うかもしれないが、命じられての不本意な働きかけで、薫《くの》衣《え》を翻意させられるとは思えない。うまい説得の口上を授けても、それを自分のことばのように言えるほど、稲積《にお》は器用ではない。

だが、稲積《にお》だってほんとうは、薫衣《くのえ》に行ってほしくないはずだ。稲積《にお》も薫衣《くのえ》も、互いに気づいていないようだが、あんなに慕いあっているのだから。

使者は辛抱づよく、穭《ひづち》のことばを待っていた。

――ここを訪れるのも、これが最後だな。

牧視城《まきみ》の門をくぐりながら、薫衣《くのえ》は胸の中でつぶやいた。何の感慨も浮かばなかった。彼の心は、踏みしめられた雪のように、冷えたまままかたまっていた。

門のあたりに少し、あわただしい気配が残っていた。四隣蓋城《しりんがい》から、穭《ひづち》の使いが来たばかりなのだろう。おそらく稲積《にお》に、薫衣《くのえ》の気を変えさせるための知恵を授けに来たのだ。

それがわかっても、薫衣《くのえ》は何とも思わなかった。彼は一時の衝動で、〈常闇の穴〉行きを決めたわけではない。決意が揺るがないことには自信があった。

穭《ひづち》のやることが、こんなふうにすべて読めるから、この決断が下せたのだ。

薫衣《くのえ》は、自分がいなくなっても、穭《ひづち》が鳳穐《ほうしゅう》のためだけの政《まつりごと》などしないと知っていた。薫衣《くのえ》がいなくても、旺厦《おうか》が生きづらい世にはしないだろう。それが信じられるから、後ろ髪引かれることなく〈常闇の穴〉へと旅立てるのだ。

――私は何もなしとげていないわけではない。やるだけのことはやった。ひとつをのぞいて。

彼は、穭《ひづち》とこの道を選んだことを、後悔していなかった。この十八年で、翠《すい》は変わった。流れ者が減り、孤児が減り、盗賊が減り、人々の暮らしは豊かになった。和やかになった。彼の決断は間違っていなかったのだ。

だが、河鹿《かじか》と鵤《いかる》を死なせたことは、悔やんでも悔やみきれない。

彼はふたりを守らなければならなかったのに、その反対に死なせてしまった。

彼がいつも、河鹿《かじか》から逃げていたからだ。河鹿《かじか》のこりかたまった考えを変えさせるという困難から、逃げていたからだ。

河鹿《かじか》は彼のことばを、まったく聞こうとしなかった。彼女の頭の中は、五歳で薫衣《くのえ》と婚約してから七歳で鳳穐《ほうしゅう》の乱が起こるまでの二年間に植えつけられたことで、いっぱいだった。

自分は将来、王の正妻となる。次の王を産む。翠《すい》でもっとも尊い女人となる——。

荻之原で旺廈《おうか》が敗れても、河鹿《かじか》はその未来図を修正しようとしなかった。

無理もない。七歳から先、彼女はきっと、その思いだけを頼りに生きてきたのだ。自分は旺《おう》廈《か》の頭領の正妻になるはずの女なのだという自尊心だけが、山の中で、山賊の砦《とりで》で、彼女を支えていたに違いない。

薫衣《くのえ》は迪師《じゃくし》から、ほんとうの誇りとは何か、恥とは何か、いかに生きるべきかを教わった。河鹿《かじか》にも、それを教えてやればよかった。河鹿《かじか》がどんなに聞く耳をもたなくても、困難から逃げずに、根気よく話してきかせればよかった。鵤《いかる》にもだ。母親とばかり過ごして、すっかりその考えに染められてしまった鵤《いかる》からも、彼は逃げてばかりいた。

戦から戻った夜も、彼は逃げた。少し考えれば、ふたりをあんなふうに置いて出ていったらどうなるか、わかったはずだ。

彼は考えようとしなかった。自分が楽になること、休むことにしか思いがいっていなかった。

——この過ちを償うには、残りの命を費やして弔うしかない。

薫衣《くのえ》はそう、心を決めていた。

稲積《にお》は、とまどったような顔をしていた。めずらしく、自分から目をそらした。やはり、兄から策を授けられて、うまくできるかと思案しているのだろう。

稲積《にお》のことだから、問いつめれば、四隣蓋城《しりんがいじょう》から何と言ってきたか白状するだろうと思ったが、わざわざそんなことをして困らせたくはなかった。どうせ、何をしても無駄なのだから。

――ずいぶんと苦労をかけたな。もう少しで、旺廈《おうか》の血を引く夫という重荷から、解放されるからな。

穭《ひづち》のたったひとりの妹である稲積《にお》は、薫衣《くのえ》がいなくなったら、いくらでもいい再婚の口があるだろう。今度こそ、その身分にふさわしい、安楽で裕福な暮らしができるだろう。

鶲《ひたき》や雪加《せっか》のことも、薫衣《くのえ》は心配していなかった。穭《ひづち》は妹をかわいがるのと同じように、このふたりに目をかけている。悪いようにはしないだろう。

稲積《にお》は、少しそわそわしている以外、いつもと同じようにふるまった。二日目の夜、〈常闇《とこやみ》の穴〉に行くことを告げると、稲積《にお》も子供たちも、驚いて目を丸くした。芝居ではなく、ほんとうに初耳だったようだ。

稲積《にお》は驚きからさめると、

「尊いご決断でございます。どうぞ、存分にお弔いなさってください」

と、作法どおりのことばを述べ、引き留めようとはしなかった。雪加《せっか》だけが泣いていた。

では、穭《ひづち》が使いをよこしたと思ったのは勘違いだったのかと、少しいぶかしく思ったが、おかげでその夜も、心静かに過ごすことができた。

そして、三日目になり、出発の時が来た。

「では、達者でな」

と夫が背中を向けた。稲積《にお》の右手がぴくんと動いた。手を伸ばして、夫の腕か袖《そで》をつかもうとしたのだ。

——そんなことをしてはいけない。薫衣《くのえ》様のご決断にさからうようなことをしてはいけない。きちんとお見送りしなくては。

稲積《にお》は自分に言い聞かせた。夫を困らせてはいけない。静かに見送ることが、妻としての務めなのだ。

——でも、行ってしまわれたら、もう私は、薫衣《くのえ》様の妻ではなくなる。

そのとき、頭の中で、三日前に兄から届いたことばが響いた。

短い、意味のよくわからない伝言だった。どういうことだろうと首をひねっているうちに、夫がやってきた。妻と子を（それも、あの美しい、旺廈《おうか》の血を引く婦人とその子を）亡くしたばかりの夫を、どう慰めようかと心を砕いているうちに、伝言のことは忘れてしまった。そのうえ、夫が〈常闇の穴〉に行くのだと聞いて、稲積《にお》は胸がつぶれそうになり、ふだんどおりにふるまうのがやっとだった。

それなのに、夫が稲積《にお》のもとを永遠に去っていこうとした刹那《せつな》、そのことばが蘇《よみがえ》った。

〈心のままにふるまえ〉

その意味も、兄の意図もわからないまま、稲積《にお》の中の「してはいけない」が、ぱきんとはずれた。心のままに、右手を伸ばし、夫の袖口をつかんだ。

夫が驚いて振り返った。

「母上」

鶲《ひたき》が、とがめるような声を出した。

「行かないでください」

「母上、そんなことをおっしゃっては、いけません」

一度動きだした稲積《にお》の心に、鶲《ひたき》の叱責《しっせき》は、何の歯止めにもならなかった。

「だって、そんなの、ずるい」

考えてもいなかったことばが、口からすべり出た。

「私は、待っていました。いつも」

「母上、手をおはなしください」

「あの方のところにあなたがいらっしゃるのは、しかたのないこと。だって、あの方は、あんなにおきれいだし、旺廈《おうか》の尊い血の持ち主。踊りだっておじょうずで」

涙が口の中に入ってきて、しゃべるのを邪魔していた。それなのに、自分にも思いがけないことばが、どんどん口から飛び出してくる。

「待つのはつらかった。あなたがいまごろどうしていらっしゃるかと、考えながら待つのは、つらかった。でも、待っていたら、薫衣《くのえ》様はまた来てくださる。だから、がまんできました。無理にもがまんしてまいりました」

「母上、どうか、お気をしずめて」

「それなのに、あの方は、とうとうあなたを独り占めしてしまわれるのですか。そんなの、ずるい。私だって、あなたの妻ではないのですか。あの方は、妻としての務めを果たすのをやめて、あなたを置いていってしまわれたのではありませんか」

「母上、ことばをお慎みください。何をおっしゃっているか、ご自分でおわかりですか」

わからなかった。それでも次から次に、口からことばが転がり出る。

「どうしてですか。私が鳳穐《ほうしゅう》だからいけないのですか。それとも、私が生きているから？　私も命を絶てばいいのですか。そうしたら、私のことも考えてくださいますか。でも、私は死ねないのです。私には、私の務めがあって、勝手に死ぬわけにはいかないのです。だけど、だけど、どんなに待ってももう、あなたが戻ってきてくださらないのなら……」

「稲積《にお》」

夫が稲積《にお》の名を呼んだ。もう二度と、その声を聞くことはできないと、ついさっき覚悟したのに。

夫が稲積《にお》を見つめていた。もう二度と、見つめ合えるとは思っていなかったのに。

せっかく夫がこちらを向いているのに、ぼやけて顔がよく見えない。

「稲積《にお》。おまえにとって私は、しっぽのはえた猿より、ましな夫だったのか」

やはり稲積《にお》は、ずいぶんと混乱しているらしい。夫が何を言っているのか、さっぱりわからなかった。わからないまま、夫の袖口を、命綱のように握りしめていた。

鶲《ひたき》は、驚いていた。こんな母親は見たことがなかった。作法も慎みも忘れて、身分の低い町女のように泣きじゃくっているさまは、気がどうかしたとしか思えなかった。

「母上、いけません」

父の袖をつかんでいる手を強く引いた。鶲《ひたき》には、城主としての責任があった。自分の城で、このような混乱を許しておくわけにはいかない。

ところが、雪加《せっか》までがこれに加わった。

「父上、行かないで」

と、もう片方の袖にとりすがったのだ。

「雪加《せっか》、やめろ。母上も、どうか」

父が、早く強引に出かけてくれればいいと思った。そうすれば、あとはふたりを慰めればすむ。だが父は、呆然《ぼうぜん》とした顔で突っ立っていた。

「父上」

声をかけると、その膝《ひざ》が崩れた。そして、右手で雪加《せっか》を、左手で母を、抱きしめた。父の肩は震えていた。

鶲《ひたき》は、どうしていいかわからないまま、かたく抱きあう三人を見下ろしていた。

薫衣《くのえ》は、約束の三日目に姿をみせず、四日目になってようやく、四隣蓋城《しりんがい》に戻ってきた。それだけで、穭《ひづち》には首尾よくいったのだとわかった。稲積《にお》と薫衣《くのえ》が互いの気持ちに（もしかしたら、自分自身の気持ちにも）気づいていないのだとしたら、気づかせてやればいいのだと、思いつくことができてよかった。

薫衣《くのえ》は律儀に謁見を申し込み、そのわりには、あぐらをかいたぞんざいな態度で、一日遅れの返事をした。

「〈常闇の穴〉に行くのはやめた」

ぶっきらぼうな言い方だったが、機嫌が悪いのでなく、きまりが悪いのだなと、穭《ひづち》は思った。いい兆候だ。悲嘆にくれたり、絶望したりしている者が、きまりの悪さを感じることはない。

「では、わかっていただけたのだな。河鹿《あれ》はもともと死者だったのだと」

「いいや。河鹿《かじか》と鵤《いかる》を死なせたのは、私の過ちだ。だが、私はその罪を、ここで、なすべきことをなしていくことで償う。そう決めた」

穭《ひづち》にとってはどちらでもいいことだったので、黙ってうなずいた。

「穭《ひづち》殿、そなたはとうにそうされていたのだろうが、私もようやく、骸《むくろ》を踏んで歩いていく覚悟が定まった。骸と、自分自身の過ちとを、踏みしめながらも進んでいかなくてはならないのだと」

穭《ひづち》はもう一度うなずいた。薫衣《くのえ》の表情は、静謐《せいひつ》で力強いものだった。だがやがて、何かを思い出したように、ふっとゆるんだ。表情がころころと変わるところは、はじめて会ったころのままだなと、穭《ひづち》は思った。

「それで、穭《ひづち》殿は、いつから知っておられたのだ。稲積《にお》が、私のことを……」

「さて、いつからだったかな」

とぼけると、薫衣《くのえ》がにやりとした。

「ああ、そうか。シロか」

「シロ？」

「鯷《ひしこ》のことだ」

薫衣《くのえ》の口からその名を聞いて、穭《ひづち》は驚いた。

「どうして私の〈耳〉の名を知っている。あいつ、まさか、そなたに名乗ることまでしたのか」

薫衣《くのえ》は、おもしろそうに天井をちらと見てから言った。

「いいや。穭《ひづち》殿が口をすべらせた。私が戦の報告をしたときに」

そうだったかなと、首をひねりながら、穭《ひづち》は思った。薫衣《くのえ》はもうだいじょうぶだと。

「旺厦《おうか》殿。このたびの出来事のあとで、おそらく四隣蓋《しりんがい》城は、以前にまして、そなたに居心地の悪い場所になったのではないかと思うが」

「ここに、居心地の良さなど求めていない」

薫衣《くのえ》はほほえんでいた。穭《ひづち》は、後に〈駒牽《こまびき》の乱〉と呼ばれることになる一連の出来事が、すべて事なきを得て幕を閉じたのだと、ようやく心から安堵《あんど》した。

穭《ひづち》のところから戻ると、三人の付き人が、河鹿《かじか》らの住んでいた住居を片づけていた。この三人は、稲積《にお》のいた住居に移すことになるな、と薫衣《くのえ》は思った。年に何度か、四隣蓋《しりんがい》城にのぼってきた稲積《にお》らがそこに泊まるのだが、彼らなら、いたずらに敵愾心《てきがいしん》を向けることはないだろう。おそらく問題はないはずだと。

三人は、薫衣《くのえ》を見ると、手を止めて近くに来た。何か言いたいことがあるらしい。そういえば、戦から戻ってまだ、彼らとまともに口をきいていないことを思い出した。

「何か、私に言いたいことがあるのか」

ひとりが、首をすくめて目を伏せて、聞き取りにくい声で言った。

「郷里の、母親が、具合が悪いと、便りがありまして」

つまり、ここを去りたくなったのか。それならそうと、はっきり言えばいいのにと、薫衣《くのえ》は思った。

「わかった。村に帰るがいい」

そして、ふたりめを見た。こちらは目をそらさなかった。

「私の家族は、みな元気にしておりますが、村に戻りたいと存じます。私には、頭領様が、ほんとうに旺廈《おうか》の頭領様といえるのか、もうわからなくなりました。どうして旗揚げなさらなかったのか、それを思うと、おそばにいても、憤りがつのるばかりです」

ずいぶんと、はっきり言ってくれるものだと思いながら告げた。

「わかった。おまえも村に帰れ」

三人目は、真菰《まこも》という名の、四隣蓋城《しりんがいじょう》に連れて帰る付き人を決めたとき、いちばんに選び出した男だった。

す」

「真菰《まこも》、おまえはどうする」

薫衣《くのえ》は自分からたずねた。こんなことは、さっさと終わらせてしまいたかった。

彼のもとに来る旺廈《おうか》は、誰もが去っていくのだ。丘に救いに来た者は、みんな斬られて死んでしまった。駒牽《こまびき》らは、薫衣《くのえ》自身が斬った。そして、河鹿《かじか》と鵤《いかる》は、自ら命を絶つことで逝ってしまった。自分はよほど、一族の者たちとの縁が薄いのだ。

しかし、薫衣《くのえ》は、もうそんなことに心惑わされないと決めていた。

「私は、お許しがいただけますなら、これからも、おそばにいさせていただきたいと存じます」

予想外のせりふに、ふいを突かれた。薫衣《くのえ》の心にはまだ、そんなふうに突かれてたじろぐ、やわらかな部分が残っていたらしい。稲積《にお》に「ごぶじのお戻り、何よりです」と迎えられたときのように、狼狽《ろうばい》した。

だが、真菰《まこも》の目は、ほかの者と同じ冷たい色をしていた。

「私も、あなたがなさったことは、とても理解できません。我らの村でおっしゃったことと、あまりに違う。ですが、だからこそ、私はここに残りたいのです。旺廈《おうか》のひとりとして、あなたがなさること、なさらないことを、見届けるために」

薫衣《くのえ》の心にまだほんの小さく残っていたやわらかかった部分が、水気をとられた漆喰《しっくい》のようにかたまった。薫衣《くのえ》は、真菰《まこも》に向かってほほえんだ。

「わかった。おまえはここに残れ。残って、私の生きざまを、最後まで見届けよ」

31

（穡朝《しょくちょう》暦二八六年・薫衣《くのえ》三十六歳）

それからの四年間は、四隣蓋城《しりんがいじょう》での薫衣《くのえ》への風当たりが、もっとも強かった時期ではないだろうか。

あからさまな嫌みや、侮蔑《ぶべつ》のことばは、もう投げつけられなかった。言うまでもないことだからだ。

憎しみの視線を向ける者は、もういなかった。駒牽《こまびき》を斬った薫衣《くのえ》は、鳳穐《ほうしゅう》の敵といえないからだ。

薫衣《くのえ》におそれを抱く者も、いなくなった。どれだけ戦の才があっても、戦を起こす度胸がないのでは、話にならない。

また、この十七年間で薫衣《くのえ》に対していくばくかの親しみをみせるようになっていたごく少数の者たちは、その親しみをすっかり消しただけでなく、他の者にもまして強い嫌悪の視線を向けるようになった。

しかし薫衣《くのえ》は、そんなことを、まったく意に介していないようだった。無表情の仮面の下に引きこもることもなく、穭《ひづち》がたびたび足を運んで見に行った、あの森に囲まれた丘にいたときのように、のびやかにふるまっていた。

たぶん薫衣《くのえ》は、ほんとうに「人がどう思おうと関係ない」といえる境地に達したのだと、穭《ひづち》は思った。

それに、薫衣《くのえ》には稲積《にお》がいた。稲積《にお》とて、薫衣《くのえ》のしていることを理解しているわけではないだろう。稲積《にお》は自分からたずねたりしないし、薫衣《くのえ》は自分から説明したりしない。けれども稲積《にお》は、黙ってすべてを受け入れる。

お互いに、相手の気持ちに——そして、自分の気持ちに——気づいてからも、ふたりのふだんのようすに変わりはないと、ときどきのぞきに行かせる鯷《ひしこ》は言う。だがしかし、同じふるまい、同じことばのやりとりのなかでも、以前と違って薫衣《くのえ》は、心から安らかに過ごせるようになっていることだろう。

穭《ひづち》は、四隣蓋城《しりんがいじょう》の中で薫衣《くのえ》に護衛をつけるのをやめた。必要ないと思ってからも、護衛をはずすと薫衣《くのえ》が気にするのではないかと踏み切れずにいたのだが、その心配はなさそうだ。

もしかしたら、薫衣《くのえ》にとって、もっとも風当たりの強かったこの四年間が、もっとも幸福な年月だったのかもしれない。

〈駒牽《こまびき》の乱〉から三年が過ぎたころ、穭《ひづち》はたまに、薫衣《くのえ》と馬を並べて遠乗りをするようになった。

といっても、すっかり警戒を解いたわけではない。薫衣《くのえ》に自由を与えているのはあいかわらず、四隣蓋城《しりんがい》と牧視城《まきみ》のふたつの城の中とその往復だけで、この遠乗りも、牧視城への道のまわりにある穭《ひづち》の放牧場という安全な場所でのことだった。

迪師《じゃくし》らと暮らした丘と同じく囲い込まれた自由だが、薫衣《くのえ》はこの遠乗りを楽しんでいるようだった。

穭《ひづち》も、そうだ。ここでなら、青空の下で、薫衣《くのえ》と人の耳を気にせず話ができる。真っ暗な地下でも、狭苦しい小部屋でもないところで。

その日は、雲ひとつない晴天だった。空があんまり青かったからだろうか。それとも、太陽の下、濃い影を落とす薫衣《くのえ》の乗馬姿が、あまりに凜々《りり》しくみえたからか。穭《ひづち》は胸の奥にある思いを、ふと、打ち明けてみたくなった。

「薫衣殿《くのえ》。私はときどき考えてみることがある。もしも二十九年前の十一月十日に、荻之原で西風でなく東風が吹いていたら、どうなっていたかと」

「ああ、私もときどき、それを考える」

「西風でなく、東風が吹き、鳳穐《ほうしゅう》でなく旺廈《おうか》が勝利していたら、どうなっていたか。かつては、鳳穐《ほうしゅう》と旺廈《おうか》、そなたと私のいる位置が違っただけで、すべてが同じだったのではないかと思ったこともある。そなたはやはり、争いを終わりにすることがなすべきことだと考え、それに同意した私は、その目的の達成のため、いまのそなたのように、耐えがたきを耐えていっていただろうと。だが、いまは、違う」

とになる。だがそのことに、もはや抵抗を感じなかった。つづきを話せば、薫衣《くのえ》に対して弱みをさらすことになる。だがそのことに、もはや抵抗を感じなかった。

「私にはそなたが耐えてきたことを、耐え抜けたという自信がない。そなたは強い。驚くほどに強い。恥とは人にそしられることではない。それは確かな真実だが、だからといって、誰にも理解されないことを、こんなにも長くなしつづける力が、私にあるとは思えなくなった」

薫衣《くのえ》は、何だ、そんなことかという顔をして、馬の上で伸びをした。

「私だって、同じだ。誰にも理解されないことをなしつづける力など、きっと、持ち合わせていない。だが、そなたがいる。そなたは私が、何を、なぜ、なしてきたか、知っている。一人いればじゅうぶんだ」

それから、斜め後ろにある岩のほうを向いて、声を高めた。

「ああ、一人ではなかったな。鯤《ひしこ》、おまえも知っているよな」

「薫衣《くのえ》殿。私の〈耳〉に勝手に話しかけないでいただきたい。それに、あれは一応隠れているのだ」

薫衣《くのえ》は声をたてて笑った。そのあとで、真顔になった。

「稽《ひづち》殿。私も、同じ不安を抱いたことがある。もしも、西風でなく東風が吹いていて、そなたの立場に置かれていたら、はたして私は、そなたがしてこられただけのことが、できただろうかと」

「おできになったとも」

「私には、そなたのように、すべてに抜け目なく気を配ったり、水面下で陰謀をめぐらせたり、長い時間をかけての画策でやっかいな相手を弱らせたりは、できなかったと思う」

これでは、ほめられているのか、けなされているのかわからないが、薫衣《くのえ》は大まじめで話をつづけた。

「だからあの日、荻之原では西風が吹いたのかと考えたこともある。そなたこそ、翠《すい》を治めるのにふさわしい人物だからかと。だがな、きっと、そうではないのだ。西風でも、東風でも、やはり同じことだったのだ。私は私のやり方で、そなたがなしただけをなし、そなたはそなたのやり方で、私がなしただけをなしただろう」

「そうだろうか」

「そうだとも。さっき、『ときどき、それを考える』と申したが、ほんとうは、何度も何度も考えた。西風でなく、東風だったらどうなっていたか。何度も、何度も」

風が吹いてきた。二十九年前の荻之原と違って、やさしい、ゆるやかな風が。

「そうして、確かと思える答えに行きついた。いまでは、その光景が目に見えるほどだ。稲殿《ひづち》。どちらの風が吹いていても、そなたと私のいる場所が入れ替わっていただけなのだ。東風が吹いて、旺廈《おうか》が勝利していたら、迪師《じゃくし》はそなたと稲積《にお》の命乞《いのちご》いをしただろう。父上は、そなたらを森の中の丘に閉じ込めただろう。やがて流行《はや》り病が都を襲い、私は身内をほとんど失う。鳳穐《ほうしゅう》の残党がそなたを奪い返そうとして失敗し、私はそなたらをどうするか、決めなければならなくなる」

「そして、ふたりで地下墓地に入るのか」

「そうだ。私とそなたは、川の流れを変えると決める。そのために、私は稲積《にお》を妻とする」

「お待ちいただきたい。それは、いまあることの逆とはいえない。四隣蓋城《しりんがい》の主《あるじ》であるそなたが、鳳穐《ほうしゅう》の娘を娶《めと》るなど、旺廈《おうか》の者たちは許さないだろう。それに、河鹿殿《かじか》はどうする。疫病で死んでいるのか」

「いいや。河鹿《かじか》は弟の妻になるのだ。私と稲積《にお》の婚姻から生まれた子は、跡継ぎにしない。次代の王は、弟と河鹿《かじか》の長男とする。そう決めておけばいい」

「そんな無理をしなくても、弟君と稲積《にお》をいっしょになされば」

「いやだ。稲積《にお》は弟にはやらない」

穭《ひづち》はあきれた。ふたりで歩いてきた道を裏返しにして語っているのだと思っていたのに、これでは薫衣《くのえ》の願望の物語。まるっきりの私情ではないか。

それとも、これが薫衣《くのえ》のやり方なのだろうか。私情というより直感で、稲積《にお》を妻にするべきと思う。そして、それが良い結果をもたらす。

「やがて、鶲《ひたき》が生まれ、雪加《せっか》が生まれる。そなたは総大将として海堂に行き、大陸からの軍船をみごと沈める。そして、今日、私とそなたは、やはりここで、こうして馬を並べているのだ」

そうだったかもしれないと思った。一瞬、そうであったかもしれないもうひとつの世に、自分がいるような気がした。

その場合、彼はずいぶんと辛酸をなめてきたことになる。それでも自分も、薫衣《くのえ》のように、くったくなく笑えていたかもしれないと、穭《ひづち》は思った。

薫衣《くのえ》の死の、一年前の出来事だった。

32

（穡朝《しよくちよう》暦二八七年・薫衣《くのえ》三十七歳）

荻之原の戦から三十年が過ぎた。

この間に、戦といえるものは、〈駒牽《こまびき》の乱〉と、あとは異人たちとの戦いという、人々にとって戦というより天災のようなものしかなかった。

だから、四隣蓋《しりんがい》城にひるがえる旗の色も、三十年間変わっていない。そんなことは、百五十年以上前に夏《か》王子と穐《しゆう》王子の争いがはじまってからこの時までに、他に、二度しかなかった。

一度目は、穡朝《しよくちよう》暦一二三年からの、鳳穐《ほうしゆう》の文月《ふづき》の十二年の治世に、その息子、枸橘《くきつ》の二十年がつづいた三十二年間。二度目は、そのすぐあとの、旺夏《おうか》の夏花《げばな》の七年とその後継者である甥《おい》の涼風《すずかぜ》の二十三年の計三十年。しかし、どちらの世にも、五回を超える相手方の蜂起《ほうき》があった。

三十年間に、たった一度の乱。それも、旺夏《おうか》の蜂起にと発展することなく終わった、ごく短い騒動。

戦の時代は終わったのだと、誰もが思った。穭《ひづち》も思った。そして、そうではなかったという知らせが届いたとき、人々は愕然《がくぜん》とした。穭《ひづち》も愕然とした。

二十二年前に、薫衣《くのえ》に旺廈《おうか》の名を捨てると言わせたとき、穭《ひづち》がもっともおそれたのは、旺廈《おうか》が薫衣《くのえ》を見限ることだった。別の人間が頭領としての名乗りを上げ、生き残った者たちがそこに集まって反乱を起こす。そうなっては、薫衣《くのえ》の決意は意味のないものになってしまう。旺廈《おうか》に薫衣《くのえ》ほど血脈の正しい者が他に残っていないことに、穭《ひづち》は賭《か》けた。そして、賭けに勝ったのだと思った。

ところが、荻之原の戦から三十年目にあたる穡朝《しよくちよう》暦二八七年、ついに旺廈《おうか》が、薫衣《くのえ》でない頭領を立てて蜂起した。

甲美《こうび》山地の北西の、信風《しんぷう》一族が治める土地に、桜観《おうかん》城という名の小城があった。これが突然、二千五百の軍勢に攻撃され、乗っ取られたのだ。

信風《しんぷう》の頭領の猟夫《さつお》は、自ら軍を率いてこの城を取り囲み、使者を送って降伏を迫った。戻ってきた使者は、城内にいる武者はみな、雷鳥の紋をつけていて、敵の総大将は旺廈《おうか》の頭領を名乗ったと告げた。これは鳳穐《ほうしゆう》の世をくつがえすための旺廈《おうか》の蜂起であるると、宣言しているのだと。

使者の驚くべき報告を聞く猟夫《さつお》の目の前で、桜観《おうかん》城の上に雷鳥の旗がひるがえった。

こんなことを、いったいどうやって薫衣《くのえ》に伝えればいいのかと、穭《ひづち》はまず、そのことに悩んだ。旺廈《おうか》の者たちが、ついに薫衣《くのえ》を見限った。薫衣《くのえ》はそれに、耐えられるのか。

だが、彼の面前に来た薫衣《くのえ》は、すでにこの一件を知っていた。四隣蓋城《しりんがいじょう》には、薫衣《くのえ》の耳にこの出来事を入れたがる輩《やから》が、いくらもいたのだ。

「いったい何者なのだ。旺廈《おうか》の頭領を自称している人物は」

意外なくらい冷静に、薫衣《くのえ》はたずねた。

「名は梧桐《あおぎり》。旺廈《おうか》の四代前の頭領の異母妹の五男のひ孫だ。遠い関係だが、血のつながりは確かなようだ。ほかに、これの親族三名と、先代の——つまり、そなたの父君の——重臣だった者の親族四名が、戦を率いている。小城に閉じ籠《こ》もることを、戦と呼べるならの話だが」

薫衣《くのえ》の眉間《みけん》に、深い皺《しわ》が寄った。

「二千五百全員が、旺廈《おうか》なのか」

「いや、千七百は地元の農民だ。領主に不満をもっていて、今度のことに加わることになったらしい。だが、残り八百は旺廈《おうか》だ。隠れていた者も、そうでない者もいる」

「それだけのことを、こんなに早くつかめたのに、事前に動きを察することはできなかったのか」

見当違いの非難だと、穭《ひづち》は思った。

「どこを攻めるにも、益にならない城だ。あんなものを乗っ取る者がいるとは思わなかった」

言い訳のようだがほんとうだった。少しでも鳳穐《ほうしゅう》の世をおびやかすことができそうな場所での蜂起なら、事前につかめていた自信がある。だが、戦略的に意味のない地域まで、いちいち見張ってはいられない。

「それで、そなたはどうするおつもりか」

「すでに城は信風《しんぷう》が取り囲んでいる。一応援軍は送るが、形だけでいいだろう。あの数で、たいしたことはできはしない。このまま籠城《ろうじょう》して飢え死ぬか、決戦を挑んで討ち死にするか」

「いったいその梧桐《あおぎり》という者は、そんな城に立て籠《こ》もって、何をしようとしているのだ」

「私に聞かれても困るが、おそらく、ただ立て籠もりたかったのだろう。旺廈《おうか》の頭領を名乗って蜂起を宣することだけが目的。先のことなど何も考えていないのだ。あるいは、先のことなどどうでもいいのか。薫衣《くのえ》殿、今度のこと、気になさる必要はない。あの八百名は、蜂起して戦いのうちに死ぬという夢からさめることのできない、死にとりつかれた者たちなのだ。死なせてやろう。巻き込まれた千七百の農民は哀れだが」

だが薫衣《くのえ》は、穭《ひつち》がおそれていたことを言い出した。

「それはできない。私は行って、あの者たちを迪《みちび》かなければならない。誤った道を進んでいるなら、なおさらだ」

「無理だ。あちらには、頭領を名乗る者がいるのだぞ。つまりそなたのことを、頭領とみなしていないのは明白。行けば殺される」

「ならば、死のう」

「薫衣《くのえ》殿」

「私は桜観城に行く。行かなければ、自分が旺廈《おうか》の頭領でないと認めることになってしまう」

「行っても何もできないぞ」

「いいや。私は必ず、開城させる。武器を置かせる。だから、穭《ひづち》殿、あの者たちを許してやってほしい」

「それはできない。すでに、これだけの騒ぎを起こしているのだ」

「もちろん、何もなしに赦免しろと申しているのではない。旺廈《おうか》の頭領の首をやる。それでは不足か」

「梧桐《あおぎり》の首ひとつでは」

「私の首だ」

穭《ひづち》はことばを失った。薫衣《くのえ》が桜観城に行きたがることまでは予想していたが、まさか、こんなことを言い出すとは。

「なぜ、そなたの首を切らなければならない」

「私が旺廈《おうか》の頭領だからだ。旺廈《おうか》の蜂起の始末として、私の首を差し上げる」

「だがそなたは、今度のくわだてに加担していない」

「そんなことは、どうでもいい」

穭《ひづち》は薫衣《くのえ》をまじまじと見た。〈常闇《とこやみ》の穴〉に行くと言い張ったときとは違う、熱っぽい目をしていた。まるで、恋する女に求婚をする男のような。

「そなたは、死にたいのか」

「いたずらに命を投げ出そうとは思わない。それはしてはならないことだ。しかし、いたずらに命を投げ出すのでなく、旺廈《おうか》の頭領として死ねる機会、もう二度とないかもしれない」

「行かれても、おそらく城には入れないぞ。旺廈《おうか》の者の放つ矢で死ぬことになる」

「かまわない」

——そんなに死にたいか。生きるのが苦しいか。

その問いかけは、喉《のど》もとで止まった。もしも鳳穐《ほうしゅう》の民が、穭《ひづち》を頭領と認めず、他の者をそう呼ぶようになったら、彼は生きていられるだろうか。

穭《ひづち》はそれからも、行くのをやめるよう説得をつづけたが、それが無駄な努力なのを知っていた。

もちろん、力ずくで止めることはできる。穭《ひづち》が許しを出さないかぎり、薫衣《くのえ》はどこにも行けないのだ。自分の死に場所と定めた地にさえ。

「頼む。行かせてくれ」

穭《ひづち》はこれまでいつも、薫衣《くのえ》の熱心な願いに折れてきた。それが吉と出たこともあったし、後悔したこともあった。今度はどうなるのだろう。わかっているのは、自分に薫衣《くのえ》の願いを拒むことができないだろうということだけだった。

穭《ひづち》は最後に薫衣《くのえ》に言った。

「旺廈《おうか》殿。こんなだいじなことを、いまお決めになってはいけない。三日間、もう一度よく考えていただきたい」

「三日後に、私の気持ちが変わっていなかったら」

「そのときには、もう止めたりしない」

薫衣《くのえ》に対して言ったのでなく、自分自身に言い聞かせていたのかもしれない。

薫衣《くのえ》は牧視城《まきみ》で、稲積《にお》や鶲《ひたき》や雪加《せっか》との別れの時を過ごした。二日目の夜に、彼は自分の決意を語った。どうしても行かなければならないこと。行きたいこと。明日が永久《とわ》の別れになること。稲積《にお》と雪加《せっか》は泣いていた。薫衣《くのえ》は離縁の書をしたためた。思惑どおりに進むなら、彼は罪人として死ぬことになる。

稲積《にお》と雪加《せっか》が泣き顔だったことをのぞくと、最後の夜も、なごやかに過ごした。

翌日、気持ちが変わらないことを伝えると、穭《ひづち》はため息をついた。

「稲積《にお》とは、離縁してきた。稲積《にお》と子供たちのことを、頼む」

穭《ひづち》はさらに大きなため息をついて、うなずいた。その顔が、ずいぶんと年老いてみえた。

「しかたがない。約束だ。もう何も言わずにお見送りしよう。実は、餞別《せんべつ》があるのだが、受け取っていただけるか」

そんなものを用意していたとは、穭《ひづち》は薫衣《くのえ》の決意が変わらないことを、予期していたようだ。

穭《ひづち》の合図で、鯷《ひしこ》が大きなつづらを運んできた。ふたを取って、薫衣《くのえ》は目を見張った。そこにあったのは、彼の〈更衣の儀〉の場に用意されていたのと同じもの。雷鳥の紋のある剣と革《かわ》鎧《よろい》だった。それに、隅に丸めてある布は、旗のようだ。

「差し上げるというより、お返しする。もともとそなたのものだ」

革鎧を手に取って、胸に当ててみた。ぴったりだった。十五のときから、彼は背が伸びている。おそらく、この三日のあいだに手直ししたのだろう。

「穭殿《ひづち》。どうお礼を申し上げていいのか」

「もともとそなたのものだ」

穭《ひづち》は、感謝されるのが不本意だとでもいうように同じせりふを繰り返すと、仏頂面で、今後の手筈《てはず》について説明した。そうしたことまで考えていてくれたのだ。

穭《ひづち》によると、薫衣《くのえ》が桜観城まで行くのには、援軍の一員になるのがいちばん簡単な方法だが、それではあとの動きがとりづらい。特に、彼の首で他の者を助けるというのに無理が生じる。そこで、穭《ひづち》は薫衣《くのえ》が付き人とともに四隣蓋城《しりんがい》を出られるように手配はするが、あとは、薫衣《くのえ》が勝手に援軍についていく。

おそらく、援軍の総大将となる禁《まがき》も、その他の面々も、薫衣《くのえ》がいることを奇異には思わず、そこにいるからには、いるべくしているのだろうと勝手に解釈してくれるだろう。穭《ひづち》得意の曖昧戦術でいくのだ。そうやって、援軍とともに到着すれば、桜観城を包囲している囲みも抜けやすい。

また、禁《まがき》には、旺廈《おうか》軍が自ら開城して武器を置いたら、一人も殺さずに、戦の首脳陣は都に連行し、残りの旺廈《おうか》はこれまでに見つかっている旺廈《おうか》の村に分散させて見張りを置き、農民たちは在所に戻すよう命じておく。

「戦の首脳陣」とは、梧桐《あおぎり》ら八名と薫衣《くのえ》ということになる。もちろん檠《まがき》は、まだそんなことは夢にも思っていない。だが、開城後に、薫衣《くのえ》が自分は「戦の首脳陣」だと主張すれば、檠《まがき》なら、穭《ひづち》の指示に文字どおり従うことを選ぶだろう。

都でおこなう裁きで、薫衣《くのえ》は、反乱を起こした旺廈《おうか》の頭領として死罪を告げられる。梧桐《あおぎり》らについては――。

話がここまできたところで、薫衣《くのえ》は穭《ひづち》と言い争わなければならなくなった。穭《ひづち》は、梧桐《あおぎり》以外の七人は死罪を免じてもいいが、梧桐《あおぎり》だけは、首を落とさないわけにいかないと言い張るのだ。ここまで薫衣《くのえ》の希望を聞き入れたくせに、この一点にだけはがんこだった。

「私の首ひとつでは、不足だと言われるのか」

「薫衣《くのえ》殿。わからないことをおっしゃらないでほしい。ものごとをそこまで曲げることはできない。梧桐《あおぎり》が旗揚げしたとき、そなたが四隣蓋《こ》城にいたことは、誰もが知っている。乱を起こした張本人の首を落とさないわけにはいかないのだ」

薫衣《くのえ》が返事をせずに黙り込むと、穭《ひづち》は納得されたものと思ったのか、話を次に進めた。


そして、すべてはこの段取りどおりに運んだ。〈駒牽《こまびき》の乱〉以降、誰も薫衣《くのえ》を警戒しなくなっていたのが幸いした。薫衣《くのえ》はぶじ、桜観城の囲みに着いた。夜を待ち、夜陰にまぎれて剣と鎧を身につけて、従者の真菰《まこも》に丸めたままの旗を持たせせた。そして、囲みを抜けた。後ろからの動きに注意を払っていなかった包囲軍は、ふいをつかれたかっこうになったが、城に向かって走るわずか二騎を深追いしようとはしなかった。城壁と包囲軍とのまんなかあたりまできたとき、薫衣《くのえ》は真菰《まこも》に旗を広げさせた。

門が近づくと、薫衣《くのえ》は叫んだ。

「開門。門を開けよ」

桜観城の門が開いた。

そこからは、かつて真菰《まこも》の村で起こったことの繰り返しだった。桜観城が門を開けたのは、薫衣《くのえ》を真近で殺すためだったが、おそらく城に近づく薫衣《くのえ》を誰も射殺さなかったところで、勝負はついていたのだ。

しかも、村で薫衣《くのえ》は穏やかに説得したが、このたびは、叱り飛ばした。戦略的に意味のない城を乗っ取っての籠城《ろうじょう》。鳳穐《ほうしゅう》にまったく痛手を与えることができない場所での蜂起《ほうき》。罪のない農民たちを勝ち目のない戦に巻き込んだこと。

むろん、桜観城は最初、薫衣《くのえ》への敵意に満ちていた。だが、怒る薫衣《くのえ》には、戦のただ中にいたとき以上の迫力があった。誰も、武器を向けつづけることができなかった。薫衣《くのえ》の前に、膝《ひざ》を折らないではいられなくなった。旺廈《おうか》の紋の入った鎧を着て、雷鳥の刻印された剣を帯びた薫衣《くのえ》の姿を目の前にして、頭領であると認めないことはできなくなった。

そうやって、叱り飛ばされて梧桐《あおぎり》らは、戦の進め方のうえでの自分たちの愚を悟り、八百の一族の者と千七百の信風《しんぷう》の農民をいたずらに死に追いやろうとしたことの非を悟り、武器を置くことを承諾した。ただし、それにはひとつだけ、どうしても譲れない条件があった。

樊《まがき》はとまどっていた。義弟殿が桜観城に向かって突進していったときにはど肝を抜かれたが、やがて反乱軍が、抵抗をやめて武器を置くと言ってきた。なるほど、義弟殿は説得に行かれたのだ。義弟殿のお手柄だ。そう思った。

それから、指示されたとおりに、農民を在所に、八百の旺廈《おうか》をそれぞれの村に送る手配をして、はたと困った。都に連れ帰る「戦の首脳陣」の中に、なぜか義弟殿が入っているのだ。しかも義弟殿は、

「私はもう、鳳穐《ほうしゆう》殿の義弟ではない。鳳穐《ほうしゆう》殿の妹とは、離縁している」

と宣《のたま》い、さらに自分は旺廈《おうか》の頭領であり、この乱の首謀者だと主張するのだ。気でも触れたのかと思ったが、しかたがないので、本人の言い分どおり、都に連行することにした。

穭《ひづち》は薫衣《くのえ》を行かせたとき、もう二度と会うことはないだろうと覚悟していた。薫衣《くのえ》は桜観城で死ぬだろうと思っていたのだ。薫衣《くのえ》を差し置いて旺廈《おうか》の頭領を名乗った者が、薫衣《くのえ》を斬らないはずがない。

だが、いつか樊《まがき》の言った薫衣《くのえ》の「力」は、穭《ひづち》の予想を超えるものだったようだ。

穭《ひづち》は、薫衣《くのえ》がなしたかったことをなしとげられたのを喜ぶと同時に、薫衣《くのえ》が戻ってきたことで、これから彼がなさねばならなくなったことを考えて、胸が重くなった。

我ながら往生際が悪いと思いつつ、座敷牢《ざしきろう》の薫衣《くのえ》を訪れた。

「旺廈殿《おうか》。そなたは二千五百の命を救われた。もうこれでじゅうぶんではないか」

「何がおっしゃりたいのだ」

「そなたが死罪になる意味はない」

「あるとも。私の首を落とさずに、あの八人を助けることはできないだろう」

八人とは、聞き捨てならない数字だった。薫衣《くのえ》はまだ、あの件を了承していなかったのか。

「薫衣《くのえ》殿、八人ではなく、七人だ。梧桐《あおぎり》の死罪は免れないと言ったはずだ」

薫衣《くのえ》が意味ありげにほほえんだ。

「だがな、あの者たちは、鳳穐《ほうしゅう》に首をはねられるのだけは嫌だと言った。それくらいなら、籠城をつづけて飢えて死ぬと。だから私は約束した。鳳穐《ほうしゅう》に、おまえたちを殺させるようなことはしないと」

「そんな約束を勝手にされても」

「頭領として、臣下に確言したことだ。違《たが》えるわけにはいかない」

「私にも、四隣蓋城《しりんがい》の主《あるじ》として、曲げてはならない節がある」

「それでも、何とかならないか」

「ならない」

頭痛がしてきた。まさか薫衣《くのえ》が、この期に及んでこんな駄々をこねるとは。

「そうか。しかたがないな」

薫衣《くのえ》が肩を落とした。

「薫衣《くのえ》殿。そなたの赦免ならできる。もともと、そなたに罪はない」

薫衣《くのえ》は、落としたばかりの肩をいからせた。

「その話は、もうついているはずだ」

「そうだったな」

駄々をこねているのは、こちらのほうかもしれないと思った。

「だが、そなたがその首を差し出して救ったところで、梧桐《あおぎり》以外の七人も、生涯の幽閉は免れないぞ」

「わかっている。それは、あの者たちにも、よく言い聞かせておいた。どんな状況でも、生きていれば、そこになすべきことがある。それから逃げるなと」

ああ、そうか。生涯の幽閉とは、まさに薫衣《くのえ》の境遇なのだと、穭《ひつち》は思った。薫衣《くのえ》は、幽閉された身の上のまま、なすべきことを見つけ、なしつづけた。逃げ道が開けたときにも、それがなすべきことでなければ、自ら扉を閉ざした。

いま薫衣《くのえ》は、その幽閉先から、逃げるのではなく出ていく道を見つけたのだ。穭《ひつち》がそれを妨げてはならない。

裁きの場には、とまどいの空気がただよっていた。立ち会い人らも、罪人を囲む衛兵らも、薫衣《くのえ》がなぜ裁かれなければならないのか、よくわからずにいたのだ。

薫衣《くのえ》だけが落ち着きはらっていた。薫衣《くのえ》の後ろの八人は、幼子が市場の雑踏で半歩先を行く親の背を見るときのような目で、薫衣《くのえ》を見ていた。

穭《ひづち》は裁きを進めた。まず、薫衣《くのえ》が旺廈《おうか》の頭領であり、このたびの乱を起こすよう梧桐《あおぎり》らに命じたことを、薫衣《くのえ》の証言のみから明らかにした。そして、他の八人には、異論のないことだけを確認して、早くも罪科を告げる段にうつった。

まわりの者たちは、あっけにとられている。かまうことはない。穭《ひづち》はものごとを強引に進めるのに慣れていた。

まず、梧桐《あおぎり》以外の七人に、生涯の幽閉を申しつけた。七人は、顔色ひとつ変えずに神妙に聞いた。

つづいて、梧桐《あおぎり》に死罪を申しつけた。梧桐《あおぎり》は蒼白《そうはく》になり、薫衣《くのえ》を見た。他の七人も同じだった。

「頭領様、これでは、話が」

罪人らの不穏な動きに、衛兵たちは腰の刀に手を伸ばした。

薫衣《くのえ》がすっと立ち上がった。そして、散歩でもするような歩調で、いちばん近くにいた衛兵のそばに寄った。

誰もそれを止めなかった。血相を変えて詰め寄る梧桐《あおぎり》らから逃げるためのようにもみえたし、何かの間違いで罪人の側にすわっていたが、思い直して本来の位置に戻ることにした、というふうにもみえたのだ。

まだ誰も動けない──どうしていいかわからない──でいるうちに、薫衣《くのえ》はさっと、衛兵の腰から刀をとった。そして、ぱん、と床を蹴《け》って、ひとっ飛びで梧桐《あおぎり》のそばに戻った。

「梧桐《あおぎり》。おまえは、不遜《ふそん》にも、一族の頭領を僭称《せんしょう》した。その罪、死をもって償え」

そして、刀を振り上げた。

「おやめください」

衛兵のひとりが声をあげた。彼らもようやく剣を抜いてはいたのだが、刀を振りかざす薫衣《くのえ》にうかつに近づけないでいる。

梧桐《あおぎり》が、心得た顔で、ほほえみを浮かべて目を閉じた。

穭《ひづち》にも、薫衣《くのえ》のせりふの意味がわかった。「死をもって償え」とは、「死によって赦《ゆる》される」ということだ。ならば、その死は、恥ではない。

そして、薫衣《くのえ》は梧桐《あおぎり》を斬った。鳳穐《ほうしゅう》に殺されたくないという願いを叶《かな》えられ、梧桐《あおぎり》は安らかな顔のまま逝った。

斬りおえると薫衣《くのえ》は、抵抗しないというしるしに、刀を床に突き立て、手をはなした。

衛兵らが、どっと駆け寄って、薫衣《くのえ》を取り押さえた。

「旺廈《おうか》の薫衣《くのえ》。反乱を起こして世を乱した罪、神聖なる裁きの場で血を流した罪により、死罪を申しつける」

混乱の中で、穭《ひづち》は裁きを締めくくることばを述べた。

稗《ひづち》は薫衣《くのえ》の処刑をすぐにはおこなわず、牧視城《まきみ》に使いをやって、稲積《にお》らを呼んだ。薫衣《くのえ》と最後の別れをさせようとしたのだ。

けれども、稲積《にお》も鶲《ひたき》も雪加《せっか》も、どうしても四隣蓋城《しりんがい》に来ようとしなかった。

しかたがないので、稗《ひづち》ひとりで、座敷牢の薫衣《くのえ》を訪れた。

「薫衣《くのえ》殿。明日に決まった」

「そうか」

と、薫衣《くのえ》はうれしそうな顔をした。いくつになっても幼げな感じの消えないこの笑顔も、これが見おさめかと思うと、稗《ひづち》の心に未練がわいた。

「薫衣《くのえ》殿。身替わりを立てるという手もある。誰かをそなたのかわりに処刑して、そなたはどこかで、静かに余生を送られては」

薫衣《くのえ》が彼をじろりとにらんだ。

「本気でおっしゃっているのか」

この不機嫌な顔を見るのも、これで最後なのか。

「稲積《にお》もいっしょに暮らせるように手配する」

「本気で私がその話を受けると思っておられるのなら、それは、私が十五でこの城に戻ってから聞いたなかで、最大の侮辱だ」

「すまない」

あやまると、もう話すことがなくなった。彼らは長い年月に、たくさんのことばを交わしてきた。あらためて話すことをもう何も、思いつけない。

それで穭《ひづち》は、しなくてもいい確認をした。

「旺厦《おうか》殿。あの約束は、絶対に守る。ふたつの血を、必ずひとつにする」

「知っている」

穭《ひづち》は苦笑した。「頼んだぞ」でも、「信じている」でもなく、「知っている」。薫衣《くのえ》らしいせりふだ。

「ああ、そうだ。聞いておきたいことがあった」

急に薫衣《くのえ》が、調子外れな大声をあげた。今度はどんな突飛なことを言い出すのかと、穭《ひづち》は待った。

「ずっと、聞きそびれていたことがある。教えていただきたい。〈殺したくない〉はどこから来るのだ」

「なんだって？」

「地下墓地で、そなたは言われた。丘にいる私を何度も見に来た。そのたびに、そなたの胸には、〈殺せ〉〈殺したい〉〈殺すべきではない〉〈殺したくない〉という思いがわきたち、せめぎあったと。それから、それぞれの思いがどこから来るかを話されたのだが、〈殺したくない〉だけ、聞きそびれた」

「そうだったかな」

むろん、穭《ひづち》はそれをおぼえていた。あのときのやりとりは、一言一句にいたるまで、いまも頭に残っている。

だが、あのとき彼は、事前に考えていた段取りを捨てて、心のおもむくままに話を進めた。だから、とぎれた話の先に、どんなことばが来たのかは、彼自身にもわからない。

思い出そうとするふりをして、考えた。

薫衣《くのえ》に戦利品の横領疑惑がふりかかり、死罪にするしかないと思われたとき、彼は薫衣《くのえ》を殺したくないと思った。薫衣《くのえ》が添水《そうず》に斬りかかったと聞いたときもそうだった。穭《ひづち》には、薫衣《くのえ》が必要だったからだ。

けれども、地下墓地で話した〈殺したくない〉は、それよりも前のことだ。まだ口をきいたこともなく、顔の造作も知らなかった、遠くから見つめていただけの薫衣《くのえ》への、あの、胸の奥から湧き出るような〈殺したくない〉は、何だったのだろうか。

「話を中途半端にされるのは、よくないぞ」

薫衣《くのえ》がせかした。

「そなたが私の話をさえぎったから、中途半端になったのだ」

「そうだったかな」

と、薫衣《くのえ》がとぼけた。きっとおぼえているのだろうに。

穭《ひづち》は目をつぶった。

すると、緑の水をたたえた湖のような森が見えた。その中にぽっかりと浮かぶ小島のような丘が見えた。

丘の上の屋根が、ビワの木が、木の上で逆立ちをする人影が見えた。

「ああ、そうか、わかった」

わかってみれば、単純なことだった。

〈殺せ〉にも、〈殺したい〉にも、〈殺すべきではない〉にも、それぞれに理由があった。だが、〈殺したくない〉には、何の理由もないのだ。どこから来たのでもない、もともと胸のうちにあるものなのだ」

「それは、いったい」

「薫衣《くのえ》殿、人はみな、どんな相手に対しても、〈殺したくない〉をもっているのではないだろうか。ただそれが、いろいろな理由から生まれてくる、〈殺せ〉や〈殺したい〉に押しやられてしまうだけで」

そうだ。穭《ひづち》はほんとうは、誰も殺したくなかったのだ。斑雪《はだれ》も、鬼目《ほろし》も、添水《そうず》も、大陸から来た侵略者たちも。

けれども彼のまわりには、たくさんの〈殺せ〉があった。〈殺したい〉があった。何より〈殺さなければならない〉があった。

そんなものが人の心に押し寄せてこない世にしていくことが、彼らの闘いだったのかもしれない。

薫衣《くのえ》は何度かまばたきをした。

「そうなのかな。ああ、そうなのかもしれないな」

処刑は、定めの手順どおりにおこなわれた。

まず、城の主《あるじ》である穭《ひつち》が、高いほうの台座にすわった。次に、立ち会い人が低いほうの台座にのぼったのだが、立ち会いたがる者の数が多く、台の上にすわりきれなくて、半数は立ったままだった。

その顔ぶれは、鳳穐《ほうしゅう》の重臣から月白《つきしろ》と欅《まがき》と斧虫《おのむし》。ほかに、蓮峰《れんぽう》の霾《つちふる》、香積《こうしゃく》の賭弓《のりゆみ》。信風《しんぷう》の猟《さつ》夫《お》、取り潰《つぶ》さなかった泉声《せんせい》一族の頭領に穭《ひつち》が据えた五加木《うこぎ》、そして、豊穣《ほぜ》。

こんなに立ち会い人がいたのでは、身替わりを立てるなど、どうせ無理なことだったな、と穭《ひつち》は思った。

後ろ手に縛られた薫衣《くのえ》が引き出された。これまでの件があるせいか、薫衣《くのえ》はちゃんと縛られているのに、まわりの衛兵らは、やけにびくびくと警戒していた。

刑場の中央に薫衣《くのえ》がすわった。首切り役人が、首切り刀《とう》を振り上げた。

しきたりどおりに、穭《ひつち》はたずねた。

「何か言い遺《のこ》すことはないか」

立ち会い人席では何人もが、紙と筆を握って耳をそばだてている。

「ない」

力強い否定のことばに、立ち会い人らはたじろいたが、穭《ひつち》の胸にはかつて薫衣《くのえ》が語ったせりふが、その迷いのない表情とともに思い出された。

――そうだったな。そなたは何も言い遺さないと決めていたな。
稗《ひづち》は合図の右手を上げた。
薫衣《くのえ》の首が地面に落ちた。

終章

牧視城《まきみ》に近い放牧場で、穭《ひづち》は鶲《ひたき》と馬を並べていた。

薫衣《くのえ》がいなくなってから、穭《ひづち》は気力と体力が、がっくりと衰えた。国を正しく迪《みちび》く自信がなくなった。そこで彼は、譲位を決めた。彼が見ていてやれるうちに、豊穣《ほぜ》を国の主につけたいという気持ちもあった。

王の代替わりは、国の一大行事だ。そのどさくさに、穭《ひづち》は少々強引なことをするつもりでいた。鶲《ひたき》を顧問官にするのだ。

母方の血は申し分なくても、鶲《ひたき》の父親は旺廈《おうか》。しかも、ついこのあいだ、罪人として処刑されている。また、薫衣《くのえ》のいなくなったいま、鶲《ひたき》は旺廈《おうか》の血のもっとも濃い人物といえる。抵抗は大きいだろうが、四隣蓋城《しりんがい》に生まれ育った鶲《ひたき》は、人柄の良さが皆に知られている。豊穣《ほぜ》の信頼が厚いことも、十四歳から今日までりっぱに城主を務めていることも、誰もが承知している。それがよい助けとなってくれるだろう。

ただし、その前に、穭《ひづち》には確かめておきたいことがあった。

「鶲《ひたき》、ここらで休もうか」

いつか薫衣《くのえ》と、〈荻之原で東風が吹いた世〉について語り合った場所で馬を止めた。

「ひとつ、聞きたいことがある」

かったが。

鶲《ひたき》は顔の造作が、薫衣《くのえ》にそっくりだった。ただし薫衣《くのえ》は、こんな柔和な表情をめったにしなかった。

「おまえたちは、なぜ、最後の別れをしに四隣蓋城《しりんがい》へ来なかった」

「別れなら、牧視城ですませました」

その言い方が冷たく聞こえて、穭《ひづち》は懸念を口にした。

「おまえはもしや、父親を恨んでいるのではないか。おまえの父は、たしかにおまえに冷たかった。だが、ほんとうは……」

鶲《ひたき》が薫衣《くのえ》を恨んでいるなら、それは旺廈《おうか》を恨むことにつながる。そんな人物を顧問官にするわけにはいかない。

だから穭《ひづち》は、鶲《ひたき》に薫衣《くのえ》の胸のうちを伝えようと思った。薫衣《くのえ》は内心、鶲《ひたき》を愛《いとお》しいと思っていた。しかし、それを表にあらわすことができなかったのだ。なぜなら、鳳穐《ほうしゅう》の世がつづくかぎり、鶲《ひたき》は薫衣《くのえ》になついていないほうが――旺廈《おうか》から距離をおいているほうが――ずっと生きやすくなるのだから。

薫衣《くのえ》は一度もそんなことは言わなかったけれど、薫衣《くのえ》の考えていることなど、穭《ひづち》はお見通しだ。いまならもう、鶲《ひたき》に彼の思いを伝えてもいいだろう。

だが鶲《ひたき》は、

「存じています」

と、穭《ひづち》の話をさえぎった。

「父上のお心は、存じています。恨むなど、とんでもない」

「だったら、生きて四隣蓋城《しりんがいじょう》に戻ってきたのだ。もう一度、会いたいとは思わなかったのか」

「思いました。けれども、別れのとき、父上がおっしゃったのです。父上は、死に時と死に場所を定められた。その最期を迎えるために、もう一度四隣蓋城《しりんがいじょう》に戻るけれども、けっして会いに来てはならない。なぜなら……」

「なぜなら？」

「会えば、心が揺らぐから、と」

「ならば、やはり来るべきだった。そうしたら、薫衣《くのえ》は何とか生き延びようとしたかもしれない。薫衣《くのえ》さえその気になれば、いくらでも方法はあった」

「いいえ。父上は、そんな方ではありません。いたずらにお心を騒がせてしまっただけでしょう。それに、あのことばは、私のためにおっしゃったのだと思います」

「それは、どういう意味だ」

「会えば、心が揺らぐから。そのひとことで、私は父上のお心を知ることができました」

——そうか、私はよけいな心配をしていたのだな。

安心して、穭《ひづち》はもうひとつの問いを口にした。

「鶲《ひたき》。おまえは、旺厦《おうか》なのか、鳳穐《ほうしゅう》なのか」

以前、薫衣《くのえ》に同じことをたずねたら、

「それは、鶲《ひたき》が自分で決めることだ」

と答えた。子供に何も言い遺《のこ》さないのにもほどがあると思ったが、

「鶲《ひたき》は賢い。自分で決められるさ」

と笑っていた。

鶲《ひたき》はもう、決めたのだろうか。このごろ好んで無紋で過ごすようになっているが。

「以前それを、父上にお聞きしたことがあります。すると父上は、自分で決めろとおっしゃいました。私はずいぶんと悩んだり、考えたりしたのですが、どうしても決めることができませんでした。それで、自然にわかる時を待つことにしました」

「その時は、もう来たのか」

「はい。伯父《おじ》上、私は、伯父上の甥《おい》であり、鳳穐《ほうしゅう》の尊い血を受け継ぐ者のひとりです。ですから私は鳳穐《ほうしゅう》です」

では、顧問官の件は考え直さなくてはならないかと、穭《ひづち》が落胆しかけたとき、鶲《ひたき》がことばをついだ。

「けれども、私は旺廈《おうか》の頭領である父上がお遺しになった、たったひとりの息子です。ですから、私は旺廈《おうか》でもあるのです」

「おまえは自分が、鳳穐《ほうしゅう》でもあり、旺廈《おうか》でもあると言うのか」

「はい。ただし、私は鳳穐《ほうしゅう》としては伯父上や豊穣《ほぜ》様の臣下ですが、旺廈《おうか》としては頭領です。ですから、もしも鳳穐《ほうしゅう》と旺廈《おうか》が相争うことになったら、私は旺廈《おうか》の側に立ちます」

薫衣《くのえ》によく似た顔に、稲積《にお》そっくりのなごやかな笑みを浮かべた鶲《ひたき》は、迷いのない目をしていた。

「そうか。では、そんなことにならないよう、努めるのだな」

「はい、もちろん。旺廈《おうか》であると同時に鳳穐《ほうしゅう》である私の、何よりの務めは、翠《すい》を守り、育《はぐく》むことですから」

旺廈《おうか》であると同時に、鳳穐《ほうしゅう》。

穭《ひづち》には、思いもよらず、考えもつかない答えだったが、穭《ひづち》はこれに満足した。

「鶲《ひたき》。いや、旺廈殿《おうか》。そなたに渡したいものがある。そなたの父君の形見だ。塔の小部屋にそれはある。渡すといっても、動かすことのできないものだ。なぜそれが、そなたの父の形見であり、それを受け取るとはどういうことか、そなたと豊穣《ほぜ》に話さなければならない。戻ろう、四隣蓋城《しりんがい》へ」

鶲《ひたき》は、顧問官になると同時に、穭《ひづち》のはからいで、黄雲《こううん》一族の頭領の長女を妻にした。翌年、女の子が生まれ、松藻《まつも》と名付けられた。穡朝《しょくちょう》暦三〇五年、十七歳になった松藻《まつも》と豊穣《ほぜ》の長男、二星《じせい》との婚姻が、電撃的におこなわれた。鳳穐《ほうしゅう》の中でこれに反対する動きはそうとうに強かったのだが、引退してもまだ勢力を保っていた穭《ひづち》のにらみと黄雲《こううん》の後ろ楯《だて》に守られ強行された。松藻《まつも》の最初の懐妊は、不審な事故により中断されたが、その後は厳重な警備のもと、二男一女が生まれて育ち、長男の花鶏《あとり》が成人して王位を継いだころにはもう、旺廈《おうか》だ、鳳穐《ほうしゅう》だと騒ぐ者はいなくなっていた。

主な登場人物

穭《ひづち》　翠《すい》の国王。鳳穐《ほうしゅう》の頭領。
薫衣《くのえ》　旺厦《おうか》の頭領。
稲積《にお》　穭の妹。薫衣の妻となる。
鶲《ひたき》　薫衣と稲積の息子。
雪加《せっか》　薫衣と稲積の娘。
豊穣《ほぜ》　穭の長男。

鯷《ひしこ》　鳳穐の低い身分の出。穭の〈耳〉にして薫衣の見張り役。
穎《ほさき》　穭の従兄弟《いとこ》、翠の顧問官。
月白《つきしろ》　穭の後見人の弟。兵部《ひょうぶ》の大臣《おとど》、後に顧問官。
鬼目《ほろし》　刑部《ぎょうぶ》の大臣、後に兵部の大臣。
樊《まがき》　蔵務《くらつかさ》の大臣。
檀《まゆみ》　道務《みちつかさ》の大臣、後に兵部の大臣。

斧虫《おのむし》　刑部の大臣。

五加木《うこぎ》　泉声《せんせい》一族の有力者。米見《こめみ》の司《つかさ》。

添水《そうず》　画角《かつかく》一族の頭領。中務《なかつかさ》の大臣。

冬芽《ふゆめ》　黄雲《こううん》一族の頭領。薫衣の後見人。

賭弓《のりゆみ》　香積《こうしやく》一族の頭領。

霾《つちふる》　蓮峰《れんぽう》一族の頭領。

河鹿《かじか》　旺廈の重臣の娘。薫衣の許嫁《いいなずけ》。

鵤《いかる》　薫衣と河鹿の息子。

駒牽《こまびき》　旺廈の伝説の軍師。

解説

小谷真理

二〇〇七年に単行本として刊行された本書を、一気に読み終えたときの感動は、今も忘れることができない。当時、帯文を頼まれていたわたしは、刊行より一足先にゲラの段階で読むことになっていた。

『黄金の王　白銀の王』というタイトルには、異世界ファンタジーの雰囲気がある。それに、なんだか意味深な感じがする。

それまでの著者の作品を思い浮かべて、ほんのちょっと意外性を抱きながら頁をひらくと、意外どころか、先行作品とは、明らかに一線を画す、目のくらむような展開で、心底驚かされた。

気がつくと、夢中で読みふけっていた。続きが気になって、中断したくない。一刻も早くラストを知りたいが、物語が終わってしまうのも、惜しい。結局、読了後もしばらく余韻が続いた。

これが単なる誇張でも煽《あお》り文句でもなんでもない証拠は、その年の年末回顧で、本書をリストアップし、物語構築力の凄《すご》さを力説してしまったことからも明らかだ。

舞台は、翠《すい》の国と呼ばれる小さな島、そこにふたつの氏族が存在する。この氏族、その昔はひとつの先祖から派生した、とのいわれがあり、いわば近い親戚《しんせき》同士にあたる関係だ。だからみんなで仲良くなんでもわかちあえばよかったのに、あるときから対立し、骨肉相食《あいは》む闘争を繰り広げることになってしまった。その仲の悪さといったら、あの有名なシェイクスピアの悲劇『ロミオとジュリエット』に登場するモンタギュー家とキャピュレット家みたいな感じ、といったらわかるだろうか。

百数十年も争い続けてきたふたつの氏族の名前は、鳳穐《ほうしゅう》一族と旺廈《おうか》一族。なんだか、古代中国の歴史の中にモデルがありそうな字面なので、この難しい漢字を辞書であれこれ調べてみたが、これはれっきとした架空の国であるらしい。

物語は、その鳳穐《ほうしゅう》の王、穭《ひづち》が、旺廈《おうか》の正統な跡取りである薫衣《くのえ》のところへやってくるところから、始まる。実は翠《すい》の国は、既に、穭《ひづち》によって統治されていて、幼い薫衣《くのえ》は、ある学者夫婦のもとに身柄を預けられていたのだ。

その後ろ盾が死んでしまったわけだから、一大事である。旺廈《おうか》一族の正式な跡取りである薫《くの》衣《え》をさっさと処刑してしまえば、翠《すい》の国は鳳穐《ほうしゅう》一族の天下になるのは必須《ひっす》だから、もはや薫衣《くのえ》の命は、風前の灯《ともしび》である。

ところがどうだろう？　穭《ひづち》は薫衣《くのえ》を簡単に殺すことにはならなかった。

このように、不穏で緊迫感漂う冒頭から、あれよあれよという間に、意外な展開になる。敵対する氏族の年若い王ふたりが不可思議きわまる関係性につながれて行く。敵同士の家に生まれたものが、電撃的で深い絆《きずな》に結ばれる……というと、まるで『ロミオとジュリエット』の恋物語のようだが、出会ったのは、男と男。王と王である。

双方とも、統治者としての器量は、もうしぶんない。どっちが王に成ってもかわらないだろう。とすると、通常であれば、典型的な「天下取り」の話になるはずだった。が、「どちらかいっぽう」を必須とする古代の部族社会の中で、ふたりの王は、共存の道を模索しはじめるのだ。

スペクタクルをもとめられるエンターテインメントでは、「戦い」、つまり直接のぶつかりあいこそ、物語の華であり、男のロマンそのもの。でも本書では、スリル満点の駆け引きや、相手の真意を読みあう巧みな洞察が、迫力のある攻防戦以上の、圧倒的な面白さをかもしだす。こんなやりかたがあったのか、と胸躍らせながら、目からウロコがぽろぽろ落ちた。

そして、こんなにも知的でこんなにもダイナミックな話を書く作家の力量に舌をまきながら、物語の底流には、デビューしたときからピーンと一本、筋が通っていたものがある、と気がつき、さらにわくわくした。

とくに、主人公たちの人生模様には、この著者がずっと探究してきた、倫理の袋小路を人はどうきりぬけるか、という問題設定があるのではないか。

本書よりひとあし先に送り出された『瞳の中の大河』(角川文庫)で、北上次郎氏が懇切丁寧に解説しているように、著者は、日本ファンタジーノベル大賞の受賞者である。

日本ファンタジーノベル大賞は、わが国では、それまでの純文学とも通俗文学とも異なるばかりか、むしろ双方のジャンルを巧妙に取り込むかたちで世界文学の水準にも迫る、独特の作品群を送り続けてきた稀有《けう》な文学賞として、つとに知られている。

作者が『ヤンのいた島』で優秀賞を受賞したのは、一九九八年第十回のときのことであった。しかし、それ以前に、実は何度も最終候補にのこっている。そうした経歴の、そもそもの始まりが、実は一九九一年の第三回のときだった。

最終候補作になった『リフレイン』は、選評で高く評価をうけながらも、惜しくも受賞を逃がした作品だった。通常受賞作ではない作品は単行本として出版されにくい。しかし、『リフレイン』はそのルールを超克して、刊行されている。

この文学賞はもともと質が高く、むしろ評価の基準のほうが確立されていない作品が集まる傾向があり、たしかに『リフレイン』もそうした傑作のひとつだった。が、それ以上に、この作品にはなにか無視し得ない——人の心にひっかかる——重要なものが確固として存在していたと思う。

ストーリーを振り返ってみよう。恒星間飛行が可能となり、銀河規模で人類文明が築かれている遠未来、一隻の宇宙船が辺境で遭難し、運よく人類居住可能惑星に不時着したものの、文明との交信手段を奪われ、とりあえず乗員・乗客約二百余名が、漂流生活を送る羽目になる。高度なテクノロジー社会から手作業を主とする原始的生活へと一挙に放り出された未来人たちには、過酷な世界はすべてが、目新しく、そして苦難にみちたものだった。移住した人々は、当初こそ、各母星のイデオロギー上の対立に悩まされていたが、ようやくひとつにまとまりかけたかどうか、というまさにそのとき、それをぶちこわすかのように暴力・強姦《ごうかん》事件が発生。居住者自身の手で裁かれる。

ところがその後で、文明世界との交信が復活し、漂流者たちが救出されるのだ。で、事件があらためて「法」の前に晒《さら》され、解釈は同じでも、まったく異なる結論が下されてしまう。『リフレイン』は、このように「暴力・強姦事件」を構成する人物たちの状況を克明に追いながら、「法」と「イデオロギー」の二重構造の隙間から噴出するさまざまな矛盾点を、アイロニカルなドラマとしてあざやかに描き出している。でもこの物語の風景こそ、現代社会でわたしたちがよく遭遇する景色に似てはいないだろうか？

つまり、『リフレイン』は、まったく架空の世界ながら、これは現実における国家紛争を背景にしたリンチやレイプ事件の法的評価などをめぐる、困難で厄介な問題の縮図だと、ただちにピーンとくるようなお話だったのだ。

このように、異世界の物語であるにもかかわらず、現実世界の政治学を考察している作品といえば、欧米であったら、アーシュラ・K・ル・グウィンなどのSFが思い浮かぶかもしれない。ベトナム戦争当時のアメリカの帝国主義を寓話《ぐうわ》化した『世界の合言葉は森』や、米ソの冷戦時代に資本主義と社会主義との構造比較を架空の惑星世界の話として書いた『所有せざる人々』が、その代表格と言えようか。

このスタイルは、作中で試みられる思考実験性を評して、思索小説（スペキュラティヴ・フィクション）と呼ばれている。『リフレイン』とそれに続く『ヤンのいた島』といった筆者の初期作品もまた、まさにこの伝統につらなる思索小説と呼ぶにふさわしいものであった。

それにしても、沢村氏は、是か非かという二者択一では解決できない矛盾に、登場人物たちをじわじわと追いつめて行くのが、実に上手《うま》い。

実際、現実世界はわりきれない問題でみちあふれている。正論を真面目に通そうとすればするほど、過酷な運命へ落ち込んで行かざるを得ない。追いつめられた登場人物たちの一挙一動にハラハラしながら、わたしはこのロジックの詰めかたって、ミステリの思考法に近いのではないか、と思った。実際、作者は、その得意技を生かして、ミステリの分野にも踏み込んでいる。

こんなわけで、デビューから十五年を経て書かれた本書は、大河小説としての物語の風格をそなえているが、もちろん、ロジックの罠《わな》は、より緻密《ちみつ》に、より深く仕掛けられていると言えよう。だからこそ、ふたりの間の共闘は複雑な陰影をみせる。そしてこれが、ふたりの間をつなぐ、ロマンチックな架け橋にも関わっているようで、読者はますます盛り上がってしまうのである。

この作品は二〇〇七年十月、幻冬舎より刊行されました。
文庫化にあたり、訂正をしています。

黄金《おうごん》の王《おう》　白銀《はくぎん》の王《おう》

沢村《さわむら》 凜《りん》

角川文庫 17230

平成二十四年一月二十五日　初版発行
平成二十四年二月二十五日　再版発行

発行者―井上伸一郎
発行所―株式会社角川書店
東京都千代田区富士見二―十三―三
電話・編集（〇三）三二三八―八五五五
〒一〇二―八〇七八

発売元―株式会社角川グループパブリッシング
東京都千代田区富士見二―十三―三
電話・営業（〇三）三二三八―八五二一
〒一〇二―八一七七
http://www.kadokawa.co.jp

印刷所―暁印刷　製本所―BBC
装幀者―杉浦康平

さ 60-2　ISBN978-4-04-100010-6 C0193

角川文庫発刊に際して

角川源義

第二次世界大戦の敗北は、軍事力の敗北であった以上に、私たちの若い文化力の敗退であった。私たちの文化が戦争に対して如何に無力であり、単なるあだ花に過ぎなかったかを、私たちは身を以て体験し痛感した。西洋近代文化の摂取にとって、明治以後八十年の歳月は決して短かすぎたとは言えない。にもかかわらず、近代文化の伝統を確立し、自由な批判と柔軟な良識に富む文化層として自らを形成することに私たちは失敗して来た。そしてこれは、各層への文化の普及滲透を任務とする出版人の責任でもあった。

一九四五年以来、私たちは再び振出しに戻り、第一歩から踏み出すことを余儀なくされた。これは大きな不幸ではあるが、反面、これまでの混沌・未熟・歪曲の中にあった我が国の文化に秩序と確たる基礎を齎らすためには絶好の機会でもある。角川書店は、このような祖国の文化的危機にあたり、微力をも顧みず再建の礎石たるべき抱負と決意とをもって出発したが、ここに創立以来の念願を果すべく角川文庫を発刊する。これまで刊行されたあらゆる全集叢書文庫類の長所と短所とを検討し、古今東西の不朽の典籍を、良心的編集のもとに、廉価に、そして書架にふさわしい美本として、多くのひとびとに提供しようとする。しかし私たちは徒らに百科全書的な知識のジレッタントを作ることを目的とせず、あくまで祖国の文化に秩序と再建への道を示し、この文庫を角川書店の栄ある事業として、今後永久に継続発展せしめ、学芸と教養との殿堂として大成せんことを期したい。多くの読書子の愛情ある忠言と支持とによって、この希望と抱負とを完遂せしめられんことを願う。

一九四九年五月三日